RALF H. D(
Die Gabe d

Weitere Titel des Autors bei Lübbe:

Der Pakt der Flößer
Das Geheimnis des Glasbläsers
Der Gesang der Bienen

Über den Autor:

Ralf H. Dorweiler wurde 1973 in der Nähe der Loreley geboren. Nach dem Studium der Theater-, Film- und Fernsehwissenschaft in Köln zog es ihn in den Südschwarzwald. Dort arbeitete er als Redakteur für eine große Tageszeitung. Das Schreiben von Romanen nahm bald immer größeren Raum ein. Seit 2006 wurden zahlreiche Bücher von ihm veröffentlicht. 2017 wechselte er ins historische Fach; seither begeistert er auch in diesem Genre seine Leser mit packenden Geschichten. *Die Gabe der Sattlerin* ist sein vierter historischer Roman. Mittlerweile widmet er sich ausschließlich der Schriftstellerei. Ralf H. Dorweiler ist mit einer Opernsängerin verheiratet und Vater eines Sohnes.

Besuchen Sie auch die Homepage des Autors: www.dorweiler.de

Ralf H. Dorweiler

Die GABE der SATTLERIN

Historischer Roman

lübbe

Dieser Titel ist auch als E-Book erschienen.

Originalausgabe

Dieses Werk wurde vermittelt durch die
Literarische Agentur Thomas Schlück GmbH, 30161 Hannover.

Textredaktion: Dr. Ulrike Brandt-Schwarze, Bonn
Titelmotiv: © Svetlana Ryazantseva/shutterstock.com
Umschlaggestaltung: ZERO Werbeagentur, München
Vignette im Innenteil: © shutterstock/Channarong Pherngjanda
Satz: hanseatenSatz-bremen, Bremen
Gesetzt aus der Adobe Garamond Pro
Druck und Verarbeitung: GGP Media GmbH, Pößneck
Printed in Germany
ISBN 978-3-404-18079-0

2 4 5 3 1

Sie finden uns im Internet unter
www.luebbe.de
Bitte beachten Sie auch: www.lesejury.de

Personenverzeichnis

Die * hinter den Namen verweisen auf historische Persönlichkeiten.

In Stuttgart

Friedrich Schiller*, junger Dichter, Regimentsarzt im Dienste Herzog Carl Eugens

Andreas Streicher*, Pianist und Komponist, Freund Schillers

Luise Dorothea Vischer*, Schillers Hauswirtin

Franz Joseph Kapf*, Hauptmann, Freund und Zimmergenosse Schillers

Carl Eugen*, Herzog von Württemberg

Karoline (»Chaile«) Kaulla*, Hoffaktorin bei Carl Eugen

Johann Abraham David von Augé*, General, Schillers Vorgesetzter

Auf dem Sattlerhof

Charlotte (Lotte) Sattler

Erika Sattler, ihre Mutter

Frieder Sattler, ihr Vater

Eugenie (Eugie), ihre jüngere Schwester

Elisabeth (Elise), ihre jüngste Schwester

Gregor, Knecht

Julius Magnus Lenscheider, Amtmann

Reingard, Schwester von Erika Sattler

Dora, Küchenmagd

Mariann, verheiratete Freundin von Charlotte in Märgen

Auf der Flucht

Christine, Bäuerin auf einem Hof bei Rohrbach

Johann, Christines Sohn

Roberta, Wolfacher Bürgerin

Kopper, junger Mann aus Wolfach

Die Räuber

Hannikel*, eigentlich Jakob Reinhard, Räuberhauptmann

Katharina Frank*, genannt »Frankenhannesen Käther«, Gefährtin Hannikels

Urschel *, Tochter von Käther

Dieterle *, Sohn von Hannikel und Käther

Schorsch, junger Räuber

Eberhard, Räuber, Käthers Bruder

Reckel, alter Räuber

Kollo, Räuber, Vertrauter des Hannikel

Seggeler, Räuber, Vertrauter des Hannikel

Der Ulmer, stiller Räuber

Schnorres, Räuber, bester Freund des Ulmers

Auf der Reise nach Marbach

Emil Sütterlin, Bote Lenscheiders

Erich, Bewohner der Immenmühle bei Herrenberg

Emma, seine Frau

Matthes, Bauer bei Tübingen

Agnes, seine Frau

Konrad, sein Vater

Gibbes, buckliger Alter in Reutlingen

Gestüt Marbach

Georg Hartmann*, Gestütsmeister

Christian Friedrich Hartmann*, sein Sohn, Stutenmeister

Franz Hartmann, Georg Hartmanns Großneffe

Johann Heinrich Ottilie*, Brunnenmeister

Alexander Maximilian Friedrich Bouwinghausen von Wallmerode*, Landesoberstallmeister, Generalmajor des Husarenregiments, Vertrauter Herzogs Carl Eugen

Ender*, Wachtmeister

Erwin, Wachhabender

Ludwig Rudolph Seubert*, Professor der Humanmedizin

KAPITEL 1

Märgen, Samstag, 28. Juli 1781

> »*Den Samen legen wir in ihre Hände,*
> *Ob Glück, ob Unglück aufgeht, lehrt das Ende.*«
> Wallenstein in *Wallensteins Tod*, 1. Akt, 7. Szene

Der Leinenstoff von Charlottes Arbeitskleid wehte hinter ihr, als sie über die mit Sommerblumen gesprenkelte Wiese auf Wälderwinds Weide zulief. In der rechten Hand hielt sie Halfter, Führstrick und eine knackige Mohrrübe. Der Hengst trabte ihr mit hochgestellten Ohren bis zum Gatter entgegen und erwartete sie mit einem zufriedenen Wiehern. Imposante Muskeln zeichneten sich unter seinem kastanienbraun glänzenden Fell ab. Den massigen Hals krönte eine strohhelle Mähne. Charlotte öffnete das Gatter und streichelte ihrem Pferd über die Nüstern. Mit klarem Blick schaute der Schwarzwälderhengst sie an und knabberte mit seinen Lippen an ihrer Hand.

»Ist ja gut. Schau, ich hab was für dich«, sagte sie lächelnd und hielt ihm die Möhre hin. Wälderwind kaute sie genüsslich und stupste Charlotte gleich darauf mit der Nase an, um weitere Leckereien zu ergattern.

»Nein, das reicht«, sagte sie mit gespielter Strenge. »Du kannst nachher mehr haben. Jetzt musst du erst einmal arbeiten. Der Vater braucht dich.«

Charlotte führte den Hengst über den gewundenen Weg hangabwärts. Inmitten der Sommerwiesen lag vor ihr der Sattlerhof mit dem stattlichen Wohnhaus, der angebauten Werkstatt und dem Stall. Das strohgedeckte Dach des Hauses reichte an allen Seiten weit über die Holzfassaden und den oberen Balkon hinaus und berührte am Hang fast den Boden. Im Winter schützte es seine Bewohner vor Wind und Schnee, an heißen Sommertagen wie heute spendete es kühlenden Schatten. Entlang der abseits des Hauptgebäudes errichteten Scheune führte der Weg durch den Tannenwald ins Dorf. Von Märgen waren von hier aus nur ein paar Dächer und die beiden Turmspitzen der Klosterkirche zu erkennen. Der Himmel über ihnen war weit und von einem andächtig tiefen Blau. Aus dem Westen blies der sanfte Wind ein paar Wolkenfetzen hoch über das Land.

»Spann ihn gleich an«, trug der Vater ihr auf, als sie das Haus erreichte.

Charlotte führte Wälderwind vor den Karren, in dem zwei geflickte Sättel, ein instand gesetztes Geschirr und allerlei Lederschnüre lagen. Der Vater wollte zum Gerber, um den abgearbeiteten Bestand an Lederbahnen wieder aufzustocken. Auf dem Weg dorthin lieferte er fertige Aufträge ab. Charlotte hatte ihn oft genug dabei begleitet.

»Der Sattler Frieder kommt«, riefen die Kinder aufgeregt, wenn er sich mit dem Karren einem Hof näherte. Sie rannten dann plappernd neben dem Wagen her. Manchmal brachte der Vater ihnen kleine Geschenke mit: mit Kieseln und Sand gestopfte Lederbälle für die Älteren und für ihre kleinen Geschwister Tierfigürchen, die Charlotte aus Resten zurechtgeschnitten und mit Rosshaar gefüllt hatte.

Während sie dem alten Knecht Gregor dabei half, Wälderwinds Geschirr festzuschnallen, schweiften ihre Gedanken ab. Die Bauernkinder würden in Zukunft auf ihre Figuren verzichten müssen. Heute nämlich endete Charlottes gewohntes Leben. Dem Rest der Welt mochte der morgige Sonnenaufgang einfach einen neuen Tag schenken, für sie bedeutete er den ersten Schritt in ein unvorhersehbares Schicksal.

»Lotte, Lotte!«, hallte die Stimme ihrer Schwester über den Hof. Charlotte wandte sich zu ihr um. Sie lächelte. Eugenie hatte sich mit dem ganzen Oberkörper weit aus dem Fenster ihrer Nähstube unter dem Dach herausgelehnt und winkte aufgeregt. »Komm schon! Dein Kleid.«

Charlotte schaute fragend zum Vater.

»Geh ruhig, Kind«, ermunterte der sie. »Wir sind ohnehin fertig.«

»Lotte! Beeil dich!«, kam es von oben.

Charlotte vergewisserte sich mit einem letzten Blick, dass Wälderwind ohne Fehler verschnallt war, dann rief sie in Richtung Haus: »Ich komm ja gleich!« Sie half Gregor auf die Ladefläche und lief los.

An der Tür verharrte sie kurz und schaute den beiden Männern und dem Pferd nach, die in diesem Moment das Brückchen zum Weg überquerten. Der Hengst zog den Wagen trotz seiner Jugend so gelassen wie ein erfahrenes Kutschpferd. Sie würde ihn vermissen.

Eugenie war siebzehn und damit zwei Jahre jünger als Charlotte. Ihr Vater hatte sich immer einen Sohn gewünscht, aber auch das dritte Kind war ein Mädchen geworden. Elisabeth hatte vor zwei Wochen ihren vierzehnten Geburtstag gefeiert.

»Überall haben die Männer das Sagen, nur nicht auf dem Sattlerhof«, klagte ihr Vater immer wieder, wenn er gegen die geballte weibliche Übermacht nicht ankam. Die Mutter war eine bestimmende Persönlichkeit, die ihren Willen meistens durchzusetzen wusste. Den drei Schwestern gegenüber gab er sich zwar manchmal streng, konnte ihnen aber letztlich kaum einen Wunsch abschlagen. Insbesondere das Nesthäkchen Elisabeth nutzte das gern zu ihrem Vorteil.

»Ich habe heute nicht so viel Zeit«, sagte Charlotte, als sie in Eugenies Nähstube ankam.

»Du wirst ja wohl ein paar Minuten für dein eigenes Hochzeitskleid erübrigen können!« Eugenie hatte die Festtagskleider aller Frauen der Familie um sich ausgebreitet. Zwischen den Stoffen und dem Nähzeug schüttelte sie missbilligend den Kopf.

»Du musst es noch mal anziehen«, sagte sie bestimmt.

Charlotte verdrehte die Augen. Sie wusste, dass Widerworte bei ihrer Schwester ebenso wenig Wirkung zeigten wie bei ihrer Mutter. Also streifte sie ergeben das Arbeitskleid ab, bis sie nur noch im dünnen Hemdchen dastand.

Charlotte spürte, wie Eugenie ihren schmalen Leib musterte. Wo sich die Hüften der Jüngeren weiblich rundeten, war ihre Gestalt eher knabenhaft. Statt eines ausladenden Busens wie bei Eugenie wölbte sich Charlottes Brust nur wenig hervor. Charlotte kam mehr nach dem Vater, Eugenie schien der Mutter wie aus dem Gesicht geschnitten.

»Komm, stell dich her ins Licht!«, ordnete Eugenie an und legte den Reifrock für die bodenlange Robe im englischen Stil bereit, an der sie seit Charlottes Jawort gearbeitet hatte.

»Wenn ich an deiner Stelle wäre und morgen heiraten würde, könnte ich vor Freude keinen Augenblick stillstehen, sondern müsste dauernd hüpfen und tanzen.«

»Jetzt, wo der Tag der Hochzeit bevorsteht, kann ich es gar nicht glauben«, gab Charlotte leise zurück.

»Du wirst so schön aussehen. Dein Julius wird seine Augen nicht einen Moment von dir abwenden können.«

»Weil du mir so ein schönes Kleid genäht hast.«

»Ja, das auch«, lachte Eugenie und begann, Charlotte das Korsett anzulegen. »Aber eine Braut überstrahlt an Schönheit alle anderen.«

»Den Spruch hast du von Mutter«, riet Charlotte.

»Das stimmt«, gab Eugenie grinsend zu und stellte sich zum

Schnüren hinter sie. »Und morgen wirst du sehen, dass sie recht hat.«

»Zieh nicht so fest!«, klagte Charlotte. Sie trug am liebsten ein bequemes Leinenkleid oder einen Rock mit Jacke und Schürze. Auch zur Kirche zogen die Töchter die Sonntagskleider an, die zum aufrechten Sitzen zwangen, aber im Korsett des Hochzeitskleides fühlte sie sich wie eine Traube in einer Kelter.

»Was für eine schmale Taille«, schwärmte Eugenie, als sie Charlotte auf einen Hocker steigen ließ, ihr den Reifrock anlegte und ihn am Korsett festschnallte. »Alle Frauen werden dich beneiden.«

»Meinst du?«

»Und nicht nur wegen der Taille. Von einem Mann wie Julius kann jede Frau nur träumen.«

Charlotte schwieg – auch, weil ihr das Korsett die Luft zum Sprechen raubte. Ja, beim Kirchgang hatte sie beobachtet, dass einige unverheiratete Mädchen und auch manche Witwe dem neuen Amtmann erwartungsvolle Blicke zugeworfen hatten. Julius Magnus Lenscheider war hochgewachsen, wie Charlotte von schlanker Gestalt und lebte mit seiner Dienerschaft in dem großzügigen Amtshaus von St. Peter. Der wohlhabende Mann in gehobener Stellung, die mit hohem Ansehen verbunden war, hatte sich ein halbes Jahr lang freundlich, aber entschieden aller Avancen erwehrt. Viele hatten das mit seinem Witwerstand begründet und hinter vorgehaltener Hand spekuliert, sein Herz wäre nach dem Tod seiner Frau noch so voller Trauer, dass eine weitere Liebe darin keinen Platz fand. Doch Lenscheider war durchaus schon bereit für eine neue Bindung. Am Ostersonntag war er nachmittags ohne Ankündigung mit der Kutsche vor dem Sattlerhof vorgefahren und hatte die überraschten Eltern um eine Unterredung mit Charlotte gebeten. Er hatte ihr gestanden, dass er seit ihrer ersten Begegnung in der Klosterkirche nur sie zur Frau begehrte, und ihr einen Antrag gemacht.

»Manch eine wird sich schwarzärgern, dass er ausgerechnet die Sattlerin ausgewählt hat«, sagte Eugenie, die Charlotte jetzt das Unterkleid anzog.

»Ich muss mal«, bemerkte Charlotte mit einem entschuldigenden Lächeln.

»Das geht jetzt nicht«, rief Eugenie empört. »Halt gefälligst ein!«

»Dann beeil dich wenigstens!«

Charlotte suchte nur einen Weg, die Anprobe abzukürzen. Natürlich war sie ihrer Schwester dankbar, die seit Wochen jede freie Minute damit verbrachte, ihr ein Brautkleid zu zaubern, das dem einer Fürstentochter in nichts nachstand. Doch Charlotte hatte in ihren letzten Stunden als unverheiratete Frau noch eine andere Sache zu erledigen, bevor aus der Sattlerin die Gattin des Amtmanns wurde.

Eugenie sputete sich tatsächlich, ihr den hellen, bodenlangen Seidenstoff des Kleides anzulegen, der glänzte wie flüssiges Gold. Mit geschickten Fingern und ungemeinem Fleiß hatte sie fast einhundert kunstvolle Schleifchen aus dem azurblauen Stoff der Überjacke am Kleid angebracht. Die gesteifte Seide der Jacke hatte sie in unzähligen Stunden mit weißen Rosen bestickt, die sich über die ganze Vorderseite rankten. Der Saum der Jacke war noch nicht fertiggenäht. Er wurde notdürftig von Stecknadeln gehalten.

»Zusammen mit den restlichen Arbeiten an Mutters Kleid wird mich das bis in den späten Abend beschäftigen«, sagte Eugenie mehr zu sich selbst, als sie die Jackenlänge erneut prüfte und zwei Nadeln hinten geringfügig umsteckte. »Aber keine Angst, morgen ist alles perfekt. Du wirst nicht mit einem unfertigen Kleid vor den Altar treten müssen.«

»Kann ich jetzt gehen?«, fragte Charlotte.

»Gleich.«

Eugenie half ihr aus den einzelnen Teilen des Kleides und löste die Schnürung des Korsetts. »Auch wenn du manchmal eine Nervensäge bist – wir werden dich alle ganz fürchterlich vermissen, Lotte.«

»Ich euch auch«, brachte Charlotte gerührt hervor. Sie unterdrückte die Tränen, die in ihr aufzusteigen drohten.

Charlotte atmete tief ein, als sie kurz darauf durch das Haus in die angebaute Werkstatt ging. Der herbe Duft des allgegenwärtigen Leders umfing sie wie eine zärtliche Umarmung. Links stand der große Zuschneidetisch, neben dem nur noch wenige Lederbahnen hingen. An den Wandhalterungen bei der Tür lagen vier Sättel zur Fertigstellung oder Reparatur. Ein abgewetzter Zugsattel wartete darauf, vom Vater aufgearbeitet zu werden. Die beiden schmucklosen Reitsättel in der Mitte waren nahezu fertig. Beinahe vollständig abgeschlossen war auch die Arbeit an dem vierten, einem aufwendig verarbeiteten Trachtensattel aus dunklem Leder. Dieser sollte Charlottes Abschiedsgeschenk für den Vater und für Wälderwind sein. Sie hatte ihn passgenau auf den breiten Rücken des Hengstes gearbeitet.

An den Haken daneben hingen Zaumzeuge, Zügel aller Art, Lederbänder und -gurte. Ein kleinerer Zuschneidetisch schloss sich an, auf dem die Messer und Zangen lagen, mit denen Charlotte heute früh noch gearbeitet hatte. An der Wand daneben waren, sauber sortiert, die weiteren Werkzeuge aufgereiht.

Sie trat an die Werkbank, die groß genug war, dass der Vater und sie gleichzeitig daran arbeiten konnten. An ihrem Platz lag das zu Wälderwinds Sattel gehörende Zaumzeug, für dessen Fertigstellung sie noch den Stirnriemen nähen und befestigen musste. Nach einem letzten Einfetten des Leders würde sie ihr Werkzeug wegpacken und wahrscheinlich nie wieder in die Hand nehmen. *Immerhin ist Wälderwind dann passend ausgerüstet*, dachte sie.

Charlotte hatte den Hengst in sechs Jahren vom kränklichen Fohlen zu dem kraftstrotzenden Tier herangezogen, das er heute war. Sie hätte ihn gern mitgenommen in ihr neues Leben. In Julius Magnus Lenscheiders Stall am Amtshaus in St. Peter gab es zwar Platz für ein weiteres Pferd, aber ein jugendlicher Hengst würde unter den drei Stuten und dem alten Wallach nur für Unruhe sorgen. Der Amtmann hatte vorgeschlagen, ihn legen zu lassen. Doch davon wollte Charlotte nichts hören. Wälderwind sollte Hengst bleiben, um einmal seine Linie fortzuführen. Er würde also auf dem Sattlerhof bleiben, wo er hingehörte. So schwer es ihr fiel: Es war das Beste für ihn.

Charlotte nahm die Ahle auf und bohrte damit winzige Löcher für die Naht am Stirnband. Es war noch keine Viertelstunde vergangen, als die Tür aufflog und Elisabeth hereingestürmt kam.

»Lotte?«, rief die jüngste Schwester.

»Ja? Was ist?«

»Die Mutter fragt, wann du endlich fertig bist.«

Elisabeth konnte man höchstens dann still erleben, wenn sie schlief. Ansonsten hatte der Herrgott ihr einen unstillbaren Drang zur Bewegung gegeben. Gerade stand sie noch in der Tür, einen Moment später zupfte sie am Zuschneidetisch an den Lederbahnen. Kurz darauf ließ sie sich auf den Schemel des Vaters fallen und testete, wie weit sie sich auf dem Dreibein zur Seite lehnen konnte, bevor er kippte.

»Du bist ein Wiesel«, sagte Charlotte. Mit diesem Spitznamen zog Eugenie die kleine Schwester gern auf.

»Hör auf, mich so zu nennen! Das ist gemein.« Sie schaute Charlotte mit dem Schmollmund an, mit dem sie sonst den Vater um den Finger wickelte. »Also, was soll ich Mutter ausrichten? Wann bist du fertig?«

»Was will sie denn eigentlich?«, fragte Charlotte.

Elisabeth kniete sich auf die Sitzfläche des Schemels. »Kann sie nicht wenigstens am Tag vor der eigenen Hochzeit diese schreckliche Lederwerkstatt verlassen?«, ahmte sie die Mutter nach.

Charlotte musste grinsen. Im gleichen vorwurfsvollen Tonfall fügte sie an: »Womit nur habe ich solche Töchter verdient?«

»Genau so!«, rief Elisabeth, sprang vom Schemel und lief zum Fenster, das neben der Außentür der Werkstatt zum Hof hinausging. »Und? Was soll ich ihr sagen?«

»Dass ich wahrscheinlich gar nicht fertig werde, wenn mich dauernd jemand stört«, antwortete Charlotte. »Dann kann ich den Herrn Amtmann nicht heiraten und bleibe einfach hier wohnen und werde eine alte Vettel wie Tante Reingard.«

Elisabeth lachte laut auf, während sie mit ihren langen Beinen zu Charlotte stakste.

»Von mir aus kannst du gern hierbleiben.«

»Das ist lieb von dir.«

»Aber Mutter wird wahrscheinlich ohnmächtig bei dem Gedanken, dass du nicht Frau Amtmann wirst.« Theatralisch legte Elisabeth den Handrücken an die Stirn und ließ sich ohnmächtig zu Boden sinken, wo sie bis auf das schallende Lachen zum ersten Mal seit ihrem Eintreten einen Moment regungslos verharrte. Auch Charlotte konnte nicht an sich halten und ließ sich neben ihre Schwester zu Boden gleiten. Kichernd lagen sich beide einen Moment später in den Armen.

»Was ist denn hier los?«

Beim Klang der Stimme ihrer Mutter schreckten die beiden Mädchen zusammen.

»Was macht ihr da?« Niemand sonst auf der Welt konnte Vorwurf und Enttäuschung deutlicher in einer einzigen Frage zum Ausdruck bringen als Erika Sattler.

Charlotte spürte, dass sie rot anlief, als sie aufstand. Elisabeth war schon vor ihr wieder auf den Beinen.

»Wir haben nur gespielt«, sagte Charlotte.

»Das habe ich gesehen. Ihr wälzt euch auf dem dreckigen Fußboden dieser schrecklichen Lederwerkstatt herum. Von deiner kleinen Schwester kenne ich es ja kaum anders, aber von einer künftigen Frau Amtmann habe ich mehr erwartet, das muss ich sagen.«

Charlotte senkte den Kopf. Widerworte würden die Standpauke nur verlängern, während ihre Mutter einem reuigen Wesen gegenüber nie lange böse blieb. Und so war es auch heute.

»Eben hat mir die Kronenwirtin die Nachricht zukommen lassen, dass deine Tante Reingard angekommen ist«, fuhr die Mutter fort. Energisch klopfte sie Charlotte den Staub vom Arbeitskleid. Elisabeth hatte es geschafft, auf der anderen Seite der Werkbank der mütterlichen Fürsorge zu entgehen.

»Dann sind jetzt alle Gäste da?«, fragte Charlotte.

»Auf jeden Fall alle von unserer Seite. Die Verwandtschaft deines Bräutigams soll auch schon fast vollständig eingetroffen sein.«

Erika Sattler strahlte bei dem Gedanken an die wichtigen Persönlichkeiten, die am nächsten Tag der Hochzeit im Märgener Kloster beiwohnen würden.

»Ich weiß natürlich nur von denen, die in Märgen unterkommen«, sagte sie. »Ein Herr soll sogar aus Wien angereist sein. Dein künftiger Ehemann wird es noch weit bringen. Eine Mutter spürt so etwas. Glaub mir, Kind!«

Sie vollführte eine weit ausholende Geste und stieß dabei gegen eine aufgehängte Lederbahn. Sofort zog sie die Hand zurück und blickte sie naserümpfend an.

Es machte der Mutter nichts aus, ein Huhn zu schlachten, Forellen auszunehmen oder mit bloßen Händen ein Kälbchen aus dem Leib der Mutterkuh zu holen, aber sie besaß eine angeborene Abneigung gegen Leder. Dass sie sich ausgerechnet einen Sattler zum Mann genommen hatte, blieb allen ein unerklärliches Rätsel. Doch die Existenz der drei Töchter sowie die zärtlichen Blicke, die sich die Eltern nach wie vor zuwarfen, bewiesen die Richtigkeit ihrer Wahl. Vielleicht lag es genau daran, dass der Vater mit der Werkstatt einen Ort hatte, den sie mied. In der Sattlerei herrschten Ruhe und Konzentration. Nur heute schien man der Mutter nicht einmal hier aus dem Weg gehen zu können.

»War es das, was du mir sagen wolltest? Ich muss noch den Stirnriemen fertig be…«

»Du mit deinem Stirnriemen! Mädchen, du heiratest morgen. Du solltest anderes im Kopf haben, als dir mit Ahle und Nadel Hornhaut auf den Fingern zu verschaffen. Männer mögen zarte Haut.«

»Mutter!«, rief Charlotte empört.

»Aber so ist es! Du wirst es sehen. Und seidiges Haar mögen sie auch. Darum brauchst du dir immerhin keine Gedanken zu machen. Du musst es aber noch waschen.«

»Das mache ich morgen früh.«

»Morgen früh? Du bringst mich noch um den Verstand!« Erika Sattler riss die Hände in die Höhe, dieses Mal bedacht, die Lederbahn nicht zu berühren. »Die ganze Hochzeit bringt mich um den Verstand! Ich bete schon den ganzen Tag, dass dein Vater sich zu benehmen weiß und mir vor all den wichtigen Herrschaften keine Schande macht.«

»Er hat doch ständig mit wichtigen Herren zu tun«, nahm Charlotte ihn in Schutz.

»Aber nicht mit solch bedeutenden Persönlichkeiten. Wir werden beim Essen neben dem ehrwürdigen Abt Fritz sitzen. Der Benediktiner-Abt Steyrer aus St. Peter wird auch erwartet. Und daneben wird der Oberamtmann aus Freiburg mit seiner Frau Platz nehmen. Der *Ober*amtmann! Er ist ein Freiherr, und sie stammt aus einer Grafenfamilie, stell dir das nur mal vor! Richtiger Adel. Bei der Hochzeit meiner Tochter.«

Ihre Augen waren feucht vor Rührung.

»Ja, Mutter«, war alles, was Charlotte dazu zu sagen hatte. Für die fehlende Begeisterung erntete sie einen tadelnden Blick.

»Der Stand deines Ehemanns gereicht der ganzen Familie zur Ehre«, belehrte die Mutter sie mit erhobenem Zeigefinger. Charlotte sah, wie Elisabeth hinter ihr die Augen verdrehte. »Und darüber wird man sich ja wohl noch freuen dürfen. Dein Vater hat durch diese neuen Bande den Zuschlag für den Auftrag für die Freiburger Kavallerie-Einheit in Aussicht. Du weißt ja, was das heißt.«

Das wusste Charlotte. Es bedeutete eine Menge Geld, aber auch mehr Arbeit, als ein einzelner Sattler schaffen konnte. Mit ihrer Hilfe hätte ihr Vater den Auftrag gut bewältigen können, doch so musste er zuerst einen Lehrling als Unterstützung finden. Sie hofft, dass ihm das rechtzeitig gelang.

»Und dann deine Schwester Eugenie. Wer weiß, so Gott will, trifft sie beim Fest einen ledigen Offizier, der ihr ein Schicksal in den Armen eines Märgener Pferdebauern erspart.«

»Oder *ich* treffe einen«, sagte Elisabeth keck und spritzte davon.

»Du doch nicht. Du bist zu jung«, schimpfte Mutter hinter der Vierzehnjährigen her, die schon ins Haus verschwand.

Sie seufzte und sah Charlotte an.

»Mein Kind, ich bin so stolz auf dich. Jeden Morgen und Abend danke ich dem Herrn auf Knien, dass er …«

»Frau Sattler, es ist noch ein Bote gekommen«, unterbrach sie ein Ruf aus dem Haus. Es war die Stimme von Dora, einem im Dorf lebenden Waisenmädchen, das auf dem Hof als Küchenmagd aushalf.

»Sag, dass ich gleich komme!«, rief Mutter zurück. »Wo war ich gerade, Charlotte?«

»Bei der Hochzeit.«

»Ja, die Hochzeit.« Erika Sattler strahlte. »Morgen wird der schönste Tag in deinem Leben«, prophezeite sie, küsste ihre Tochter auf die Stirn und eilte ins Haus.

»Ich komme schon! Wer ist es denn?«

Die Tür fiel zu. Charlotte konnte den Rest ihrer Worte nur noch gedämpft hören, gab sich aber keine Mühe, ihnen nachzuhorchen.

KAPITEL 2

Märgen, Samstag, 28. Juli 1781

»Hier an diesem Busch pflückte er Rosen, und pflückte die Rosen für mich.«
Amalia in *Die Räuber*, 4. Akt, 4. Szene

Der Nachmittag ging in den Abend über. Die durch die Scheiben dringenden Strahlen zauberten lange Schatten auf den Arbeitstisch. In weniger als einer Stunde würde die Sonne hinter den Tannenwipfeln des Spirzen untergehen und das Zwielicht der Dämmerung anbrechen. Charlotte hatte Stich um Stich gesetzt und nahm gerade die letzten Handgriffe an der Ziernaht mit dem hellbraunen, geflochtenen Garn vor, das sich vom dunklen Rindsleder des Stirnriemens auffällig absetzte. Das Ende ihrer Arbeit an Sattel und Zaumzeug war jetzt abzusehen.

»Lotte! Steckst du immer noch in diesem schrecklichen Loch?«

Die Mutter stürmte wieder herein. Sie sah noch aufgelöster aus als vorhin.

»Ich dachte, du bist längst fertig«, schimpfte sie aufgebracht. »Mein Gott, wie du aussiehst!«

»Ich bin gleich fertig. Was ist denn?«

»Ja, hörst du es denn nicht?«

Charlotte lauschte. Hufgeklapper. Ein Fahrzeug näherte sich über den Weg. War es der Vater mit den Lederhäuten?

»Er kommt!«, kreischte ihre Mutter hysterisch.

»Vater?«, fragte Charlotte. Doch es klang nicht wie der Sattlerkarren. Dem Geräusch nach fuhr eine Kutsche vor.

»Nein, Dummchen. Dein Bräutigam!«

Es folgte ein Moment der Stille.

»Ich hoffe nur, er will dich noch«, flüsterte ihre Mutter und wurde bleich.

Charlotte ging zum Fenster. Lenscheiders schwarze Landauer-Kutsche kam gerade zum Stehen. Ein Brauner und eine auffällig hübsche Rappstute waren eingespannt. Der Kutscher sprang kurz darauf vom Bock.

»Du musst dich sofort umziehen!«, befahl ihre Mutter. »Los, Kind! Er soll so lange warten, bis du hübsch aussiehst.«

Charlotte wollte im ersten Moment der Aufforderung Folge leisten, aber dann überlegte sie es sich anders. Lenscheider hatte sich nicht angekündigt. Ein solcher Besuch am Abend vor der Hochzeit war bestenfalls ungehörig zu nennen. In ihrer Brust mischten sich Aufregung und Unbehagen mit Angst und einer gehörigen Portion Trotz. Sie schüttelte den Kopf. »Ich werde ihn hier empfangen. So, wie ich bin.«

»Aber Kind!«, rief die Mutter entsetzt und schlug die Hände wie zum Gebet vor dem Gesicht zusammen. Dann rannte sie kopfschüttelnd hinaus.

Charlotte beobachtete, wie der Kutscher die Tür des Gefährts öffnete. Bevor Lenscheider ausstieg, trat sie vom Fenster zurück. Sie nahm wieder ihren Platz ein und griff nach dem Stirnriemen. Das Leder in der Hand zu spüren beruhigte sie. Gedankenverloren setzte sie mit der Nadel den nächsten Zierstich.

Erika Sattlers nervöse Begrüßung war durch das geöffnete Fenster nicht zu überhören: »Ich fürchte, Euer freudiger Besuch ist eine derartige Überraschung für Eure künftige Gemahlin, dass …«

»Wo finde ich meine junge Angebetete?«, unterbrach er sie mit seiner ungewöhnlich hohen Stimme.

Charlotte setzte den nächsten Stich. Kurz darauf hörte sie, wie die Werkstatttür von außen geöffnet wurde. Sie beendete konzentriert den Arbeitsschritt, bevor sie aufblickte.

»Herr Amtmann Lenscheider!«, sagte sie und legte die Nadel zur Seite. Sie setzte ein kühles Lächeln auf.

»Meine liebste Charlotte!«

Julius Magnus Lenscheider trug eine schmucke Jacke, die der Mode entsprechend mit ihrem Dekor an eine Uniform erinnern sollte. Sie war ihm ebenso auf den Leib geschneidert wie die bis zu den Hirschlederstiefeln gestreckt fallende Hose. Der Amtmann musste den Kopf unter dem Türrahmen einziehen. Zwar war er von schlanker Gestalt, trug jedoch einen kleinen Bauch vor sich her, der davon zeugte, dass der Witwer zu oft fettigen Braten und derbe Würste im Wirtshaus zu sich nahm.

Er setzte seinen befiederten Hut ab und hängte ihn an einen Haken an der Tür. Dann verbeugte er sich tief. Charlotte erhob sich. Als er sie betrachtete, wusste sie nichts Besseres, als einen Knicks zu machen. Beide standen sich für einen Moment schweigend gegenüber.

»Morgen ist es also endlich so weit«, ergriff Lenscheider das Wort. Die Färbung seiner Stimme lag gerade so sehr zu hoch, dass es Charlotte nicht störte, ihr aber jedes Mal auffiel, wenn er sprach. Sie hoffte, dass sie sich mit der Zeit daran gewöhnte.

»Ja, morgen. Verzeiht mein Auftreten in diesem Arbeitskittel …«

»Ihr konntet ja nicht ahnen, dass ich Euch noch vor der Hochzeit besuchen würde«, unterbrach er sie. Sie sah, wie seine dunkelbraunen Augen über ihre Gestalt glitten. Sein linker Mundwinkel zuckte leicht unter der eher kleinen Nase.

»Zudem wird es das letzte Mal sein, dass Ihr dieses Kleid der Arbeit tragen müsst«, fügte er nach einem Moment der Stille hinzu.

Mittlerweile drang nur noch ein dünner Lichtstreifen durch

das Fenster und traf genau auf ihren Oberkörper. Sie bemerkte Lenscheiders Blick, der über die leichte Wölbung ihres Busens streifte. Charlotte schoss das Blut in die Wangen. Dieser Mann würde sie morgen zu seinem Weib machen. Und doch fühlte sie Scham ihm gegenüber. Sie trat zwei Schritte zur Seite ins Halbdunkel der Werkstatt.

»In meiner Brust regte sich die Sorge, ob es Euch wohl gut geht vor dem großen Tag«, sagte er. Bei »Brust« krächzte seine Stimme. Er räusperte sich.

»Ich ... ich sehne den morgigen Tag herbei«, brachte Charlotte hervor. »Wenn diese untergehende Sonne wieder im Osten erscheint, wird nichts mehr sein wie zuvor.«

»Ihr sprecht so wahr, meine liebste Charlotte. Und glaubt mir, auch ich brenne darauf, dass diese letzte Nacht, die unserer beider Herzen trennt, schnell vorübergehen mag«, hauchte Lenscheider. Beherzt trat er einen Schritt auf sie zu.

»Wisst Ihr, ich war ein wenig besorgt«, sagte er dann.

»Besorgt?«

»Als ich am Ostertag meinen ganzen Mut zusammennahm und um Eure Hand anhielt, habt Ihr meinen Antrag nicht mit überschwänglicher Freude angenommen, wie ein Mann es sich erhoffen würde. Stattdessen habt Ihr Euch zuerst Bedenkzeit ausgebeten.«

»Weil eine solche Entscheidung nicht leichtfertig getroffen werden kann«, sagte Charlotte schnell.

»Ich dachte, es läge vielleicht daran, dass ich doppelt so alt bin wie Ihr.«

»Ihr seid doch kein alter Mann«, bemerkte Charlotte, musste sich jedoch eingestehen, dass es sicher nicht ihr Wunsch gewesen war, den Rest ihres Lebens mit einem so reifen Ehemann zu verbringen.

Ihre Mutter hatte seit Lenscheiders Antrag immer wieder davon gesprochen, dass junge Männer nur Flausen im Kopf hätten und ein solcher Kerl Charlotte nie die Sicherheit bieten könnte, die ihr ein Leben an der Seite des achtunddreißigjährigen Amtmanns garantierte.

»Die Liebe kommt von allein, wenn du erst einmal sein Kind unter dem Herzen trägst«, hatte Erika Sattler aus dem Schatz ihrer selbst gesammelten Weisheiten vorgetragen.

»Es hat mir gefallen, dass Ihr meiner Bitte um Bedenkzeit entsprochen habt«, sagte Charlotte. Ja, das stimmte. Lenscheider hatte ihren Wunsch respektiert, sein Werben allerdings nicht eingestellt. Er hatte sie mit Geschenken überhäuft, ihre Mutter mit berühmten Persönlichkeiten beeindruckt, die er en passant erwähnte, und den Vater als Lieferanten für das Freiburger Kavallerie-Regiment ins Spiel gebracht. Charlotte war gar nichts anderes übrig geblieben, als ihm zum Pfingstfest ihre Zustimmung ausrichten zu lassen. Ihre Mutter hatte vor Freude erst gejubelt und dann geweint.

»Weder bin ich alt, noch fühle mich so«, sagte Lenscheider. »Aber Ihr seid eine junge Frau. Und, mit Verlaub, ein sehr reizvolles Geschöpf.«

Er griff in die Innentasche seiner Jacke.

»Beinahe hätte ich es vergessen! Ich habe Euch dieses Geschenk mitgebracht.«

Er brachte ein Büchlein zum Vorschein, hielt es nach vorn, kam aber nicht näher auf sie zu. Charlotte fühlte sich daran erinnert, wie sie Wälderwind eine Möhre hinhielt, bis der Hengst aus eigenen Stücken den letzten Schritt auf sie zu tat.

»Eure Mutter hat mir verraten, dass es Euch ein Plaisir sei zu lesen«, sagte Lenscheider. »Darum habe ich Euch einen Band mit moralisch erbaulichen Fabeln von dem beliebten Christian Fürchtegott Gellert als Gabe mitgebracht.«

Er überreichte ihr das Werk. Mutter hatte darauf bestanden, dass alle ihre Töchter lesen lernten. Der Hauslehrer hatte ihnen anhand der Heiligen Schrift beigebracht, Buchstaben zu Worten und diese zu Sätzen zu bilden. Erst als er nicht mehr kam, hatte Charlotte die Bibel zur Seite gelegt, weil ihr über eine Bekannte Bücher mit Geschichten über die Liebe und die Freiheit in die Hände geraten waren. Charlotte hatte sie verschlungen. Ja, sie hatte sogar mit sechzehn Jahren selbst ein paar Seiten verfasst. Ihr Schauspiel über eine Sattlerin, die in die weite Welt aufbricht, um die große Liebe zu finden, war jedoch nie über den Anfang hinausgekommen.

Julius Magnus Lenscheider beobachtete aufmerksam, wie sie das Büchlein aufschlug. »Die Biene und die Henne«, lautete der Titel der gedichteten Fabel. Charlotte kannte sie schon.

»Gefällt es Euch?«, fragte Lenscheider.

Charlotte nickte. »Ich danke Euch. Ich fürchte nur, dass ich selbst kein Präsent für Euch habe.«

»Das ist nicht nötig«, sagte er schnell. »Euer Jawort wird mein größtes Geschenk sein.«

Charlotte brachte kein Wort heraus. Das Schweigen zwischen ihnen war wie eine Wand, die von einer unsichtbaren Kraft emporgezogen wurde.

»Glaubt mir, dass ich ein zutiefst ehrenwerter Mann bin, fest im Glauben und treu ergeben meinem Erzherzog und Kaiser.«

»Daran habe ich keinen Zweifel.«

»Mir ist bewusst, liebste Charlotte, dass Gottvertrauen und Pflichtbewusstsein nicht allein die Erwartungen einer lebenslustigen, jungen Frau an das Leben erfüllen können.«

Er trat einen Schritt auf sie zu. Sie wollte zurückweichen, stand aber schon mit dem Rücken vor dem Zuschneidetisch. Lenscheider berührte sie fast, als er Halt machte. Sein Gesicht war rot angelaufen. Er lächelte unsicher.

»Ihr seid so still«, bemerkte er.

»Ich weiß nicht, was Ihr mir sagen wollt«, gestand sie leise.

Er ergriff ihre Hände. Charlotte erschrak bei der Berührung. Seine Haut war weich und vor Aufregung klamm wie ein rohes Bratenstück. Sie unterdrückte den Drang, die Hand wegzuziehen.

»Ich weiß, dass Ihr mich als vernünftige Wahl seht. Der Amtmann eben, der darauf sinnt, durch Gehorsam und Fleiß bald zum Oberamtmann befördert zu werden. Und genau der steht jetzt auch vor Euch: ein Mann, der alle nötigen Anstrengungen unternehmen wird, damit seinem Weib und den – so Gott will – mindestens zehn Kindern ein sorgenfreies Leben in Wohlstand beschieden sein soll.«

Hatte sie recht gehört? Zehn Kinder?

Er schien ihre vor Schreck geweiteten Augen bemerkt zu haben. »Sorgt Euch nicht. Ich will auch mit weniger als zehn zufrieden sein.«

Charlotte atmete erleichtert aus.

»Was mir Euch zu sagen am Herzen liegt, liebste Charlotte: Ja, ich bin der vernunftgeleitete Amtmann, den Ihr in mir seht. Aber Ihr sollt wissen: Es schlägt auch ein zweites Herz in meiner Brust, das der Leidenschaft. Und es schlägt bisweilen derart laut, dass ich zu zerbersten fürchte.«

Seine Stimme überschlug sich beim letzten Wort. Charlotte spürte, wie er ihre Hände fester drückte. Sie sah, wie er ganz nah über ihr die Augen schloss und die bebenden Lippen zum Kuss spitzte. Ihr Körper wollte zurückzucken. Sie drehte den Kopf zur Seite, während er weiter vor ihr mit geschlossenen Augen ausharrte. Charlotte blickte sich nach einer Rettung um: Die Tür war nicht zu erreichen, das Fenster hinter ihm … Charlottes Augen weiteten sich noch mehr. Draußen am Fenster stand die Mutter und gestikulierte ihr wild zu! Charlotte las von ihren Lippen: »Küss ihn! Küss ihn!«

Doch das lag nicht länger in ihrer Entscheidungsgewalt. Lenscheider zog Charlotte das fehlende Stück zu sich. Seine Lippen trafen ihre Wange.

»Oh«, stöhnte er entzückt. Jetzt blickte er sie an. »Küsst mich, meine liebste Charlotte!«, hauchte er heißblütig.

Unerwartet kraftvoll hielt er sie an sich gepresst. Ein weiteres Ausweichen war kaum möglich. Und durfte sie sich ihm überhaupt entziehen? Sie hatte sich ihm versprochen. Von morgen an würden sie bis zum Ende ihrer Tage miteinander verbunden sein. Charlotte wand sich, doch sein Griff blieb unnachgiebig. *Vielleicht,* schoss es ihr durch den Kopf, *wird sein Kuss mich überraschen und es mir leichter machen, den Sonnenaufgang herbeizusehnen.* Sie hoffte es.

Als ihre Lippen sich berührten, gab Lenscheider ein wimmerndes Geräusch von sich. Dann öffnete sich sein Mund, und Charlotte spürte, wie seine Zunge gegen ihre Lippen fuhr. Sie war wie gelähmt. Lenscheider verstand ihre Regungslosigkeit wohl als Bekräftigung, einen Schritt weiter zu gehen. Als seine Zunge in ihren Mund eindringen wollte, entzog sie sich ihm endlich.

Er räusperte sich verlegen und ließ von ihr ab. Charlotte trat einen Schritt beiseite und brachte so die Werkbank zwischen sich und ihn.

»Ihr seid ebenso tugendhaft wie schön. Verzeiht, liebste Charlotte. Meine Liebe zu Euch hat mir den Verstand geraubt. Und Ihr habt recht: Wir sind erst morgen Mann und Frau. Wir müssen uns in Geduld üben, so schwer es uns auch fallen mag!« Er zog die verrutschte Jacke gerade.

»Ihr solltet jetzt besser gehen«, brachte Charlotte hervor. »Es wäre ungehörig, wenn jemand sehen würden, dass Ihr mich vor der Hochzeit küsst.«

»Welch Glück ich doch habe, eine so tugendhafte Braut die Meine nennen zu können.«

»Erst morgen bin ich eine Braut«, gab Charlotte zurück. »Noch bin ich Charlotte Sattler, die sich nun zurückziehen möchte.«

»Selbstverständlich, liebste Charlotte. Freut Ihr Euch ebenso sehr wie ich auf den morgigen Tag?«

»Es wird sicher ein Tag sein, an den wir noch lange denken werden«, antwortete sie.

»Schlaft gut, liebste Charlotte. Träumt von mir … wie ich von Euch!«

Sie nickte. Der Amtmann wandte sich forsch um, pflückte seinen Hut vom Haken und verließ die Werkstatt, ohne sich noch einmal umzuschauen. Charlotte rieb sich über den Mund.

Ein Mann der Leidenschaft. Wie betäubt sank Charlotte auf ihren Schemel. Ohne bewusstes Zutun ergriff sie den Stirnriemen und die Nadel. Als sie das Zittern ihrer Hände bemerkte, legte sie beides wieder hin. So würde sie keinen einzigen Stich tun können.

Charlotte hätte sich am liebsten versteckt, um in Ruhe über das Erlebte nachdenken zu können, aber Ruhe blieb ihr heute keine gegönnt. Es dauerte kaum eine Minute, bis die Mutter und die Schwestern kichernd in die Werkstatt stürzten.

»Hat er dich geküsst?«, rief Eugenie erwartungsvoll.

»Eugenie!«, schalt ihre Mutter, nur um direkt hinzuzufügen: »Hat er doch?«

Charlotte nickte stumm.

»Gott sei's gedankt!«, rief die Mutter und schlug ein Kreuz.

»Wie war es?«, wollte Eugenie wissen.

Die Ankunft eines weiteren Fahrzeugs ersparte Charlotte eine Antwort.

»Das muss Vater sein«, rief Elisabeth.

Alle zusammen liefen sie hinaus. Charlotte ging etwas langsamer. Ja, da kamen der Vater und Gregor. Der alte Knecht thronte auf der Ladefläche des von Wälderwind gezogenen Wagens mitten auf den Lederbahnen und grinste so breit, dass man seine wenigen Backenzähne erkennen konnte.

Während Elisabeth dem Vater um den Hals fiel und Eugenie Gregor vom Wagen half, berichtete ihre Mutter schon von Lenscheiders Besuch. Dankbar bemerkte Charlotte, dass sie dem Vater gegenüber den Kuss nicht erwähnte. Sie stand bei Wälderwind und streichelte den schweren Hals des Hengstes. Er würde hungrig sein und am liebsten gleich auf die Weide kommen.

»Ich weiß doch, ich weiß. Ich bin meinem künftigen Schwiegersohn eben auf dem Weg noch selbst begegnet«, lachte ihr Vater und trat zu seiner ältesten Tochter. Er nahm sie in den Arm. Seine Berührung fühlte sich gut an.

»Was ist los mit dir?«

»Nichts, Vater.«

Unbewusst wischte sie sich noch einmal mit dem Handrücken über die Lippen.

Frieder Sattler war ein großer Mann mit einem kurzen Bart und wachen Augen, die jede Schadstelle auf einer Lederbahn auf Anhieb erkennen konnten.

»Ist das Essen fertig?«, fragte er in Richtung der Mutter. Diese nickte. »Geht schon rein«, sagte er an seine Frau und die jüngeren Schwestern gewandt. »Lotte und ich prüfen noch ein letztes Mal gemeinsam das Leder.«

Charlotte gelang es, ein Lächeln aufzusetzen. Sie packte an einer Seite an, ihr Vater auf der anderen. In der Werkstatt hievten sie die schweren Häute auf den Tisch, und der Vater bückte sich, um das oberste Leder im letzten Licht nach einem Makel abzusuchen.

»Es würde mich wundern, wenn du sie nicht beim Gerber schon bei besserem Licht viel genauer begutachtet hättest«, stellte Charlotte fest.

»Und doch findet man manchmal erst bei einer letzten genauen Prüfung noch einen Fehler, den man bei aller Aufmerksamkeit vorher nicht erkannt hat«, sagte der Vater und drehte sich um.

»Ist das Zaumzeug fertig?«, fragte er, als sein Blick auf das Werkstück fiel, an dem nur noch das Stirnband befestigt werden musste.

»Fast. Es kam ständig etwas dazwischen.«

»Das sind nur noch ein paar Stiche. Das schaffst du auch nach dem Essen noch.«

Er fuhr mit dem Zeigefinger über die Naht und nickte anerkennend. »Ich kenne keine andere Frau, die es mit dir als Sattlerin aufnehmen könnte. Und kaum einen Mann.«

Charlotte lächelte.

»Sag, wie war der Besuch deines Verlobten?«, fragte er ohne jeden Übergang.

Seit sie laufen konnte, hatten sie beide die meiste Zeit zusammen in der Werkstatt oder draußen bei den Pferden verbracht. Charlotte war immer ein Vaterkind gewesen. Und anders als die meisten Väter hatte Frieder Sattler seine Tochter ernst genommen und sie gefördert in dem, was sie tun wollte. Zwischen ihnen hatte sich ein tiefes Verständnis herausgebildet, das ohne viele Worte auskam.

»Der Amtmann hat mir ein Buch mit Fabeln zum Geschenk gemacht.«

»Er ist eben ein aufmerksamer Mann.«

»Das ist er.«

Frieder Sattler richtete sich auf und nahm Charlottes Hand. »Am Anfang konnte ich nicht verstehen, weshalb du seinen Antrag angenommen hast.«

Charlottes Augen weiteten sich vor Überraschung.

»Ich habe immer gedacht, dass mein kleines Mädchen für immer bei mir sein würde. Es war … so schön. Aber dann wurde mir klar, dass deine Mutter recht hat. Ich muss dich gehen lassen.«

»Aber wenn ich das vielleicht gar nicht will?« Charlotte schluckte die Tränen herunter, die ihr in die Augen stiegen.

»Es ist nichts Ungewöhnliches, dass so kurz vor der Hochzeit die Zweifel wie Unkraut sprießen. Glaub mir, auf dem Weg zum Altar hat es mich seinerzeit derart gegraust, dass ich am liebsten kehrtgemacht hätte und weggelaufen wäre.« Er lachte laut auf. Und wie immer, wenn er lachte, steckte er sie damit an.

»Mutter ist auch nicht immer leicht«, warf Charlotte ein.

»Dass du damit recht hast, wissen wir beide, aber daran lag es nicht. Ich freute mich unsäglich darauf, deine Mutter zu heiraten. Die Hosen hatte ich voll, weil sich mein Leben ändern sollte. Aber du siehst es ja: Alles wurde gut. Heute möchte ich keinen Moment meiner Ehe missen. Sie hat mir ein glückliches Leben und vor allem dich und deine Schwestern beschert.«

Jetzt rann Charlotte doch eine Träne aus dem Auge.

»Nun wein doch nicht«, sagte ihr Vater und nahm sie noch einmal in den Arm. »Du weißt, dass ich nicht geizig bin, wenn es um gut gemeinte Ratschläge geht. Und oft genug wolltest du nichts davon wissen.« Er winkte ab, als Charlotte etwas dazu sagen wollte. »Aber jetzt gebe ich dir einen wirklich wichtigen Rat: Höre auf dein Herz. Tue das, was es dir empfiehlt, und vertraue deiner Entscheidung. Mit allen Folgen, die sich daraus ergeben mögen. Und du wirst sehen: Du wirst glücklich werden mit dem Amtmann.«

Er küsste sie auf die Stirn.

»Und jetzt lass uns essen. Die paar Stiche kannst du besser satt im Kerzenschein machen als jetzt noch hungrig. Und morgen hast du bei Gott einen aufregenden Tag vor dir.«

KAPITEL 3

Stuttgart, Samstag, 28. Juli 1781

»Aber es war nur im Dampfe des Weins, und mein Herz hörte nicht, was meine Zunge prahlte.«
Karl Moor in *Die Räuber*, 1. Akt, 2. Szene

»Bei deinem Gehorsam befehl ich dir, morgen darf der Graf nimmer …«

Die Feder kratzte beim Schreiben der letzten Buchstaben trocken über das Papier. Ungeduldig tunkte Friedrich die Spitze des Kiels ins Tintenfass, streifte den überflüssigen Tropfen am Rand ab und vollendete den Satz: »… unter den Lebendigen wandeln.«

Friedrich konnte sich den empörten Aufschrei des Publikums aufs Beste vorstellen. Er nickte entschlossen vor sich hin. Diese forsche Bewegung seines Kopfes verstärkte jedoch die schmerzvollen Stiche in dessen Inneren, wodurch die Freude über das Geschriebene schlagartig in den Hintergrund trat. Er stellte das Nicken umgehend ein und rieb sich mit der freien Hand den langen Nacken. Das schien die Kopfschmerzen ein wenig zu besänftigen, weckte aber ein revoltierendes Gefühl in der Magengegend. Mit ganzer Willenskraft zwang Friedrich seine Konzentration zurück auf das Theaterstück.

Morgen darf der Graf nimmer unter den Lebendigen wandeln. Der Befehl, den vermeintlichen Grafen zu töten, musste den treuen Daniel so niederschmetternd treffen wie der Tritt eines tobsüchtigen Pferdes. Die Übeltat, die Franz seinem Diener hier abverlangte, würde seine Seele schon vor dem Jüngsten Tag zerbrechen lassen. Aber so weit würde es nicht kommen. Friedrich grinste zufrieden. Der Christenmensch Daniel würde letzten Endes dem himmlischen Herrn gehorchen, nicht dem irdischen Tyrannen.

Für einen Moment erschien schemenhaft ein Gedanke vor Friedrichs innerem Auge. Er sollte sich an eine Aufgabe erinnern. Aber an welche? Wie bei einem Traum verdichteten sich die Nebelschwaden des Vergessens, je angestrengter er seine Erinnerung bemühte.

Der letzte Krug Wein, den der Ochsenwirt mir gestern Abend ausgeschenkt hat, muss schlecht gewesen sein, dachte er. Ob es dem Streicher gerade besser ging? Ein breites Grinsen ließ seine von Sommersprossen besprenkelten Wangen hervortreten. Lagen im Magen des Freundes und Saufkumpanen auch eisige Wackersteine, die ihn zu Boden zogen? Wurde sein Kopf ebenfalls von wütenden Truppen belagert wie die Burg des Götz von Berlichingen vom Heer des Kaisers?

Gedankenverloren nahm Friedrich neue Tinte auf. Als er die Feder über das Papier hob, löste sich ein Tropfen, fiel herab und landete mitten auf der Rede des Schurken Franz, wo er einen Flecken so groß wie ein Fingernagel hinterließ. Friedrich fluchte, legte die Feder ab und versuchte, das Malheur mit einem mit Spucke befeuchteten Tuch einzudämmen. Übrig blieb ein grauer Schatten.

Wie um alles in der Welt sollte man arbeiten, wenn dieser widerliche Kopfschmerz jeden Gedanken niederknüppelte wie Karls Räuberbande ihre Opfer? Das geschwollene Auge tat ein Übriges. Streicher hatte irgendwann während des Gelages ein paar famose Reden geschwungen, die jedem nüchternen Mann als albern erschienen wären. Indes hatte es im ganzen Ochsen keinen einzigen nüchternen Mann mehr gegeben. Stattdessen zwei Esslinger, die über die Sprüche des Stuttgarters nicht lachen konnten und sie mit den Fäusten konterten. Das wiederum hatte Friedrich auf den Plan gerufen und war letztlich Ursache für das geschwollene Auge, das einem Volltreffer nur durch Glück entgangen war. Wenn der Ochsenwirt die Streithähne nicht getrennt vor die Tür gesetzt hätte, wer weiß, in welchem Zustand Friedrich sich jetzt befände.

Das Papier war an der Stelle des beseitigten Flecks zu einem welligen Untergrund getrocknet. Friedrich ersetzte die weggewischten Lettern, bevor sein Geist sich wieder der Antwort des Dieners zuwandte. Sollte er diese für das Theaterstück beibehalten, wie sie in seinem Drama geschrieben stand? Er warf einen Blick in das gedruckte Büchlein. Dort fand er als Antwort Daniels auf die Aufforderung, den Grafen zu töten, den Aufschrei: »Hilf, heiliger Gott! Weswegen?«

»Und hilf auch mir, heiliger Gott!«, stöhnte Friedrich. Die Aufgabe, sein zu Ostern veröffentlichtes Erstlingswerk für die Bühne zu überarbeiten, lastete wie ein Joch auf seinen schmalen Schultern. Auf der anderen Seite ließ ihn die Aussicht, *Die Räuber* im Mannheimer Theater aufgeführt zu bekommen, etwas Hoffnung verspüren, seinen Schuldenberg doch noch abtragen zu können.

Friedrichs Blick schweifte durch die kärgliche Kammer. An der Tür stand eine Truhe, deren Deckel nicht mehr recht schloss. Die Garderobe darüber, an der sein blauer Uniformrock hing, bestand aus in die Wand geschlagenen Nägeln. Auf dem Stehpult daneben lag Friedrichs zerlesene Ausgabe von Klopstocks *Oden*, die auf dem größten Möbel, dem schweren Tisch, keinen Platz mehr fand. Denn der war bedeckt von all dem Papier, dem Tintenfass und den Federn und vielen leeren Weinflaschen. Ebenso wie die an der Wand stehende Bank, auf der sich die gebundenen Werke der großartigsten Autoren, Stückeschreiber und Philosophen stapelten. Zwei wackelige Stühle und zwei dem gesunden Schlaf nicht gerade förderliche Feldbetten in einem Alkoven bildeten die restlichen Möbel des Raums am Stuttgarter kleinen Graben, das Friedrich sich mit seinem Freund Franz Josef teilte. Da dieser sich seit zwei Wochen auf Feldübung befand, brauchte er den Tisch nicht aufzuräumen und konnte so in jeder freien Minute das Umschreiben seines Dramas fortsetzen.

Dabei benötigte die Kammer dringend eine reinigende Hand, das musste Friedrich zugeben. Durch die vom Schmutz matte Fensterscheibe drang das Sonnenlicht nur spärlich herein. Vom Dielenboden war kaum eine Handbreit zu sehen. In einer Ecke lagerten Kartoffeln in drei großen Säcken, daneben standen weitere Flaschen – alle leer – und ein dafür umso vollerer Beutel mit Kleidung, die zu reinigen oder zu flicken wäre. Schuhe und Gamaschen lagen neben ein paar schmutzigen, zusammengestellten Tellern, die die Fliegen anzogen. Dabei war das die freiere Ecke. Denn ihr gegenüber stapelte sich Friedrichs größter Fehler – und seine Hoffnung zugleich.

Die Räuber. Ein Schauspiel, stand hundertfach auf den Einbänden. Sein Name war weder auf dem Umschlag noch im Buch zu finden. Das hatte er sich nicht getraut. Stattdessen war er das Wagnis eingegangen, hundertfünfzig Gulden für den Druck des Dramas bei Freunden und Verwandten zu borgen. Er hatte erwartet, dass das Werk die Grundlage seines künftigen Wohlstands sein könnte. Aber der Absatz kam nicht ans Laufen, was im Moment wahrscheinlich das wahre Drama der *Räuber* war. Die ersten Freunde erbaten schon das geliehene Geld zurück. Und der Ochsenwirt hatte ihm angedeutet, dass die Tafel vom Anschreiben bald überfüllt war.

Das Pochen gegen die grobe Holztür riss ihn aus seinen Gedanken.

»Friedrich!«, drang ihm die Stimme seiner Hauswirtin ans Ohr.

Schlagartig saß er aufrecht und prüfte den Sitz der gegipsten Haarrollen an der Seite seiner Frisur.

»Was ist, Frau Vischer?«, rief er und zog die trotz seiner dünnen Gestalt im Sitzen immer hochrutschende Uniformweste gerade.

Statt einer Antwort öffnete sich die Tür. Luise Dorothea Vischer rauschte herein. Eine fleckige Küchenschürze bedeckte ihren Körper, dessen Rundungen nicht ohne Reiz waren, wie Friedrich zugeben musste. Eine längliche Nase ragte wie ein Schnabel über dem dünnlippigen Mund der Frau hervor. Theatralisch verdrehte sie die Augen.

»Die Luft in Eurer Stube lockt vielleicht Fliegen an, aber als Frau mag man gar nicht eintreten«, murrte sie.

»Warum kommt Ihr dann und stört mich mitten in der Arbeit?«, gab Friedrich zurück.

Die Vischerin war keine zehn Jahre älter als er. Ein unbehandelter Wundbrand hatte ihr den Mann und den beiden Kindern den Vater geraubt. Trotz des Schicksalsschlags zeigte sie meist ein sonniges Gemüt und kümmerte sich um ihre jungen Untermieter wie eine große Schwester.

Sie beantwortete Friedrichs freche Frage nicht, sondern prüfte mit einem Rundblick den Zustand der Kammer. Ihre Miene wurde dabei immer missbilligender.

»Was ich Euch störe, wollt Ihr wissen? Wenn Ihr mich das so fragt: Es wäre schön, wenn Ihr den ausstehenden Mietzins begleichen könntet. Die Kinder haben Hunger.«

Friedrich legte die Feder zur Seite. »Ich warte doch selbst auf meinen Sold. Sobald der mir ausgezahlt wird …«

»… kauft Ihr Euch wieder neue Bücher und esst mir mit Euren Freunden die Töpfe leer!«, vervollständigte sie den Satz anders, als Friedrich es vorgesehen hatte.

»Dieses Mal nicht, ich gebe Euch mein Wort darauf.«

»Das habt Ihr auch im Juno schon gesagt. Und kommt mir jetzt nicht wieder mit Eurer kostenfreien Behandlung!«

»Wenn Ihr krank seid, habt Ihr den Medicus schon im Haus!«,

wiederholte er dennoch das schlagkräftigste Argument, warum die Vischerin ihn trotz der Mietrückstände weiter unter ihrem Dach wohnen lassen sollte.

»Habt Ihr mich je einen Tag krank erlebt, lieber Friedrich? Ich hätte nicht einmal Zeit dafür. Und wenn es mich doch einmal treffen sollte, dann bewahre mich der Herrgott vor Euren Heilmethoden. Außerdem scheint es mir, als wäret Ihr derjenige, der ärztlichen Rat gebrauchen könnte. Kommt ins Licht!«

Friedrich stand auf und drehte sich zu ihr. Er war einen guten Kopf größer als sie, ein magerer Kerl, der in der vom Vorgänger geerbten Uniform so deplatziert aussah, wie er sich darin fühlte.

»Ihr seid blass«, bemerkte sie.

»Nicht mehr als sonst.«

»Oh doch. So bleich wie eine Wasserleich'.« Sie lachte, wurde aber sofort wieder ernst. Ihre Hand ging zu seiner Wange und streichelte vorsichtig darüber. Friedrich zuckte zurück.

»Tut Euch das Auge so sehr weh?«, fragte sie besorgt und ließ den Arm sinken.

Friedrich nickte, obwohl sein Rückzug weniger vom Schmerz als von einem anderen Gefühl verursacht worden war, das ihre Berührung in ihm ausgelöst hatte.

»Dann lasst es Euch eine Lehre sein, und haltet Euch in Zukunft von Schlägern fern, die stärker sind als Ihr.«

Friedrich nickte. »Danke für Euren Rat, aber die Kopfschmerzen wären auch ohne die Schläger unvermeidbar gewesen.«

Sie lachte spöttisch. »Dass Euch der Schädel brummt, kann ich mir bestens vorstellen. Es war spät, als Ihr zurückkamt. Und leise wart Ihr auch nicht gerade.«

»Seid Ihr gekommen, um Euch über die Störung Eures Schlafs zu beschweren?«

Die Vischerin schüttelte den Kopf. »Nein, eigentlich nicht. Ich habe mich nur gewundert, warum Ihr immer noch nicht aufgebrochen seid. Die Kirchturmuhr hat schon dreimal geschlagen.«

»Aufgebrochen?«, fragte er verwirrt. Doch er brauchte keinen weiteren Anschub mehr. Mit einem Donnerschlag fiel ihm ein, was er vergessen hatte. Wie konnte ihm *das* nur entfallen sein?

»Es hat schon drei geschlagen? Das ist nicht möglich!«, rief er kopfschüttelnd. Er wartete auf ein Zucken um die Mundwinkel der Wirtin, doch die nickte nur.

»Beeilt Euch lieber! Der Herzog wird sicher nicht erfreut sein, wenn Ihr zu spät kommt!«

Friedrich stand einen Moment wie gelähmt da. Der Gedanke, zu spät zu kommen, verschaffte ihm sogleich das Gefühl eines vom Stock brennenden Hosenbodens. Er war zwar nicht mehr Schüler der Akademie, fühlte sich aber trotzdem keinen Deut freier als noch vor einem Jahr. So verhasst war ihm die Erinnerung an Carl Eugens Schule und die altbackene Erziehung, dass sein Geist den anstehenden Besuch verdrängt hatte.

»Was ist? Sputet Euch lieber, statt dazustehen wie ein Ölgötze!«, mahnte die Vischerin.

Sie hatte recht. Zu wichtig war die Audienz im Schloss. Wenn er sich beeilte, konnte er es vielleicht noch schaffen. Friedrich zog sich die verhassten Stiefel mit ihren viel zu stark gefütterten Gamaschen über, in denen er nur laufen konnte wie die Karikatur eines Storches. Obwohl Friedrich nicht breit gebaut war und man von Kartoffeln allein nicht fett werden konnte, spannte die Weste, als er sich die Uniformjacke über die Schultern warf. Ihr Vorbesitzer war dürr wie ein Skelett gewesen und dazu etwas kleiner als Friedrich. An der Tür griff er sich den mickrigen Militärhut, an den ein gepuderter Zopf geheftet war, der nur wenig zu Friedrichs krausem Rotschopf passte.

»Eilt Euch«, rief ihm die Vischerin hinterher, als er auf die Straße sprang. »Und viel Glück!«

Friedrich hielt sich rechts, prüfte mit einem Blick auf die Kirchturmuhr die Zeit und trat mitten in einen frischen Pferdeapfel, der auf dem trockenen Boden die Fliegen anlockte wie ein großzügiger Spender die Bettler. Schimpfend machte er Halt und streifte sich die Sohle auf den Pflastersteinen ab, bevor er weiterrannte. Er wich einer Gruppe schwatzender Frauen in langen Kleidern und bunten Schürzen aus und lief um einen Holzkarren herum, auf dem zwei grobe Kerle einen Stapel Bretter transportierten. Dahinter bog er links in Richtung Schloss ab. In Höhe des Stoffhändlers kam ihm eine junge Frau mit einem plärrenden Kind auf dem Arm entgegen.

»Herr Scheller!«, rief sie. »Ich wollt gerade zu Euch!«

Friedrich kannte sie flüchtig. Wie er war sie einundzwanzig Jahre alt, doch damit endeten ihre Gemeinsamkeiten. Ihr einfältiger Geist steckte in einer bemerkenswert aufreizenden Hülle, während man ihn wohl eher als scharfsinnigen Denker mit labiler Kondition bezeichnen musste.

»Ich habe jetzt keine Zeit!«, keuchte er.

»Ich fleh Euch an, Herr Scheller!«, rief sie und trat Friedrich so in den Weg, dass er zum Anhalten gezwungen wurde.

»Schiller«, korrigierte er sie. »Immer noch Schiller.«

»Anton hat seit gestern Durchfall«, überging sie seine Richtigstellung und hielt ihm den in ein schmutziges Kleidchen verpackten Jungen mit beiden Händen entgegen.

»Selbst wenn ich jetzt Zeit hätte, dürfte ich deinen Jungen nicht behandeln. Das weißt du doch. Geh zum Doktor Sütterle!«

»Einen richtigen Doktor können wir uns nicht leisten. Ich fleh Euch an, helft uns!«

Friedrich wusste genau, dass Verzögerungen die Laune des Herzogs in unermessliche Tiefen sinken lassen konnten. Und niemand wollte einem missgelaunten Carl Eugen gegenüberstehen. Am Ende würde es ihm ergehen wie dem guten Schubart, der seit bald vier Jahren ohne Urteil im Kerker von Hohenasperg sein Dasein fristete.

»Gebt dem Kind heute etwas trockenes Brot, und flößt ihm genug Wasser ein«, sagte er gehetzt. »Ich muss weiter, gute Frau.«

»Und wenn's nicht besser wird?«

»Dann kommt in Gottes Namen morgen zum Haus der Frau Vischer.«

Bei seinen letzten Worten strahlte sie erleichtert.

»Jetzt lasst mich endlich vorbei!«

»Habt Dank, Herr Scheller!«, rief sie ihm nach.

»Schiller!«, brachte er keuchend hervor, als er bereits um die nächste Ecke lief.

KAPITEL 4

Stuttgart, Samstag, 28. Juli 1781

»Spät kommt Ihr – doch Ihr kommt!«
Illo in *Die Piccolomini*, 1. Akt, 1. Szene

Je weiter er sich nach Norden bewegte, umso prächtiger wurde Stuttgart. Bald tauchte das an eine Burg erinnernde Alte Schloss vor Friedrich auf. Dahinter erhob sich sein weitaus prunkvollerer Nachfolgebau. Diener und Boten liefen kreuz und quer, um Aufträge ihrer Herren zu erledigen. Drei Juristen in weiten, dunklen Mänteln disputierten über einen Fall im Schatten einer Buche. Das Thema ging im Lärm eines herannahenden Vierspänners unter. Der in eine herzogliche Uniform gekleidete Kutscher preschte rücksichtslos voran. Friedrich sprang zur Seite, um dem schmucken Gefährt auszuweichen. Er ließ den begrünten Schlossplatz links liegen und stürzte auf das machtvollste Gebäude zu, das er kannte, größer noch als das Schloss in Ludwigsburg. Das Neue Schloss bestand aus einem lang gezogenen Hauptgebäude, dem Corps de Logis, an das sich zwei Flügel in Form eines eckigen »U« anschlossen.

Im Ehrenhof herrschte emsiges Treiben. Eine kleine Kompanie trat gerade zu einem Appell an, eine weitere Kutsche fuhr vor. Beamte, Lakaien und Soldaten standen in Grüppchen zusammen oder bewegten sich über den Hof vom architektonisch abgesetzten Eingang des einen Flügels zum anderen. Die selbst einen hünenhaft gewachsenen Mann an Höhe überragenden Fenster reihten sich in perfekter Präzision über die gesamte Fassade des Schlosses. Der zur Stadt hin liegende Flügel war an zwei Stellen von wenig vertrauenerweckend aussehenden Holzkonstruktionen eingerüstet. Ein paar Dutzend Arbeiter lungerten unbeteiligt davor herum. Nur wenige Männer hämmerten auf einem der Gerüste Holzlatten aneinander. Friedrich vermutete, dass es den Arbeitern in Sachen Bezahlung nicht anders erging als ihm: Jeder hoffte, dass der Herzog bald wieder Geld übrighatte, um seinen Beschäftigten ihren Lohn auszuzahlen. Obwohl Carl Eugen damit teils Monate im Rückstand war, duldete er es nicht, dass seine Untergebenen ihren Aufgaben fernblieben. Mit Schlägen oder Kerker hatte zu rechnen, wer die Arbeit niederlegte. Also blieben die meisten auf ihren Posten, beschränkten die Anstrengungen aber auf das Mindeste.

Die Wachen am Tor schienen ihren Sold regelmäßig ausgezahlt zu bekommen. Voller Gewissenhaftigkeit erfragten sie Friedrichs Begehr und prüften seine Papiere umso pedantischer, je gereizter er ihnen zu verstehen gab, dass es ihm pressierte. Endlich ließen sie ihn durch. Die Uhr schlug zur halben Stunde. Genau jetzt sollte er vor dem Herzog erscheinen. Friedrich schickte ein Stoßgebet zum Himmel und stolperte auf den Eingang zu, auf den einer der Wachposten gewiesen hatte.

Ein in eine auffällig bunte Uniform gekleideter Lakai empfing Friedrich an der zweiflügeligen Türe und forderte ihn auf, einem Knaben zu folgen. Dieser war nicht älter als zehn Jahre und führte den keuchenden Besucher ohne ein Wort eine breite, wenig verzierte Steintreppe empor. Die obere Etage bestach durch eine weitaus kunstvollere Einrichtung. Am Ende eines langen Flurs mit Gemälden italienischer Landschaften warteten zwei Wachen vor einer Doppeltür, durch die ein Landauer gepasst hätte, wenn man beide Flügel öffnete. Für Friedrich tat sie das nur einen Spalt weit, gerade genug, dass er hindurchgelangen konnte, und er betrat das Vorzimmer des Audienzsaales.

Langsam beruhigte sich sein Atem. Drei wartende Männer blickten kurz auf. Zwei Soldaten an der nächsten Tür musterten Friedrich ebenfalls. Ein Höfling mit grauem Schnurrbart und einer prächtigen Puderperücke stand an einem Pult und blickte Friedrich mit heruntergezogenen Mundwinkeln gelangweilt an. Ein bitterer Geruch lag in der Luft.

»Wer möchte sich zur Audienz beim Herzog anmelden?«, fragte der Höfling.

Soweit es ihm sein Zustand erlaubte, nahm Friedrich Haltung an.

»Schiller, mein Herr. Friedrich Schiller lautet mein Name. Medicus im Grenadier-Regiment von Augé der Württembergischen Armee im Dienst des durchlauchtigsten Herzogs Carl Eugen ...«

»Er ist zu spät«, unterbrach ihn sein Gegenüber. Als einzige Regung im Gesicht des Höflings wippten die Enden seines Schnauzbarts, während er mehrere Papierbögen durchblätterte. Schließlich zog er den hervor, den Friedrich vor zwei Wochen ausgefüllt und persönlich eingereicht hatte.

»Ich bitte um Verzeihung für die Verspätung. Die Behandlung eines kranken Kindes ...«

»Er spare sich die Einzelheiten. Seine Hoheit braucht noch eine Weile. Wartet dort.«

Friedrich atmete erleichtert aus. Mit dunkelblauem Samt bezogene Polsterstühle reihten sich an der Fensterwand auf dem glänzenden Marmorboden. Friedrich setzte sich. Sein Hintern sank gerade tief in das weiche Polster ein, als vom Pult des Höflings drei Schnalzgeräusche erklangen. Der missbilligende Blick und die vehement ausgeführte Geste mit einem erhobenen Zeigefinger ließen Friedrich gleich wieder aufspringen. Er gesellte sich zu den anderen Männern.

Der ihm am nächsten stehende trug wie Friedrich selbst eine Militäruniform. Allerdings saß seine passgenau, war aus hochwertigen Stoffen gefertigt und kam ohne Flicken aus. Die Zeichen eines Hauptmanns der Kavallerie prangten auf seinen Schultern. Friedrich salutierte vor dem älteren Offizier. Er stand still, bis dieser den Gruß mit einem Nicken erwiderte und Friedrich somit entließ. Der zweite Mann mochte ein Kaufmann sein, der mit beiden Händen eine kleine Schatulle hielt. Beim dritten ließen dunkle Hosen und ein fast schwarzer Rock im französischen Schnitt keine Rückschlüsse auf Beruf oder Herkunft zu.

Das Läuten eines unsichtbaren Glöckchens brachte den Höfling dazu, sich an die Wartenden zu wenden.

»Herr Schiller möge eintreten«, verkündete er.

Der Hauptmann schaute etwas verstimmt, als Friedrich an ihm vorbei zur Tür eilte.

Der Audienzsaal allein war so groß wie das ganze Haus der Vischerin. Warmes sommerliches Licht flutete durch die hohen Fenster herein und beleuchtete herrschaftliche Säulen, französische Möbel und kunstvolle Gemälde mit Porträts des Herzogs und seiner Familie. An jeder doppelflügeligen Tür standen zwei ernst blickende Gardisten in voller Uniform. Während Friedrich das Paar am Eingang passierte, wäre er fast mit einem Mann in einem bescheidenen Rock zusammengestoßen, der den Saal verließ. Ein Handwerker wohl, der einen zufriedenen Eindruck machte. Dies mochte an dem Beutelchen liegen, das er im Vorbeigehen klimpernd in einer Tasche verstaute. Offenbar war die Audienz beim Herzog erfolgreich verlaufen und seine Bitten nach Bezahlung erhört worden. Friedrich hoffte, dies möge ein gutes Zeichen sein.

Carl Eugen, der Herzog zu Württemberg und Teck, Graf von Mömpelgart, Ritter vom Goldenen Vlies und Mitglied des löblichen Schwäbischen Ritterkreises, und das war nur ein Teil seiner Titel, saß auf einem gepolsterten Sessel und unterhielt sich angeregt mit vier Beratern, die in einem Halbrund vor ihm standen. Der Herrscher Württembergs trug aufwendig verarbeitete, bunte Kleidung.

Carl Eugen weilte nur noch selten in seiner Stuttgarter Residenz. Mit der Gräfin von Hohenheim hatte er sich ins »Dörfle« zurückgezogen, ein künstliches Bauerndorf mit Wiesen, Weiden, Ställen und Vieh. Die Carlsschüler wurden bei Besuchen hoher Würdenträger verpflichtet, als Komparsen Bauern zu mimen und somit den dörflichen Eindruck zu stärken. Mit Höflingen und Dienern lebte das Paar in Gebäuden, die von außen Bauernhäusern nachempfunden, im Inneren zum Teil aber aufs Nobelste eingerichtet waren. Um das Bild zu komplettieren, gab es einen Teich zum Angeln und Wälder für die Jagd, Ställe für die Pferde des Herzogs und extra angelegte Gemäuer, die altrömische Ruinen darstellen sollten. Carl Eugen schien sich dem vermeintlich einfachen Leben im Dörfle mit Haut und Haar verschrieben zu haben. Die Vischerin jedenfalls hatte sich erst vor ein paar Tagen das Maul darüber zerrissen, dass der Herzog mittlerweile höchstpersönlich half, die Felder zu bestellen. *Vom Saulus zum Paulus*, hatte sie gesagt. Dabei trafen diese Worte nicht einmal zu. Mit einem Bruchteil dessen, was Carl Eugens Aufzug gekostet hatte, wären Friedrichs Geldsorgen passé gewesen. Carl Eugen war und blieb ein verschwenderischer Despot, der sich den Gedanken der Aufklärung übergestreift hatte wie eine neue Modeverrücktheit aus Paris.

Friedrich schluckte seinen Ärger herunter und versuchte, das Stechen im Kopf zu ignorieren, als der Herzog übertrieben laut auflachte. Er wartete still vor dem Sessel des Herrschers und sah vornehmlich die Rücken der vier Berater. Wie in einer Opern-Choreografie bewegten sie sich plötzlich zur Seite und eröffneten dem Herzog so den Blick auf den nächsten Bittsteller.

Friedrich zog den Hut und stellte den linken Fuß vor, bevor er sich schwungvoll verbeugte. Demütig verharrte er am tiefsten Punkt in dieser Stellung. Zu seinem Entsetzen bemerkte er beim Blick auf den glänzenden Marmorboden, dass an der Sohle des vorstehenden mattschwarzen Lederstiefels seitlich noch Pferdemist klebte.

»Stehe Er auf!«, befahl Carl Eugen. »Wir wollen hören, was Sein Anliegen ist.«

Friedrich richtete sich mit einem halben Schritt zurück und einem Schwung des freien Armes auf, wobei er fast das Gleichgewicht verlor. Er fand es zwar rechtzeitig wieder, doch das Aufrichten entbehrte jeglicher Eleganz. Er brachte seinen Oberkörper schließlich zu eilig in eine aufrechte Position und spürte die Spannung der zu engen Weste, die sich mit einem reißenden Geräusch schlagartig auflöste. Einer der Messingknöpfe seiner Uniformweste flog im Bogen durch die Luft auf den Herzog zu, wie eine Kanonenkugel auf ein goldenes Tor einer belagerten Festung. Der Kanonier hatte jedoch zu wenig Pulver ins Rohr gegeben. Der Knopf schaffte es nicht bis zum Herzog, sondern kam klirrend zwei Ellen von Friedrich entfernt auf dem Steinboden auf, hüpfte von dort erneut in die Höhe und landete schließlich kurz vor Carl Eugens Füßen. Friedrich spürte, wie ihm das Blut in den Adern gefror.

Carl Eugen hatte sich keinen Fingerbreit bewegt, nur sein Blick war dem heranschießenden Knopf gefolgt. Jetzt erhob er sein Haupt mit missbilligendem Kopfschütteln. Friedrich verfolgte mit vor Schreck geweiteten Augen, wie ein Diener auf einen Wink vortrat, den Knopf aufhob und zur Seite verschwand.

»Schiller, Schiller, Schiller«, sagte der Herzog.

Friedrich kam es vor, als zöge sich mit jeder Nennung seines Namens die Schlinge um seinen Hals weiter zu.

»Verzeiht«, brachte er so krächzend hervor, dass er zunächst husten musste, um die Stimme wieder freizubekommen. »Verzeiht, Eure Hoheit«, versuchte er es erneut.

»Er sollte seine Uniform besser instand halten«, mäkelte der Herzog und wies mit dem Zeigefinger der rechten Hand auf die unter Spannung stehende Weste.

»Ja, Euer Hoheit.«

»Zu viele fettige Braten und süße Küchlein lassen auch des

Arztes Bäuchlein wachsen«, rief Carl Eugen und erntete ein gekünsteltes Gelächter seiner Berater. Friedrich lächelte gezwungen.

»Was ist Sein Begehr, Schiller?«

»Zunächst danke ich Euch untertänigst, dass Ihr mich zu dieser Audienz empfangt und mich anhören wollt.«

Der Herzog winkte gönnerhaft. »Als ehemaliger Schüler meiner Akademie fühle ich mich mit Ihm verbunden wie mit einem geliebten Sohn. Da ist es doch nur recht, dass ich dem Diener seines Landes Gehör schenke. Wie geht es dem Herrn Vater?«

»Danke der Nachfrage, Euer Hoheit. Er erfreut sich bester Gesundheit. Er trug mir auf, Euch seine untertänigsten Grüße auszurichten.«

»Das freut mich, das freut mich wirklich. Nun denn, in medias res! Was ist Sein Begehr?«

Friedrich schluckte trocken.

»Euer Hoheit, durch die großzügige Ausbildung in Eurer Akademie war es mir vergönnt, wertvolle Kenntnisse der Medizin zu erlangen«, begann er.

Carl Eugen nickte generös.

»In Eurer grenzenlosen Weisheit habt Ihr mir nach meinem Studienabschluss die Aufgabe eines Regimentsarztes zugewiesen.«

Zu dem Nicken gesellte sich ein zufriedenes Lächeln. Friedrich kam sich vor wie ein Schmierenkomödiant. Am liebsten hätte er mit dem Herzog Tacheles gesprochen, statt ihm Honig ums Maul zu schmieren. Aber er wusste aus Erfahrung, dass Carl Eugen Schmeicheleien zugänglicher war als der Wahrheit und Worten der Vernunft.

»Ihr habt mir gnädigst aufgetragen, mich beim Praktizieren einzig und allein auf Kranke und Versehrte des Regiments zu beschränken«, fuhr er fort. »Ich möchte Euch nun bitten, diesen Beschluss zu überdenken und mir zu erlauben, eine kleine Praxis zu betreiben.«

Die herzoglichen Mundwinkel sanken herab. Skeptisch fragte er: »Warum sollte ich das tun?«

Friedrich hatte diese Frage erwartet. Am liebsten hätte er geantwortet: *Da Ihr meinen Sold nicht zahlt, muss ich mir andere Einnahmequellen suchen*, doch damit würde er den Herzog nur brüskieren und das Gegenteil erreichen. Friedrich musste weiter auf dem Weg der Diplomatie bleiben.

»Immer wieder klopfen Kranke an meine Tür, die mich bitten, ihre Leiden zu lindern. Ich könnte ihnen helfen, bin aber gezwungen, sie unverrichteter Dinge wieder fortzuschicken. Mit der Erlaubnis Eurer Hoheit, eine kleine Praxis betreiben zu dürfen, könnte ich Euren Untertanen helfen«, sagte er und ließ die Frage des offenen Soldes damit unausgesprochen.

Carl Eugen dachte nach. Seine Lippen wurden dabei immer spitzer, und die Falten auf der hohen Stirn des Dreiundfünfzigjährigen verwandelten sich in tiefe Furchen, die auch der dick auf das Gesicht gelegte Puder nicht mehr verbergen konnte. Als er eine Entscheidung getroffen hatte, glätteten sich seine Züge wieder.

»Der Wunsch wird Ihm nicht erfüllt«, erklärte der Herzog leidenschaftslos.

Es dauerte einen Moment, bis Friedrich den Sinn der Worte erfasste. Hatte Carl Eugen seine Bitte wirklich abgelehnt? Vor Fassungslosigkeit stand ihm der Mund offen.

Carl Eugen wandte sich zu seinen Beratern um, von denen er Zustimmung für seine Entscheidung erntete.

»Ist das Euer Ernst?«, entfuhr es Friedrich. Er spürte die entsetzten Blicke der Berater auf sich.

»Ich meine, darf ich Euch höflichst belästigen, mir die Gedanken mitzuteilen, die Euch zu diesem Entschluss bewogen haben?«, brachte er stotternd hervor, während der Herzog sich lauernd zu ihm umdrehte.

»Meine Entscheidungen muss ich vor niemandem rechtfertigen, zuletzt vor einem Regimentsmedicus«, blaffte Carl Eugen ihn an.

Friedrich senkte ergeben den Kopf.

Sanfter fuhr der Herzog fort: »Mir ist natürlich bewusst, dass Sein Wesen stets um Wissen und Erhellung bemüht ist. Schließlich habe ich das höchstpersönlich in Seiner Erziehung anlegen lassen. Also werde ich in diesem Fall eine Ausnahme machen und Ihm meine Gründe darlegen.«

Friedrich atmete auf. Vielleicht hatte er doch noch eine Chance. Der Herzog trat auf ihn zu und klopfte ihm väterlich auf die Schulter. Dann blickte er ihm ins Gesicht und stutzte.

»Was hat Er mit seinem Auge gemacht?«, fragte er. »Es scheint mir geschwollen zu sein.«

Friedrich schluckte. »Die Geschichte ist es nicht wert, die Aufmerksamkeit meines Herzogs zu beanspruchen.«

»Die Entscheidung darüber überlasse Er dem, der sie treffen kann!«, erwiderte Carl Eugen streng.

»Es … ich … nun …«

»Was stottert Er? Stammt die Schwellung etwa von einer Keilerei?«

»Nein, mein Herzog«, log Friedrich schnell. Carl Eugen duldete keine Tätlichkeiten seiner Schüler. Waren die Zöglinge in der Carlsschule aneinandergeraten – und unter welchen heranwachsenden Knaben geschah das nicht? –, hatte er teils drakonische Strafen dafür verteilt.

Friedrich zermarterte sich den ohnehin gepeinigten Kopf nach einer passenden Ausrede. »Es war keine Keilerei. Es ist mir nur sehr genierlich, meinem Herzog den Grund zu berichten.«

»Er rede endlich!«

»Ich bin gestolpert«, fiel ihm ein. Er merkte Carl Eugen an, dass ihm das nicht genügte. »Ja. Beim nächtlichen Gang zum Abort stolperte ich im Dunkeln und landete mit dem Kopf auf der Kante einer Truhe meiner Wirtin.«

Der Herzog schaute immer noch skeptisch.

»Das ganze Haus habe ich mit dem Gepolter geweckt.«

Carl Eugen überlegte kurz, dann entspannte sich seine Miene, und er tätschelte Friedrichs Schulter erneut.

»Er sollte aus dem Malheur lernen und künftig besser einen Nachttopf nutzen!«

»Das werde ich, Eure Durchlaucht.«

»Nun denn, es warten noch andere, mit mir zu sprechen. Er kann jetzt gehen!«

Carl Eugen entließ ihn mit einem Winken seiner rechten Hand.

»Aber Ihr wolltet mir doch noch die Gründe …« Friedrich brachte den Satz nicht zu Ende. Er sah dem Herzog an, dass die nicht enden wollenden Nachfragen ihn langsam erbosten.

»Als Regimentsarzt ist es Seine Pflicht, Seine Anstrengung auf die Gesundheit und das Wohlergehen des herzoglichen Regiments zu konzentrieren«, beschied ihn Carl Eugen kühl. »Er wird darum keine Gelegenheit haben, sich mit anderen Kranken zu beschäftigen.«

»Verzeiht, Euer Gnaden …«, setzte Friedrich erneut an, doch der Herzog brachte ihn mit einem energischen Heben seiner Hand zum Schweigen.

»Die Behandlung von kranken Menschen außerhalb Seines Regiments ist Ihm strengstens untersagt.« Seine Stimme war schneidend scharf. »Und Er halte sich besser daran. Sollte ich erfahren, dass Er dem Befehl zuwiderhandelt, wird Er seinen Freund Schubart besuchen können.«

Friedrich schluckte trocken.

»Er gehe jetzt!«

Friedrich hörte am Rascheln der Rüstung, dass die Gardisten an der Tür wieder Haltung annahmen, einer der herzoglichen Berater unterstützte die Worte Carl Eugens mit einem hektischen Winken, das Friedrich bedeuten sollte, sich in Bewegung zu setzen.

»Euer Hoheit, ich weiß, dass ich Eure Geduld über alle Maßen beanspruche.« Friedrichs Brust bebte. »Aber bitte erlaubt mir, an Eure grenzenlose Großzügigkeit zu appellieren, eine letzte Bitte vorzutragen.«

Die Zornesröte des Herzogs schien durch den Puder hindurch. Friedrich fürchtete, endgültig zu weit gegangen zu sein, doch Carl Eugens Wüten blieb vorerst aus. Ohne ein Wort zu sagen, nickte er einmal kaum merklich.

»Es hat sich wohl aus Versehen zugetragen, Eure gnädigste Durchlaucht, dass mir mein Sold seit mehreren Monaten nicht ausgezahlt wurde.«

Carl Eugens Augen funkelten.

»Darum ersuche ich Euch untertänigst, nachprüfen zu lassen, ob dieser bedauerliche Fehler vielleicht aus der Welt geschafft werden könnte.«

Carl Eugen drehte sich weg von Friedrich. Mit eisigem Tonfall sagte er zu einem der Berater: »Meine Geduld ist erschöpft. Soll sich doch die Madame mit ihm herumschlagen. Schafft ihn mir aus den Augen, und schickt den Nächsten herein!«

KAPITEL 5

Märgen, Sonntag, 29. Juli 1781

»Der Ring macht Ehen – und Ringe sind's, die eine Kette machen.«

Elisabeth in *Maria Stuart*, 2. Akt, 2. Szene

Die Worte ihres Vaters hinterließen einen so tiefen Eindruck bei Charlotte, dass sie sich nach dem Zubettgehen zwei Stunden lang grübelnd herumwälzte. Als sie endlich einschlief, wurde sie von wirren Träumen geplagt, die kein Ende finden wollten. Irgendwann schreckte sie schweißgebadet auf, wurde sich bewusst, dass sie nur geschlafen hatte, und atmete erleichtert aus. Mit ihrem Atem verließ sie auch schon die Erinnerung an die nächtlichen Schrecken.

Charlotte zog die Decke von ihrem überhitzten Leib und lauschte in die Nacht. Elisabeth schnaufte, als laufe sie im Schlaf. Eugenies Brust hob und senkte sich langsam und gleichmäßig. Charlotte hingegen hatte das Gefühl, gar keine Luft mehr zu bekommen.

Sie stand auf und öffnete das Fenster. Angenehm kühle Frische drang in das Zimmer. Charlotte atmete durch und blickte dabei über den Hof, der vom Licht des zunehmenden Mondes in eine graue Welt verwandelt worden war. Der Gesang einer Nachtigall drang aus dem Dickicht beim Bach durch die Nacht.

Höre auf dein Herz!, ging ihr Vaters Rat durch den Kopf. Auf einmal fühlte sie sich vollkommen wach und klar. Die Grübeleien, die sie am Einschlafen gehindert hatten, sortierten sich in ihrem Hirn, als entwirre sich ein Bündel verknoteter Lederschnüre. Sie fröstelte unter dem Nachthemd, als ihr bewusst wurde, dass sie dabei war, eine weitreichende Entscheidung zu treffen, die die Schicksale vieler Menschen zutiefst beeinflussen würde. Sie fürchtete sich davor, den Gedanken ein erstes Mal in ihrem Kopf zuzulassen und ihm damit Macht zu verleihen, doch je mehr sie es unterdrückte, umso klarer formte sich der Plan in ihrem Kopf. Ihr Atem ging stoßweise vor Aufregung. Wählte sie wirklich das Undenkbare?

Höre auf dein Herz! Ihr Vater hatte das wohl anders gemeint, aber Charlotte verstand plötzlich die Wahrhaftigkeit seines Ratschlags. Ihr Herz versuchte die ganze Zeit, zu ihr sprechen. Sie hatte es wie mit einem Knebel zum Schweigen gebracht. Doch jetzt ließ es sich nicht mehr überhören, es schrie ihr förmlich zu: *Lauf!*

Charlotte nickte. Auf einmal erfüllte ein tiefer Seelenfriede ihr Innerstes.

»Ich werde heute nicht heiraten«, hauchte sie.

Die Ruhe wich freudiger Erregung. Ihr Herz schlug in ihrer Brust, als applaudiere es ihrem Entschluss. Sie fühlte sich einen Moment wie die Jungfrau von Orléans, die allen voran auf ihrem Pferd mit erhobener Waffe in die Schlacht zog. Sie würde heute nicht heiraten. Amen!

Aber wie konnte sie die Hochzeit abwenden? Sollte sie den Eltern, dem Bräutigam und den versammelten Gästen gestehen, sie habe es sich anders überlegt? Oder mitspielen, bis es vor dem Pfarrer im Gotteshaus zum großen Paukenschlag kam? Wie immer sie es anstellte: Es würde viele Leidtragende ihrer Entscheidung geben. Charlotte zog all ihre Lieben mit sich in die Ächtung, Vater und Mutter, ihre Schwestern, ja die ganze Verwandtschaft. War die Last, so vielen geliebten Menschen ärgsten Kummer zu bereiten, nicht zu schwer für ihr Gewissen?

Charlotte wurde bewusst, dass ihre reuevollen Gedanken bisher kaum ihren Bräutigam einbezogen.

»Höre auf dein Herz!«, flüsterte sie. Was hatte es ihr gesagt? *Lauf!* Das war es, was sie tun musste, mit allen Folgen, die sich daraus ergaben.

Charlotte wandte sich entschieden vom Fenster ab und zog sich so leise wie möglich ihre Kleidung über.

»Charlotte?« Es war Eugenies verschlafene Stimme.

»Schlaf weiter«, sagte Charlotte und versuchte, beruhigend zu klingen.

»Du machst doch nichts Verrücktes?«

Woher wusste sie es?

»Ich muss nur mal. Jetzt schlaf weiter!«, flüsterte Charlotte.

Eugenie antwortete nicht mehr. Charlotte harrte noch einen Moment aus und lauschte, bis ihre Schwester wieder tief und gleichmäßig atmete. Der Klang ihres pochenden Herzens schien ihr so laut, dass sie fürchtete, ihre Schwestern damit zu wecken. Sie nahm ihre Stiefel und die Reithose und schlich barfuß hinaus.

Das ganze Haus lag noch im Schlaf. Alles war still. Charlotte mied die knarrenden Bohlen und schlich mit angehaltenem Atem am Zimmer der Eltern vorbei. Sie konnte das laute Atmen ihres Vaters durch die Tür hören. Die Mutter beklagte sich oft, dass sein Schnarchen sie aufweckte und sie dann lange wach lag. Wenn das jetzt der Fall war und sie Schritte vernahm, würde sie aufstehen und nach dem Rechten sehen. Doch Charlotte schaffte es, geräuschlos an der Kammer vorbeizukommen.

In der Küche legte sie ein Holzscheit auf die Glut und streichelte die alte Katze, die es sich auf einer Decke auf der Eckbank gemütlich gemacht hatte. Das Tier stand auf und streckte sich, nur um nach ein paar Drehungen wieder genauso dazuliegen wie zuvor.

Eine kleine Flamme leckte an dem Holz und brachte etwas mehr Licht in den Raum. Charlotte zog zuerst die an den Schenkeln gepolsterte Hose an und ließ ihr Kleid darüber fallen. Dann schlüpfte sie in die Stiefel und nahm den gewachsten Leinenrucksack ihres Vaters vom Haken an der Wand. Sie verstaute eine Wurst, ein Stück Käse, einen Kanten Brot und die angebrochene Flasche Wein darin und streifte den Rucksack noch offen über eine Schulter. An den wachsenden Flammen entzündete sie eine Kerze und trat durch die Tür in die Werkstatt.

Dort wurde ihr gehärtetes Ledermesser in seiner Scheide ein Teil ihres Gepäcks, ebenfalls die Mappe mit den wichtigsten Werkzeugen: das Halbmondmesser, ein Kantenzieher, verschiedene Punziereisen, Ahlen, Nadeln und Garn. Dazu ein paar Schnallen und Rosetten sowie einige Lederschnüre für alle Fälle. In der Truhe lag noch die alte Lederjacke für kühlere Tage. Sie würde sie vielleicht brauchen. Mit dem geschlossenen Rucksack auf dem Rücken ging sie hinüber zu dem neuen Sattel. Sie hob ihn sich über den linken Arm, packte den Sattelgurt und das erst vor Stunden fertiggestellte Zaumzeug darüber, blies die Kerze aus und schlich zur Außentür. Jetzt durfte sie keine Zeit mehr verlieren.

Als sie auf den Hof trat, schaute Anka alarmiert auf. Die Rottweiler-Hündin überlegte kurz, ob sie anschlagen sollte, erkannte die junge Frau aber schnell und senkte den Kopf gleich wieder. Charlotte bemühte sich, den Weg zum Stall möglichst lautlos hinter sich zu bringen. Das gelang ihr gut. Das Tor allerdings quietschte schon seit geraumer Zeit. Charlotte zog so vorsichtig wie möglich daran, konnte das Geräusch aber nicht ganz vermeiden. Sie lauschte einen Moment. Im Haus blieb alles still.

Ihr Vater hatte Wälderwind am Vorabend in den Stall gestellt, weil der Hengst für die Fahrt zur Hochzeit eingespannt werden sollte. Das sparte Charlotte jetzt den Weg zur Weide. Wälderwind stand als einziges Pferd im Hengststall und döste. Die Schafe und Ziegen weiter hinten regten sich.

Charlotte wuchtete den Sattel auf einen Sattelbock und öffnete den Durchgang zu Wälderwind. Das Pferd blickte sie fragend an. Seine Unterlippe hing entspannt herab.

»Hallo, mein Freund!«, flüsterte Charlotte. »Du musst jetzt wach werden. Ich brauche deine Hilfe.«

Während sie mit dem Hengst sprach, legte sie ihm die Trense an, drückte ihm das Gebiss ins Maul und befestigte die Zügel daran. Die Handgriffe waren ihr so in Fleisch und Blut übergegangen, dass sie sie auch in der Dunkelheit im Stall ohne Probleme ausführen konnte.

»Und jetzt komm, leise«, bat sie und führte Wälderwind in die Stallgasse. Er folgte ihr schläfrig. Als sie dort den Führstrick durch einen Haltering zog, aber nicht verknotete, blieb der Hengst ruhig stehen. Erst als Charlotte die Reitdecke auflegte, bewegten sich seine Ohren aufmerksamer. Es folgte der Sattel, den Charlotte genau auf seinen Rücken angepasst hatte. Er war mit dem besten Leder verarbeitet, das in der Gegend aufzutreiben war. Samt Trense sollte er eigentlich das Abschiedsgeschenk für den Vater sein und ihm mit Wälderwind gute Dienste leisten. Jetzt war alles anders. Sie brauchte den Sattel selbst.

Der Gedanke an den Vater, wenn ihm bewusst würde, dass seine Tochter fortgelaufen war, ließ Charlotte zögern. Noch konnte sie alles rückgängig machen: Wälderwind zurückführen, ins Haus schleichen und sich in der Schlafkammer ins Bett legen. Dann würde sie wach liegen, bis das erste Licht des Tages erschien – das erste Licht ihres Hochzeitstages.

Schlagartig drang ihr die Erinnerung an den Kuss ins Gedachtnis. Dieses flaue Gefühl, das überhaupt nicht mit der Aufregung vergleichbar war, von der ihre Freundin Mariann ihr erzählt hatte, als sie ihren Mann kennen- und lieben gelernt hatte.

Eine der Ziegen meckerte laut, als Charlotte Wälderwind aus dem Stall führte. Eine zweite Ziege fiel ein. Es folgte ein fragendes Bellen von Anka, die an ihrer Leine auf den Stall zugekommen war und aufmerksam nach dem Rechten schaute. Charlotte musste sich beeilen. Der Himmel hellte sich schon über dem östlichen Horizont auf. Der Tagesanbruch stand bevor. Charlotte eilte mit dem Hengst zu einem alten Baumstumpf, den sie nutzte, um leichter in dem Sattel zu kommen. Sie erschrak, als der Hahn seinen kräftigsten Morgenruf krähte. Spätestens jetzt würden alle aufwachen! Es gab kein Zurück mehr.

»Lotte?«, drang die erstaunte Stimme der Mutter aus dem Haus an ihr Ohr.

Charlotte drehte sich mit klopfendem Herzen um. Erika Sattler stand im Nachtgewand in der Tür. Im ersten Stock trat gerade Eugenie ans offene Fenster.

»Lotte!«, rief Mutter nun in aller Strenge. »Steig sofort wieder ab!«

Charlotte zögerte nur einen winzigen Augenblick, dann war es, als würden Wälderwind und sie gleichzeitig entscheiden. Der Hengst stieg. Charlotte musste sich in die Steigbügel stellen, um nicht herabzufallen. Als seine Vorderbeine nach einer halben Drehung zum Weg den Boden berührten, drückte Charlotte ihm die Beine an die Seiten und rief: »Los, Wälderwind! Lauf!«

Bei den ersten Galoppsprüngen warf sie noch einen Blick zurück über die Schulter. Im Mondlicht konnte sie die Mutter sehen, die hinter ihr herlief. Ihr Vater stand jetzt in der Tür. Er winkte ihr zum Abschied zu.

»Es tut mir leid«, rief sie ihren Eltern zu, wusste aber nicht, ob sie das noch gehört hatten.

Nach einer Stunde, die Charlotte durch die immer heller werdende Dämmerung geritten war, saß sie auf einem Feldweg ab. Ein kleiner Bach hatte hier sein Bett in den Boden gegraben. In den Büschen sangen die Vögel ihr Morgenlied. Wälderwind machte sich über das saftige Gras her, das daneben wuchs. Charlotte bückte sich zum Wasser und trank aus den Händen.

In der ersten Stunde ihrer Flucht hatte sie ihr schlechtes Gewissen zweimal beinahe zur Umkehr verleitet, ihre Angst vor den Konsequenzen hatte sie aber weiterreiten lassen. Als nun die ersten Sonnenstrahlen über dem nahen Wald erschienen und Charlottes Gesicht kitzelten, kamen ihr die Tränen. Nie in ihrem Leben hatte sie sich dermaßen einsam gefühlt. Sie sank zu Boden und weinte bitterlich im taufeuchten Gras. Vor ihrem inneren Auge spielten sich Szenen mit den Menschen ab, die sie durch ihr Verschwinden enttäuscht hatte: Sie sah die aufgelöste Mutter, die sich von den zurückgebliebenen Töchtern nicht trösten lassen wollte; den Vater, der dem Amtmann mit kargen Worten persönlich berichtete, dass es heute keine Hochzeit geben würde. Auch Lenscheider tat ihr leid. Er war kein schlechter Mann, nur eben nicht der Richtige. Sie sah den Witwer mit Trauermiene und voller Scham vor seine Gäste treten und sie unverrichteter Dinge heimschicken. Warum nur hatte sie nicht vorher bemerkt, wie sehr es ihr widerstrebte, ihn zu heiraten? Wenn sie ehrlich war, hatte sie es längst gewusst. Aber die Angst war zu groß gewesen, den begehrten Amtmann abzuweisen. Mit neunzehn war sie in einem Alter, in dem sich eine Frau ihre Gedanken machen sollte. Nein, das waren die Worte ihrer Mutter, nicht ihre. Charlotte war einfach zu feige gewesen, sich der Mutter zu stellen und ihren Traum von der guten Partie für die Tochter zu zerstören. Feige war sie gewesen. Und dumm. Statt eines erfüllten, glücklichen Lebens hatte sie nun den Scherbenhaufen verdient, in den sich ihre Welt in einer Nacht verwandelt hatte.

Wälderwinds warme Nase stupste Charlotte in die Seite. Er fraß gleich darauf direkt neben ihr weiter. Das treue Pferd war alles, was ihr geblieben war. Seine Berührung spendete ihr Trost. Sie durfte es nicht zulassen, dass sie in Selbstmitleid versank. *Vertraue deiner Entscheidung. Mit allen Folgen, die sich daraus ergeben mögen*, hatte ihr Vater gesagt. Ihr blieb nichts anderes übrig, als diesen Ratschlag zu befolgen.

Als Charlotte wieder im Sattel saß, wurde ihr bewusst, wie überstürzt sie bei ihrer Flucht vorgegangen war. Ihr wegen des Herrensitzes hochgezogenes Kleid war im taunassen Gras feucht geworden. Sie hatte nicht einmal an Wechselkleidung gedacht. Das bisschen an Proviant wäre heute Abend sicher schon aufgebraucht, und sie konnte sich keinen neuen kaufen. Charlotte hatte ihr Zuhause ohne einen einzigen Kreuzer verlassen. Sie schüttelte den Kopf über so viel Einfalt. Der Tag hatte gerade erst begonnen, und schon sorgte sie sich, wo sie die kommende Nacht verbringen sollte.

Dem Stand der Sonne nach führte der Weg sie mal nach Norden und mal nach Osten. Das war gut. Hielt sie diese Richtung ein, würde sie den Einflussbereich der Habsburger bald verlassen. Das würde eine mögliche Verfolgung erschweren. Wo genau sie sich befand, wusste sie schon lange nicht mehr. Sobald sich vor ihr ein Dorf eröffnete, nahm sie einen Weg über die Höhen. Manchmal traf sie auf andere Reisende oder Waldarbeiter, wagte es aber nicht, mehr als ein paar unverfängliche Worte mit ihnen zu wechseln. Eine junge Frau auf dem Rücken eines Schwarzwälderhengstes war ohnehin auffällig genug. Wenn ihre Gesprächspartner zudem erfuhren, dass sie weder wusste, wo sie war, noch, wo sie hinsollte, würde sie selbst dem Einfältigsten verdächtig erscheinen.

Zur Mittagszeit rastete sie an einer Furt in einem Waldstück. Obwohl weiße Wolkenfelder die Sonne immer wieder kurz abschirmten, reichte ihre Kraft aus, dass Charlotte den Schatten suchte. Wälderwind kühlte seine Fesseln im flachen Wasser und senkte das Maul zum Trinken.

Charlotte lehnte sich gegen den Stamm einer Eiche. Ihren Durst stillte sie mit verdünntem Wein, den sie zu ihrem kärglichen Mahl trank. Wälderwind gesellte sich zu ihr. Er rupfte sich wählerisch Gräser und Kräuter vom Waldboden. Für ihn schien es nur eine Rast auf einem weiten Ausritt zu sein. *Ein Pferd müsste man sein*, dachte Charlotte. Als sie satt war, füllte sie die Flasche wieder mit Wasser auf, presste den Korken so fest wie möglich in die Öffnung und steckte den grünen Glasbehälter zurück in den Rucksack.

Wäre ich heute früh nicht davongelaufen, stünde ich vielleicht genau in diesem Moment vor dem Traualtar, dachte sie.

»Ich bin aber weggelaufen«, rief sie trotzig und so laut, dass Wälderwind den Kopf hochriss und alarmiert einen Sprung zur Seite tat.

»Ist ja gut«, beruhigte sie das Pferd, dessen Ohren sich noch einmal in alle Richtungen bewegten, dann fraß es weiter.

Auf dem Sattlerhof hatte Charlotte den Hengst oft frei neben sich laufen lassen. Wie ein Hündchen wich er ihr kaum von der Seite. Aber hier befanden sie sich in der Fremde. Wenn Wälderwind vor Schreck losrannte, wäre Charlotte ganz allein. Vielleicht würde er auf ihre Rufe reagieren und zu ihr zurückfinden. Aber was, wenn sie sich ganz aus den Augen verloren?

Das durfte nicht passieren. Charlotte stand auf und legte dem Hengst den Führstrick an.

»Komm, wir müssen weiter.« Sie führte ihn durch den Bach und folgte einem schmalen Weg, von dem sie hoffte, dass er sie bald wieder ins Tal bringen würde.

KAPITEL 6

Unterwegs im Schwarzwald,
Sonntag, 29. Juli, bis Mittwoch, 1. August 1781

»Ein großer Sünder kann nimmermehr umkehren.«
Moor in *Die Räuber*, 5. Akt, 2. Szene

Am Nachmittag spürte Charlotte, dass eine tiefe Erschöpfung von ihr Besitz ergriff. Alle Glieder schmerzten von der ungewöhnlich langen Anstrengung zu Fuß und auf dem Rücken des Pferdes. Auch Wälderwind schritt lustloser aus als zuvor. Charlotte hatte zudem in der letzten Nacht kaum geschlafen. Jetzt fielen ihr im Sattel beinahe die Augen zu. Der Weg hatte sie zurück ins Tal gebracht, und als vor ihr zwei Bauernhöfe und eine Mühle auftauchten, besiegte ihre Müdigkeit die Vorsicht. Sie stieg von Wälderwinds Rücken und führte ihn zu einem eingefriedeten Garten, in dem eine vielleicht dreißigjährige Frau das Unkraut zwischen dem Gemüse jätete.

»Seid gegrüßt«, sagte Charlotte.

Die Angesprochene war nicht besonders groß gewachsen und von drahtiger Statur. Durch das Hufgeklapper des Pferdes war sie längst auf Charlotte aufmerksam geworden und hatte ihr schon entgegengeschaut. Dabei streichelte sie sich sanft über einen leicht vorgewölbten Bauch.

»Sei auch du gegrüßt. Wohin bist du des Weges?« Sie stützte sich auf eine eiserne Bodenhacke mit einem abgegriffenen Holzstiel.

»Ich glaube, ich habe mich verirrt. Könnt Ihr mir bitte sagen, wie sich diese Siedlung nennt?«

»Du bist in Rohrbach. Da etwas weiter gibt es noch mehr Höfe«, sagte sie und zeigte voraus. »Wo willst du hin?«

Charlotte zuckte innerlich zusammen. Von Rohrbach hatte sie schon gehört. Es lag bei Furtwangen, von Märgen nicht weiter weg als Freiburg, und gehörte wie ihr Heimatort ebenfalls zu Österreichs Vorlanden. Sie war lange nicht so weit von zu Hause fortgekommen, wie sie gehofft hatte. Vor allem befand sie sich immer noch im Einflussgebiet des Freiburger Oberamtsmanns – und damit auch seines Untergebenen Julius Magnus Lenscheider.

»Du bist so bleich, Kind. Was ist mit dir?«

»Ich kann nicht mehr. Ich suche einen Platz für die Nacht für mich und mein Pferd«, sagte Charlotte.

»Es ist nicht weit bis zum Hirschen. Da kannst du eine Kammer nehmen und einen Platz im Stall.«

»Ich … ich habe kein Geld«, stammelte Charlotte.

Die Frau blickte sie misstrauisch an.

»Wohin, sagtest du, bist du unterwegs?«

Charlotte merkte, dass sie die Frage nicht erneut übergehen konnte, ohne sich verdächtig zu machen. Sie durchforstete ihre Erinnerung nach einem Ort im Norden. Ihre Mutter erzählte immer wieder, dass zu ihrer Familie der väterlichen Linie ein wohlhabender Händler aus Wildbad gehört haben sollte, zu dem man leider den Kontakt verloren habe. »Wildbad«, sagte sie darum.

»Da hast du aber noch eine sehr weite Reise vor dir für ein junges Ding ohne Geld«, sagte die kleine Frau. Sie lächelte. »Du kannst bei uns bleiben heute Nacht. In der Scheune findest du Stroh für dein Lager und daneben Platz für das Pferd.«

Charlotte traten Tränen in die Augen. »Das wollt Ihr für mich tun?«

Die Frau lachte. »Ja. Und es sollte sogar noch was zu beißen für dich übrig sein. Ich bin Christine. Komm mit.«

»Und ich heiße Charlotte. Ich danke Euch!«

Es dauerte zwar noch eine Weile bis zum Essen, aber die Holzschüssel voller Erbseneintopf und die dick mit Butter beschmierte Scheibe Brot taten Charlotte unsagbar gut. Johann, Christines zehnjähriger Sohn, brachte ihr das Essen in die Scheune, wo sie sich bereits die Pferdedecke auf einer dicken Schicht Stroh ausgebreitet hatte. Mit Christines Hilfe hatte sie für Wälderwind ein kleines Stück Wiese direkt an der Scheune abgesteckt, auf der der Hengst friedlich graste.

Gesättigt sank Charlotte auf ihr Lager und schlief in dem Moment ein, als ihr Kopf das Stroh berührte.

Der Schrei eines Hahns weckte sie am nächsten Morgen. Orientierungslos blickte sie sich um, bis sie sich erinnerte, wo sie sich befand – und warum sie nicht zu Hause war. Sie musste fast zehn Stunden geschlafen haben. Charlotte streckte sich und spürte schon beim Aufstehen den Muskelkater in Beinen, Po und dem unteren Rücken. Hölzern ging sie nach draußen, um nach Wälderwind zu sehen. Der Hengst schaute kurz zu ihr auf und setzte zufrieden sein aus frischem Gras bestehendes Frühstück fort. Eine platt gedrückte Stelle auf der Wiese zeigte, wo er in der Nacht gelegen hatte. In einer neuen Umgebung ein Zeichen, dass auch er sehr erschöpft gewesen sein musste.

Christine war längst auf den Beinen.

»Wenn du dir ein Frühstück verdienen willst, kannst du die Eier einsammeln«, sagte sie und reichte ihr einen Korb. »Es ist zwar noch Zeit, aber das Bücken fällt mir schon manchmal schwer.«

»Du erwartest ein Kind«, bemerkte Charlotte und nahm den Korb.

Christine strahlte und nickte.

Der Lohn der Arbeit waren ein über ein paar Speckwürfeln gebratenes Ei, eine Scheibe Brot und ein Becher fettige Milch. Charlotte spürte, wie ihre Kräfte zurückkehrten.

»Wo ist dein Mann?«, fragte sie. Außer Christine, Johann und seiner sechsjährigen Schwester saß niemand am Tisch.

»Er und mein Ältester sind mit dem Furtwanger Amtmann unterwegs.«

Charlotte zuckte unmerklich zusammen.

»Sie wollten heute sehr früh aufbrechen. Sie kommen sicher bald zurück. Willst du noch bleiben? Wir hätten genug Arbeit für dich.« Sie zeigte dabei auf ihren Bauch.

Charlotte schüttelte hastig den Kopf. »Ich bin schon viel zu lange geblieben. Ich muss weiter.«

»Sieh dich vor auf deinem Weg«, sagte Christine, als sie sich zum Abschied wie Freundinnen umarmten.

Charlotte nickte, saß auf und trieb Wälderwind an. Sie winkte der Bäuerin und den Kindern zu und schickte ein Dankgebet zum Herrn, dass er ihr diese sichere Unterkunft geschenkt hatte.

Ausgeschlafen und mit gefülltem Magen begann der zweite Tag ihrer Flucht weitaus besser als der vorige. Nur ließen sie die Gedanken an ihre Familie nicht los. Dazu kam die Sorge, dass man sie verfolgen könnte. Als sie hinter sich ein Pferd herangaloppieren hörte, schrak sie zusammen und fuhr herum. Es war jedoch nur ein junger Postreiter, der wohl besonders wichtige Schreiben zu überbringen hatte.

Charlotte orientierte sich in Richtung Norden und hielt es wie am Vortag: Sie mied Menschen und nahm dafür manchen Umweg um Dörfer und Höfe in Kauf. Bald sah sie einen Grenzstein, der anzeigte, dass sie im Begriff war, das württembergische Herrschaftsgebiet zu betreten.

Sie atmete auf. Endlich würde sie den Einflussbereich Lenscheiders verlassen. Aus Vorderösterreich zu fliehen war ihr erstes Bestreben gewesen. Jetzt drängte sich die Frage nach einem wahren Ziel ihrer Flucht immer mehr in den Vordergrund. Aber ihr fiel nichts anderes ein, als erst einmal weiterzureiten. Charlotte betete, dass Gott ihr ein Zeichen geben möge.

Recht schnell merkte sie, dass das lange Reiten ihr heute ebenso schwerfiel, wie mit schmerzenden Beinen zu Fuß zu laufen. Am Mittag, als vor ihr der Kirchturm eines Dorfes auftauchte, war sie für einen Moment versucht, einfach dorthin weiterzureiten. Doch dann gingen ihr Christines Wort durch den Kopf: *Sieh dich vor!* Charlotte lenkte Wälderwind auf einen schmalen Weg, der aus dem Tal durch einen dunklen Wald auf die Höhe führte. Ein paar Stunden später wusste sie, dass das ein Fehler gewesen war. Sie hatte sich verirrt. Der Wald schien kein Ende zu nehmen. Die Wege waren als solche nur noch zu erahnen und wurden immer schlechter. Stellenweise musste sie jeden Schritt bedacht setzen und genau aufpassen, dass Wälderwind sich nicht verletzte. Obwohl sie so noch mehrere Stunden durchs Dickicht drangen, schafften sie kaum Strecke.

»Ich glaube, wir müssen uns auf eine Nacht im Freien einstellen«, murmelte sie dem Hengst müde zu.

Auf einer weiteren Anhöhe machte sie ein einigermaßen flaches Stück Boden aus. Neben dichtem Unterholz gab es dort genug Platz für Wälderwind und ein mit trockenem Laub gepolstertes Bett für sie. Ohne Feuer musste das Pferd sie vor anderen Tieren warnen und beschützen. Sie band den Hengst in ihrer Nähe an, wo er die Buchenblätter von den erreichbaren Zweigen rupfte. Christine hatte ihr zwei Möhren, ein hart gekochtes Ei und eine dicke Scheibe Brot in den Rucksack gepackt. Charlotte reichte ihrem Freund eine Möhre und ließ sich den Rest schmecken.

Nach einer unruhigen Nacht, die von einem Besuch einer Rotte neugieriger Wildschweine gekrönt wurde, war Charlotte klar, dass sie ab sofort besser für sich sorgen musste. Der Muskelkater meldete sich zwar noch immer, aber drängte sich nicht mehr bei jedem Schritt in den Vordergrund. Auch Wälderwind marschierte neben ihr wieder weitaus forscher als am Abend zuvor.

Auf einer Lichtung fand der Hengst am Mittag köstliche Kräuter, während Charlotte sich die reifen Früchte schmecken ließ, die an wilden Himbeersträuchern wuchsen. Etwas später trafen sie endlich wieder auf einen richtigen Weg. An alten Pferdeäpfeln und Abdrücken von Hufeisen erkannte Charlotte, dass hier öfter Menschen entlangzogen. Sie atmete auf. Eine weitere Nacht im Wald würde ihr wohl erspart bleiben.

Der Weg führte sie ins Tal und auf eine Stadt zu. Als sie sich den Mauern näherte, begegnete sie mehreren Leuten. Zwei Bauern pflügten mit einem Ochsengespann ein Feld, etwas weiter arbeitete eine Gruppe von Männern mit Hacken und Spaten am Ufer eines Flüsschens. Zwei Mädchen zogen einen Holzkarren, auf dem sich Brot und ein Weinfässchen für die Arbeiter befand.

Charlotte ritt auf die Mädchen zu und stieg vor ihnen ab.

»Wie heißt eure Stadt?«, fragte sie und zeigte auf den mit Mauern umgebenen Ort vor ihnen.

»Wolfach«, sagte die Ältere der beiden. »Wolfach an der Kinzig.«

Von Wolfach und der Kinzig hatte Charlotte schon gehört.

»Seid ihr ein Teil der österreichischen Vorlande oder gehört ihr zu Württemberg?«, fragte sie.

»Nichts von beidem. Wir stehen unter Herrschaft des Hauses Fürstenberg«, antwortete das Mädchen.

Charlotte atmete auf. Zwar musste sie weiterhin Vorsicht walten lassen, war aber nicht gezwungen, die Stadt zu umgehen. Sie bedankte sich bei den Mädchen und führte Wälderwind auf die mit einem vorgelagerten Graben verstärkte Stadtmauer zu, die unmittelbar mit einem Schloss verbunden war.

Wälderwind folgte ihr etwas widerstrebend durch das Tor auf eine gepflasterte Straße. Seine Nüstern bebten beim Atmen. Der Hengst hatte sich in den letzten Tagen als zuverlässiger Begleiter erwiesen, doch eine Stadt mit vielen Menschen kannte er nicht. Angespannt hatte er den Kopf erhoben, seine Ohren drehten sich in verschiedene Richtungen.

Ein Reiter trabte an ihnen vorbei, während ein älterer Mann in der Uniform eines Amtsdieners zu viele gerollte Papierbögen aus einem Haus balancierte. Eine Frau verhandelte gestenreich an der Auslage eines Fleischers. Vor dem großen Rathaus standen vier Frauen, die ihre Körbe neben sich abgestellt hatten. Sie waren in ein Gespräch vertieft, drehten sich aber auf den Wink einer von ihnen zu Charlotte um. Ein fremdes Mädchen in einem schmutzigen Kleid, das die darunter befindlichen Reithose nur unzureichend verdeckte, sah man sicher nicht allzu oft. Vor allem nicht mit einem tänzelnden Schwarzwälderhengst an den Zügeln.

»He du!«, rief eine der Frauen, die mit ihrer Körperfülle und einem gewaltigen Busen auffiel. Sie hatte eine Zahnlücke und trug ihr Haar unter einem bunten Webtuch.

»Wer bist du, und was willst du hier?« Forsch trat sie ein paar Schritte auf Charlotte zu. Die anderen Frauen betrachteten das unerwartete Schauspiel.

»Ich bin auf der Durchreise.«

»Ein Mädchen? Allein?«

»Ich bin unterwegs zu meiner Familie«, log Charlotte. Eigentlich war ja das Gegenteil der Fall.

»Habt ihr das gehört?«, rief die Frau ihren Freundinnen zu, die sich ihr nach und nach zugesellten.

»Sieht sie nicht aus, wie der Reiter sie beschrieben hat, Roberta?«, fragte eine.

»Ich weiß nicht. Tut sie das?«

Charlotte erschrak. Von was für einem Reiter sprachen sie?

»Sag schon, wie heißt du, und woher kommst du? Los!«

»Ich heiße Eugenie und stamme aus der Freiburger Ecke«, log Charlotte. Der Name ihrer Schwester war ihr als Erstes eingefallen. Sie konnte Enttäuschung im Gesicht der dicken Frau erkennen.

Auch andere Passanten wurden nun auf das Mädchen mit Pferd und die Frauen um sie herum aufmerksam. Ein paar Leute gingen unverrichteter Dinge weiter, andere aber blieben stehen, um dem Gespräch zu folgen. Charlotte fiel ein dunkelhaariger Junge in ihrem Alter auf, der sich etwas abseits hielt, aber nah genug war, um alles zu hören. Seine zusammengewachsenen Augenbrauen gaben ihm etwas Unheimliches. Charlotte schauderte, als sich ihre Blicke trafen. Sie musste hier rasch wieder weg. Aber zuerst wollte sie wissen, wer nach einem Mädchen suchte.

»Eugenie heißt du also, soso«, wiederholte die Dicke.

»Und wenn sie lügt?«, fragte eine Frau mit unzähmbaren Haaren, die unter einem blauen Tuch hervordrangen.

»Warum sollte ich lügen?«, erwiderte Charlotte und versuchte, dabei so frech wie möglich zu klingen. »Wen sucht ihr denn eigentlich und warum?«

Jetzt redeten die Frauen durcheinander, aber die Dicke setzte sich mit dem lautesten Mundwerk und funkelnden Blicken zu den anderen durch.

»Ein Mädchen so alt wie du wird gesucht. Ist mit einem Pferd unterwegs. Sie heißt Charlotte.«

Charlotte unterdrückte jegliche Regung in ihrem Gesicht.

»Und was hat sie getan?«

»Stell dir vor, sie ist ihrem Bräutigam davongelaufen. Am Tag der Hochzeit!«

Selbst hier sprach man schon von ihrer Geschichte! Charlotte schüttelte den Kopf. »Das ist ja unerhört!«, rief sie betont überrascht. Sie erntete einen Kanon an Beifallsbekundungen.

»Ich bin nicht die, die gesucht wird«, sagte sie. »Ich muss jetzt weiter.«

»Wo willst du denn hin?«, fragte Roberta.

»Wie gesagt: Meine Familie wartet auf mich.« Um die Geschichte glaubwürdiger zu machen, fügte sie hinzu: »In Wildbad.« Sie beschloss, sich für weitere Begegnungen eine bessere Lügengeschichte bereitzulegen.

»Wildbad! Das ist noch ziemlich weit«, sagte die Dicke mit zweifelndem Blick. »Das schaffst du heute nicht mehr.«

»Ja, ich weiß. Ich werde mir eine Unterkunft suchen.«

»Hier in Wolfach?«

»Ja, gern. Oder schaffe ich es noch in ein anderes Dorf?«

»Der schnellste Weg ist hier geradeaus und die Kinzig hoch«, antwortete Roberta und streckte die Hand aus. »Aber für heute ist das noch ein gutes Stück. Zu Fuß ein halber Tag.«

Drei Hunde jagten spielerisch an ihnen vorbei. Charlotte hielt Wälderwinds Zügel ganz kurz und spürte, dass es dem Hengst langsam zu viel wurde. Er begann zu tänzeln.

»Wenn du hier übernachten willst, findest du eine Menge Gasthäuser. Der Salmen ist aber wohl zu teuer für dich.« Die Dicke wies auf ein nahes Gasthaus.

»Ich muss weiter. Danke für die freundliche Auskunft.«

»Sie hätte es wirklich sein können«, hörte sie die Frau mit dem wirren Haar sagen, als sie Wälderwind fortzog.

»Glaubt mir, mich sucht niemand!«, rief Charlotte über die Schulter.

Ihr war klar, dass sie diesen Ort schnell verlassen musste. Man suchte sie! Leider hatte sie nicht in Erfahrung gebracht, wer sich nach ihr erkundigt hatte. War es Lenscheider selbst? Oder wollten die Eltern sie finden? Auf jeden Fall musste sie damit rechnen, sich nicht immer so leicht herausreden zu können wie eben. Diese Weiber würden wahrscheinlich auch anderen von der Begegnung mit ihr erzählen. Wenn jemand Falsches davon Wind bekam, würde man in den Gasthäusern nach ihr Ausschau halten. Sie konnte nicht bleiben, sondern musste weiter.

»He! Warte!«, rief eine Stimme. Charlotte drehte sich erschrocken um. Es war der unheimliche Kerl mit den zusammengewachsenen Augenbrauen. Er zog ein Bein leicht nach, als er auf sie zueilte.

»Was willst du?«, fragte sie, ohne stehen zu bleiben.

»Komm mit!«

Der Junge war einen Kopf größer als Charlotte und sehr mager. Er bekräftigte seine Aufforderung mit einem Winken und wartete an einer Seitenstraße.

»Dir werde ich nicht folgen«, flüsterte Charlotte und wollte weiter geradeaus gehen.

»Mach schon«, fauchte er sie an.

In dem Moment jagten die drei Hunde wieder heran, und Wälderwind stieg erschrocken in die Höhe. Charlotte zuckte zusammen und ließ die Zügel fallen. Das Pferd wich den Hunden in die Seitenstraße aus, wo sich ihm der Junge in den Weg stellte. Er packte die Zügel und sprach beruhigend auf den Hengst ein. Charlotte lief zu ihm.

»Gib mir mein Pferd!«, fauchte sie.

»Erst kommst du mit«, sagte der Junge und ging los.

»Wälderwind!«, rief Charlotte, doch der Hengst ließ sich zu ihrem Entsetzen von dem Kerl wegführen.

»Wälderwind heißt du also? Dann komm, Wälderwind!«, säuselte er.

Charlotte blieb keine Wahl, als ihm zu folgen.

»Gib mir mein Pferd zurück!«, wiederholte sie mit klopfendem Herzen.

»Bitte schön«, sagte er. »Meinst du etwa, ich will es stehlen?« Mit einem Achselzucken drückte er ihr die Zügel in die Hand.

»Äh, danke. Was willst du von mir!«

»Dir helfen.«

»Wieso?«

»Ich kann dir einen anderen Weg nach Norden zeigen, der nicht über die Hauptstraße führt«, sagte er im Weitergehen.

»Warum?«

»Weil dich der berittene Bote dann nicht finden wird. Ich heiß übrigens Kopper.« Er zwinkerte ihr zu.

»Charlotte«, stellte sie sich wahrheitsgemäß vor. Kopper hatte sie ohnehin durchschaut.

Er nahm ihren Namen mit einem breiten Grinsen zur Kenntnis.

»Warum bist du weggelaufen?«

»Warum hilfst du mir?«

»Weil ich denke, dass mir deine Geschichte gefällt«, antwortete er. »Also, warum bist du weggelaufen?«

Charlotte schaute sich den Jungen genauer an. Kopper hatte einen flaumigen Bart, der die Haut an Wangen und Kinn kaum abdeckte. Die Oberlippe war dichter bewachsen. Bei näherem Hinsehen erwiesen sich seine Augen unter den dichten dunklen Brauen als wach und freundlich.

»Na ja, du hast die Geschichte gehört.«

»Nur, dass du am Tag deiner Hochzeit weggelaufen bist. Das ist schon was. Aber warum sucht ein Bote des Habsburger Militärs nach dir?«

»Der sitzengelassene Bräutigam war ein Amtmann.«

»Du hast es dir anders überlegt?«

Charlotte nickte.

»Mutig«, sagte er anerkennend und wies voraus. »Schau, du musst da über die Brücke und bleibst im Wolftal bis Schapbach. Da kannst du auch etwas für die Nacht finden.«

»Ich frage mich im Moment, ob es wirklich mutig war oder einfach nur dumm. Vielleicht ist es ja am besten, wenn der Bote mich findet.«

Kopper zuckte mit den Schultern. »Das musst du selbst wissen. Auf diesem Weg jedenfalls wirst du keinen habsburgischen Soldaten in die Arme laufen.«

Sie lächelte. »Danke. Wie weit ist es?«

»Drei Stunden zu Fuß.«

»Dann sollte ich los.«

»Wenn du demnächst jemanden triffst, der Hilfe braucht, dann denk daran, wie dir Gutes getan wurde, und sei ebenfalls hilfreich«, sagte Kopper zum Abschied.

»Das werde ich. Danke!«

Die Brücke, die der Junge ihr gewiesen hatte, führte über die Kinzig, in deren aufgestautem Wasser zwei Dutzend Männer in oberschenkellangen Stiefeln schufteten. Sie banden Flöße zusammen. Auf der anderen Seite des Flusses kam sie noch einmal an vielen Wohn- und Wirtshäusern sowie einer großen Kirche vorbei, bevor sie die Stadt wieder verließ. Wälderwind schien darüber genauso erleichtert zu sein wie Charlotte selbst. Koppers Einschätzung der Wegdauer stimmte, wenn man davon absah, dass sie mehrfach aufsaß und einige Strecken trabte. Sie hatte den Eindruck, dass der Hengst in den vergangenen Tagen nochmals Muskelmasse zugelegt hatte.

In Schapbach fand sie einen Platz für die Nacht bei einem Bauern, dem sie als Entlohnung für etwas Essen und Heu und einen Schlafplatz im Stall sein schadhaftes Ochsenkummet richtete.

»Der Sattler im Dorf ist alt und kommt mit der Arbeit nicht mehr hinterher. Er könnte tüchtige Hilfe gebrauchen«, sagte der Bauer.

Charlotte bedankte sich artig, verneinte aber. Der Abstand zu ihrer Vergangenheit war noch nicht groß genug, um sich schon hier anzusiedeln. Sie musste weiter. Der deutlichste Beweis dafür war, dass Lenscheider Soldaten sogar ins Ausland schickte, um nach ihr zu suchen. Wie viele seiner Männer waren ausgeschwärmt? Wie weit mochten sie reiten?

In den Süden zurückkehren konnte sie nicht. Vorderösterreich war kein Ort, um sich zu verstecken. Damit blieben noch drei Himmelsrichtungen. Der Westen schied für sie aus, denn sie sprach nur ein paar Brocken Französisch. Also Osten oder Norden. Charlotte rupfte mit beiden Händen saftiges Gras aus und stellte sich genau vor Wälderwind. Der Hengst blickte sie fragend an.

»Meine rechte Hand heißt Osten, meine linke Hand Norden«, erklärte sie ihm und öffnete beide Hände gleichzeitig. Wälderwind reckte sich nach der rechten Hand, überlegte es sich dann aber anders und klaubte ihr mit seinen Lippen das Gras aus der Linken.

»In den Norden?«, fragte sie. Das Pferd ließ von der jetzt leergefressenen Hand ab und wandte sich an das Gras in der anderen.

»Also erst in den Norden, dann in den Osten«, grinste Charlotte. *Warum nicht*, dachte sie.

»Dann machen wir es so, wie du es vorschlägst.«

Den Hengst auf diese Art und Weise entscheiden zu lassen war ebenso gut, wie ziellos herumzuirren. Charlotte war bewusst, dass ihre Flucht nicht mehr lange so weitergehen durfte. Sie konnte nicht ewig hoffen, am Abend eine sichere Unterkunft zu finden. Sie brauchte dringend Geld und ein Kleid zum Wechseln. Zudem einen Ort, wo sie bleiben, arbeiten und ein unauffälliges Leben führen konnte.

Mehrfach hatte sie sich gefragt, ob nicht doch eine Rückkehr möglich wäre. Aber die Scham ließ sie diesen Gedanken immer wieder vergessen. Sie wäre auf ewig gebrandmarkt als die Braut, die am Tag der Hochzeit weggelaufen war. Spott und Häme würden ihre Ankunft begleiten. Die ganze Familie wäre ebenso davon betroffen. Wenn sie Charlotte überhaupt wieder aufnehmen würden. Kein Mann würde sie mehr anblicken und Lenscheider sicher nicht verkraften, dass die Frau, die ihm eine solche Schmach zugefügt hatte, weiter in seiner Nachbarschaft lebte. Nein, es gab kein Zurück.

Nach einer ausgiebigen Mittagsrast führte der Weg sie die Flanke eines bewaldeten Berges empor, von wo aus sich ihr ein Blick auf die vor ihr liegende, bergige Waldlandschaft eröffnete.

»Komm, Wälderwind. Da müssen wir heute noch durch«, sagte sie, führte ihn zu einem Felsen und kletterte von diesem in den Sattel. Nach mehr als einer Stunde hatten sie noch immer keinen einzigen Menschen getroffen.

Plötzlich zerbrach hinter ihnen im Wald ein Zweig mit lautem Knacken. Wälderwind sprang erschrocken einen Schritt voran.

»Los! Lauf!«, brüllte eine Männerstimme hinter ihr. Direkt darauf vernahm sie das Schnauben eines Pferdes. War das einer der berittenen Soldaten, die sie suchten?

Über die Schulter sah sie einen Reiter auf einem schmutzigen Schimmel aus dem Wald preschen. Sein zerfranster Rock wehte hinter ihm, in einer Hand hielt er die Zügel und ließ mit der anderen einen im Licht aufblitzenden Dolch drohend durch die Luft zischen. Struppiger Bart, wirres, langes Haar, entschlossener Blick.

Charlotte erwachte aus ihrer Starre.

»Los, Wälderwind, Galopp!«, rief sie und presste ihm die Hacken kraftvoll in die Seiten. Der Hengst zuckte, stieß ob der groben Aufforderung ein verwundertes Wiehern aus und rannte los. Er brauchte einen Moment, um in Schwung zu kommen, doch dann machte er seinem Namen alle Ehre.

Charlotte sah einen niedrigen Ast auf sich zurasen. Sie bückte sich flach an den Hals des Pferdes. Als sie wieder hochkam, blickte sie zurück. Der Mann war etwa sechs bis sieben Pferdelängen hinter ihr.

»Los weiter!«, spornte Charlotte den Hengst an. Sie spürte unter sich das Spiel der Muskeln, wusste gleichzeitig aber auch, dass ein Schwarzwälder Kaltblut zwar vor Kraft strotzte, aber nicht für weite Galoppstrecken gemacht war. Sie musste sich etwas ausdenken. Schnell.

Erneut schaute sie zurück. Sie hatte gefürchtet, den Mann noch näher hinter sich zu sehen, doch er fiel mit seinem Pferd sogar langsam zurück. Vielleicht hielt der Schimmel doch weniger aus als ein Schwarzwälder, dachte Charlotte hoffnungsvoll, als sie wieder vorausblickte. Gerade noch rechtzeitig, um zwei Seile zu erkennen, die in Knie- und Kopfhöhe über den Weg gespannt waren. Es war eine Falle!

Charlotte reagierte instinktiv, zog den Zügel nach hinten, verlagerte das Gewicht und brüllte: »Halt!«

Doch es war zu spät. Der feste Zug im Gebiss ließ Wälderwind zwar bremsen, aber er stieg gleichzeitig auf die Hinterbeine. Einen Moment fürchtete Charlotte, er würde nach hinten stürzen, doch der Schwung schob ihn weiter nach vorn, bis er in die Seile prallte. Charlotte verlor jegliche Kontrolle. Sie wurde voraus geschleudert, stieß mit einem Oberschenkel gegen Wälderwinds Schädel. Sie sah aus einem Augenwinkel das obere Seil bersten, dann flog sie über den Kopf ihres Tieres. Sie schlug so hart mit der Schulter auf, dass ihr schwarz vor Augen wurde. Ihr Körper drehte sich noch zweimal um sich selbst, bevor sie endlich auf dem Bauch liegen blieb. Hinter sich hörte sie Wälderwinds angstvolles Wiehern und die Stimmen mehrerer Männer. Unter Schmerzen stemmte sie sich hoch, um die Lage aufnehmen zu können.

»Keine Bewegung!«, knurrte ein massiger Kerl mit hochstehender Nase und schwarzem Bart. Er hielt ihr ein langes Messer vors Gesicht.

»Wälderwind!«, brüllte Charlotte trotzdem. Das obere Seil war gerissen, der Hengst über das untere Seil gestolpert und zu Boden gegangen. Charlotte atmete auf, als er auf die Beine kam und panisch an ihr vorbei den Weg weiter rannte. Er schien sich nicht ernsthaft verletzt zu haben.

»Los, Schorsch, fang das Pferd!«, rief der Schwarzbärtige.

Ein magerer Junge rannte hinter Wälderwind her. Der erste Kerl hielt seinen Schimmel neben Charlotte an und sprang ab. Ihr Schreien half nichts. Er und der Schwarzbärtige drückten Charlotte zu Boden. Das Gewicht eines Mannes auf ihrem Rücken nahm ihr die Luft zu atmen. Sie spürte mehrere Hände, die forschend ihren Leib abtasteten.

KAPITEL 7

Unterwegs im Schwarzwald, Mittwoch, 1. August 1781

> *»Der Mut wächst mit der Gefahr; die Kraft erhebt sich im Drang.«*
>
> Spiegelberg in *Die Räuber*, 1. Akt, 2. Szene

Und, was hat sie bei sich?«, fragte der Reiter.

»Nichts«, antwortete der Schwarzbärtige mit einem enttäuschten Tonfall. Seine Hände ließen von Charlotte ab. Auch der schmerzende Druck auf ihren Rücken ließ nach. Dafür packten sie zwei Pranken. Der bullige Kerl hob sie an und setzte sie auf.

»Leg deine Hände auf den Rücken«, befahl er. Er mochte so alt sein wie ihr Vater.

Charlotte war so verängstigt, dass sie seinem Befehl sofort nachkam. Er legte eine Schnur um ihre Handgelenke und zog den Knoten so fest zu, dass sie vor Schmerz aufstöhnte. Tränen liefen ihr über die Wangen.

»Bitte, lasst uns gehen. Wir haben euch doch nichts getan!«, flehte sie schluchzend.

»Wir? Kommt noch jemand?«, fragte er und schaute sich alarmiert um.

»Mein Pferd und ich.«

Der Räuber schüttelte lachend den Kopf und rief: »Schorsch, wo bleibst du?«

»Der Gaul macht Ärger«, antwortete eine jugendlich klingende Stimme hinter der Wegbiegung. Dann hörte man ein durchaus erwachsenes Fluchen und daraufhin sich schnell nähernde Hufschläge. Wälderwind schoss heran. Der Reiter des Schimmels brachte sich mit einem Sprung hinter einen Baum in Sicherheit. Der Anführer hingegen blieb nicht nur stehen, sondern stellte sich dem Hengst furchtlos in den Weg. Dabei bremste Wälderwind ohnehin ab, als er Charlotte sah. Er senkte den Kopf und berührte sie zart mit den Nüstern an der Schulter.

»Alles gut, mein Lieber«, sagte sie beruhigend. Wie zur Antwort schnaubte der Hengst. Der Anführer nahm ihn am Zügel und zog ihn von Charlotte weg. Wälderwind wollte sich wehren, doch der Räuber riss einmal unsanft am Gebiss, sodass er klein beigab. Der Reiter war unterdessen hinzugekommen und löste Charlottes Rucksack vom Sattel. Gierig packte er hinein.

»Autsch«, rief er, zog die Hand schnell zurück und steckte den rechten Zeigefinger in den Mund.

Geschieht ihm recht, dachte Charlotte.

»Was ist los?«, wollte der Schwarzbärtige wissen.

»Ich habe mich an etwas Scharfem gestochen. Was ist da drin?«

»Hier, halt du das Pferd«, befahl der Anführer und schüttete den Inhalt des Rucksacks kurzerhand auf den Boden.

»Wo ist das Geld?«, fragte er Charlotte.

»Ich habe kein Geld. Jetzt lasst mich gehen.«

»Du gehst nirgendwo hin, bevor du nicht sagst, wo du das Geld versteckt hast. Was ist das für Werkzeug?«

»Mein Sattlerwerkzeug«, sagte Charlotte leise.

»Was soll das heißen, *dein* Sattlerwerkzeug? Gestohlen wirst du's haben!«

»Nein, es gehört mir.«

»Aber du bist ein junges Mädchen.«

»Aufgewachsen im Haus eines Sattlers. Seit ich ein Kind war, habe ich meinem Vater geholfen.«

»Wir sollten hier nicht zu lange bleiben, Eberhard«, mahnte

der Reiter, der die wachsende blutrote Perle auf seinem Zeigefinger betrachtete und dann den Finger wieder im Mund verschwinden ließ.

»Du sollst doch meinen Namen aus dem Spiel lassen, du Idiot!«, schimpfte der Anführer.

»Oh. Tut mir leid. Trotzdem sollten wir verschwinden.«

Mittlerweile war auch der Junge wieder herbeigekommen. Schorsch, wie er gerufen wurde, blickte Charlotte schüchtern an, wandte sich aber gleich wieder ab, als er ihren grimmigen Blick bemerkte.

»Sie hat nichts bei sich als diese Werkzeuge und das Pferd«, sagte der Anführer, den der Reiter Eberhard genannt hatte. »Wie kommt es, Mädchen, dass du ohne Proviant und Geld allein hier durch die verrufenen Wälder reitest?«

»Lasst mich einfach frei und gehen«, bat Charlotte.

»Du kannst gehen«, lachte der Räuber. »Aber da du schon sonst nichts hast, soll uns das Pferd entschädigen.«

»Das könnt ihr nicht machen!«

Charlotte schnaubte empört.

Eberhard hob sie vom Boden hoch, als wäre sie eine Puppe, und stellte sie in die Richtung, aus der sie gekommen war.

»Wir sind Räuber. Wir nehmen uns, was uns gefällt. Und dein Gaul gefällt mir. Jetzt lauf, und dreh dich nicht um, sonst nehm ich dir noch was, nämlich dein Leben!«

Er schubste sie unsanft vorwärts. Mit den gefesselten Händen fiel es ihr schwer, das Gleichgewicht zu halten, doch sie schaffte es. Sie blieb stehen und drehte sich trotz der Warnung um.

»Ich hab gesagt, du sollst verschwinden! Ist das so schwer zu begreifen?«, fuhr Eberhard sie an.

Charlotte spürte Wut in sich aufsteigen. »Gib mir meine Sachen und mein Pferd zurück!«, forderte sie mit fester Stimme.

Ein überrascht klingendes Lachen drang aus der Kehle des Räubers. »Das Kätzchen will wohl kratzen. Nichts da. Hau ab!«

»Nein.«

»Doch.«

»Wälderwind wird sowieso nicht mit euch gehen.«

»Das wollen wir sehen«, polterte der Räuber, nahm die Zügel des Hengstes straff und brachte ihn dazu, sich zu drehen. Er führte ihn weg von Charlotte und lachte triumphierend auf.

»Wälderwind, heran!«, rief sie.

Schlagartig drehte sich der Hengst um und hätte dabei den Anführer der Räuberbande beinahe umgeworfen. Eberhard zerrte wütend am Zügel, aber Wälderwind stieg und befreite sich so aus seinem Griff. Nur einen Moment später stand das Pferd wieder an Charlottes Seite.

»Er hört also auf dich?«, fragte Eberhard. »Los, knebelt sie!«

Er warf Schorsch einen Lappen zu, den der Junge Charlotte in den Mund packen und hinter dem Kopf verknoten wollte. Sie wehrte sich so heftig, dass ihm das erst gelang, als der Anführer sie unsanft festhielt. Schorsch warf ihr einen entschuldigenden Blick zu, als das schmutzige Tuch ihre Mundwinkel schmerzhaft nach hinten zog.

»Nimm du das Pferd«, befahl Eberhard ihm. An Charlotte gewandt sagte er: »Und du verschwindest jetzt besser, bevor ich die Kehle durchschneide!«

Charlottes Gegenwehr fiel in sich zusammen. Sie verlor ihren letzten Gefährten. Mit Tränen in den Augen taumelte sie los. Nach ein paar Schritten wandte sie sich noch einmal um. Der Junge führte Wälderwind fort. Die Ohren des Hengstes waren nach hinten zu seiner Freundin gerichtet. Sie wollte etwas sagen, aber durch den Knebel brachte sie nur ein dumpfes Stöhnen hervor.

»Verschwinden sollst du, verdammt noch mal!«, schrie Eberhard und schubste sie erneut.

Jetzt war sie endgültig allein und dazu vollkommen hilflos. Rotz lief ihr aus der Nase. Die Schulter, auf die sie gefallen war, pochte schmerzhaft. Auch ihre Handgelenke brannten unter der stramm gezogenen Kordel. Sie versuchte, ihre Hände zu befreien, musste jedoch schnell feststellen, dass die Räuber ihr Handwerk verstanden. Die Fessel war zu fest. Und auch den Knebel bekam sie nicht heraus. Wie sollte sie so überleben? Allein. Ohne Wälderwind.

Sie wandte sich um. Der Wald hatte ihr Pferd und die Räuber verschluckt wie ein Hecht ein paar Frösche. Was konnte sie tun? Im Wald würde es schnell dunkel werden. Es blieb nur, auf die Hilfe anderer Reisender zu hoffen.

Ein durch die Bäume und Büsche gedämpfter Schrei drang an ihr Ohr. Er kam aus der Richtung, in die die Räuber verschwunden waren. Kurz darauf vernahm Charlotte von dort Hufgetrappel und brechende Äste. Ihr Herz schlug aufgeregt. Ihr Pferd kam zurück! Hinter ihm stürmten Eberhard und Schorsch heran.

»Mir reicht's!«, schimpfte der Anführer schnaubend.

Wälderwind hielt bei Charlotte an. Ohne die Fesseln hätte sie einfach aufsteigen und davonreiten können. Aber so blieb ihr nur, selbst zu rennen. Der Hengst folgte ihr im Trab.

»Bleib stehen«, brüllte Eberhard außer Atem.

Doch das war gar nicht nötig. Charlotte verlor auf dem unebenen Boden das Gleichgewicht und stürzte mit dem Kopf voran in ein Gestrüpp.

Nur einen Moment später zerrte der Räuber sie hoch.

»Mir reicht's!«, wiederholte er wütend. »Wenn dein Gaul nicht ohne dich geht, dann kommst du eben mit. Schorsch, verbinde ihr die Augen!«

Charlotte wusste nicht, wie ihr geschah. Die Räuber nahmen ihr Fesseln und Knebel ab, stülpten ihr dafür aber einen nach Speck und Käse riechenden Leinensack über den Kopf, den sie unter ihrem Kinn mit Schnur befestigten. Schorsch packte sie an der Hand, während der Anführer Wälderwind führte. In Charlottes Nähe war der Hengst lammfromm.

»Was habt ihr mit mir vor?«, flüsterte sie dem Jungen zu.

»Wir bringen dich zum Lager«, antwortete Schorsch mit gedämpfter Stimme. »Der Hauptmann wird entscheiden, was mit dir passieren soll. Er kommt morgen zurück.«

»Woher?«

»Von einem Raubzug natürlich. Hast du noch nie vom Hannikel und seinen tollkühnen Männern gehört?«

»Halt dein Maul, Schorsch!«, rief Eberhard.

»Ich hab nur …«

»Du sollst sie führen und dein Maul halten!«

Charlotte hatte bald jegliches Zeitgefühl verloren. Durch das engmaschige Gewebe des Sacks konnte sie nur Unterschiede der Helligkeit ausmachen. Manchmal kratzte dichtes Unterholz an ihren Beinen, dann wurde der Boden eben, bevor sie sich über trockenes Laub in den Wald schlugen. Sie hatten bald den dritten Räuber mit seinem Schimmel erreicht, wie Charlotte hören konnte.

Jeder Schritt erforderte ihre volle Aufmerksamkeit. Sie konnte weder ihr Schicksal beweinen noch über einen erneuten Fluchtversuch nachdenken.

Nach einem längeren Anstieg befahl Eberhard einen Halt.

»Hier geht's an einem Abhang entlang«, knurrte er. »Los, einer nach dem anderen!«

Charlotte hörte, wie der Reiter seinen Schimmel mit vielen guten Worten voranführte.

»Bleib nah an der Felswand, dann kann dir nichts passieren«, sagte Schorsch und zog sie mit sich. Welche Felswand? Charlottes Beine begannen unwillkürlich zu zittern. Jedes Mal, wenn sie einen Fuß vor den anderen setzte, wuchs ihr Gefühl, gleich zu stürzen.

»Ich kann nicht«, wimmerte sie und blieb stehen.

»Du musst. Gleich kannst du die Felswand spüren«, beruhigte Schorsch sie.

»Nimm mir den Sack ab!«, bat sie.

»Was ist da los?«, drang Eberhards Stimme von hinten an ihr Ohr.

»Sie hat Angst«, rief Schorsch zurück.

»Blöde Kuh! Geh weiter.«

Schorsch zog erneut an Charlottes Hand. Er schaffte es, dass sie einen weiteren Schritt machte, aber schon stemmte sie sich gegen den Druck. Alles in ihr sträubte sich dagegen, blind weiterzugehen.

»Los jetzt, Schorsch!«, brüllte der Anführer wütend.

»Was soll ich denn machen?«

»Wenn sie nicht geht, schubs sie runter. Dann haben wir unsere Ruhe.«

Das klang überhaupt nicht wie ein Scherz. Charlottes Körper versteifte sich.

»Ich lass dich kurz los. Du stehst sicher, keine Angst«, flüsterte Schorsch.

»Nein, nein! Tu mir nichts!« Charlotte versuchte, ihn aufzuhalten, doch es war zu spät. Die Sicherheit seiner Hand zu verlieren war wie ein Schock. Sie hörte ein Wimmern. Es dauerte einen Moment, bis sie erkannte, dass es aus ihrer Kehle kroch. Sie hörte Eberhard schimpfen und fluchen, aber sie nahm den Sinn seiner Worte nicht wahr. Sie erwartete nur einen Stoß, der sie in die Tiefe stürzen würde.

Stattdessen spürte sie Schorschs Hände an dem Sack über ihrem Kopf. Er lockerte die Schnur, die ihn unter ihrem Kinn festhielt, und zog das Leinen weg.

Ihre Augen mussten sich erst an die Helligkeit gewöhnen, doch sie bemerkte gleich, dass sie weit genug von der Felskante weg stand, um nicht zu fallen. Sie spürte, wie ihr Körper sich etwas entspannte.

»Zieh ihr sofort den Sack wieder über!«, schrie der Anführer. Doch Schorsch reichte Charlotte die Hand, die sie jetzt nur allzu gern ergriff, und führte sie langsam weiter.

Der Weg schien an einer fast senkrechten Felswand zu kleben und war an seiner engsten Stelle gerade breit genug, dass ein Pferd sie passieren konnte. Ein Wagen wäre hinabgestürzt und unten zerschellt. Der Hang darunter war so steil, dass er nur wenigen Bäumen Halt bot. Dahinter erstreckte sich ein Meer aus hügeligem Wald.

Schorsch brachte Charlotte sicher an dem engsten Stück vorbei. Mit ihrer rechten Schulter streifte sie dabei mehrfach die Felswand. Der Anführer der Räuber folgte mit Wälderwind. Der Hengst blieb zu Charlottes Erleichterung ruhig und setzte seine Hufe sicher und bedächtig.

»Jetzt ist es nicht mehr weit«, sagte Schorsch. »Tut mir leid, aber jetzt wird's noch mal dunkel.« Damit stülpte er ihr den Sack wieder über den Kopf.

»Das nächste Mal hörst du zu, wenn ich dir was sage!«, schimpfte der Schwarzbärtige, als er sie erreichte. Charlotte vernahm ein lautes Klatschen, gefolgt von einem Aufstöhnen Schorschs. Damit schien die Sache erledigt zu sein.

Sie marschierten noch etwa eine Viertelstunde weiter. Der Anführer ging mittlerweile mit Wälderwind voraus. Der Hengst schien sich an ihn gewöhnt zu haben. Der Mann mit dem Schimmel war nun an zweiter Stelle, wie Charlotte hörte. Schorsch und sie waren etwas zurückgefallen, auch, weil sie schon mehrfach gestolpert war, nachdem sie wieder einen Weg verlassen hatten und über unebenen Waldboden liefen.

»Du könntest mich einfach gehen lassen, Schorsch«, flüsterte Charlotte.

»Was?«

»Lass mich bitte gehen.« Sie legte allen Charme in ihr Flehen. »Ich werde dir für immer dankbar sein.«

Schorsch lachte unsicher und sagte: »Eberhard würde mir die Kehle durchschneiden. Außerdem sind wir sowieso da.«

Nach wenigen weiteren Schritten vernahm sie das Bellen eines

Hundes. Und eine Stimme, die ihm befahl aufzuhören. Da war noch mehr. Ein Baby weinte. Ein Pferd schnaubte. War das ein gackerndes Huhn? Die Geräusche wurden mit jedem Schritt lauter und mannigfaltiger. Zudem lag der Geruch eines Feuers in der Luft. Schorsch zog ihr den Sack vom Kopf. Vor Charlotte lag das Räuberlager. Und irgendwie sah es ganz anders aus, als sie es sich vorgestellt hatte.

Inmitten des lichten Laubwaldes wuchsen zwölf schiefe Zelte wie eine übergroße Pilzkolonie aus dem Waldboden. Zwei davon hatten einen solch hohen Aufbau, dass man wohl darin stehen konnte, die anderen waren flach und dienten sicher dem Schlafen. Den Mittelpunkt des Lagers bildete eine prasselnde Feuerstelle. Dampf quoll aus einem bauchigen Kessel. Etwas abseits des Feuers unterhielten sich drei grobschlächtige Kerle mit Messern am Gürtel. Ihre Musketen standen so aneinander gelehnt, dass sie die Waffen bei Bedarf schnell packen konnten. Ein einbeiniger Greis saß auf einem Hocker am Feuer, paffte eine gebogene Pfeife und rührte mit einem langen Holzlöffel in einer Suppe.

Ein kleines Stück hinter ihm entdeckte Charlotte den Anführer, der bei einer etwa dreißigjährigen Frau mit einem bodenlangen Rock stand. Ihr goldblondes Haar war im Nacken zusammengebunden. Selbst aus der Entfernung erkannte Charlotte, wie außergewöhnlich schön sie war. Ihre Blicke trafen sich kurz. Dann zog Schorsch Charlotte weiter zu einem Pferch für die Pferde. Der Reiter ließ gerade seinen Schimmel hinein. Das Tier wurde von einer braunen Stute mit ausgeprägtem Hohlkreuz und einem struppigen Esel begrüßt.

Wälderwind war außerhalb des Pferchs an einer nahen Buche angebunden und zupfte sich Blätter der erreichbaren Äste ab.

Schorsch brachte Charlotte zu einer anderen Buche daneben.

»Ich mach dich hier erst mal fest«, sagte er und zog eine Schlinge um ihre Handgelenke. »Komm ja nicht auf krumme Gedanken. Die machen sonst kurzen Prozess mit dir«, murmelte er.

Charlotte spürte, dass er sich bemühte, den Knoten nicht so fest zu ziehen, dass es übermäßig schmerzte.

»Wer ist sie?«, fragte sie und wies mit dem Kinn zu der schönen Frau hin. Eberhard erstattete ihr offenbar Bericht. »Gehört sie zu ihm?«

»Nein, nein, nein.« Schorsch schüttelte heftig den Kopf. »Das ist Käther, das Weib von Hauptmann Hannikel. Sie wird sicher gleich zu dir kommen.«

Er prüfte ein letztes Mal ihre Fesseln, bedachte sie mit einem schüchternen Winken und verschwand in Richtung des Feuers. Ein kleiner Köter rannte auf ihn zu und begrüßte ihn voller Begeisterung.

Kaum hatte Schorsch ihr den Rücken zugekehrt, versuchte Charlotte schon, die Knoten um ihre Handgelenke zu lösen. Wälderwind war noch immer gesattelt. Wenn sie sich befreien könnte, mochte es ihr gelingen, schnell aufzusteigen und davonzureiten. Aber alles Zerren und Verdrehen verschaffte ihr keinen Platz, die Hände durch die Schlaufe zu ziehen und sich zu befreien. Ihr blieb nur, auf eine andere Gelegenheit zur Flucht zu hoffen.

Sie schaute sich um. Alles, worauf ihr Blick fiel, machte einen vernachlässigten Eindruck. Die Pferde hatten schon länger keine Striegel gesehen. Ein paar Frauen und Kinder bei den Zelten wirkten selbst von hier aus verdreckt. Laub und Waldboden waren auf den stärker begangenen Wegen beim letzten Regen zu einem matschigen Brei verschmolzen. Das Lager schien nicht erst gestern errichtet worden zu sein. Etwas abseits konnte Charlotte an einem kleinen Bachlauf zwei Wagen ausmachen, deren Planen offenbar für die Behausungen verwendet worden waren. Die meisten Zelte waren groß genug, dass fünf oder sechs Menschen darin schlafen konnten. Aber so viele Menschen gab es hier nicht. Charlotte vermochte nicht einzuschätzen, ob sich noch jemand außer Sicht oder eben in einem der Zelte befand, aber so zählte sie mit den dreien, die sie überfallen hatten, und dem einbeinigen Greis sechs Männer. Außerdem gab es zehn Frauen und mindestens so viele Kinder – vom Säugling bis zu einem Mädchen im Alter ihrer Schwester Elisabeth.

Käther und Eberhard hatten ihr Gespräch offenbar beendet und kamen auf Charlotte zu.

Selbst das schmutzige, zerrissene Kleid und ein paar Unreinheiten auf der Stirn nahmen der Frau des Hauptmanns nichts von ihrer Schönheit.

»Wie heißt du?«, fragte sie grußlos mit einer tiefen, samtigen Stimme.

»Charlotte. Und wer bist du?«

Sie musterte Charlotte kurz, bevor sich ein Lächeln in ihrem Gesicht andeutete. Zugleich wurden Grübchen auf ihren Wangen sichtbar.

»Katharina«, stellte sie sich vor. »Aber sie rufen mich Käther.«

Charlotte nickte als Antwort.

Käthers Lächeln verschwand wieder. »Ich bin nicht glücklich darüber, dass der Eber statt Geld oder Proviant ein weiteres Maul mitgebracht hat, das gefüttert werden muss.«

»Der Eber?«

»Eberhard. Er sieht aus wie eine Wildsau und frisst auch so.«

»He!«, rief der Mann protestierend, setzte aber ein Grinsen auf.

Spielerisch stieß sie ihm den Ellenbogen in den Bauch. Er wich ihr geschickt aus.

»Woher kommst du, Charlotte?«, wandte sich Käther wieder an sie.

Ihr Kopf empfahl ihr zu lügen, aber aus ihrem Mund kam die Wahrheit. »Aus Märgen. Ich bin weggelaufen.«

Käther blickte sie fragend aus dunklen Augen an.

»Ich sollte heiraten, wollte den Mann aber nicht.«

Käther lachte schallend. »Das gefällt mir. Eine Frau, die sich ihre Männer selbst aussuchen will.« Sie hob Charlottes Kinn mit zwei Fingern an und drehte ihren Kopf in beide Richtungen.

»Du bist ein hübsches Ding. Du wirst schon noch ein paar Kerle unglücklich machen. Wo willst du hin?«

»Ich weiß es nicht. Ich wollte nur weg. Lasst ihr mich frei?«

Die Frau des Räuberhauptmanns schüttelte leicht den Kopf. »Morgen kommt mein Mann zurück. Der wird entscheiden, was mit dir passiert. Hast du schon vom Hannikel gehört?«

»Heute zum ersten Mal.«

»Dann kannst du noch nicht allzu viel wissen. Lass dir eines gesagt sein: Unter den Kerlen findest du Memmen und richtige Männer. Mein Hannikel gehört zur zweiten Sorte. Hast du Hunger?«

Charlotte nickte eifrig.

»Du sollst Essen bekommen. Mein Bruder wird dich losbinden.«

Eberhard wollte protestieren, doch Käther brachte ihn mit einer Geste zum Schweigen.

»Sie wird uns ihr Wort geben, dass sie nicht zu fliehen versucht.« Sie sah Charlotte an. »Das tust du doch?«

Charlotte blieb ohnehin nichts anderes übrig. Sie nickte und versuchte zu begreifen, was die Frau eben gesagt hatte. Der deutlich ältere Eberhard war ihr Bruder? Oder war das nur eine Redensart unter Räubern? Von Ähnlichkeit konnte man beileibe nicht sprechen.

»Nick nicht einfach nur mit dem Kopf, sondern sag es!«, befahl Käther.

»Ich werde nicht weglaufen«, brachte Charlotte schließlich hervor.

»Dann soll es so sein.«

Sie drehte sich um und ging zurück zum Lager.

Eberhard löste ihr stumm die Fesseln. Sie folgte ihm zu Wälderwind, dem sie das Zaumzeug abnehmen sollte. Der Räuber löste derweil den Sattelgurt und hob den Sitz samt der Decke vom Rücken des Hengstes. Damit war für Charlotte an ein schnelles Wegreiten nicht mehr zu denken. Sie könnte immer noch ohne Sattel aufsitzen, verwarf den Gedanken aber sofort wieder. Sie würde nicht weit kommen in diesem unbekannten Wald. Zudem hatte sie Käther ihr Wort gegeben, und diese machte den Eindruck, eine gerechte Frau zu sein. Und zu guter Letzt war Charlotte von den vergangenen Tagen ihrer Flucht so erschöpft und aufgewühlt, dass sie einen neuerlichen Fluchtversuch nicht wagen mochte.

Eberhard und Charlotte trugen Wälderwinds Sattel und Zaumzeug samt ihrem Rucksack zu einem der großen Zelte, vor dem ein Junge als Wache postiert war, der noch zwei Jahre jünger als Schorsch sein mochte. Es schien des Hannikels Zelt zu sein. Neben einem weich wirkenden Lager mit vielen Fellen, Decken, Kleidung und alltäglichen Gegenständen stand mittig ein großer, mit Intarsien verzierter Edelholztisch mit schmuckvoll gedrechselten Beinen. Darauf lag eine gefaltete Karte neben einer halb vollen Flasche Rotwein. Dahinter lagerte offenbar die Beute der Räuber. Im Schatten erspähte Charlotte mit Eisenbändern beschlagene Kisten und Truhen, die neben zugebundenen Leinensäcken gestapelt waren. Aus einem offenen Sack reflektierten polierte Silberkrüge das Licht. Unordentlich lagen schartige Infanteriesäbel und Musketen mit speckigen Holzgriffen in einer offenen Kiste. Eberhard warf den Sattel rüde auf ein Stück freien Boden bei den Waffen. Charlotte legte das Zaumzeug vorsichtiger dazu.

»So, am Feuer gibt dir Reckel was zu essen.«

Reckel hieß offenbar der Alte, den sie vorher schon am Suppenkessel gesehen hatte. Wortkarg füllte er ihr eine Holzschale mit der heißen, duftenden Hühnersuppe und reichte ihr einen Silberlöffel, der in seiner Pracht so gar nicht zu diesem Mahl passen wollte.

KAPITEL 8

Im Räuberlager, Mittwoch, 1. August, und Donnerstag, 2. August 1781

»Die Kanaille soll man an den nächsten besten Galgen knüpfen, die bei geraden Fingern verhungern will.«

Spiegelberg in *Die Räuber*, 1. Akt, 2. Szene

Charlotte merkte bald, dass sie sich im Lager zwar frei bewegen konnte, aber unter ständiger Beobachtung stand. Käther hatte Schorsch und Dieterle, ihren zehnjährigen Sohn, zu ihren Aufpassern bestimmt. Die beiden Jungen nahmen ihre Aufgabe sehr ernst. Einer von ihnen hielt sich beständig in ihrer Nähe auf, auch, als sie sich nach dem Essen um Wälderwind kümmerte. Wo der Hengst stand, war es schon recht dunkel. Trotzdem erkannte sie, dass ihr Freund den Sturz durch die Seilfalle bis auf eine Schramme an der Brust offenbar ohne Verletzung überstanden hatte.

Dieterle war nicht auf den Kopf gefallen, hatte aber bereits zu viel Zeit in der Gesellschaft grobschlächtiger Kerle verbracht. Er benutzte schmutzige Ausdrücke, spuckte ständig auf den Boden und ging Charlotte damit gehörig auf die Nerven. Doch statt sich auf ihre Mahnung hin zu benehmen, wurde er wütend und schlug Wälderwind mit der Faust in die Seite. Der Hengst sprang erschrocken weg. Charlotte versetzte dem Knaben eine schallende Ohrfeige. Dieterle starrte sie erst fassungslos an, dann rannte er wütend zu seiner Mutter. Charlotte erwartete schon großen Ärger, aber der Junge kam bald darauf schmollend zurück. Charlotte fiel auf, dass auch seine andere Wange rot war. Jetzt tat er ihr leid. Aber immerhin benahm er sich besser.

Die Dämmerung war schon weit fortgeschritten. Im Laufe des Abends füllte sich der Platz um das Feuer. Zwei Frauen brachten Stangen, auf die abwechselnd Fleischstücke und Zwiebeln gespießt waren. Bald brutzelten sie über der Glut. Die Kinder tobten mit den Hunden umher, und die Wachmänner wechselten sich ab. Alle schienen zu wissen, wer Charlotte war. Sie wurde neugierig beäugt, aber sonst in Ruhe gelassen. Sie gewann den Eindruck, dass viele der Lagerbewohner miteinander verwandt waren – so wie offenbar Käther und Eberhard. Zumindest wirkte es wie eine große Familie.

Der Gedanke versetzte ihr einen Stich. Vor lauter Aufregung hatte sie kaum an ihre eigene Familie gedacht. Wie es ihren Lieben wohl ging? Der Sattlerhof von Märgen schien ihr im Moment weiter weg zu sein, als es die Entfernung rechtfertigte.

»Jemand noch Suppe?«, fragte der Greis. Sein Topf war fast geleert und hing schon nur noch am Rand des Feuers. Trotzdem rührte Reckel ständig darin herum. Doch die meisten verlangten jetzt nach den Schweinespießen, die mit Käse und Brot ausgegeben wurden. Zum Trinken gab es Wasser aus dem Bach und einen zuckersüßen Wein aus einem kleinen Fass. Bald begannen die Männer und Frauen, Geschichten zu erzählen. Charlotte verstand nicht alles, weil ihr die Namen nichts sagten, aber sie lachte trotzdem mit, wenn die Leute sich prustend krümmten und auf die Schenkel schlugen.

Schorsch wich den Abend über nicht von ihrer Seite. Das schien einem anderen Mädchen nicht zu gefallen. Sie war vielleicht sechzehn Jahre alt, hatte ein teigiges Gesicht, und ihre Figur war noch vom Kinderspeck gerundet.

»Statt die ganze Zeit bei mir zu sitzen, solltest du lieber mit der da reden«, flüsterte Charlotte Schorsch zu. »Ich glaube, sie mag dich.«

»Die? Ach, das ist die Urschel. Sie ist die Stieftochter vom Hannikel. Das gibt nur Ärger.«

Bald wurden die Kinder ins Bett geschickt. Käther gab Urschel ein Zeichen, und die kam etwas widerwillig zu Charlotte. Während sie mit ihr sprach, blickte sie immer wieder zu Schorsch, der sich aber betont gleichgültig gab.

»Du sollst mitkommen ins Zelt«, nuschelte Urschel.

Sie führte sie in das Zelt neben dem mit der Beute. Der ganze Boden war mit Decken und Fellen ausgelegt. Zwei kleinere Kinder lagen schon dort, und Dieterle kroch gerade unter eine Decke.

»Leg dich dahin!«, befahl Urschel. Sie zeigt auf den freien Platz, der vom Zelteingang am weitesten entfernt war. Charlotte zog sich das Reitkleid und die Hose aus und schlüpfte im Hemd unter die Decken. Urschel legte sich nah neben sie. Charlotte spürte, wie sie durch ihr Haar fuhr.

»Lass das!«

Doch sie ließ es nicht. Im Gegenteil. Sie packte fest zu und zerrte Charlottes Kopf zu sich, dass sie leise aufstöhnte vor Schreck.

»Lass *du* das lieber!«, flüsterte Urschel.

»Was denn?«

»Lass den Schorsch in Ruhe! Das wird meiner!«

»Ich will doch gar nichts von ihm«, knurrte Charlotte zurück, worauf der Zug nachließ.

»Dann ist das geklärt«, nuschelte Urschel. »Jetzt schlaf!«

Charlotte antwortete nicht.

Schon beim Abendessen war immer wieder von der bevorstehenden Rückkehr des Hauptmanns und seiner Bande gesprochen worden. Am Morgen führte das zu ungewohnter Betriebsamkeit im Lager. Gegen zehn Uhr traf ein junger Reiter ein. Eine schwangere Frau, die Charlotte vom Feuer kannte, fiel ihm schreiend um den Hals, kaum dass seine Füße den Lagerboden berührten. Er war vorausgeritten, um alle zu informieren, dass Hannikel am Mittag eintreffen würde.

Charlotte merkte mit jedem Lidschlag, dass die Aufregung im Lager wuchs. Alle hatten etwas zu tun, nur sie selbst fühlte sich vollkommen fehl am Platze. Sie schaute mehrfach bei Wälderwind vorbei, der von der allgemeinen Unruhe angesteckt zu sein schien.

Die Sonne stieg höher, doch unter dem Laubdach war die Hitze gut auszuhalten. Eine sanfte Brise wehte die Lagergerüche davon. Schließlich rief jemand: »Da kommen sie!«

Der zuvorderst heranreitende Mann stand in den Steigbügeln eines unscheinbaren Rappens. Seine Leute jubelten ihm zu wie ein Volk seinem König, als er in ihrer Mitte anhielt. Zur Begrüßung reckte er eine schwere Goldkette in die Luft. Die Leute johlten, Hannikel grinste über beide, mit dunkelbraunem Bart bewachsene Backen. Der Hauptmann war von mittelgroßer Statur und trug sein Haar lang und nach hinten gelegt. Als er vom Pferd sprang, erkannte Charlotte gleich, dass er muskulös war, auch wenn er ein kleines Bäuchlein hatte. Er packte Käther und gab ihr unter dem Johlen und Pfeifen aller einen ausgiebigen Kuss. Zu Charlottes Erschrecken vergrub er seine Pranke tief im Fleisch einer ihrer Pobacken, was seiner Frau sehr gut zu gefallen schien.

»Was hab ich das vermisst!«, rief der Räuberhauptmann. Dann begrüßte er seine Kinder und die anderen, die beim jüngsten Raubzug im Lager geblieben waren. Charlotte stellte fest, dass die Begrüßung Eberhards kühler ausfiel. Der Eber wies auf Charlotte, und Hannikel blickte zu ihr herüber. Als er bemerkte, dass auch sie ihn betrachtete, nickte er ihr kurz zu. Charlotte nickte zurück, dann kamen die anderen Räuber an.

Charlotte zählte sechzehn weitere Männer. Außer dem Hauptmann waren zwei beritten, die anderen begleiteten zu Fuß einen schwer beladenen und mit einem gewachsten Tuch abgedeckten Ochsenkarren. Die Kinder übernahmen die Pferde, die Frauen liefen zum Wagen und machten sich an der Plane zu schaffen. Als diese endlich weggezogen war, brandete erneut Jubel auf.

Zwei Kerle schleppten eine kleine Truhe ins Zelt des Hauptmanns. Kupfertöpfe, kleine Weinfässer und allerhand Proviant wurde den Frauen übergeben. Manch ein Mann legte seinem Weib eine Kette um oder überreichte ihr ein anderes Schmuckstück. Derweil kam der Hauptmann zusammen mit seiner Frau und Eberhard auf Charlotte zu.

»Du hast uns noch gefehlt«, sagte er statt einer Begrüßung. Er musterte sie abschätzend.

»Ich brauche euch ja nicht lange zur Last zu fallen«, erwiderte Charlotte. »Gebt mir mein Werkzeug zurück und mein Pferd, und ich verschwinde, ohne jemandem etwas von eurem Versteck zu erzählen.«

Hannikel brachte ein raues Lachen hervor.

»Was aus dir werden soll, muss ich mir noch überlegen. Käther sagt, du bist Sattlerin?«

Charlotte nickte.

»Dann kannst du dich nützlich machen, bis ich Zeit für dich habe. Unsere Sättel und das Zaumzeug haben in den letzten Wochen gelitten. Bring die Sachen auf Vordermann.«

»Dazu brauche ich eine Werkstatt und Material«, sagte Charlotte.

Hannikels Stimme wurde eisig. »Das Lager ist deine Werkstatt. Und nimm als Material, was sonst keiner braucht!«

Er wandte sich um und ging davon. Eberhard schaute ernst drein, während Käther ihr ein aufmunterndes Lächeln schenkte.

Charlotte ging zum Pferdeplatz, wo Schorsch und der Junge, der am Vortag Hannikels Zelt bewacht hatte, die Tiere versorgten. Die zurückgekehrten Räuber tranken am Feuer und prahlten laut mit ihren Taten bei den Raubzügen. Charlotte fiel auf, dass sich der Platz nach und nach leerte. Die Männer verschwanden mit ihren Frauen in den Zelten. Charlotte wurde rot, als ihr bewusst wurde, was wohl gerade überall im Lager geschah.

Schnell lenkte sie ihre ganze Aufmerksamkeit auf die Sättel. Einer davon war in einem katastrophalen Zustand. Das Kopfeisen war locker und verbogen und musste dem Pferd beim Reiten große Schmerzen bereitet haben. Der Sattel sah aus, als habe er mitten auf einem Schlachtfeld gelegen, auf dem sich zwei Heere mit aller Macht bekämpften. Hier gab es keine Überlebenden. Ein paar Lederstücke konnte sie noch gebrauchen, um Reparaturen an den anderen Sätteln vorzunehmen.

Charlotte zerlegte den Sattel Stück für Stück. Nur noch der Dreck hatte ihn zusammengehalten. Sie fand immerhin genügend Rosshaar, um damit das linke Polster von Hannikels Sattel auffüllen zu können. Die Naht war aufgegangen und immer wieder Füllmaterial verloren gegangen. Charlotte vernähte das Polster sorgfältig.

Auch das Leder seiner Zügel brauchte dringend eine Aufarbeitung. Charlotte schnitt ein beschädigtes Stück heraus und vernähte die neuen Schnittkanten sorgsam miteinander.

Die Arbeit tat ihr gut und ließ die Sorge um ihr Schicksal in den Hintergrund treten. Sie war gerade mit den Reparaturen fertig, die sie unter diesen Umständen vornehmen konnte, als Schorsch herbeigelaufen kam.

»Du sollst zum Hannikel kommen. Er hat jetzt Zeit für dich.«

Der Räuberhauptmann saß auf einen Stuhl mit Armlehne und musterte Charlotte. Seine Frau, Eberhard und ein untersetzter Räuber namens Seggeler saßen auf den Stühlen am Tisch. Neben ihm hockte ein weiterer, den Charlotte noch nicht gesehen hatte. Wahrscheinlich war der große Kerl mit einem ausladenden, geschwungenen Schnurrbart heute mit dem Hannikel angekommen. Für Charlotte war kein Platz frei. Sie blieb vor Hannikel stehen.

»Warum bist du vor deiner Hochzeit mit dem Oberamtmann weggelaufen?«, fragte er unvermittelt.

»Er war Amtmann«, sagte Charlotte. »Ganz einfach: Ich liebe ihn nicht.«

»Hast du Familie?«

Sie spürte einen Stich in ihrer Brust. Sie nickte.

»Wohin wolltest du, als du in Eberhards Falle getappt bist?« Er nahm den vor sich auf dem Tisch stehenden Glasbecher mit Rotwein und trank einen großen Schluck. Doch das dauerte nicht lange genug, dass Charlotte eine Antwort hätte finden können.

»Ich glaube, sie wusste es selbst nicht«, half ihr Käther aus.

Hannikel stellte sein Glas ab und stand auf. Er blieb so nahe vor Charlotte stehen, dass sie seinen Weinatem riechen konnte. »Stimmt das, Mädchen?«

»Ich heiße Charlotte.«

»Das habe ich nicht gefragt.« Bei der nächsten Frage betonte er jedes Wort einzeln: »Wo wolltest du hin?«

»Ich weiß es nicht!«, rief sie trotzig.

Hannikel nickte und ging zurück zum Platz seiner Frau. Er strich ihr sanft das Haar aus dem Gesicht.

»Du bleibst bei uns, bis deine Familie und dein zukünftiger Ehemann ein ordentliches Lösegeld für dich gezahlt haben«, beschloss er grinsend.

»Was meine Eltern zahlen können, wird euch nicht zufriedenstellen. Und der Amtmann wird nach der geplatzten Hochzeit sicher kein Vermögen mehr für mich aufbringen wollen«, sagte Charlotte laut.

»Weißt du, wie es mein alter Onkel, der Messerhannes, zeit seines Lebens gehalten hat?«

Er beantwortete die Frage selbst: »Was ihm einen Gewinn brachte, hat er behalten, alles andere kam weg.« Er nahm einen weiteren Schluck Wein, bevor er weitersprach. »Bringst du mir Gewinn, oder sollen wir dich am nächsten Baum aufknüpfen?«

Charlotte erschauderte, denn der Hannikel wirkte nicht, als würde er scherzen.

»Ich kann euch als Sattlerin sicher noch behilflich sein. Ich flicke eure Sättel und die Zelte. Dann hast du Gewinn mit mir gemacht und kannst mich gehen lassen.«

Für einen Augenblick sah es aus, als denke er über ihren Vorschlag nach, doch dann schüttelte er den Kopf.

»Das ist mir zu wenig. Aber ich habe da schon etwas anderes im Sinn.«

Hannikel zeigte auf den ihr unbekannten Räuber. Ein geschwungener Schnurrbart und die beginnende Glatze ließen ihn älter erscheinen, als er war. Charlotte schätzte ihn auf Mitte dreißig.

»Kollo, gib ihr auch ein Glas«, befahl Hannikel.

Der Mann stand auf und holte von weiter hinten einen Stuhl und einen Glasbecher. Er stellte Charlotte beides hin. Käther schenkte ihr aus einem Krug Rotwein ein.

»Wir sind nicht immer als Räuber unterwegs, weißt du?«, sagte Hannikel. »Ich habe auch schon ein paar Jahre gearbeitet. Aber wenn dein Herr dich nicht ausbezahlt, kommst du auf die Idee, das dir zustehende Geld so zu holen.« Er machte eine Bewegung mit der Hand, als würde er etwas wegnehmen und hinter seinem Rücken verbergen. »Wir sind keine Schufte, die armen Bauern die letzte Sau stehlen. Wir holen uns das Geld von denen, die keine Not leiden. Warum schüttelst du den Kopf?«

»Du stellst es so dar, als würdet ihr edel, wie ihr seid, nur die Reichen berauben. Aber mich haben deine Leute einfach so überfallen. Und ich hatte außer meinem Werkzeug nichts bei mir.«

»Meinst du wirklich, es steht dir an, mir Widerworte zu geben?«, fragte Hannikel gefährlich leise. Seine Augen funkelten.

»Du hast mich gefragt«, antwortete Charlotte. Obwohl sie sich der bedrohlichen Situation bewusst war, wich sie seinem Blick nicht aus. Sie war selbst von sich überrascht. Keiner von beiden blinzelte. Charlotte trat Schweiß auf die Stirn und die Oberlippe. Sie biss sich auf die Lippe, als Hannikel überlegen lächelte. Die dunklen Augen des Räubers waren wie winzige Fenster in eine gnadenlose Seele. Diese Augen hatte Dinge gesehen, an die Charlotte nicht einmal denken mochte. Sie konnte nicht anders. Sie senkte den Blick. Nur einen Moment lang, aber lange genug, damit aus dem Lächeln des Hauptmanns ein breites Grinsen wurde.

»Trink, Mädchen!«, befahl er. Er leerte den halben Becher. Charlotte nippte nur an dem Rotwein, der sich samtig und süß über Zunge und Gaumen legte.

»Es ist gar nicht so leicht, ein gutes Versteck zu finden«, fuhr Hannikel schließlich fort. »Ein Lager für so viele Köpfe verborgen zu halten bedeutet, sich tief in die Wälder zurückziehen zu müssen, so wie hier. Aber das bringt Schwierigkeiten mit sich: Man muss für ausreichend Essen sorgen, das Feuer darf nicht gesehen werden. Länger als zwei oder drei Wochen können wir meist nicht an einem Ort bleiben. Und wenn wir zu lange irgendwo lagern, finden sich bald kaum noch lohnenswerte Ziele für Einbrüche und Diebstähle. Gleichzeitig wird bekannt, dass eine Räuberbande in der Gegend ist. Der Herrscher schickt Häscher aus, um uns zu suchen. Zu bleiben lohnt sich also nicht und wird immer riskanter. Dieser Ort hier war ideal. Aber jetzt sind wir seit sechs Wochen hier. Wir müssen dringend weiter. Verstehst du das?«

Charlotte nickte, fragte sich aber, warum er ihr das so detailliert erzählte.

»Unser großes Glück ist, dass es immer eine nahe Ländergrenze gibt. Wenn wir ein Land verlassen, kann man uns dort nicht mehr jagen. Und es dauert seine Zeit, bis in dem neuen Land bekannt wird, dass wir da sind. Im Westen und Norden gibt es mehr Grenzen als Bäume. Wenn wir hier verschwinden, werden alle denken, dass wir uns in dieser Richtung aus dem Staub gemacht haben.«

Er grinste.

»Ihr wollt, dass sie das denken?«, riet Charlotte.

»Weil wir uns stattdessen nach Osten wenden«, rief er, von seinem eigenen Plan begeistert, aus. »Meine Männer und ich waren auf der Alb und haben uns dort nach einem möglichen neuen Lager umgeschaut und vielversprechende Ziele ausbaldowert.«

»Und jetzt kommst du ins Spiel«, ergänzte Käther und lächelte Charlotte freundlich zu. Ihre Anwesenheit gab Charlotte ein wenig Sicherheit in Anwesenheit dieser ungehobelten Kerle. Dabei glaubte sie nicht, dass diese Frau Skrupel haben würde, falls ihr Mann Charlottes Tod beschließen sollte.

»So ist es. Jetzt kommst du ins Spiel«, bekräftigte Hannikel. Aufgekratzt sprang er von seinem Stuhl und lief auf und ab, während er gestikulierend weitersprach. »Wir haben ein verstecktes Plätzchen aufgetan, das perfekt ist für ein Lager. Nur sind die Orte in der Nähe recht klein und dürften außer ein paar Hühnern oder Ziegen nicht viel abwerfen. Der württembergische Herzog hat sein Land ausgequetscht wie eine überreife Birne.« Seine Hand griff in die Luft und ballte sich zu einer mächtigen Faust. Unter dem Bart sah Charlotte ihm die Entschlossenheit an, den letzten Tropfen Saft aus der imaginären Birne zu pressen.

»Dafür gibt es nicht allzu weit entfernt ein herrschaftliches Schloss mit Carl Eugens Hofgestüt. Das ist eben der Herzog: Seine Pferde liegen ihm mehr am Herzen als das Wohl seines Volkes. Wir haben fünf Boten abgefangen, die eine Geldsendung an das Gestüt bei sich führten. Von einem haben wir erfahren, dass es sich nur um den Anfang handelt. Aber wir wissen weder, wann das große Vermögen gebracht wird, noch, über welche Route das stattfindet oder wie stark das Geld bewacht wird.«

Hannikel machte eine ausgiebige Pause und kam dann zum Schluss: »Du wirst das für uns herausfinden.«

Charlotte blickte fassungslos in die Runde. Sie sah den Gesichtern an, dass Hannikel es ernst gemeint hatte.

»Ich? Wie meinst du das?«, brachte sie zögernd hervor.

»Du wirst dich im Gestüt anstellen lassen und für mich spionieren. Ganz einfach. Wenn alles klappt, lassen wir dich unbehelligt ziehen. Ach, was sage ich, du wirst sogar noch einen kleinen Anteil bekommen. Na, was sagst du dazu?«

Verblüfft dachte Charlotte einen Moment nach.

»Warum schickst du nicht jemand anderen?«

»Weil du dich mit der Sattlerei und mit Pferden auskennst. Du hast gute Chancen, in Stellung genommen zu werden«, antwortete Hannikel. »Und damit du auf keine krummen Gedanken kommst, werden dich zwei meiner Männer begleiten. Eberhard und Schorsch.«

Charlottes Augen weiteten sich. Mit der Reaktion war sie nicht allein. Auch Eberhard schien über diese Entwicklung nicht gerade erfreut zu sein. Er sprang auf und baute sich vor dem Hauptmann auf.

»Soll ich ihr Kindermädchen spielen?«, fragte er barsch.

»Ich kann Schorsch nicht allein mitschicken«, erwiderte Hannikel ungerührt. »Und wer wäre besser geeignet, auf ihn und die Kleine aufzupassen, als du?«

»Du willst mich nur loswerden!«, rief Eberhard.

Seine Schwester legte ihm beruhigend eine Hand auf den Unterarm, doch Eberhard schüttelte sie ab.

Hannikel blieb ganz ruhig. »Jeder bei uns hat seine Aufgabe. Ich bin der Hauptmann und bestimme. Du gehörst zur Bande und wirst gefälligst tun, was ich dir auftrage.«

Plötzlich ging alles rasend schnell. Eberhard setzte an, sich auf den Hannikel zu stürzen, Kollo sprang auf, um ihn zu packen, aber der Räuberhauptmann zuckte nur einmal mit dem Arm in Eberhards Richtung. So plötzlich es begonnen hatte, so schlagartig standen alle wie eingefroren da. Charlotte bemerkte, dass der Hannikel ein Messer in der Hand hielt.

»Ich denke, wir brauchen nicht weiter darüber zu sprechen!«

Die Stimme des Hauptmanns klirrte vor Kälte. Erst jetzt schien Eberhard zu spüren, dass Hannikel ihm einen fingernagellangen Schnitt auf der Wange beigebracht hatte. Die Wunde war nicht tief, begann aber augenblicklich zu bluten. Der Räuber packte sich an die Stelle und zog sich in den Hintergrund des Zeltes zurück. Seine Schwester folgte ihm.

Als hätte es keinen Streit gegeben, wandte der Hannikel sich wieder an Charlotte. »Wenn du deine Aufgabe gut erfüllst, bist du frei. Weigerst du dich oder versuchst, mich irgendwie zu betrügen, wird es dir schlecht ergehen. Und falls du glaubst, dich verstecken oder weglaufen zu können, dann holen wir uns deine Schwestern Eugenie und Elisabeth.«

Charlotte spürte einen eisigen Schauer über ihren Rücken laufen. Sein Weib musste ihm davon erzählt haben.

»Haben wir uns verstanden?«

Charlotte nickte ängstlich.

»Gut. Ihr brecht morgen auf!«, befahl der Hannikel. »Eberhard, du bleibst noch hier!«

KAPITEL 9

Stuttgart, Donnerstag, 2. August 1781

> *»So viel Geld lässt sich, weiß Gott, nicht mit etwas Gutem verdienen.«*
>
> Miller in *Kabale und Liebe*, 5. Akt, 5. Szene

Madame Kaulla saß an einem Marmortisch von der Größe eines fürstlichen Ehebettes. Fast pedantisch aufeinandergelegte Papiere und ein durch seine Schlichtheit auffallendes Schreibzeug lagen auf der Steinplatte. Vor der Hoffaktorin Carl Eugens türmten sich goldene Münzen auf zig Stapeln. Die kleine Frau mit einer mit breiten Bändern geschmückten Haube wirkte mit ihren roten Bäckchen weit weniger streng, als sie dem Ruf nach war.

Mit geübten Handgriffen packte sie einen der Münztürme leicht an und ließ Münze für Münze so fallen, dass der Turm am Ende wieder stand. Sie setzte das Gold auf die Seite und schrieb den gezählten Betrag in das Buch vor ihr. Dann schaute sie auf.

»Ihr müsst der Schiller sein«, sagte sie mit weicher Stimme, aber schneidendem Tonfall.

Friedrich verbeugte sich tief. Dieses Mal hatte er die Knöpfe an seiner Weste vorher überprüft, damit ihm ein Fiasko wie beim Besuch des Herzogs in der vergangenen Woche erspart blieb.

»Zu Eurer Verfügung, gnädigste Madame Kaulla«, sagte er.

Sie musterte ihn und winkte ihn näher heran.

Karoline Kaulla war eine Berühmtheit in Stuttgart. Wie es

eine Frau, noch dazu eine Jüdin, zur Hoffaktorin hatte bringen können, war vielen ein Rätsel. Vor allem, weil sie es mit Carl Eugen zu tun hatte und sicher zehn Jahre jünger war als er. Ihre Aufgabe bestand darin, die herzoglichen Kassen nicht nur aus dem Schuldentief zu retten, sondern möglichst ein Vermögen anzuhäufen. Das konnte nicht einfach sein, wenn man es mit einem verschwenderischen Despoten zu tun hatte, der sein Lebtag die Umsetzung des Begriffs Luxus in neue Sphären gehoben hatte.

Madame Kaulla stand auf und tippelte an die Kopfseite des Tisches. Dort hob sie die Hand und verharrte in dieser Position. Friedrich trat zu ihr und ergriff die Hand. Sie war warm und weich. Er beugte den Kopf und deutete einen Kuss an. Madame Kaulla zog sich zu ihrem Platz zurück und setzte sich wieder.

»Was wollt Ihr, mein Junge?«

»Bei einer Audienz bei Seiner Durchlaucht wurde mir aufgetragen, mich bei Euch zu melden.«

Sie nickte. »Ihr wurdet mir kurz angekündigt«, stellte sie fest. »Setzt mich über Euer Begehr ins Bild, und ich will gerne überlegen, ob die württembergischen Kassen es zulassen.«

»Wie Ihr vielleicht wisst, bin ich Absolvent der Carlsschule«, begann Friedrich. »Seine Durchlaucht hat mich Medizin studieren lassen. Seit meinem Abschluss diene ich meinem Land als Medicus im Grenadier-Regiment von Augé.«

Die Madame nickte, als ahne sie, was nun kommen würde.

»Allerdings scheint meine Tätigkeit nicht bis zu Soldkammer vorgedrungen zu sein, denn es hat sich das Missverständnis ergeben, dass ich seit fünf Monaten keine Bezahlung erhalten habe.«

»Wir wissen doch beide, dass es sich um kein Missverständnis handelt«, sagte sie seufzend. »Verschwendet nicht meine Zeit, indem Ihr um den heißen Brei herumredet.«

Friedrich schluckte. Ihm gefiel der Ansatz der Madame. Doch in Carl Eugens Württemberg konnte sich ein Mann schnell einen

Platz im Kerker sichern, wenn er dem Falschen gegenüber geradeheraus sprach. Darum sagte er nichts, sondern nickte nur vorsichtig.

»Die Militärkasse lässt zurzeit nicht zu, alle Truppen auszuzahlen«, beschied ihn Madame Kaulla kurz und bündig.

»Das … das hatte ich fast befürchtet«, erwiderte Friedrich. »Darum bat ich Seine Durchlaucht bei der Audienz darum, auf eigene Rechnung auch außerhalb des Regiments Kranke behandeln zu dürfen.«

»Das hat er Euch nicht erlaubt?«

Friedrich schüttelte den Kopf.

»Das wäre mein Vorschlag an Euch gewesen. Aber wenn er es Euch verboten hat, was sollt Ihr dann noch bei mir?«

»Als ich den Herzog fragte, ob er vielleicht eine Klärung der Frage um meinen Sold anstoßen könne, verwies er mich an Euch, gnädige Madame.«

Es klopfte an der Tür. Friedrich musste sich beherrschen, sich nicht umzudrehen, sondern weiter voraus zur Madame zu blicken. Sie hingegen schaute zur Tür, und kurz darauf entspannten sich ihre Züge ein wenig. Mehrere Personen traten hinter Friedrich ein.

»Ist es schon wieder so spät?«, fragte Madame Kaulla.

»Euer Kaffee«, vermeldete ein Lakai, der nun neben Friedrich erschien und an ihm vorbeiging.

Im Raum der Faktorin befand sich ein Stück hinter dem großen Tisch ein kleineres Tischlein aus Ebenholz mit hellen Einlagen, die aus Horn oder Elfenbein sein mochten. Madame Kaulla ging dorthin, ebenso wie die beiden Diener, die dem Lakaien folgten. Sie trugen Tabletts mit einer Kanne und Tassen sowie duftendes Gebäck, luden ihre Last auf dem Schmucktisch ab und rückten der Madame einen Sessel heran.

»Trinkt Ihr Kaffee, Schiller?«

Natürlich tat er das nur äußerst selten. Ein Regimentsmedicus konnte sich vielleicht leisten, etwas Wein ins Wasser zu mischen, aber Kaffee zu kaufen blieb dem Adel und reichen Händlern vorbehalten.

»Sicher, gern«, brachte er hervor.

Die beiden Diener deckten zwei kleine, auf Porzellantellerchen stehende Tässchen und eine Zuckerdose auf. Sie zogen sich unauffällig zurück, während der Lakai das schwarze Gebräu aus einer wundervoll bemalten Porzellankanne in die Tassen füllte.

»Kommt herbei, sonst wird der Kaffee kalt!«, winkte die Madame Friedrich heran.

Er zögerte kurz, ging aber dann um den Arbeitstisch herum und setzte sich in den zweiten Sessel.

»Ich bin eine sparsame Frau«, sagte Karoline Kaulla. »Doch ein paar kleine Laster habe ich kultiviert. Dazu gehört eine Tasse Mokka am Nachmittag. Ich fühle mich dann belebt und von der Last des Tages befreit.«

Friedrich wusste nichts zu sagen, sondern nickte nur. Er beobachtete, wie der Lakai erst der Madame und dann ihm die dunkle Brühe mit je drei Löffeln feinstem Zucker süßte.

»In Preußen ist der Handel mit Kaffee durch Privatleute seit vielen Jahren verboten. Wusstet Ihr das?«

»Nein, das wusste ich nicht«, antwortete Friedrich wahrheitsgemäß.

»Ich hörte, dass König Fritz sogar private Röstereien verbieten will. Das füllt die Staatskasse.«

»Ihr denkt darüber nach, das in Württemberg zu kopieren?«, fragte Friedrich.

»Ich habe darüber nachgedacht«, antwortete die Frau mit einem anerkennenden Nicken. »Aber die Situation in Preußen ist eine ganz andere als im kleinen Württemberg. Es würde sich ebenso wenig lohnen wie Carl Eugens Ludwigsburger Porzellanfabrik.«

Sie hob den Unterteller an und nahm die Tasse mit der anderen Hand auf.

»Schaut sie Euch an: Das Porzellan ist erster Güte, die Vergoldung dick und das Bild des Kolibris so lebensecht, als könne er jeden Moment von der Tasse in den Raum davonschwirren. Wäre Württemberg groß wie Preußen oder Frankreich, könnte man ein Geschäft mit dem Porzellan machen. Aber in Württemberg ist der Herzog selbst sein wichtigster Kunde.«

»Könnte man es nicht in andere Länder verkaufen?«

»Die haben ihre eigenen Porzellanfabriken, deren Geschäfte ihre Herrscher nicht gefährden möchten. Wenn auf unser ohnehin teures Porzellan noch die Zölle gerechnet werden, wird so ein Mokkatässchen unerschwinglich«, meinte sie und pustete über die Flüssigkeit. Friedrich konnte den Duft des Getränks bereits riechen, bitter und würzig, ein wenig wie Leder. »Und bei der Ausfuhr hättet Ihr noch mehr zu bedenken. Der Transport der zerbrechlichen Waren ist aufwendig. Manches würde trotzdem zerbrechen. Gleichzeitig weckt so ein Transport vielleicht auch Begehrlichkeiten. Um ihn gegen Räuber zu schützen, müsste man Wachen anheuern. Ihr seht, lieber Schiller: Im Handel und bei Finanzgeschäften ist vieles zu beachten.«

Sie setzt die Tasse an ihre schmalen Lippen und nippte an dem Getränk. Friedrich tat ihr die einzelnen Schritte nach, bis auch er den bittersüßen Kaffeegeschmack im Mund erfuhr.

»Ähnlich verhält es sich mit der Armee«, erklärte Madame Kaulla. »Carl Eugen hat noch immer zu große Kontingente unter Waffen. Das hat seine Gründe. Es gibt Verträge und Verpflichtungen. Aber Soldaten bringen in Friedenszeiten keine Gewinne ein, sondern verschlingen gewaltige Summen für ihre Kasernen, die Uniformen, Waffen und Übungsplätze.«

Friedrich blickte an seiner Uniform herab, die er von seinem Vorgänger geerbt hatte. Die ungemütlichen Sachen passten ihm so schlecht, dass es ihn überall zwickte und kniff. Zudem sah er in dem Aufzug einfach nur lächerlich aus. Wenn alle Soldaten die alten Sachen ihrer Vorgänger auftragen mussten, konnten die Uniformen den württembergischen Haushalt nicht so teuer zu stehen kommen.

»Dazu gilt noch immer ein altes Gesetz«, fuhr die Kaulla fort. »Soldaten und Offiziere dürfen so lange nicht ihren Dienst quittieren, wie ihnen der Sold aussteht.«

»Ich weiß, Madame«, sagte Friedrich. Tatsächlich war das der Grund, wieso das Regiment von Augé überhaupt noch existierte. Der alte General und seine Männer waren der Witz der württembergischen Truppen. Invalide, Greise und Idioten, die aus anderen Regimentern entlassen wurden, kamen in dieser Truppe zusammen. Erst gestern hatten zwei freche Knaben am Kasernentor die Wachen verspottet. Der eine Soldat hinkte ihnen drohend hinterher, konnte sie aber nicht erwischen. Der andere war so taub, dass er gar nicht verstanden hatte, was los war.

Madame Kaulla nahm einen zweiten Schluck und stellte Tasse samt Unterteller zurück auf den Tisch. Sie langte nach einem auf einer Etagere angerichteten Zuckergebäck und verspeiste es genüsslich.

»Die Soldaten können also nicht gehen, solange ihr Sold aussteht. Das bedeutet auch, dass Carl Eugen sie nicht loswerden kann, bevor er nicht große Summen an sie verteilt.«

Friedrich nickte ihr zu. Beim Anblick des verlockenden Süßgebäcks lief ihm das Wasser im Mund zusammen.

Madame Kaulla lehnte sich für einen Moment zurück in ihrem Sessel und schloss die Augen. Sie atmete mehrere Male tief ein und aus. Dann setzte sie sich wieder auf. »Der Kaffee tut mir jeden Tag gut. Auch heute hat er mich auf eine Idee gebracht, wie Euch vielleicht zu helfen ist.«

»Ja?« Friedrich richtete sich auf. Das klang gut. Er wartete gespannt.

»Könnt Ihr gut mit Pferden umgehen?«

Diese Frage überraschte ihn. Während er noch darüber nachdachte, wie er die wahrheitsgemäße Verneinung formulieren sollte, nickte sein Kopf.

»Das trifft sich hervorragend. Wenn Ihr Pferde mögt, habe ich eine Möglichkeit, wie Ihr zu Sold kommen könnt, ohne die Kasse zusätzlich zu belasten. Um Euch die Wahrheit zu sagen: Es wäre gar nicht möglich, die Kasse zu belasten.«

Sie rückte mit zwei Fingern die Tasse auf dem Unterteller hin und her.

»Wenn ich es mir recht überlege, könnte mein Gedanke gleich mehrere Probleme auf einmal lösen, die sich mir gerade stellen.«

Sie nahm ein weiteres Gebäckstück und forderte Friedrich mit einer Geste auf zuzugreifen. Eine mit Zuckergusskringeln geschmückte Glasur bedeckte einen festen Teig, der mit einer honigsüßen Creme gefüllt war, in der auch eine Spur Säure lag. Friedrich ließ sich den ersten Bissen genüsslich auf der Zunge zergehen. Er betrachtete dabei die Madame, die mit der rechten Hand Zeichen in die Luft malte, als bediene sie einen unsichtbaren Abakus.

»Am Montag wurden herzogliche Geldboten Opfer eines Raubüberfalls«, sagte sie schließlich.

»Ist ihnen etwas geschehen?«

»Das hat man mir nicht gesagt«, gab sie zu. »Ich weiß nur, dass eine große Bande die fünf Mann überwältigt und ihnen die Gelder für das Hofgestüt Marbach abgenommen hat. Ihr kennt das Gestüt?«

»Nur vom Namen. Mein Vater war einmal dort und schwärmt noch heute von dem Besuch. Und Seine Durchlaucht berichtete mehrfach während der Essensstunden in der Carlsschule von den Pferden, die er dort züchtet.«

»Züchten lässt«, korrigierte sie lächelnd. »Aber Ihr habt recht. Sein Hofgestüt liegt ihm wie viele andere Gestüte seit Jahren am Herzen. Und auch wenn er manch andere Verpflichtung aufschiebt, geizt er nicht bei den Finanzen für diese teure Leidenschaft.«

»Verzeiht meine Frage, gnädige Madame, aber wo seht Ihr meine Wenigkeit in diesem Zusammenhang?«

»Auf dem Gestüt kam es vor einem Monat zu einem tragischen Zwischenfall. Der Gestütsschmied ertrank in einem Bach. Wie Ihr sicher wisst, ist der Schmied auch für die Gesundheit der Pferde zuständig.«

Langsam dämmerte es Friedrich, was Madame Kaulla vorhatte. Daher die Frage, ob er mit Pferden könne.

»Wenn Ihr mich als Hufschmied schicken wollt, muss ich euch enttäuschen. Schaut mich an, ich bin kein Mann des Eisens.«

Ihr Prusten verletzte Friedrich etwas. »Das sieht man tatsächlich auf einen Blick«, gab sie zurück. »Ihr sollt nicht die Schmiedearbeiten übernehmen, dafür ist jemand gefunden. Der Dorfschmied allerdings kennt sich laut dem Gestütsmeister nicht mit der Heilkunde aus. Eine Stute ist ihm schon unter den Fingern weggestorben.«

»Und jetzt meint Ihr …?«, fragte Friedrich ungläubig in den Raum.

»Im Fall, dass der Schmied für die Behandlung eines teuren Pferdes nicht geeignet ist, sollte ein Humanmediziner konsultiert werden. Der Uracher Arzt aber weigert sich zu kommen, weil …« Sie sprach nicht weiter.

»… zu viel Honorar aussteht«, riet Friedrich.

Sie nickte.

»Und Ihr wollt jetzt, dass ich Pferdedoktor werde?« Er konnte das Entsetzen in seiner Stimme nicht verbergen.

»Ihr sollt für ein paar Wochen die Gesundheit der Pferde überwachen. Ihr werdet als Arzt arbeiten, wie Ihr es wolltet!«

»Als Rossarzt!«, rief Friedrich empört aus.

»Ob Mensch oder Tier. Beide bluten, wenn man sie sticht.«

»Aber die Wunde ist anders zu verbinden.«

»Für einen studierten Medicus und Pferdefreund dürfte das kein Problem sein.«

Friedrich fluchte innerlich, dass er vorhin nicht bei der Wahrheit geblieben war. Er traute Pferden nicht. Er mochte Pferde nicht. Und er hielt sich von Pferden fern, so weit es nur ging.

»Da habt Ihr sicher recht, dass ich auch ein Pferd behandeln könnte, aber es gibt ein anderes Problem, das Eure Idee leider undurchführbar macht.«

»Was sollte das sein?«, fragte sie verwundert.

»Seine Durchlaucht hat mir verboten, andere Patienten als die meines Regiments zu behandeln.«

»Andere Menschen werdet Ihr auch nicht behandeln. Nur Pferde.«

»Ja, Madame, aber als Regimentsmedicus ist es mir untersagt, mich von meinem Regiment zu entfernen. Denn wenn dort jemand ärztliche Hilfe braucht, muss ich zugegen sein.«

Friedrich war überzeugt, dass er seinen Kopf damit aus der Schlinge gezogen hatte. Gegen die Befehle des Herzogs konnte auch eine Madame Kaulla nichts ausrichten. Doch zu seinem Erstaunen hatte sie schon eine Antwort parat: »Keine Sorge. Ihr werdet Euch nicht von Eurem Regiment entfernen. Ihr werdet es vielmehr begleiten. Ich werde dafür sorgen, dass General von Augé den Auftrag erhält, die Räuber nicht nur von weiteren Überfällen abzuhalten, sondern sie aufzuspüren, zu zerschlagen und den Anführer vor den Herzog zu bringen. Carl Eugen wird in der kommenden Woche auf Schloss Grafeneck erwartet. Das liegt direkt am Gestüt. Normalerweise findet dort am 1. August der Fohlenabstoß statt. Dabei möchte der Herzog immer zugegen sein. Da es ihm in diesem Jahr vorgestern nicht möglich war, wurde der Termin auf Wunsch Seiner Gnaden auf den 12. August verlegt.«

Madame Kaulla stand auf. Friedrich tat es ihr nach. Sie sagte nichts, sondern ging zurück zu ihrem großen Arbeitstisch. Der Lakai, der sich zuvor zurückgezogen hatte, tauchte wie aus dem Nichts wieder auf und kümmerte sich um das Geschirr. Friedrich folgte der Madame und stellte sich an den Platz, wo er zu Beginn seines Besuches gestanden hatte.

»Während Euer Regiment sich um die Sicherheit sorgt, erhaltet Ihr als Pferdearzt den Lohn, der dem toten Gestütsschmied zugestanden hätte. In den nächsten Wochen könnt Ihr Euch eine hübsche Summe verdienen. So ist allen geholfen, dem Herzog, dem Gestüt, Euch und dem Land, weil die Räuber gejagt werden. Ihr dürft mir danken und könnt gehen.«

»Danke«, brachte Friedrich hervor.

»Gern. Ich mag junge Männer, die wissen, was sie wollen, und Wege finden, ihre Wünsche durchzusetzen.«

»Werden wir zusammen mit dem Herzog aufbrechen?«

»Natürlich nicht. Ich möchte, dass Ihr und das Regiment schon vorher da seid.«

Sie blickte nachdenkend in die Luft und zählte an der Hand die Tage ab. Dann reduzierte sie die Finger wieder, bis zu guter Letzt nur zwei übrig blieben.

»Ihr werdet übermorgen abreisen.«

»Übermorgen? Schon so bald?« Friedrich war vollkommen überrascht.

»So ist es. Ich werde gleich noch einen Marschbefehl an Euer Regiment ausstellen und überbringen lassen.«

Damit wandte sie sich wieder ihren Papieren und Münzbergen zu. Friedrich blieb mit weit geöffneten Augen vor dem Tisch stehen. In zwei Tagen sollte er mit dem Invalidenregiment zum Marbacher Gestüt aufbrechen, um eine echte Räuberbande zu jagen? Und er sollte als Pferdearzt tätig werden? Das waren ihm zwei Abenteuer zu viel. Ihm genügte das pralle Leben in seinem Kopf. Auf die Abenteuer in der Wirklichkeit konnte er getrost verzichten. Dabei hatte er es doch mit ganz anderen Räubern zu tun. Wie sollte er die Theaterfassung rechtzeitig fertig bekommen, wenn er ständig unterwegs sein musste?

»Ist noch etwas?«, fragte Madame Kaulla, gab ihm aber keine

Gelegenheit zu antworten, sondern wiederholte: »Ihr könnt jetzt gehen.«

Er verbeugte sich erneut und verließ den Raum. Der Duft nach Kaffee lag noch immer in der Luft. In Friedrichs Mund blieb ein bitterer Nachgeschmack.

Kurze Zeit später fand sich Friedrich auf dem Ehrenplatz wieder, wo er einer Kutsche ausweichen musste. Vier hochgewachsene, stämmige Pferde zogen das Gefährt. Die Muskelberge unter dem verschwitzten und in der Sonne glänzenden Fell waren deutlich auszumachen. Friedrich starrte der Kutsche aufgelöst nach.

Natürlich hatte er schon öfter mit Pferden zu tun gehabt. In der Carlsschule gehörte Reitunterricht zu den Lektionen, denen sich niemand entziehen konnte. Immerhin rekrutierte Carl Eugen aus seinen Eleven auch Nachwuchsoffiziere. Friedrich erinnerte sich gut an Wilhelm-Ernst Schöttler. Sein Kommilitone war furchtlos auf jedes Ross gesprungen und hatte selbst dem wildesten Hengst in kürzester Zeit seinen Willen aufgezwungen. Der Schöttler war in ein Husarenregiment gekommen, das er sicher in Zukunft einmal leiten würde.

Friedrich jedoch hatte sich im Reiten nie hervorgetan. Natürlich hatte er auch nicht zu einem Husarenregiment gewollt. Eine forschende Aufgabe in der Medizin oder gar Medizinphilosophie – das waren Ziele gewesen, die er für sich erkannte. Aber Carl Eugen hatte anderes mit ihm im Sinn gehabt.

Als der Herzog ihm nach der Doktorarbeit mitteilte, dass er Wundarzt im Grenadier-Regiment von Augé werden sollte, hatte es Friedrich große Überwindung gekostet, sich seine grenzenlose Enttäuschung nicht anmerken zu lassen. Medicus mochte ein schön klingender Begriff sein, aber eine besonders gute Reputation war damit nicht verbunden. Die meisten Wundärzte hatten nicht einmal studiert. Auch Friedrichs Vater, jetzt verantwortlich für die herzoglichen Gartenanlagen, hatte einige Zeit als Regimentsmedicus gedient. Und auch er war über Friedrichs Stellung nicht begeistert gewesen.

»Verrichte deinen Dienst ein paar Jahre fleißig und ohne Tadel, dann steht dir beim Herzog die Welt offen«, hatte der Vater gesagt. Dennoch sah auch er, dass sein Sohn in eine Sackgasse zu geraten drohte, wenn er nur alten Soldaten den Fußpilz abkratzen durfte. So war es Johann Caspar Schillers Idee gewesen, den Herzog um Erlaubnis zum Betreiben einer eigenen Praxis zu bitten. Und er hatte seinem Sohn auch die Audienz verschafft.

Statt eine Besserstellung erreicht zu haben, musste Friedrich ihm nun gestehen, dass er sogar noch tiefer sank und als Rossarzt arbeiten sollte.

Tief enttäuscht stapfte Friedrich in Richtung der Kaserne. Ihm blieb nur noch eine halbe Stunde, bevor sich die Kranken des Regiments zu seiner Sprechstunde anstellten.

Schmerzen in der Hüfte, verschobene Rücken, aus Nase und Augen laufender Rotz und der viel zu alte Gefreite, der immer wieder vergaß, dass er vor Kurzem erst vorgesprochen hatte, um Hilfe wegen seiner Vergesslichkeit zu erbitten. Manchmal hatte sich ein Soldat am eigenen Säbel geschnitten oder litt an Durchfall, weil er die karge Kost nicht vertrug.

Johann Abraham David von Augé war ein guter Vorgesetzter, aber ebenfalls so alt, dass er nicht einmal mehr mitbekam, wie elend seine Truppe war. Friedrich glaubte manchmal, dass der General nur noch im Dienst war, weil er sich vor ein paar Jahren auf eigene Kosten eine schmucke Uniform hatte schneidern lassen. In seiner großen Sparsamkeit würde er wahrscheinlich erst abtreten, wenn sie verschlissen war.

Friedrich fragte sich, wie dieses Regiment es mit einer Räuberbande aufnehmen sollte. Er konnte sich das nur unter einer Bedingung vorstellen: wenn sich die Räuber vor Lachen kampflos ergaben.

KAPITEL 10

Auf dem Weg nach Marbach, Freitag, 3. August 1781

»Wer nicht ist mit mir, der ist wider mich.«
Illo in *Die Piccolomini*, 4. Akt, 7. Szene

Weder Schorsch noch sein Wallach waren zu beneiden. Der Junge schaukelte steif im Sattel wie ein mit Kies gefüllter Ledersack. Die Zügel hielt er dabei so stramm, dass das Gebiss dem Tier die Mundwinkel nach hinten zog.

»Lass die Zügel lang!«, mahnte Charlotte zum wiederholten Mal.

Schorsch gehorchte, und sein Pferd quittierte die Lockerung mit einem erleichterten Schnauben.

»Meinst du, der Hauptmann würde meinen Schwestern etwas antun?«, fragte sie kurz darauf. Hannikels Drohung ließ ihr keine Ruhe.

»Ich glaube nicht«, stieß Schorsch verkrampft aus.

»Atmen. Du musst atmen!«, mahnte Charlotte.

»Aber das heißt nicht, dass du fliehen kannst«, schob er, nach Luft schnappend, nach. »Der Hannikel kann unberechenbar sein. Von einem Moment auf den nächsten schlitzt er jemandem die Kehle auf.«

»Wie bei Eberhard die Wange?«

Schorsch warf einen wackeligen Blick über die Schulter.

»Augen nach vorn!«, rief Charlotte. »Und lass die Zügel locker!«

»Ich wollt nur sichergehen …«

»… dass Eberhard uns nicht hört«, beendete sie seinen Satz. »Er ist viel zu weit hinten, um uns zu hören. Du solltest besser keine Kunststücke im Sattel probieren.«

Eberhard hatte Hannikel keines Blickes gewürdigt, als der Hauptmann ihnen am Morgen seinen Plan verkündete. Zwei ihm loyal ergebene Männer sollten Charlotte, Eberhard und Schorsch bis in die Nähe des Gestüts begleiten und dort das neue Räuberlager für den langsamer nachkommenden Rest der Bande vorbereiten.

Einer der beiden, ein jüngerer Kerl mit leuchtend blauen Augen, wurde – wohl wegen seines borstigen blonden Schnurrbarts – »Schnorres« gerufen. Sein Freund, den alle den Ulmer nannten, hatte eine gräuliche Hautfarbe. Wenn er den Hut absetzte, kam eine speckige Glatze zum Vorschein. Schnorres Mundwerk stand nur selten still. Den Ulmer dagegen hatte Charlotte erst ein paar Worte sprechen hören.

Schorschs Pferd stürmte von hinten an Charlotte vorbei und riss sie aus ihren Gedanken.

»Lass deine Beine locker!«, rief sie hinter ihm her. »Sonst bist du noch auf und davon.«

Trotz ihrer Sorgen konnte sie sich ein Kichern nicht verkneifen. Schorschs Reitkünste waren wirklich katastrophal.

Um die Mittagszeit legten sie etwas abseits vom Hauptweg an einem veralgten Tümpel ihre erste Rast ein. Schorsch jammerte, er spüre schon jetzt jeden Knochen in seinem Leib, und bewegte sich außerst hölzern und mit lautem Wehklagen, worüber Schnorres sich köstlich amüsierte. Pferde und Menschen waren verschwitzt und genossen die sanfte Brise im Schatten einer Gruppe von krumm gewachsenen Eichen. Schnorres reichte einen Beutel mit stark verdünntem Wein herum, während der Ulmer etwas Brot, Wurst und Käse aus seinen Satteltaschen hervorzauberte. Sie hatten sich auf hellgrauen, von Wurzeln umschlungenen Felsbrocken niedergelassen und ließen sich das karge Mahl schmecken. Die an langen Leinen angebundenen Pferde grasten in der Nähe.

»Bist du wirklich deinem Mann davongelaufen?«, fragte Schnorres mit vollem Mund.

»Er war noch nicht mein Mann«, antwortete Charlotte kurz.

»Dem Ulmer laufen die Frauen immer erst weg, wenn er die Hose runterlässt«, prustete der Räuber.

Der Glatzkopf grinste gelassen und machte eine wegwerfende Handbewegung. Schnorres klopfte ihm kräftig auf die Schulter. »Aber sie laufen nicht davon, weil sein kleiner Ulmer so groß wäre, sondern weil er so winz…« Den Rest brachte er vor Lachen nicht mehr heraus.

Charlotte spürte, wie sie rot anlief. Der Ulmer stieß Schnorres weg, grinste aber weiter. Schorsch lachte lauthals, und sogar Eberhards Miene hellte sich auf.

»Auf dem Marbacher Gestüt … wird er … jedenfalls kein Hengst … werden können!« Schnorres hielt sich den Bauch und schnappte nach Luft.

»Hier herrscht offenbar gute Laune«, ließ sich eine Stimme vom Weg her vernehmen.

Charlotte hörte Hufgeklapper. Schnorres sprang auf und legte eine Hand an sein Messer. Er war von einem Moment auf den nächsten todernst und gespannt wie eine Feder.

»Nur die Ruhe, gute Leute, ich bin ein Reisender wie Ihr«, sagte der Neuankömmling.

Charlotte bemerkte gleich, dass er Teile einer Uniform trug: eine dunkelrote Hose, die in hohen Stiefeln steckte, dazu ein helles Hemd, das aber ziemlich verschwitzt aussah. Der Rock musste in einer der Satteltaschen verstaut sein. Am einfachen Militärsattel hing in der Sattelscheide ein Säbel.

Der Mann sprang von seinem Pferd und führte es auf die Gruppe zu. Bis auf Eberhard standen alle auf. Der Räuber blieb unbewegt mit dem Rücken zu dem Fremden sitzen. Entsetzt bemerkte Charlotte, dass er eine kleine Pistole mit einem Griff aus Horn oder Elfenbein in der Hand wog. Sie vernahm ein leises Klicken, als er den Abzug entriegelte.

»Ich bin Emil Sütterlin, ein Bote aus dem Süden.«

Sein wendiger Apfelschimmel musterte seine Artgenossen wie der Reiter die Menschen. Der Mann gab sich ungerührt, aber Charlotte merkte ihm an, dass er sich nicht ohne Bedenken bewegte.

»Und mit wem habe ich das Vergnügen?«, fragte er betont freundlich.

»Woher aus dem Süden kommt Ihr denn?«, fragte Schnorres patzig, ohne auf seine Frage einzugehen.

»Aus Vorderösterreich.«

Charlotte spürte ein flaues Gefühl in der Magengegend.

»Ein Habsburger Späher so weit im Norden?«, fragte Schnorres.

Das Pferd tänzelte und drehte sich halb herum. Der Mann nahm die Zügel kurz und wandte sich wieder zu der Gruppe.

»Ich suche eine junge Frau, die mit ihrem Pferd unterwegs ist.« Seine Augen musterten Charlotte. »Sie dürfte in Eurem Alter sein, Fräulein. Wie ist Euer Name?«

Charlottes Kopf fühlte sich auf einen Schlag vollkommen leer an. Sie spürte den stechenden Blick aus den tiefbraunen Augen des Reiters fast körperlich. Er musste einer der Männer sein, die Lenscheider ihr nachgeschickt hatte. War er vielleicht gar derjenige, von dem ihr die Wolfacher Frauen erzählt hatten?

»Amalia«, grunzte Eberhard im Aufstehen. »Meine Nichte heißt Amalia. Aber ich wüsste nicht, was das Euch angeht.«

Charlotte rechnete jeden Moment mit einem bellenden Schuss. Aber die Waffe war ebenso plötzlich wieder aus Eberhards Händen verschwunden, wie sie aufgetaucht war.

»Verzeiht meine Neugierde, Herr. Ich fragte nur, weil sich die reizende Erscheinung Eurer Nichte in einigen Punkten mit der Beschreibung der Gesuchten deckt. Sogar ihr Hengst sieht aus, wie mir das Reittier der jungen Frau beschrieben wurde.« Er wies auf Wälderwind.

»Das ist mein Pferd, nicht ihres«, sagte Eberhard mit einem feindseligen Unterton in der Stimme.

Daraufhin setzte eine unbehagliche Stille ein.

»Wo sind unsere Manieren geblieben?«, fragte Charlotte in die Runde. »Wollt Ihr mit uns rasten?«

Sie erntete dafür einen kurzen, vernichtenden Blick von Eberhard, aber das war ihr gleich. Der Mann hatte sie und Wälderwind ohnehin gesehen. Durch ein zu feindseliges Verhalten würde er nur noch misstrauischer werden. Zudem erhoffte sie sich von ihm – und das war ihr fast am wichtigsten – Auskünfte darüber, was nach ihrer Flucht geschehen war.

»Was sagt der Herr Onkel dazu?«, wandte sich der Bote an Eberhard.

Der Räuber zog die buschigen Augenbrauen zusammen. »Wenn Ihr die letzten Minuten unserer Rast mit uns verbringen wollt, wird Euch keiner davon abhalten«, sagte er wenig einladend.

»Gern«, erwiderte Sütterlin.

Eberhard setzte sich wieder auf seinen Platz, nahm sein Messer und schnitt sich ein Stück Käse ab.

»Wollt Ihr Wein?«, fragte Schnorres. »Es ist so heiß, dass man auf meinem Sattel Eier aufschlagen und braten könnte.« Leidend verzog er das Gesicht und rückte sein Gemächt zurecht.

Das daraufhin einsetzende Gelächter löste die angestaute Spannung. Der Bote nahm einen ordentlichen Schluck aus dem angebotenen Schlauch und wischte sich den Mund mit dem Handrücken ab. Er gab den Wein zurück.

»Ich danke Euch«, sagte er. »Das konnte ich gebrauchen bei der Hitze.«

Bald war sein Pferd angebunden, und sie saßen zusammen im Schatten.

»Wohin seid Ihr unterwegs?«, fragte Charlotte. Sie versuchte, möglichst beiläufig zu klingen.

»Zurück zu meinem Herrn.«

»Nach Vorderösterreich?«

»So ist es.«

Schnorres reichte Sütterlin Brot und etwas Wurst. Der Bote biss ins Brot und kaute es angestrengt.

»Wer ist die Frau, die Ihr sucht?«, wollte Schnorres wissen.

»Ihr Name ist Charlotte. Sie stammt aus Märgen und ist mit einem Amtmann verlobt. Am Tag der Hochzeit ist sie auf einem Schwarzwaldpferd davongeritten.«

Schnorres grinste. »Dann ist der Herr Amtmann wohl ein hässlicher Greis, wenn ihm die Bräute weglaufen.« Der Ulmer klopfte ihm auf die Schulter.

Sütterlin lächelte. »Weder hässlich noch ein Greis«, sagte er. »Allerdings tatsächlich ein paar Jahre älter als die Braut.«

»Ha!«, rief Schnorres triumphierend.

»Wie kommt es, dass vorderösterreichisches Militär auch in fremdem Landen nach einem Mädchen sucht?«, knurrte Eberhard und sprach damit die Frage aus, die Charlotte schon auf den Nägeln brannte.

»Nicht das ganze Militär sucht nach ihr«, sagte er. »Ich und zwei andere Boten wurden in verschiedene Richtungen ausgeschickt, um Erkundigungen über ihren Verbleib anzustellen. Es mag verrückt klingen, aber der Amtmann will sie wohl immer noch heiraten.«

Charlottes Schultern verkrampften sich.

»Er muss sie wahrhaftig lieben«, fuhr er fort und sah Charlotte an: »Was meint Ihr, mein Fräulein?«

»Als gäbe es bei Euch keine anderen Weibsbilder!«, stieß Schorsch neben ihr gereizt hervor.

»Oh, die gibt es«, meinte Sütterlin. »Aber wenn ein Herz in Liebe entbrannt ist, sieht es nur die Eine. Das wirst du auch noch lernen. Bist du ihr Bruder?«

»Nein, der Ehemann, wenn's beliebt!«

Charlotte konnte nicht glauben, was sie da gehört hatte. Ihre Schultern verkrampften sich noch mehr.

Sütterlin schien seine Zweifel zu haben. Er blickte forschend in die Runde und zeigte wortlos von Schorsch auf Charlotte und zurück.

»So ist es«, sagte Schorsch mit leicht brüchiger Stimme.

»Ihr seid jung für einen verheirateten Mann. Wie lange währt Euer Bund schon mit …? Wie war noch ihr Name?«

»Amalia heiße ich, guter Mann.« Charlotte hatte die Falle sofort erkannt. Doch sie war nicht die Einzige, wie sie Eberhards angespannter Miene ansah. Er hielt seine Rechte so, dass der Reiter sie nicht sehen konnte. Auf einmal wurde Charlotte klar, dass es längst um mehr ging, als vor Lenscheiders Boten eine Maskerade aufrechtzuerhalten: Sütterlins Leben stand auf dem Spiel. Die Erkenntnis traf sie wie ein Schlag mit dem Rohhauthammer.

»Wir wurden im Mai in Mannheim getraut«, sagte sie rasch, wandte sich zu Schorsch und ergriff seine Hand.

»Wollt Ihr noch einen Schluck Wein, Herr Sütterlin, bevor wir aufbrechen?«, fragte Charlotte.

»Wohin führt Euch die Reise?«, fragte dieser, statt den von Schnorres hingehaltenen Schlauch zu ergreifen. Charlotte betete, dass er es bald gut sein lassen würde – zu seinem eigenen Wohl.

»Du hast recht, Amalia. Wir sollten wirklich weiterreiten«, grunzte Eberhard.

»Das ist schade«, meinte Sütterlin. »Ich danke Euch für die freundliche Unterhaltung. Eure Nichte und ihr Mann sind wirklich ein bezauberndes junges Paar. Und Euch wünsche ich gute Besserung für Eure Wange. Ein Sturz?«

Charlotte dachte für einen Moment, das Ende des Boten sei

gekommen. Doch erstaunlicherweise schaffte Eberhard es, ein Lächeln aufzusetzen. »Danke für Eure guten Wünsche. Nein, nicht gestürzt. Beim Galopp zu nah an einen Weißdornstrauch gekommen.«

»Ah. Das kann passieren.«

Charlotte ging bewusst nicht auf Wälderwind zu, sondern näherte sich Eberhards Stute. Sie spürte Sütterlins Augen auf sich, als sie aufsaß. Sie wünschten ihm eine gute Reise und verließen den Platz in Richtung Hauptweg. Das erste Stück ritten sie schweigend. Charlotte hielt die Stute in Wälderwinds Nähe, damit der Hengst den ungewohnten Reiter akzeptierte. Als sie aber längst außer Sicht- und Hörweite in ein Waldstück gelangten, forderte Eberhard sie mit einem gebieterisch erhobenen Arm zum Anhalten auf. Er lenkte Wälderwind an Schorschs Seite und versetzte dem Jungen eine Kopfnuss, die wie der Schlag auf eine Trommel klang.

»Autsch! Was soll das?«, beschwerte sich Schorsch erschrocken.

»Deine Ehefrau? Ist das dein Ernst?«, brüllte Eberhard.

Schorsch lief rot an. »Mir … mir ist nichts anderes eingefallen«, stotterte er und hielt sich den Kopf.

»Dein Maul hättest du halten sollen!«, schimpfte der Räuber. »Ein Pickelgesicht wie du als Ehemann? Das kann doch nicht einmal ein Schwachsinniger glauben.«

»Ist ja nichts passiert«, versuchte Schnorres, ihn zu besänftigen, aber Eberhard beachtete ihn gar nicht. Er wandte sich stattdessen an Charlotte. »Und jetzt zu dir: Du hältst gefälligst in Zukunft dein vorlautes Mundwerk. Und vor allem lädst du niemanden mehr ein!«

»Er wäre doch sonst erst recht misstrauisch geworden«, verteidigte sich Charlotte.

»Du lädst niemanden mehr ein! Unter keinen Umständen. Haben wir uns verstanden?«

Sie presste die Lippen zusammen und nickte.

Eberhard sprang von Wälderwinds Rücken. »Ihr bringt mich an den Rand des Wahnsinns!«, sagte er in Richtung des von Baumkronen verdeckten Himmels. »Los, ich will wieder auf mein Pferd.« Charlotte tauschte mit ihm.

»Und damit es ein für alle Mal geklärt ist: Ich bin ab jetzt dein Vater. Und du, Schorsch, bist verdammt noch mal ihr Halbbruder. Nichts mit Ehemann. Verstanden?«

Schorsch hockte mit verdrießlichem Gesicht auf seinem Wallach. Es kam Charlotte vor, als hätten ihn Eberhards Worte mehr geschmerzt als der Schlag auf den Kopf. Er nickte.

»Und du? Wie heißt du?«, wandte er sich mit einem Fingerzeig an Charlotte.

»Amalia«, erwiderte sie störrisch.

Eberhard störte sich nicht an ihrem Tonfall.

»Du kannst Papa zu ihm sagen, Amalia«, sagte Schnorres und wäre vor Lachen beinahe vom Pferd gefallen, als er von beiden, von Charlotte und Eberhard, wütende Blicke erntete. Der Ulmer grinste.

Die Begegnung mit dem Boten gab Charlotte auf dem weiteren Ritt genug zu denken. Ihr wurde bewusst, dass sie ihre Eltern und Schwestern mit jedem Schritt, den Wälderwind sie von ihnen wegtrug, mehr vermisste. Sie war vorher noch nie von zu Hause fortgewesen. Jetzt befand sie sich nicht nur länger und weiter weg als je zuvor, sondern hatte auch keine Möglichkeit mehr gesehen, zu ihrer Familie zurückzukehren. Nun aber hatte sie durch den Boten erfahren, dass es doch einen Weg zurück gab. Wollte Lenscheider sie wirklich noch heiraten? Trotz all dem, was sie ihm angetan hatte? Konnte das wahr sein?

Falls das wirklich zutraf, könnte sie heimkehren und um Verzeihung für ihre Torheit bitten. Wenn Lenscheider ihr vergeben und sie zur Frau nehmen würde, könnte sie sich vielleicht in ihr Leben als seine Frau einfinden.

Aber genau deshalb war sie doch fortgelaufen! Weil sie den Kompromiss nicht eingehen konnte, diesen Mann zu heiraten, den sie nie wirklich lieben würde. Und dazu lag noch Hannikels Drohung in der Luft, ihren Schwestern ein Leid anzutun, wenn sie sich vorzeitig aus dem Staub machte. Sie konnte es nicht darauf ankommen lassen, ob es sich um eine leere Drohung handelte.

Sie ritten an der württembergischen Stadt Herrenberg vorbei und befanden sich gerade in einem kleinen Waldstück, als Schnorres sagte: »Jetzt ist es nicht mehr weit bis zu unserem Nachtlager. Folgt mir!«

Ihr Ziel war eine Mühle, die halb über einem quirligen Bachlauf thronte wie eine Hexe in einem Damensattel. Das Mühlrad war so morsch, dass es sich wohl nie wieder drehen würde. Drei knorrige Apfelbäume und ein riesiger Haselstrauch warfen flackernde Schatten vor den Eingang des schmutzigen Gebäudes. Zwei kleine Kinder, ein forscher Knabe mit nackten Beinen und seine ältere Schwester, jagten dort Hühner. Ein älterer Wolfshund schaute ihnen interessiert dabei zu. In einem Holzblock am Bach steckte eine Axt.

Ein paar Ziegen und Schafe betrachteten die Neuankömmlinge aus ihrem Hag am Hang.

Und auch einem wettergegerbten Mann war ihre Ankunft nicht verborgen geblieben. Er blickte von seiner Arbeit bei drei Bienenkörben auf, die sich unter dem auf der Wetterseite tief gezogenen Dach befanden.

»Der Ulmer!«, rief er erfreut mit einer brummigen Stimme. »Emma, Uta, Hannes, der Ulmer ist wieder da!«, brüllte er.

Der Knabe hatte gerade ein Huhn am Fuß erwischt, das flatternd und laut gackernd zu fliehen versuchte, als wüsste es, was es erwartete. Der Holzblock war nicht zum ersten Mal zum Schlachten benutzt worden, erkannt Charlotte beim Vorbeireiten mit einem Blick. Doch auf den Ruf des Vaters wandte der Knabe sich um und vergaß dabei seine Beute. Das Huhn flog ein paar Meter durch die Luft, kam unsanft auf dem Boden auf und rannte nach dem Aufstehen panisch zu seinen Schwestern.

»Onkel Ulmer!«, rief das Mädchen und hüpfte vor Freude in die Luft.

Sie stiegen ab. Der Ulmer kniete sich hin, und beide Kinder warfen sich ihm förmlich in die Arme.

Schnorres tätschelte ihnen die Köpfe, fand aber nicht denselben begeisterten Anklang.

Es dauerte nicht lange, bis auch Emma vor die Tür trat. Sie erinnerte Charlotte an eine junge Magd aus Märgen. Beide waren wohlgerundet mit roten Pausbacken und blonden Zöpfen. Auch sie begrüßte zuerst den Ulmer mit einer festen Umarmung und blickte dann interessiert auf Charlotte.

»Und wer bist du?«, fragte sie.

Eberhard und Schorsch führten die Pferde zum Bach. Der Ulmer hätte nicht einmal etwas gesagt, wenn er nicht so mit den Kindern beschäftigt gewesen wäre, aber Schnorres ließ es sich nicht entgehen, Charlottes Antwort zuvorzukommen: »Sie da ist mein neues Liebchen!«

»Ach, hör doch auf!«, sagte sie und versetzte dem Räuber einen unsanften Schlag gegen die Schulter.

»Nicht so fest!«, beschwerte er sich.

»Ich heiße …«

Charlotte stutzte. Würde sie Ärger bekommen, wenn sie ihren richtigen Namen nannte?

»… Amalia.«

»Hier kannst du ganz du selbst sein«, sagte Schnorres, packte Emma und drückte ihr einen lauten Schmatzer auf die Wange.

»Warte du! Das macht nur mein Erich«, rief sie dem davonstürzenden Räuber nach. Dann sah sie Charlotte an.

»Charlotte«, gestand diese.

»Charlotte, gut. Ich bin Emma, und das ist mein Erich.«

Der Mann war mittlerweile zu ihnen getreten und stellte sich neben seine um viele Jahre jüngere Frau. Er legte zärtlich einen Arm um sie. »Willkommen auf der Immenmühle«, sagte er freundlich.

KAPITEL 11

Immenmühle bei Herrenberg, Freitag, 3. August 1781

> *»Die schönsten Träume von Freiheit werden ja im Kerker geträumt.«*
>
> Aus den *Briefen über Don Carlos*, Zweiter Brief

Es stellte sich heraus, dass Emma mit Schnorres verwandt war. Charlotte konnte sich nicht merken, um wie viele Ecken. Sie bezweifelte, dass es dafür noch eine Verwandtschaftsbezeichnung gab. Die Immenmühle war einer von vielen Orten, wo Hannikels Räuber Unterschlupf für die Nacht und ein Essen finden konnten. Offenbar lebte Emmas Familie nicht schlecht davon. So schäbig die Mühle von außen aussah – die Räume im Inneren waren gepflegt und ansprechend eingerichtet. Charlotte sah sich kurz um, als sie Emma folgte, um ihr bei den Essensvorbereitungen behilflich zu sein. Die Männer blieben draußen.

Charlotte putzte und schnitt Möhrengemüse, Emma hackte Zwiebeln, die sie in eine schwarz verbrannte ölige Pfanne warf, dass es nur so zischte.

»Ihr lebt hier allein?«, fragte Charlotte.

»Ja, aber wir haben oft Besuch. Die Mühle liegt ja schon etwas abseits.«

»Erich ist dein Mann?«

Ein breites Lächeln begleitete Emmas Nicken.

Sie rührte so kräftig in der Pfanne, dass ihr ganzer Oberkörper samt dem ausladenden Busen in wellige Bewegung kam.

»Und du? Kenne ich den deinen?«

»Was meinst du?«

»Welcher von Hannikels Leuten lässt deine Blüte erblühen?«

Charlotte lief rot an.

»Aber nicht wirklich Schnorres?«, fragte Emma mit kugelrunden Augen.

»Nein, nein«, sagte Charlotte bestimmt. »Nein.«

Emma ließ den Holzlöffel los und stemmte ihre Hände in die Seiten. Sie blickte an Charlotte vorbei, als stünden die Männer, mit denen die junge Frau unterwegs war, an der Wand hinter ihr aufgereiht.

»Keiner von ihnen. Gar keiner«, rief Charlotte schnell, bevor Emma den nächsten Namen tippen konnte.

»Gar keiner? So ein hübsches Ding wie du? Das kann ich gar nicht glauben.«

»Danke«, brachte Charlotte hervor.

Emma bemerkte, dass die Zwiebeln schon Farbe bekamen, und löschte sie mit Wein aus einer dickbauchigen grünen Flasche ab. Fruchtig-süßer Dampf erfüllte die Küche und drang durch das offene Fenster nach draußen, wo den Geräuschen nach gerade ein Huhn sein Leben lassen musste.

»Kein Freund, kein Verehrer?«

»Du lässt nicht locker, was?«, stöhnte Charlotte.

Emma schüttelte die blonden Zöpfe und grinste frech.

»Dein Mann ist viel älter als du«, bemerkte Charlotte.

»Fünfzehn Jahre«, gab Emma zu. »Aber wenn man sich liebt, spielt das keine Rolle.«

»Ist das nicht …«, Charlotte stockte. Sie wusste selbst nicht recht, welches Wort sie wählen sollte. »… schwer?«

Emma lachte laut auf. »Wenn er sich nachts auf dir abrackert, schon. Aber das hast du wohl nicht gemeint.«

Wieder schoss Charlotte das Blut in die Wangen.

»Du bist ja wirklich noch unerfahren wie ein Kind«, kicherte

Emma. »Unter uns Frauen dürfen wir so reden. Du brauchst dich deshalb nicht zu schämen.«

Charlotte fand den Klang ihres Lachens ansteckend. Aber dann wurde Emma wieder ernst.

»Ich liebe den alten Esel. So ist es eben. Dagegen kannst du nichts machen. Und zum Glück ist er dazu noch ein guter Mann. He, schneid die Möhren nicht so dick, Mädchen!«

Charlotte versuchte, wieder konzentrierter zu arbeiten. Sie war fasziniert davon, sich mit dieser Frau zu unterhalten. Sie wollte gerade eine weitere Frage stellen, als die kleine Uta mit einem gerupften Huhn hereinkam. Damit war an eine Fortsetzung des Gesprächs nicht mehr zu denken. Emma nahm mit geübten Griffen den toten Vogel aus.

Charlotte fragte sich, ob sie nicht vielleicht doch mit Lenscheider glücklich werden könnte. *Die Liebe kommt von allein*, hatte ihre Mutter gesagt. Aber wie fühlte es sich an, einen Mann zu lieben, so wie Emma es tat?

Kurz darauf erschien Erich, um ein Fässchen Wein aus der Speisekammer zu holen. Im Hinausgehen gab er seiner Frau einen liebevollen Kuss, der Emma ein seliges Lächeln ins Gesicht zauberte. Charlotte musste an Lenscheiders Kuss denken, der ihr nur Unbehagen verursacht hatte. Könnte sich daraus jemals Liebe entwickeln?

Die Männer hatten draußen das Fässchen Wein geöffnet, und über dem Feuer brieten zwei Hühner, die auf einer drehbaren Eisenstange ihren letzten Platz gefunden hatten. Neben dem Holzklotz stand noch der Topf mit heißem Wasser, in dem sie nach ihrem Tod kurz gelegen hatten. Dadurch ließen sich die Federn besser abrupfen. Die lagen in Bündeln daneben, und der alte Wolfshund untersuchte sie schnüffelnd.

»Da kommen ja unsere drei Grazien«, rief Schnorres Charlotte, Emma und der kleinen Uta entgegen. Charlotte trug ineinander gestapelte Holzschalen und Löffel, Emma eine große Schüssel, in der die kräftig gewürzte Gerstengrütze mit Gemüse dampfte. Emmas Tochter Uta präsentierte stolz einen weiteren Grillstab, auf den das dritte Huhn gesteckt war.

Die Männer hatten rund um das Feuer Hocker und eine niedrige Bank aufgestellt. Als der Wind kurz in ihre Richtung wehte, lief Charlotte von dem Duft der gebräunten Hühnchen schon das Wasser im Mund zusammen. Aber auch der mit dem Gemüse gemischte Gerstengrützen-Brei roch köstlich.

Erich verteilte den Brei und brach zuerst die Hühnerbeine aus dem Gelenk, dann landete der magerere Brustkorb in zwei Hälften auf anderen Schalen. Mit fettigen Fingern legte er den jetzt leeren Grillstab zur Seite und hängte das letzte Huhn über das Feuer, dessen Fett schon kurze Zeit später zischend in die Flammen spritzte.

Das lange Reiten hatte Charlotte so hungrig gemacht, dass es ihr vorkam, als hätte sie ihr ganzes Leben nichts Besseres gegessen. Selbst Eberhard wirkte satt und zufrieden, als er sich erst die Finger ab- und dann die Schale ausleckte. Schorsch war schon fertig. Der Junge saß Charlotte gegenüber auf der Bank und vermied jede Bewegung. Wenn er sich doch einmal umsetzte, stöhnte er und lamentierte über seine geschundenen Knochen.

»Morgen wird dich der Muskelkater erst so richtig packen«, prophezeite Schnorres. »Jetzt ist er noch ein Kätzchen, aber morgen ein ausgewachsener Löwe.«

Auch Charlotte ließ sich zum Essen einen großen Becher Wein schmecken. Es dauerte nicht lange, bis sie sich ganz leicht und unbeschwert fühlte. Als alle aufgegessen hatten, ließ sich der kleine Hannes auf Ulmers Schoß nieder, während seine Schwester auf einen Wink Erichs ins Haus rannte. Der alte Wolfshund hatte Charlotte auserwählt, mit ihrer Hand durch sein raues Fell streichen zu dürfen. Emma schenkte Erich Wein nach, dann hörte man vom Mühlenhaus her helle Glöckchen erklingen. Uta tauchte mit einem Schellentamburin in der einen und einer kleinen Gitarre in der anderen Hand wieder auf.

»Spiel uns was, Ulmer!«, bat Emma. Der Räuber nahm die Gitarre und begann, die Saiten zu stimmen. Schnorres übernahm das Tamburin, das er ganz sanft gegen seine linke Hand schlug, sodass die Schellen glitzernd tanzten wie die Funken des Feuers in den langsam dunkel werdenden Himmel.

Der Ulmer war endlich zufrieden mit dem Klang der Saiten. Es begann eine ruhige Melodie, die das Prasseln des Feuers, die leichte Brise des Windes und das sanfte Rauschen des nahen Bachs kaum übertönte.

Charlotte sah Emma an, wie sehr sie sich über dieses Lied freute. Sie selbst erkannte die Melodie des Vorspiels nicht.

»Beleget den Fuß mit Banden und Ketten«, stimmte Emma mit klarer, heller Stimme in die melancholische Melodie ein.

Dass er von Verdruss
Gar nicht kann sich retten.
So wirken die Sinnen,
die dennoch durchdringen.
Es bleibet dabei:
Die Gedanken sind frei.

Selbst der Hund hatte den Kopf gehoben, um der Musik zu lauschen, die Schnorres mit leisen Schlägen des Tamburins begleitete, was er zum Ende der Strophe aber wieder einstellte.

Der Ulmer zupfte ein kleines Zwischenspiel, dann begann die nächste Strophe, in die zu Charlottes großer Verwunderung auch Eberhard einfiel.

Die Gedanken sind frei
Wer kann sie erraten?
Sie fliehen vorbei
wie nächtliche Schatten
Kein Mensch kann sie wissen
kein Kerker verschließen
Wer weiß, was es sei?
Die Gedanken sind frei.

Charlotte war wie gebannt. Eberhards sonst grunzend klingende Stimme gewann beim Singen ein samtiges, volltönendes Timbre, das Emmas Gesang stützte, ohne sich in den Vordergrund zu drängen. Sie lächelte ihn erfreut an. Das hatte sie von dem Räuber nicht erwartet.

Erich erhob während des nächsten Zwischenspiels die Hand, um zu zeigen, dass er die Führung in der nächsten Strophe wünschte. »Ich liebe den Wein, / Mein Mädchen vor allen«, begann er, hob seinen Becher und zeigte auf sein Weib. Schnorres legte ihm mit dem Tamburin einen begeisterten Schellenteppich.

Sie tut mir allein
Am besten gefallen.
Ich bin nicht alleine
bei meinem Glas Weine …

Er zeigte in die Runde und zuletzt erneut auf seine Emma, bevor er weitersang:

Mein Mädchen dabei:
Die Gedanken sind frei!

»Jetzt ich!«, rief Eberhard. Charlotte war über diese neue Seite des Räubers bass erstaunt.

Ja fesselt man mich,
im finsteren Kerker …

Sofort veränderte sich die Stimmung. Auf einmal wurden alle ernst.

… so sind doch das zuletzt
Vergebliche Werke.

Und dann schlug Schnorres die Schellen leidenschaftlich, und auch der Ulmer zupfte und schlug die Saiten der Gitarre voller Kraft. Im Aufstehen sang Eberhard weiter:

Denn meine Gedanken,
zerreißen die Schranken
Und Mauern entzwei …

Eberhard machte eine weit ausholende Handbewegung, die alle zum Mitsingen des letzten Satzes einlud. Und so stimmten sie dann auch alle mit ein, Erich und Emma, Schnorres, der Ulmer und Schorsch und auch Charlotte und die Kinder. Triumphierend sangen sie alle gemeinsam:

Die Gedanken sind frei!

Charlotte fühlte sich leicht. Sie wusste, dass das dem süffigen Wein zuzuschreiben war, aber es tat gut, in unverhofft lustiger Gesellschaft die Sorgen und Probleme einen Moment zu vergessen, die sie seit ihrer Flucht ständig quälten.

Eberhard hatte nach dem Lied noch ein paar Becher getrunken. Charlotte war fasziniert, wie viel er auf einmal lachte, erzählte und sang. Schorsch hingegen wurde übermütig. Er prahlte, den vorderösterreichischen Boten an der Nase herumgeführt zu haben. Zuerst lachten alle, aber als er darauf bestand, dass Charlotte ihm als sein vermeintliches Eheweib einen Kuss schuldig sei, versetzte Eberhard ihm einen Schlag auf den Hinterkopf.

»Das soll dir den Rausch und hoffentlich die Flausen austreiben«, nuschelte der ältere Räuber.

Schorsch sprang auf, ohne nachzudenken, drehte sich wütend um und baute sich vor Eberhard auf.

»Schorsch!«, rief Charlotte mahnend.

Aber das war nicht nötig. Ein Blick aus Eberhards Augen genügte, und der eben noch lodernde Kampfeswille des Jungen erlosch wie ein Strohfeuer.

Eberhard packte ihn und nahm ihn in den Schwitzkasten. Er lachte laut auf, als Schorsch sich ihm zu entziehen versuchte. Der bullige Räuber versetzte dem Jungen eine Kopfnuss, die eher freundschaftlicher Natur war, und gab ihn wieder frei.

»Aus einem Knaben wird ein Mann!«, rief Schnorres, amüsiert über Schorschs Versuch einer Auflehnung.

»Komm!«, rief Eberhard und legte einen Arm um den Jungen. »Du darfst nicht so viel trinken«, lallte er und machte einen Schritt nach vorn. Dabei trat er auf die Kante einer der Holzschalen. Er wäre fast ins Feuer gefallen, wenn Schorsch ihn nicht gehalten hätte.

»Bist ein guter Kerl«, murmelte Eberhard.

»Und du betrunken wie eine Maus, die im Wein schwimmt«, rief Schnorres. Alle lachten.

Charlotte spürte eine Berührung an ihrer Schulter.

»Komm, Zeit, zu Bett zu gehen«, flüsterte Emma.

Sie hatte recht. Der Becher Wein, den Erich seinen Gästen gerade füllte, war wahrscheinlich der Becher zu viel.

»Geht nicht!«, rief Schnorres. »Trinkt noch einen mit uns!«

Aber der Ulmer stieß ihm den Ellenbogen in die Seite, was offenbar zu einem Umdenken führte. »Gute Nacht«, sagte er nun.

Emma gab ihrem Erich einen Kuss auf die Wange, dann führte sie Charlotte ins Haus.

»Ich bin vor meinem Bräutigam weggelaufen«, sagte Charlotte. Sie war erstaunt über die Leichtigkeit, mit der ihr das inzwischen über die Lippen kam. »Er war viel älter als ich.«

Emma wirkte gar nicht überrascht. »Der Ulmer hat es mir schon erzählt«, sagte sie.

Charlotte wunderte sich. Ausgerechnet der sonst so schweigsame Ulmer.

»Hast du nichts für ihn empfunden?«, fragte Emma.

»Er ist sicher kein schlechter Mann«, antwortete Charlotte ausweichend.

Die Kammer, in die Emma sie führte, lag nach hinten zum Stall, in dem die Pferde untergebracht waren. Der Raum war so klein, dass neben dem gemütlich wirkenden Bett nur noch ein schmaler Weg zu dem geöffneten Fenster frei blieb. Die Stimmen der vor dem Haus feiernden Männer waren nur schwach zu hören. Sie sangen wieder.

»Er ist kein schlechter Mann«, äffte Emma Charlotte nach. »Das hört sich nicht gerade danach an, als hätte dein Herz schneller geschlagen, wenn du ihn gesehen hast.«

Charlotte schüttelte den Kopf.

»Dann war er nicht der Richtige.«

»Schlägt dein Herz schneller, wenn du Erich siehst?«

Emma zeigte auf das Bett. Charlotte ließ sich darauf sinken, Emma schlüpfte aus den Schuhen und setzte sich mit untergeschlagenen Beinen neben sie.

»Vor zwei Jahren, als wir uns kennenlernten, gab es keine Minute, in der ich ihn nicht ganz nah bei mir haben wollte.«

Charlotte war überrascht. »Vor zwei Jahren? Aber die Kinder …«

»Sie sind beide nicht von ihm. Aber er ist sehr gut zu ihnen, und sie haben ihn lieb wie einen Vater. Ansonsten wäre aus meiner Verliebtheit nie Liebe geworden.«

»Ist dein erster Mann gestorben?«

»Wieso?« Jetzt war Emma verwirrt. Doch dann lachte sie. »Du bist wohl sehr behütet aufgewachsen, was?«

Charlotte nickte.

»Uta ist das Ergebnis einer Nacht wie dieser. Ich bin mit einem jungen Kerl in einem Heuschober verschwunden. Ich kann dir sagen: Solche Männer denken nur an ihr eigenes Vergnügen und sind viel zu schnell fertig.«

Charlotte spürte wieder, wie sie errötete, doch zugleich war sie von dem Gespräch fasziniert. Emma lebte in einer Welt, die sich völlig von ihrer unterschied.

»Danach habe ich mehr und mehr Geschmack an älteren Männern gefunden«, fuhr Emma fort. »Bei denen geht alles etwas langsamer vonstatten. Und sie wissen, wo und wie sie dich anfassen müssen. Hannes ist der Sohn vom Ulmer.«

»Was?« Charlotte hatte fast geschrien und schlug die Hände vor den Mund.

Emma lächelte und nickte.

»Der Ulmer?«, fragte Charlotte entgeistert.

»Auch ein leises Instrument kann eine fröhliche Melodie spielen«, entgegnete Emma. »Wir waren fast drei Jahre lang ein Paar. Über ihn habe ich später Erich kennengelernt«, meinte sie.

Charlotte konnte nur stumm den Kopf schütteln.

»Aber genug von mir«, sagte Emma. »Deine Geschichte scheint mir viel aufregender. Du bist deinem älteren Bräutigam also weggelaufen, obwohl er ein guter Mann ist.« Es klang mehr wie eine Feststellung. Charlotte nickte. »Und was suchst du jetzt?«

Charlotte wusste keine Antwort.

»Einen jungen Mann, der dein Herz schneller schlagen lässt?«

»Mein Glück!«, schoss es aus Charlottes Mund. »Ich glaube, ich suche einfach mein Glück. Und ich weiß nicht einmal, ob ich es nicht bei meinem Bräutigam gefunden hätte.«

»Wenn es so wäre, müsstest du dir diese Frage nicht stellen«, erklärte Emma.

Charlotte fand das sehr weise.

»Woher weiß man, ob man einen Mann lieben kann?«

»Wenn dir erst mal der richtige Kerl über den Weg gelaufen ist, hat sich auch diese Frage erledigt. Aber pass auf: Es kann auch mehr als einen geben! Und jetzt solltest du schlafen.«

Emma stand auf, nahm ihre Schuhe in die Hand und ging barfuß zum Fenster. Sie lauschte kurz in die Nacht. »Es wird ruhiger«, stellte sie fest. »Leg den Riegel vor. Nicht dass sich nachher noch einer in deine Kammer verirrt.«

Charlotte sprang auf und folgte ihr zur Tür.

»Danke«, sagte sie.

»Schlaf gut«, flüsterte Emma, stellte sich auf die Zehenspitzen und küsste Charlotte auf die Stirn.

KAPITEL 12

Immenmühle bei Herrenberg, Samstag, 4. August 1781

»Das Alte stürzt, es ändert sich die Zeit,
Und neues Leben blüht aus den Ruinen.«
Attinghausen in *Wilhelm Tell*, 4. Akt, 2. Szene

Als Charlotte am nächsten Morgen in die Küche trat, traf sie dort nur Emma und die Kinder an. Der viele Wein des Vorabends hatte dafür gesorgt, dass die Männer trotz eines laut krähenden Hahns einfach weiterschliefen. Emma reichte Charlotte eine Schale warmen Haferbrei mit Milch und Honig. Er schmeckte ihr köstlich.

Gleich nach dem Frühstück machte sie sich auf zum Stall, um nach den Pferden zu sehen. Wälderwind gab zur Begrüßung eine Mischung aus Schnauben und Wiehern von sich. Charlotte streichelte ihm die Nüstern, merkte aber schnell, dass es dem Hengst nicht um Zärtlichkeiten, sondern um Futter ging. Sie versorgte ihn mit einer großen Portion des an der Wand aufgehäuften Heus und kümmerte sich auch um die anderen Pferde, die schon eifersüchtig die Fressgeräusche des Schwarzwälders verfolgten.

Als sie mit dem Füttern fertig war, fiel ihr Blick auf eine etwas schief in den Angeln hängende Tür, die einen Spalt offenstand. Charlotte fühlte sich davon wie magisch angezogen. Sie drückte die Tür auf und nahm endlich den Geruch von Leder wahr. Bilder von der Werkstatt zu Hause erschienen vor ihren Augen. Das

Gesicht ihres Vaters, wenn er das nasse Leder in Form zog, oder die beruhigende Arbeit, mit dem Punziereisen Muster ins Leder zu schlagen.

In dieser engen Sattelkammer hingen die Sättel und ihr Reisegepäck. Zudem gab es unter dem schmalen Fenster einen Tisch mit etwas Werkzeug für notwendige Reparaturen. Darunter standen ein Eimer mit Wasser und einer mit Lederfett.

Charlotte ging zu Wälderwinds Sattel und streichelte zärtlich über das Blatt. Plötzlich wurde ihr bewusst, dass niemand auf sie aufpasste. Sie könnte Wälderwind fertig machen, davonreiten und über alle Berge sein, bevor die Räuber sie verfolgen konnten. Insbesondere, wenn sie die Gurte der anderen Sättel durchtrennen würde. Sie schaute sich auf dem Tisch um. Alle Messer waren weggeräumt. Doch da war ihr Rucksack mit ihrer Werkzeugtasche, in der das scharfe Halbmondmesser steckte. Wenn sie die Gurte und am besten auch die Ersatzgurte durchschnitt, wäre an eine schnelle Verfolgung nicht mehr zu denken.

Charlotte öffnete die Schnur ihres Rucksacks. Ihre Hand ertastete das abgeriebene Leder der Werkzeugmappe. Sie zog sie hervor und legte sie auf den Tisch. Sie öffnete die Mappe und nahm das Messer heraus, das perfekt für ihr zerstörerisches Vorhaben geeignet war. Nachdenklich wog sie es in der Hand.

Wenn sie das jetzt wirklich tun würde, bliebe ihr nur noch eine Richtung, in die sie sich wenden konnte: zurück zu ihrer Familie. Der Gedanke an ihr Zuhause ließ ihr sehnsuchtsvolle Tränen in die Augen steigen.

Doch dann sah sie den Räuberhauptmann vor sich, der vor Wut über ihre Flucht tobte. Er würde sich in seiner Ehre verletzt sehen und nach Rache streben. Sie müssten Wachen aufstellen, die Räuber überwältigen und alle hinter Gitter bringen. Nur dann wären Charlotte und ihre Familie in Sicherheit.

Auf der anderen Seite war der Hannikel nicht dumm. Er brauchte nur zu warten, bis die Wachposten wieder abgezogen wurden. Was, wenn er eines Nachts mit seinen Männern in den Sattlerhof eindringen würde, um seine Drohung wahr zu machen?

»Was machst du hier?«

Charlotte ließ vor Schreck das Messer fallen.

Sie hatte Eberhard nicht in den Stall kommen hören, so sehr war sie in ihre Gedanken versunken gewesen.

»Nichts«, sagte sie schnell und bückte sich, um das Messer aufzuheben.

Als sie sich wieder aufrichtete, blickte Eberhard sie zweifelnd an. Der Schnitt auf seiner Wange verheilte, würde aber eine Narbe hinterlassen. Ein Zeichen, dass der Hannikel vor Gewalt nicht zurückschreckte.

Mit klopfendem Herzen legte Charlotte das Messer an seinen Platz in der Werkzeugmappe.

»Ich habe nur nach meiner Ausrüstung geschaut.«

»Ach so. Pack dein Werkzeug besser wieder ein. Wir brechen bald auf«, sagte Eberhard.

Charlotte atmete auf, als er davonging. Sie schob die Mappe wieder in ihren Rucksack. Ihr war bewusst geworden, dass sie sich der schicksalhaften Verbindung mit den Räubern nicht einfach durch Flucht entziehen konnte wie der Ehe mit Lenscheider. Statt wegzulaufen, musste sie sich der Situation stellen und einen anderen Weg aus der Bredouille finden, in der sie steckte. Selbst wenn er sich als steinig erwies.

Eine Stunde später umarmte Emma Charlotte herzlich zum Abschied und lud sie ein, jederzeit wieder als Gast bei ihnen auf der Immenmühle zu weilen. Charlotte versprach, dass sie sich wiedersehen würden. Dann ritten sie los.

Die letzte Nacht hatte bei den Männern Spuren hinterlassen. Schorsch hing noch schiefer im Sattel als am Tag zuvor und klagte beständig über Muskelkater und Kopfschmerzen, Eberhard war mürrisch, der Ulmer hatte dunkle Ringe unter den Augen, und Schnorres verzichtete auf seine Witze, die heute ohnehin niemand goutierte. Ihr Weg führte sie durch kleine Dörfer, wo ihnen Kinder hinterherliefen, und ausgiebige Wälder, in denen ihnen nicht eine Menschenseele begegnete. Die Sonne brannte heute noch heißer vom Himmel herab als die Tage zuvor. In Senken und auf Waldwegen stürzten sich Pferdebremsen auf sie. Die bissigen Fliegen waren lang und dick wie ein Fingerglied und machten bei ihren Angriffen keinen Unterschied zwischen Mensch und Tier. Wie ihre Weggefährten schlug auch Charlotte unablässig nach den Bremsen. Dennoch verspürte sie immer wieder Stiche, die sogar durch den dichten Stoff der Reithose drangen.

Auch Wälderwind störte sich sehr an den Biestern. Sein Schweif fuhr nach allen Seiten, und er schüttelte unwillig den Kopf. Biss eine Bremse ihm in den Hals, konnte Charlotte sie abschlagen, doch im schlimmsten Fall kamen sie oder eine der hundert Schwestern umgehend zurück und setzte sich auf die Kruppe des Hengstes. Manchmal blieb nur ein Galopp, um sich etwas Luft zu verschaffen. Charlotte war erleichtert, als sich die Landschaft weitete und sie zwischen offenen Wiesen und Feldern einherritten.

»Ich glaube, wir hätten vor einer Weile abbiegen müssen«, sagte Schnorres irgendwann.

»Wirklich? Ich dachte, du kennst den Weg«, sagte Eberhard.

»Einmal sind wir hier lang«, gab Schnorres zurück.

Der Ulmer zuckte nur mit den Schultern.

Überall gab es kleine Höfe. Bauern machten Heu oder ernteten ihr Getreide, das zum Teil schon goldene Flecken in der grünen Landschaft bildete. Als sie an einem Gerstenfeld ankamen, ließ Eberhard anhalten. Drei Männer schnitten die Halme der reifen Gerste. Zwei jüngere Frauen banden sie zu Garben, die aneinandergelehnt aufgestellt wurden. Ein Drittel des Feldes hatten sie bereits geschafft. Zwei schmutzige Kinder spielten auf dem freien Feld Fangen.

»Seid gegrüßt! Die Ernte sieht gut aus«, rief Eberhard in Richtung der Männer und sprang vom Pferd ab. Er lüpfte seinen Hut.

Die Bauern blickten skeptisch herüber und besprachen sich mit knappen Gesten. Sie kamen auf sie zu, wobei ein kräftig aussehender Mann vorausging. Zwei ältere Männer folgten ihm und blieben weiter hinten. Alle drei hielten ihre Sensen.

»Nach Reutlingen wollen wir«, sagte Eberhard, nahm die Hände kurz hoch und zeigte so, dass er unbewaffnet war. »Sind wir da auf dem rechten Weg?«

»Es ist nicht weit bis Tübingen. Und von da kein langer Weg bis Reutlingen. Mit euren Rössern könnt ihr nach dem Mittag da sein, wenn ihr euch beeilt.«

»Danke. Mein Freund dachte schon, er sei falsch abgebogen.«

Charlotte war erstaunt, wie normal Eberhard auf einmal wirkte. In diesem Mann schienen mehrere Wesen zu stecken. Unberechenbare Wut und fast liebenswerte Freundlichkeit schienen sich in ihm zu vereinen. Sie hoffte zumindest, dass er nicht vorhatte, diesen armen Menschen etwas anzutun.

Der Bauer entspannte sich und setzte die Sense ab.

»Verzeiht unsere Vorsicht«, sagte er. »Es heißt, dass eine Räuberbande auf der Alb ihr Unwesen treibt.«

»Ich habe gehört, dass die eigentlichen Räuber in den zahlreichen Schlössern sitzen«, erwiderte Eberhard und lachte.

»Die hohen Herren sind es, die den Armen das letzte Hemd nehmen!«, rief Schnorres.

Der Ulmer nickte und erhob einen Zeigefinger.

»So mag es sein«, sagte der Bauer und grinste. Die Frauen ließen die Kinder wieder spielen, und die beiden anderen Männer traten näher. Einer der Älteren hatte das gleiche längliche Gesicht wie der Bauer. Charlotte vermutete, dass er der Vater des Bauern war.

»Habt ihr Durst?«

Die Räuber nickten.

»Agnes, bring uns Wasser!«, rief der junge Mann in Richtung der Frauen.

»Ich komm schon, Mattheis«, kam es zurück.

Eberhard gab den anderen Zeichen abzusteigen.

Bald darauf saßen sie alle am Wegesrand, tranken das warme Wasser der Bauern und süßen Wein, den Schnorres im Schlauch herumreichte.

»So wie ihr sprecht, seid ihr keine Württemberger«, stellte Mattheis fest.

Eberhard schüttelte den Kopf, ohne aber ein anderes Land als seine Heimat zu nennen. Doch das bekümmerte den jungen Mann nicht. Ihm schien es zu genügen, dass sie Fremde waren, denen er sein Leid klagen konnte. »Der Herzog lässt uns wirklich nicht viel.«

»Dabei war es früher viel schlimmer«, fügte sein Vater hinzu, der Konrad gerufen wurde. »Der Laib Brot war noch nicht ausgekühlt, da haben sie ihn dir schon vom Fensterbrett geholt. Sogar die Kinder hat man uns gestohlen! Der Mattheis ist mein Jüngster. Seine zwei Brüder wurden zwangsrekrutiert und in fremde Kriege geschickt.«

»Habt ihr je wieder von ihnen gehört?«, fragte Eberhard.

Der Alte nickte traurig. »Beide sind gefallen. Wir erhielten eine Nachricht, für die wir noch zahlen mussten.«

Charlotte sah ihm die Wut an.

»Jetzt ist die Hoheit endlich ruhiger geworden. Seit er die Gräfin hat, geht es uns besser«, sagte Mattheis und nahm noch einen Schluck von dem Wein, bevor er den Schlauch an den Ulmer neben sich weiterreichte.

»Die Gräfin von Hohenheim«, ergänzte er. »Sie hat geschafft, was der Landstand und die Kirche nicht fertiggebracht haben: Seine Hoheit hat zwar weiterhin Höhenflüge, aber er kommt zwischen ihnen wieder auf den Boden.«

»Vom Herrgott zum Herzog erwählt, aber vor allem eine Prüfung für uns«, knurrte der alte Konrad.

Die Geschichten über Carl Eugens Prunksucht erzählte man sich weit und breit. Charlottes Vater war immer froh, dass Vorderösterreich es mit den Habsburgern noch erträglich getroffen hatte. Immerhin müssten sie nicht die Wolkenschlösser eines verrückten Herrschers errichten, hatte er gesagt.

»Seht ihr den Wald?«, fragte Mattheis. Er zeigte in den Süden, wo nicht allzu weit eine Reihe dunkler Tannen zu erkennen war. »Mitten durch das Wäldchen verläuft die Grenze. Diesseits müssen wir uns für Carl Eugens Pracht und Protz einen Buckel schaffen. Jenseits liegt Schwäbisch-Österreich. Von da hört man, dass Kaiser Joseph sich für die Bauern in seinem Reich einsetzen will. Würde sich unser Herzog nur ein Beispiel an ihm nehmen!«

Der Bauer stand auf. »Verzeiht. Wein bei der Hitze lockert meine Zunge mehr, als es gut ist, wir sollten weiterarbeiten. Vielen Dank, meine Freunde.«

Auch Charlotte und die anderen ihrer Gruppe standen auf. Eberhard griff in die Tasche seiner Weste und zog eine Silbermünze hervor, die er Mattheis in die Hand legte.

»Wir danken euch für eure Gastfreundschaft«, sagte er.

Der Bauer wurde bleich. »Einen ganzen Taler? Dabei habt ihr den Wein beigesteuert. Das kann ich nicht annehmen!«

Er versuchte, die Münze zurückzugeben, doch Charlotte sah ihm an, dass der sie lieber behalten hätte.

Eberhard winkte ab. »Sieh's als ein Geschenk der Freundschaft und Vorschuss auf einen Lohn, der dich noch erwarten kann.«

»Was meinst du damit?«

»Das dahinten ist doch dein Hof?« Eberhard wies in Richtung des Waldes. Davor waren ein Bauernhaus und eine große Scheune zu erkennen.

»Ja.« Mattheis war sichtlich verwirrt. Er hielt die Münze immer noch mit zwei Fingern.

»Vielleicht brauchen wir einmal eine Unterkunft. Oder Freunde von uns. Wenn Leute kommen und dir sagen, dass der

Eberhard sie geschickt hat, wäre es schön, wenn du ihnen behilflich sein könntest. Sie werden dich gut entlohnen.«

An der Miene des Bauern ließ sich ein innerer Kampf ablesen. Auf der einen Seite war ihm ein so großer Betrag suspekt, auf der anderen Seite brauchte er das Geld sicher mehr als nötig. Ein Konventionsthaler war immerhin etwa zwei Gulden wert. Für ein paar Schluck Wasser eine mehr als fürstliche Entlohnung.

»Seid ihr Räuber?«, fragte der dritte Mann, ein Bauer im Alter von Konrad, so leise, dass die Frauen es nicht hören konnten.

»Haben wir dir etwas gestohlen?«

»Nein«, gab der Mann zu.

»Im Gegenteil. Wir haben uns für eure Gastfreundschaft erkenntlich gezeigt. Und falls einmal jemand von uns herkommt, soll es euer Schaden nicht sein.«

»Gute Leute sind es, Ansgar! Sei kein Idiot!«, schimpfte Mattheis. Konrad nickte.

Mattheis steckte die Münze in seine Hosentasche. »Unser Hof steht euch und euren Freunden offen. Wir können allerdings nur wenige Menschen beherbergen. Und es müssen Ehrenmänner sein.«

»Das sind sie«, versicherte ihm Eberhard lächelnd. »Das nächste Mal, wenn wir uns treffen, müssen wir uns aber ein Plätzchen im Schatten suchen«, fügte er hinzu und wischte sich den Schweiß von der Stirn.

»Und es wäre schön, mehr Zeit zu haben – und mehr Wein«, sagte Konrad lachend.

Man verabschiedete sich, und bis auf Eberhard stiegen alle auf ihre Pferde. Charlotte stand mit Wälderwind in seiner Nähe und hörte, was er Mattheis zuflüsterte.

»Erzähl besser niemandem von uns. Und auch nicht von der Münze in deinem Säckel. Sonst nimmt man sie dir nur ab.«

Dann stieg er auf seine Stute, und sie ritten los. Die Bauern winkten ihnen nach.

»Gut gemacht!«, meinte Schnorres kurze Zeit später. »Vielleicht brauchen wir irgendwann eine Unterkunft nahe an der Grenze.«

Eberhard grinste ihn zufrieden an.

Sie waren keine zehn Minuten unterwegs, als vor ihnen das Land abfiel. Die kleinteiligen Felder wichen malerischen Weingärten. Diese umarmten eine wunderschöne Stadt mit prächtigen roten Dächern: Tübingen schmiegte sich an ein Flüsschen, den Neckar. Auf einem in die Stadt hineinragenden Berg war ein herrliches Schloss errichtet, in dessen Fenstern sich die Sonne widerspiegelte.

Es gab zwei Wege. Die Straße führte in weiten Kurven nach unten, aber Eberhard wählte eine steile Abkürzung, die für Fuhrwerke nicht geeignet war. Allerdings auch nicht für Schorsch.

»Du musst dich zurücklehnen«, mahnte Charlotte, doch der Junge beugte sich stattdessen nach vorn, um sich am Hals des Pferdes festzuhalten. Das gab dem Tier zu viel Vortrieb, und es drehte sich eilig, bis es besser stehen konnte.

»Ich denke, du musst absteigen«, sagte Charlotte.

»Du musst, du musst …«, maulte Schorsch. »Ist das so, wenn man eine Frau hat? Weiß die dann immer alles besser?«

Dennoch kam er Charlottes letzter Anweisung nur zu gern nach und rutschte vom Pferd.

Auch sie stieg ab, allerdings deutlich eleganter. Auch die anderen gingen bald neben ihren Reittieren. Eine Menge Leute waren unterwegs. Ein paar Studenten saßen mit Büchern in den Weinbergen, vier Soldaten in abgerissenen Uniformen marschierten einem berittenen Offizier nach und mussten einer Postkutsche ausweichen, die von zwei dampfenden Schimmeln bergauf gezogen wurde.

Sie betraten die Stadt durch das Schmiedtor. *Die altertümliche Mauer hätte heutigen Angreifern nicht mehr viel entgegenzusetzen,* dachte Charlotte. In den engen Gassen schweifte ihr Blick über hohe, schlanke Fachwerkhäuser, die sich gegenseitig stützten. Die von der Sonne verstärkten Ausdünstungen der vielen Menschen auf engem Raum machten ihr zu schaffen, doch auf dem geschäftigen Marktplatz war die Luft frischer. Es duftete nach Obst, Brot, Kräutern und Gewürzen. Nicht weit von dem herrschaftlichen Rathaus, an dessen Fassade Charlotte eine astronomische Uhr entdeckte, stand ein etwas verwitterter Brunnen. Aus dessen nasser Mitte erwuchs eine mit zahlreichen Figuren geschmückte Säule, auf deren Spitze Neptun, der römische Gott des Meeres, seinen Dreizack in die Höhe reckte. An einer Seite war der Brunnen frei genug, dass sie ihre Pferde tränken konnten. Schnorres besorgte derweil etwas Brot und dunkelrote Würste. Der Ulmer ließ sich seinen Weinschlauch nachfüllen, nachdem er sich beim Händler von der Güte des Getränks überzeugt hatte. Dann gingen sie auf Eberhards Geheiß auch schon weiter. Denn nicht Tübingen war ihr Ziel, sondern Reutlingen.

Der Rest des Weges bot keine bemerkenswerten Steigungen oder Gefälle mehr, sodass sie in ihrer üblichen Reihenfolge gemütlich über die belebte Straße ritten. Charlotte stellte erste Fortschritte bei Schorschs Reitkünsten fest. Er beherzigte nicht nur ihre Ratschläge, sondern verhielt sich ihr gegenüber auch endlich etwas gelassener.

Hinter ihnen ritt Eberhard und kaute auf einer der Würste herum, die Schnorres verteilt hatte. Charlotte hörte ihn ganz hinten reden und laut lachen. Ohne sich umzudrehen, konnte sie davon ausgehen, dass der Ulmer neben ihm ritt und sich im Stillen über die Scherze seines Freundes amüsierte.

KAPITEL 13

Stuttgart, Samstag, 4. August 1781

»Wie kommt mir solcher Glanz in meine Hütte?«
Thibaut d'Arc in *Die Jungfrau von Orleans*,
Prolog, 2. Auftritt

Just zu der Zeit, als Charlotte mit den Räubern Tübingen wieder verließ, flog im nahen Stuttgart die Tür zum Hoffaktorat auf.

Karoline Kaulla – ihr Mann nannte sie »Chaile« und die meisten anderen Menschen einfach Madame Kaulla – erwartete keinen Besuch. Sie war nicht gerade erfreut über die Störung. Nun hatte sie sich tatsächlich bei der Zwischensumme ihrer Addition vertan. Sie würde also noch einmal rechnen müssen. Verärgert schaute sie auf.

Die beiden für sie an der Tür postierten Diener verbeugten sich so tief wie möglich. Sofort ahnte sie, wer der Störer war. Es gab nur eine Person im Schloss, die es wagte, sie ohne Vorankündigung und mit absoluter Selbstverständlichkeit zu unterbrechen, und dafür noch von den Dienern mit äußerster Hochachtung behandelt wurde. Niemand Geringerer als der Herzog in Person klackerte auf Schuhen mit modisch hohen Absätzen herein.

»Madame! Welch unsagbare Freude, Euch zu sehen«, rief Carl Eugen und zeichnete mit seinen Händen geschwungene Linien in die Luft, die wohl seine Freude ausdrücken sollten.

Karoline Kaulla stand auf und sank in einen tiefen Knicks.

Sie wollte in der Position verharren, aber Carl Eugen rief generös: »Erhebt Euch, liebste Kaulla, erhebt Euch!«

»Eure Durchlaucht«, sagte sie und kam seinem Befehl nach.

»Ich sollte derjenige sein, der sich vor Euch verbeugt. Ihr seht wieder ganz reizend aus. Und wie immer fleißig bei der Arbeit.«

Madame Kaulla war nicht zur reichsten Frau aller deutschen Lande aufgestiegen, weil sie sich von Komplimenten einlullen ließ. Sie kannte Carl Eugen gut. Das Hoffaktorat mied er für gewöhnlich. Bei Besprechungen zog er meist ein langes Gesicht. Dass er jetzt strahlte, machte sie misstrauisch. So eigenartig der Besuch begonnen hatte, ging er auch weiter. Kaum hatte sie den Tisch auf dem Weg zum Herzog umrundet, rief er schon: »Stopp! Bleibt bitte genau an der Stelle stehen!«

Sie gehorchte verwundert.

Carl Eugen konnte seine Hände gar nicht stillhalten. Die reich besetzten Juwelenringe an den meisten seiner Finger glitzerten bunt im Licht.

»Glaubt mir, ich habe das wundervollste Geschenk für Euch«, platzte er heraus.

Karoline Kaulla stutzte. »Ein Geschenk? Für mich?«

Carl Eugen lächelte breit und nickte mehrmals. Er klatschte in die Hände, woraufhin sich drei der Lakaien in Bewegung setzten, die mit ihm eingetreten, aber an der Tür zurückgeblieben waren. Zwei trugen silberne Tabletts. Auf einem lag ein buntes Seidentuch, auf dem anderen stand ein mit Gold besetzter Flacon aus dunkelrotem Glas. Karoline Kaulla war überrascht. Das waren wahrlich schöne Geschenke, befand sie.

Carl Eugen jedoch hatte noch etwas anderes im Sinn. »Damit die Überraschung perfekt gelingt, werde ich Euch die Augen verbinden lassen, meine Liebste.«

»Muss das sein?«, fragte sie, als der dritte Lakai das Tuch ergriff und ihr vorsichtig über die Augen legte. Der Knoten war locker, hielt die schmeichelnde Seide aber an Ort und Stelle.

»Ich freue mich so, ich freue mich so!«, drang die Stimme des Herzogs an ihr Ohr. Gleichzeitig hörte sie zwei kurze Zischlaute, als der Lakai das Tuch mit dem Parfum benetzte. Ein blumig süßer Geruch raubte ihr für einen Moment den Atem.

»Ich dachte, das Tuch sei das Geschenk«, sagte Karoline Kaulla.

Der Herzog lachte auf, und die Lakaien fielen ein. Auch von der Tür waren belustigte Laute zu hören.

Erneut klatschte der Herzog in die Hände. Sofort endete das Gelächter. »Sie sollen das Geschenk bringen!«, sagte er.

Schritte näherten sich. Karoline Kaulla konnte zwei Paar Schuhe auf dem Steinboden vernehmen. Aber da war noch ein Geräusch, das sie nicht einordnen konnte. Ein seltsames Quietschen.

»Man nehme ihr das Tuch ab!«, befahl Carl Eugen. Fast augenblicklich löste sich der Knoten wieder, und der Geruch wurde schwächer.

»Madame«, krächzte ein riesiger bunter Vogel, der in einem von zwei Dienern getragenen Käfig auf einer Stange saß.

»Ihr müsstet Euer Gesicht sehen, liebste Kaulla!«, rief der Herzog lachend.

»Ich dachte, Ihr weiltet mit der Gräfin im Dörfle«, brachte Karoline hervor. Sie konnte die Augen nicht von dem Vogel mit leuchtend gelben Federn auf der Brust und blauem Gefieder am Rücken abwenden.

»Ich habe mich einzig von meiner geliebten Franziska getrennt und bin nach Stuttgart gereist, um Euch dieses Geschenk mit meiner Verehrung zu überbringen.« Der Herzog deutete eine Verbeugung an. »Gefällt er Euch?«

Er zeigte auf den Vogel und erklärte: »Man nennt die Art Gelbbauch-Ara. Er stammt aus den Urwäldern Amerikas.«

Der Vogel nutzte genau diesen Moment, um sich um einen weißgrauen halbflüssigen Haufen zu erleichtern, der in den mit

Sand bestreuten Boden des Käfigs platschte. Carl Eugen beachtete es nicht. »Stellt ihn der Madame zur Belustigung auf den Tisch«, wies er die Diener an. »Wie sagt der Vogel?«

»Madame«, krächzte der Ara erneut.

Karoline Kaulla beobachtete entsetzt, wie der Käfig auf ihren Arbeitstisch gehievt wurde.

»Ich danke Euch für das überraschende Präsent, Eure Durchlaucht«, begann sie, »aber ich fürchte, die Bücher lassen weiterhin so teure Geschenke nicht zu.«

»Papperlapapp«, wischte Carl Eugen ihre Bemerkung beiseite. »Der Vogel ist nur eine kleine Geste meiner Dankbarkeit für die unersetzlichen Dienste, die Ihr mir leistet.«

Der Käfig stand jetzt direkt neben den Büchern, die sie gerade bearbeitete. Es war an der Zeit, dem wahren Hintergrund des herzoglichen Besuchs auf den Grund zu gehen.

»Gehe ich recht in der Annahme, dass Ihr neben der gelungenen Überraschung noch ein weiteres Anliegen habt?«, fragte sie.

»Wenn man den Wunsch nach einer freundlichen Konversation mit seiner tüchtigen Hoffaktorin als Anliegen bezeichnen will, könnte man Eure Frage bejahen.«

»Und was wäre das Thema einer solchen Konversation?«

Carl Eugen spitzte den Mund zu einer Schnute und legte den Kopf auf die Seite. »Wie Ihr wisst, werde ich bald zum Fohlenabstoß in mein Marbacher Gestüt reisen.«

Karoline nickte.

»Wie Ihr ebenfalls wisst, wird mich meine Franziska in diesem Jahr nicht begleiten, sondern im Dörfle verbleiben.«

Ein erneutes Nicken der Faktorin ließ ihn gleich weitersprechen. »Es kann sehr einsam sein auf der Alb, wisst Ihr? Ich dachte deshalb daran, nicht nur das kleine Ensemble mitzunehmen, sondern die ganze Operngesellschaft mit Orchester und Chor.«

Daher wehte also der Wind.

»Ich fürchte, das wird die Mittel überschreiten, die für die

Reise zur Verfügung stehen«, sagte Karoline Kaulla vorsichtig. Sie wusste, dass Carl Eugen Ablehnungen nicht gut vertrug. Doch dieses Mal verhielt es sich anders.

»Ist das so? Nun gut, dann will ich mich eben mit dem kleinen Ensemble begnügen, auch wenn der Operngenuss nicht derselbe ist.«

Sie war erstaunt, wie vernünftig der Herzog mit der abschlägigen Antwort umging.

»Aber Ihr habt natürlich recht«, fuhr er sogleich fort. »Es gilt, vernünftig zu wirtschaften. Und genau darum bin ich froh, Euch zu haben. Man kann sich keinen besseren Menschen vorstellen, ein Auge darauf zu haben, dass die Zukunft meines Hofs so glänzend ist wie das Heute. Wenn ich es recht überlege, ist die Grafenecker Bühne ohnehin zu klein.«

Er reckte plötzlich den Zeigefinger der rechten Hand in die Höhe, als sei ihm gerade ein Gedanke gekommen. »Was allerdings wirklich vernünftig wäre, ist ein gutes Geschäft, das sich uns eröffnet hat, liebste Madame.«

»Madame, Madame«, krächzte der Vogel.

»Ein Geschäft? Um welche Art von Geschäft handelt es sich denn, Eure Durchlaucht?«

»Um ein äußerst lukratives. Sonst wäre es doch kein Geschäft.«

»Und das wäre?«

»Ich habe die einmalige Gelegenheit, vier Elefanten erwerben zu können, wundervolle prächtige Tiere. Ihr könnt es mir glauben.«

»Elefanten?«

»Stellt Euch nur vor, wie diese herrschaftlichen Tiere stolz über die Weiden der Alb streifen!«

»Aber wozu Elefanten?« Karoline Kaulla war fassungslos.

»Wozu Elefanten, fragt sie mich. Habt ihr das gehört?« Carl Eugen lachte schallend. Sein Hofstaat schien das ebenfalls sehr lustig zu finden. Madame Kaulla verzog keine Miene.

»Württemberg wäre das erste Land, das sich die Kraft dieser

Riesen sichert. Man sagte mir, im fernen Indien nutzt man die gelehrigen Elefanten wie Pferde. Sie ziehen Lasten, dienen zum Reiten und werden teuer gehandelt.«

»Teuer«, wiederholte die Hoffaktorin.

»Jetzt mögen die ersten beiden Zuchtpaare die Kasse mit einem gewissen Betrag belasten, doch sobald die ersten Elefantenfohlen da sind, werden wir ein Vielfaches einnehmen.«

Die Augen des Herzogs leuchteten.

»An jedem Hof wird man es uns nachahmen wollen und ebenfalls Elefanten halten. Wir werden die Elefanten meistbietend versteigern und Eure Kasse überquellen lassen vor Reichtum.«

»Das glaube ich nicht«, entgegnete Madame Kaulla trocken. Dieses Mal änderten sich die Gesichtszüge des Herzogs. Mit verkniffenem Mund blickte er sie an.

»Wie stellt Ihr es Euch denn vor, die Tiere unterzubringen?«, fragte sie.

»Wozu haben wir Gestüte wie Marbach?«, entgegnete er. »Ich habe Euch den Grund meiner späteren Anreise zum jährlichen Fohlenabstoß bisher noch nicht genannt, aber es lag daran, dass zuerst die Pläne für einen großen Elefantenstall fertig werden sollten, den ich zu errichten beabsichtige.«

»Aber wir haben nicht einmal das Geld, um wichtige Reparaturen an den bestehenden Pferdeställen all Eurer Gestüte vorzunehmen. Ein solches Vorhaben ist nicht umzusetzen.«

»Dann siedeln wir eben ein paar Pferde um, und die Elefanten ziehen in deren Ställe«, erwiderte Carl Eugen trotzig.

»Wahrscheinlich sind die Türen zu niedrig und die Wände nicht stark genug«, hielt sie dagegen. »Was wollt Ihr denn überhaupt mit den Elefanten?«

Carls Eugen setzte wieder die spitze Schnute auf. »All die Vorteile vermag ich gar nicht einmal aufzuzählen, Madame Kaulla.«

»Madame«, krächzte der Vogel hinter ihr.

Der Herzog beachtete ihn nicht. »Zudem plane ich eine Überraschung für Franziska. Ich möchte eine Oper für sie komponieren lassen, bei der auch Elefanten die Bühne beleben. Ihr müsst mir nur die benötigten Mittel beschaffen.«

Karoline Kaulla schüttelte den Kopf. Sie hatte bei den herzoglichen Finanzen keinen Überfluss zu verteilen, sondern bitteren Mangel zu verwalten. Die Kosten für die Pläne des Herzogs waren vollkommen unüberschaubar. Das wusste sie, auch ohne rechnen zu müssen.

»Ihr schüttelt den Kopf?«, fragte er mit leicht erbostem Unterton in der Stimme.

»Euer Wunsch ist nachvollziehbar«, log sie. »Aber Ihr werdet Euch für seine Erfüllung noch ein paar Jahre gedulden müssen. Die Kasse lässt ein solches Vorhaben leider nicht zu.«

»Ist es nicht Eure Aufgabe, dafür zu sorgen, dass es möglich wird?«

»Natürlich, Ihr habt voll und ganz recht. Was sagt denn die Gräfin zu Eurer Idee?«, versuchte sie, sich Luft zu verschaffen und den Herzog wieder auf Linie zu bringen, ohne dass zu viel Unmut an ihr hängen blieb.

Franziska von Hohenheim, die langjährige Mätresse des Herzogs, hatte geschafft, was niemand vermutet hätte: Mit ihrem bescheidenen, einfachen Wesen war es ihr gelungen, den Prunkherzog in einen Mann zu verwandeln, der sich auch um das Wohl seines Volkes kümmern konnte. Im Moment jedoch schien er einen Rückfall zu haben.

»Natürlich weiß sie nichts davon«, rief Carl Eugen empört. »Es soll doch eine Überraschung sein. Ihr dürft ihr auch kein Wort von diesem Gespräch verraten, hört Ihr?«

»Und Ihr müsst mit der Überraschung noch warten, Eure Durchlaucht«, sagte Karoline Kaulla. »Ich werde leider keine Gelder für Elefanten oder Elefantenställe auf Marbach freigeben können.«

Während ihrer Worte war der Herzog auf und ab gegangen.

Als sie zu Ende gesprochen hatte, schlug er mit der Faust auf den Tisch, dass der Käfig darauf erbebte und der Vogel ängstlich »Attacke!« kreischte.

»Habt Ihr vergessen, wer ich bin?«, schrie er. »Ich bin der Herzog zu Württemberg und Teck, Graf von Mömpelgart, Ritter vom Goldenen Vlies und so weiter und so weiter!«

Seine Faust fuhr ein weiteres Mal auf den Tisch nieder. Karoline Kaulla zuckte leicht zusammen.

»Niemand vergisst, wer Ihr seid …«

»Ach! Was war mein Leben früher herrlich. Die Allee vom Schloss Solitude bis nach Ludwigsburg habe ich mit Salz ausstreuen lassen, um im Sommer eine Schlittenfahrt zu machen, nur weil ich Lust dazu hatte! Und der Schlitten wurde von zwei Hirschen gezogen!«

Karoline Kaulla hatte die Geschichte schon mehrfach gehört, wusste allerdings auch, dass so viel kostbares Salz die Mittel des Herzogs überschritten hätte. Ein kurzes Stück der Allee war wohl tatsächlich mit Salz geweißt worden, das sich schnell zwischen den Hufzehen der verängstigten Hirsche festgesetzt hatte. Nach der Fahrt schrien die Tiere so armselig, dass sie geschlachtet werden mussten, um wieder Ruhe zu geben. Sie wurden später an der herzoglichen Tafel in einer Salzkruste aufgetischt, wie man sich erzählte. Wo das ganze Salz ausgestreut worden war, wurden die Blätter der Alleebäume nach einem Monat braun. Sie mussten aufwendig durch neue ersetzt werden.

»Glaubt mir, Eure Durchlaucht, liebend gern würde ich Euch den Wunsch erfüllen, aber schon das neue Pferd, das Ihr im Frühjahr geordert habt, hat eine tiefe Lücke in die Kasse geschlagen.«

»Ein neues Pferd?«, fragte er, auf einmal aufmerksam.

So war es oft bei Carl Eugens Wünschen. Zuerst konnte er nicht abwarten, sie sich zu erfüllen, kurz darauf war schon wieder alles vergessen. Sie war zuversichtlich, dass es bei den Elefanten genauso sein würde.

»Ihr habt über die Venezianer den besten Hengst von Sultan Abdülhamid eingekauft. Erinnert Ihr Euch?«

»Ach. Und wo ist das Tier?«

»Es wird jeden Tag erwartet. Ihr dürftet es bei Eurer Reise ins Gestüt erhalten.«

Die Miene des Herrschers hellte sich auf. »Seht Ihr, Madame Kaulla, es ist immer gut, beizeiten für kleine Überraschungen zu sorgen, auch für sich selbst.«

»Kleine Überraschung« war eine absolute Untertreibung. Von dem Geld, das dieses eine Pferd kostete, hätte man General von Augés Regiment in den Ruhestand schicken können. Sie hoffte nur, dass die Anwesenheit der Grenadiere die Räuber abschrecken würde. Denn neben normalen Geldlieferungen an die Gestüte stand noch etwas anderes auf dem Spiel. Karoline Kaulla musste das Geld für den Hengst überbringen lassen – und einen besonderen Schatz dazu.

»Also keine Elefanten?«, fragte Carl Eugen nach, wie ein Kind, dem die Süßspeise verwehrt worden war. Und wie eine Mutter schüttelte Madame Kaulla den Kopf. »Keine Elefanten, dafür den Hengst des Sultans. Und …«, sie zögerte kurz, bevor sie weitersprach, »… eigentlich sollte ich es nicht verraten, aber es wartet noch eine Überraschung auf Euch in Marbach.«

Jetzt zeigte sich Carl Eugen wieder höchst erfreut. »Noch eine? Was ist es? Bitte sagt es mir!«

Sie lächelte gütig. »Ich kann nur so viel verraten, dass es etwas ist, was Euch bei Eurem neuen Hengst gute Dienste leisten wird.«

Carl Eugen wippte aufgeregt hin und her. »Na gut. Dann will ich gespannt sein auf Eure Überraschung, Madame.«

Das könnt Ihr auch, dachte sie.

»Madame«, krächzte der Vogel, als sich die Tür wieder hinter Carl Eugen und seiner Entourage schloss. »Madame.«

KAPITEL 14

Von Reutlingen zum Gestüt Marbach, Samstag, 4. August 1781

»Frisch also! Mutig an's Werk!«
Franz Moor in *Die Räuber* 1. Akt, 1. Szene

Bald sahen sie Reutlingen vor sich. Gleich hinter der Stadt erhoben sich einige Berge. Die Kuppe ganz in der Nähe wirkte mit ihrem gerundeten, bewaldeten Gipfel besonders eindrucksvoll. An einer Weggabelung forderte Schnorres sie zum Anhalten auf.

»Ab hier müsst ihr ohne die gute Laune auskommen, die mein Freund, der Ulmer, verbreitet«, sagte er und zeigte auf den Angesprochenen. Der winkte ab.

»Der Ulmer und ich«, fuhr Schnorres fort, »wir reiten gleich weiter. Hannikel will, dass ihr Station beim Gibbes macht, und er will …«

»Dass wir unsere Pferde dalassen und nur der Schwarzwälderhengst mit dem Mädchen mitkommt«, fiel ihm Eberhard ins Wort. »Ja, er hat es mir auch gesagt.«

Schnorres schnippte mit der rechten Hand und ließ dabei den Zeigefinger auf Eberhard zeigen. »So ist es. Aber du kennst ihn ja und weißt, er sichert sich gern doppelt ab, dass seine Pläne so umgesetzt werden, wie er es sich ausgedacht hat.«

Eberhard nickte.

»Und bisher sind wir gut damit gefahren«, fuhr Schnorres fort, »auf unseren Hauptmann zu hören.« Er wandte sich an den

Ulmer: »Wenn Hannikels Plan funktioniert, dann kannst du dir eine Goldkrone aufsetzen und dich von schönen Jungfrauen verwöhnen lassen. Oh …«

Er stockte und schaute Charlotte verlegen an. »Das sagt man so«, murmelte er entschuldigend.

»Tut man das?«, fragte sie zurück und genoss es, dass ausnahmsweise einmal jemand anderes rot anlief.

»Werden wir uns denn wiedersehen?«

»Sehr gut möglich«, sagte Schnorres.

»Es würde uns freuen«, ließ sich der Ulmer vernehmen.

»He, Ulmer! Du sollst nicht schwatzen, sondern reiten!«, rief Schnorres und schlug dem Pferd seines Freundes mit der flachen Hand auf den Hintern. Das Tier preschte los.

»Macht's gut!«, rief er Charlotte, Eberhard und Schorsch zu und gab seinem Pferd die Sporen.

Charlotte ritt mit ihren beiden Begleitern langsamer weiter in Richtung der Stadt, wo sie nach wenigen Minuten in einen Hof einbogen. Im abgetrennten hinteren Bereich gackerten sicherlich dreißig Hennen aufgeregt vor sich hin oder brachten sich über die Hühnerleiter in Sicherheit. Ein unwirsch dreinschauender Mann mit Buckel und einem ungepflegten Bart begrüßte sie und führte ihre Pferde in einen niedrigen Stall. Eberhard übergab ihm ein Säckchen mit Münzen, dann führte der Bucklige sie in die Stube.

Gibbes, wie Eberhard ihn nannte, zeigte ihnen zunächst ihre Kammern. Im vorderen Zimmer standen drei Pritschen. Charlotte hatte schon die Befürchtung, sie solle mit den beiden Kerlen zusammen schlafen, doch Gibbes schob sie unsanft den Flur weiter auf die hintere Tür zu.

»Leg deine Sachen ab, es gibt gleich Essen«, sagte er. In der Küche schlug er für jeden zwei Eier in die Pfanne und schnitt einen deftig geräucherten Speck hinein. Dazu tischte er ihnen duftendes Brot mit harter, dunkler Kruste auf und stellte ihnen Wasser und einen Krug Wein hin. Gibbes beschränkte das Gespräch auf das Nötigste und verzog sich nach dem Essen nach draußen. Schorsch verkündete, dass ihm seine Muskeln so weh täten, dass er sich gleich hinlegen wolle. So saß Charlotte schließlich mit Eberhard allein in der Küche.

»Was hattest du wirklich vor heute früh, als ich dich in der Mühle überrascht habe?«, fragte er unumwunden.

Charlotte betrachtete den Mann, bevor sie sprach. Sie konnte kaum glauben, dass sie ihn erst wenige Tage kannte. Wenn man sich an sein hässliches Gesicht erst einmal gewöhnt hatte, begann man, den Menschen hinter der Fassade wahrzunehmen.

»Ich habe darüber nachgedacht, Wälderwind zu satteln und wegzureiten«, hörte sie sich zu ihrer eigenen Überraschung die Wahrheit aussprechen.

Eberhard nickte ernst. »Wir hätten dich schnell aufgespürt.«

»Nicht, wenn ich vorher eure Sattelgurte zerschnitten hätte.«

Eberhards Augen weiteten sich. »Du wolltest dein Sattlerwerkzeug also nicht ein-, sondern erst mal auspacken, als ich dich erwischt habe?«

Charlotte schüttelte den Kopf und antwortete: »Als du kamst, hatte ich meine Entscheidung schon getroffen.«

»Und die war?«

»Es besser nicht darauf ankommen zu lassen, den Hannikel zu verärgern.«

»Schlaues Mädchen«, murmelte er und rieb sich dabei über die kleine Narbe auf seiner Wange.

»Was genau erwartet er von mir?«, fragte Charlotte.

»Wie er es gesagt hat: Du sollst uns helfen, einen schönen nächsten Raubzug auszubaldowern.«

»Aber wie soll das gehen?« Charlotte sank der Mut, und ein nicht zu überhörender Zweifel und Zaghaftigkeit mischten sich in ihre Stimme.

»Das war doch alles klar«, sagte Eberhard und verdrehte die

Augen. »Du lässt dich in Marbach anstellen und schaust, dass du herausfinden kannst, wann und über welche Strecke die nächsten größeren Gelder zum Gestüt gebracht werden.«

»Wer soll mir das denn verraten?«

»Männer geben viele Geheimnisse im Suff preis. Oder in den Armen einer Frau …«

Charlotte versteifte sich. »Ich werde nicht …!«, rief sie empört.

»Stell es an, wie du willst. Aber finde es besser heraus, sonst wird es dir nicht gut ergehen.«

Charlotte schaute Eberhard wütend an. »Du bist ein übler Kerl. Gerade wo ich dachte, dass du doch nett sein könntest.«

Eberhard war sichtlich überrascht. »Dann bin ich halt ein übler Kerl. Mir doch egal, was jemand von mir denkt.«

»Und was machst du so lange? Und was ist mit Schorsch?«, fragte sie, ohne weiter darauf einzugehen.

»Wir passen auf, dass dir nichts passiert«, erwiderte er grinsend.

Charlotte war klar, dass sie eher aufpassen sollten, dass sie sich nicht aus dem Staub machte oder die Räuber verriet. Der Hannikel traute ihr natürlich nicht.

»Wir bleiben bei unserer Geschichte«, erklärte Eberhard. »Ich bin dein Vater und Schorsch dein jüngerer Halbbruder. Ganz einfach.«

»Wie lange soll diese Charade dauern?«

»Bis du geliefert hast, was du uns schuldig bist. Wenn du uns zu einem großen Raubzug verholfen hast, kannst du gehen. So will es der Hannikel, und so wird es auch gemacht.«

Charlotte wies auf Eberhards Wange. »Stört es dich denn überhaupt nicht, was er getan hat?«

Seine Miene verdüsterte sich. »Was ich mit dem Hannikel habe, geht dich einen verdammten Hühnerdung an«, fuhr er sie an. »Haben wir uns verstanden?«

Charlotte nickte und senkte rasch den Blick.

»Gut. Dann hör jetzt endlich auf mit der ständigen Fragerei und geh schlafen. Morgen kommen wir im Gestüt an. Dann ergibt sich alles von selbst.«

Charlotte stand auf.

»Mädchen!«, rief der Räuber ihr nach.

»Ja?« Widerwillig drehte sie sich noch einmal zu ihm um.

Eberhard stand auf und kam zu ihr. »Denk nicht einmal mehr daran, mich aufs Kreuz zu legen! Ich habe einen klaren Befehl, was ich mit dir machen soll, wenn du wegläufst oder uns verrätst.« Eberhard hob die Rechte und starrte ihr in die Augen. Charlotte wich nicht zurück, sondern hielt seinem Blick diesmal stand. Doch dann fuhr er ihr mit dem langen Fingernagel seines Zeigefingers einmal quer über die Kehle. Die Berührung lähmte sie. Eberhard grinste hässlich. Charlotte stürzte in ihre Kammer und legte den Riegel vor.

Zum Frühstück gab es beim Gibbes wieder Eier, dieses Mal mit Käse. Zum Brot stellt er ihnen etwas Butter und einen Topf Honig auf den Tisch, dazu einen Krug Milch. Freundliche Worte erwartete man jedoch vergebens. Und so fiel Charlotte der Abschied von diesem Gastgeber nicht schwer. Eher der von den Pferden, denn nur noch Wälderwind sollte sie auf ihrer letzten Etappe begleiten.

Charlotte befestigte das wenige Gepäck der beiden Räuber an Wälderwinds Sattel. Der Hengst beobachtete aufmerksam, was sie tat, blieb aber ruhig und brav stehen. Charlotte streichelte ihn unter der Mähne, da, wo er es besonders mochte. Er war bis auf ihre Erinnerungen alles, was ihr von ihrem Zuhause geblieben war. Und er erwies sich als ihr bester Freund, das einzige Wesen, auf das sie sich verlassen konnte in diesen schweren Tagen.

Sie verließen die Reichsstadt Reutlingen und betraten damit wieder württembergisches Herrschaftsgebiet. Es ging zunächst nur leicht bergauf, doch dann mussten sie sich durch ein in den Berghang gefressenes Tal an einem Bach entlang ein langes, sehr steiles Stück Weg emporquälen. Ihre Kleidung war vollkommen durchschwitzt, als sie endlich auf einem Hochplateau ankamen. In einem kleinen Dorf namens Holzelfingen machten sie Rast und ließen sich von einer Bäuerin mit einem Gemüseeintopf bewirten. Sie verhielt sich ihnen gegenüber sehr misstrauisch und verlangte Bezahlung im Voraus.

Es war noch einmal eine weite Strecke, die sie vor sich hatten, jedoch fühlte Charlotte sich nach den bisherigen Tagen der Reise kräftiger als je zuvor. Es machte ihr nichts aus, neben Wälderwind herzugehen und so mehr Zeit zu haben, die hügelige Landschaft zu betrachten, die dem Schwarzwald ähnelte und doch ganz anders wirkte. Sie bemerkte, dass sie immer weniger Menschen begegneten.

»Ein gutes Gebiet für Raubzüge«, sagte Eberhard einmal. »Hier oben kann man sich frei bewegen, und unten im Tal sitzen genug Leute, die ihre Spargroschen unter dem Kopfkissen versteckt halten. Sicher hat dein alter Herr auch so ein Versteck.« Mit einem drohenden Grinsen sah er zu Charlotte herüber.

Am späten Nachmittag kamen sie zum ersten Mal an einer Jungstutenweide vorbei, wie Charlotte sie noch nie gesehen hatte. An dem Weg, der sich in ein kleines Tal hinunterwand, zog sich ein langes hölzernes Gatter entlang. Es zäunte eine gewaltige Grünfläche ein, in der um die zwanzig Jungstuten in kleinen Gruppen beieinanderstanden oder miteinander spielten. Ein paar Pferde kamen zu ihnen an den Zaun und begleiteten sie. Wälderwind fand die Stuten äußerst anziehend und stolzierte neben seiner Herrin her, dass die Packtaschen an den Seiten wippten.

Der Weg führte sie in einen kleinen Ort, der von einem hohen Klosterbau beherrscht wurde. Hier gab es zwar eine Menge

Leute, die Pferde herumführten oder gerollte Heuballen auf Wagen herankarrten, aber Charlotte entdeckte weder Nonnen noch Mönche. Eine langbeinige sandfarbene Stute mit dunkler Mähne und Schweif war an einem Brückchen angebunden, das zu dem Klostergebäude führte. Es sah aus wie eine große Kirche, bei deren Turm das Geld für den Bau ausgegangen war. Wälderwind wieherte aufgeregt und reckte die Nüstern in die Luft. Die Stute drehte sich zur Seite.

»Macht mir meine Stute nicht verrückt«, schimpfte ein Mann, der sich mit zwei anderen am Tor unterhielt. Er mochte fünf Jahre älter sein als Charlotte. Der Blondton seines Haares passte genau zur Farbe seines Pferdes. Das rasierte Gesicht wirkte ebenso kantig wie sein Gang, als er auf sie zukam. Als gehöre ihm die Welt, dachte Charlotte. Ihr fielen die kalbsledernen Stiefel auf, die sich perfekt um die langen, schmalen Unterschenkel schmiegten. Die Stiefel allein mochten ein kleines Vermögen gekostet haben.

»Wer seid ihr? Was macht ihr hier?«, fragte er wütend in Eberhards Richtung.

Wälderwind plusterte sich auf und legte sich gegen das Gebiss. Charlotte vermutete, dass die Stute rossig war. Sonst kannte sie den Hengst nicht in solcher Erregung.

Sie zog ihn zurück, aber er hatte anderes im Kopf, als ihr zu gehorchen. Er stieg. Charlotte hätte beinahe die Zügel losgelassen, so erschrocken war sie.

»He, Mädchen!«, brüllte der Mann. »Halt dein Pferd fest!«

Charlotte war so damit beschäftigt, Wälderwind zu beruhigen, dass ihr nicht gleich eine passende Entgegnung einfiel. Sie führte ihn etwas weiter von der Stute weg. Endlich gab der Hengst wieder Ruhe.

»Ist das schon das Gestüt Marbach, Herr?«, fragte Eberhard.

»Nein. Der Gestütshof Offenhausen. Was wollt ihr Bauern in Marbach?«

Charlotte sah Eberhard an, dass er allmählich wütend wurde. Bevor er am Ende noch seine Pistole zog, musste sie dazwischengehen.

»Es geht dich gar nichts an, was wir da wollen«, fauchte sie. Mit dem Vorhaben, den Kerl von Eberhard abzulenken, hatte sie Erfolg.

»Du solltest den Hengst lieber deinem Vater zum Führen geben«, sagte er etwas ruhiger. »Als Mädchen kannst du ihn natürlich nicht so gut halten. Aber wenn er sich hier losreißt, bekommen wir alle mächtigen Ärger.«

Er glaubte also tatsächlich, dass Eberhard ihr Vater war. Charlotte war irgendwie beleidigt, dass dieser Kerl den wie ein Wildschwein aussehenden Räuber mit ihr in verwandtschaftliche Beziehung setzte.

»Deine Tochter redet wohl nicht viel«, wandte der Mann sich wieder an Eberhard.

»Wir wollen im Gestüt unsere Dienste anbieten«, antwortete der.

»In Marbach? Dann könnt ihr gleich wieder umkehren. Da haben wir gerade ganz andere Sorgen, als herumstreunende Vagabunden durchzufüttern.«

Damit wandte er sich um und ging zurück zu seinen Gesprächspartnern.

»Was für ein Pfeifenwichser«, flüsterte Schorsch.

Ausnahmsweise konnte Charlotte ihm beipflichten.

»Los, wir gehen weiter«, bestimmte Eberhard.

»Aber er hat doch gesagt, dass wir da nicht aufgenommen werden«, wandte Schorsch ein.

»Wenn ein Händler dir in seinem Haus erzählt, er habe nichts da, nimmst du ihm das ab?«, fragte Eberhard im Weitergehen.

»Nein.«

»Natürlich nicht! Je eifriger er verneint, umso lohnenswerter ist die Beute.«

»Aber das ist doch etwas ganz anderes«, sprang Charlotte dem Jungen zur Seite.

Eberhard nickte. »Das stimmt. Trotzdem soll er nicht immer glauben, was er hört. Wir haben dich als Sattlerin und einen prächtigen Hengst. Mal sehen, ob die auf dem Gestüt nicht wenigstens eins von beidem gebrauchen können.«

Im nächsten Dorf, einem Flecken namens Gomadingen, wurde ihnen eine etwas freundlichere Auskunft zuteil. Ein Bauer wies ihnen den Weg nach Marbach und erklärte, es dauere noch eine halbe Stunde. Charlotte schmerzten die Füße. Aber sie wollte sich nicht die Blöße geben, als Einzige zu reiten, während die anderen beiden gehen mussten. Zudem hätten Eberhard und Schorsch dann auch ihr Gepäck selbst schultern müssen.

So war sie von Herzen froh, als vor ihnen endlich die Gestütsgebäude sichtbar wurden, die sich hell getüncht vor den weitläufigen Weidegründen abzeichneten. Stuten und Fohlen gab es hier zur Genüge, darunter viele Schimmel und gefleckte Tiere.

Der Weg führte sie auf zwei mächtige Bauten zu, zwischen denen ihnen ein großes schmiedeeisernes Tor den Weg auf den Gestütshof verwehrte. Auf dem Tor prangte ein Wappen mit drei liegenden Hirschstangen, deren spitze Enden nach oben zeigten.

Durch die Eisenstreben konnte Charlotte einen von allen Seiten von Gestütsgebäuden umgebenen Hof ausmachen. Dort herrschte Unruhe. Mehrere Männer liefen umher. Einige brüllten Befehle. Charlotte entdeckte zudem ein paar Stuten und Fohlen an einem Brunnen.

»Wer seid Ihr?«, fragte ein junger Mann, der zum Tor geeilt war, als er sie entdeckte.

»Mein Name ist Eberhard Weber. Dies sind meine Kinder, Amalia und Eugen. Wir suchen eine Anstellung im Gestüt.«

Der Mann öffnete das Tor einen Spalt und trat heraus.

»Dann müsst Ihr weiterziehen. Wir nehmen keine Fremden auf, von denen wir nicht wissen, ob sie gut arbeiten.«

»Aber genau das wollen wir Euch doch gern beweisen, guter Mann. Was ist hier Eure Aufgabe?«

»Ich heiße Erwin und versehe mit meinen Kameraden die Wache.«

»Dann frage ich mich«, sagte Eberhard, »ob Ihr der Richtige seid, um zu entscheiden, ob wir hier unsere Arbeit anbieten können. Meine Tochter ist eine hervorragende Sattlerin, und mein Sohn ist sich für keine Arbeit zu fein.«

Charlotte bemerkte, dass Schorsch nicht ganz glücklich mit der Beschreibung ihrer beider Fähigkeiten war, doch das spielte für Erwin offenbar ohnehin keine Rolle.

»Vielleicht habt Ihr recht.«

»Womit jetzt?«, fragte Eberhard nach.

»Damit, dass es mir nicht zusteht, ein Urteil über Euch zu fällen. Seht! Da kommt jemand, der sich um Euch kümmern wird.«

Sie drehten sich um in die Richtung, in die der Wachmann wies, und sahen einen Reiter heranpreschen. Charlotte erkannte das Pferd und den Mann gleich wieder. Es war der Kerl, der sie eben noch an dem anderen Gestüt hatte abfertigen wollen. Sie ahnte, dass das nicht einfach werden würde.

KAPITEL 15

Von Stuttgart zum Gestüt Marbach, Samstag, 4. August 1781

> *»Von der Stirne heiß*
> *Rinnen muss der Schweiß.«*
>
> Aus dem Gedicht *Die Glocke*

Die ersten acht Soldaten des 240 Mann starken Regiments fielen noch innerhalb der Stadtgrenzen Stuttgarts aus. Einer war so gebrechlich, dass er nicht mehr aus seinem Feldbett hochkam. Die anderen litten an den verschiedensten Beschwerden, die die Reise unmöglich machten.

Der Abschied aus Stuttgart verlief wenig spektakulär. Ein paar Leute schauten zu, wie sich der Zug der Grenadiere in Viererreihen durch die Straßen in Richtung Süden schlängelte. Allen voran hielt sich Johann Abraham David von Augé erstaunlich gut im Sattel, wie Friedrich zugeben musste. Der General hatte die achtzig längst überschritten und war damit der zweitälteste Mann in seinem Regiment.

Von Augé und seinen Offizieren zu Pferd folgten die Fußtruppen, allen voran die Musikanten mit Trommeln und Flöten, die ihre Instrumente gleich hinter der Stadtgrenze wegpackten. Hinter den knapp zweihundert Mann mit Marschgepäck fuhren vier Wagen. Im Verpflegungswagen saß Otto, der Methusalem unter den Soldaten, zwischen Töpfen, Pfannen und Proviant.

Friedrich bekleidete eine Zwischenfunktion. Zum einen gehörte er als Feldscher zum Tross. Zum anderen galt er als Offizier, sodass er neben einem Gepäckwagen ritt, in dem auch sein medizinisches Material transportiert wurde. Sein Adjutant Kronenbitter saß auf dem Bock und lenkte die beiden Stuten.

Im Marstall wusste man um Friedrichs fehlende Begeisterung für die Reiterei. Man hatte ihm einen alten braunen Wallach zugeteilt, der auf den Namen Hans hörte. Der Schwarzwälder-Mischling interessierte sich für nichts und niemanden außer für sein Futter. Unerschrocken und stoisch schlurfte er seines Weges und ließ sich von versehentlich gegebenen Hilfen seines Reiters nicht beirren. Friedrich kam mit dem Ross gut zurecht. Er musste ihn nur immer wieder ein wenig antreiben, damit er nicht zurückfiel.

Dies jedoch taten schon bald die ersten Soldaten. Grenadiere waren an sich an lange Märsche gewöhnt, nicht jedoch die Mitglieder der Truppe des Generals von Augé. Die Jüngeren und Gesünderen nahmen den Alten und Kranken nach und nach etwas Gepäck ab. Dadurch konnte die Formation immerhin noch ein kurzes Stück eingehalten werden. Als aber die ersten Steigungen begannen, trennte sich die Spreu rasch vom Weizen. Das Regiment zog sich immer weiter auseinander, und es wurde unmöglich, sich an den Langsamsten zu orientieren, weil sonst alle hätten Halt machen müssen. Friedrich bemerkte die Erschöpfung sehr wohl und ritt nach vorn, wo der General mit seinen Offizieren schon mit einigem Abstand vorausritt.

»Ein großer Tag für unser Regiment, was, Schiller?«, begrüßte der General ihn.

Von Augé war hochdekoriert. In seinem Leben, das er vollkommen dem Militär gewidmet hatte, musste es so manches Abenteuer gegeben haben. Im Gegensatz zu allen anderen freute er sich über den unverhofften Auftrag, der ihn so plötzlich erreicht hatte.

»Ein großer Tag, General«, gab Friedrich zurück.

»Was macht die Gesundheit der Truppe?«, fragte der Alte. Er

hätte sich nur einmal umdrehen müssen, dann hätte er die Antwort gewusst.

So aber sagte Friedrich: »Vielen geht es gut.«

»Wunderbar.«

»Andere fallen jedoch zurück. Nicht alle Soldaten sind in bester Kondition heute.«

»Dann gebt ihnen etwas, das ihnen hilft, Schiller!«, sagte von Augé.

»Wenn es ein solches Mittel gäbe, Herr General, hätte ich nicht genug davon für alle bei mir.«

»Was wollt Ihr damit sagen?« Langsam klang die Stimme des Generals nicht mehr so freundlich.

Friedrich wusste, dass er sich vorsehen musste. Auch wenn ganz Stuttgart sich über den katastrophalen Zustand des Invalidenregiments amüsierte, wollte von Augé diesen nicht wahrhaben und reagierte gereizt auf entsprechende Bemerkungen. Zu allem Überfluss gehörte er auch noch zu den engeren Freunden des Herzogs. Beide duzten sich und saßen mindestens einmal im Monat bei zu viel Wein beisammen. Friedrich vermutete in diesem Umstand den Grund dafür, dass er als junger Absolvent der Medizin in diesen Saustall beordert worden war. Von Augé hatte den Herzog gewiss um einen neuen Medicus gebeten, und Carl Eugen hatte seinen Wunsch zu gern erfüllt.

Hätte der Herzog besser meinen Wunsch erfüllt, eine kleine private Praxis zu betreiben, dachte Friedrich. *Dann müssten wir alle jetzt nicht unterwegs sein, ich könnte etwas Geld verdienen und am Abend mit dem Streicher trinken gehen, statt dem nächsten Nachtlager entgegenzureiten.* Er sah die Reihe der Kranken schon vor sich. Die meisten würden ihm ihre nackten stinkenden Füße hinhalten und fordern, dass er ihre Blasen öffnete. Pfui!

»Es ist wirklich famos, dass uns eine solch aufregende Aufgabe übertragen wurde«, sagte von Augé. »Ich hatte in letzter Zeit schon das Gefühl, die Truppe käme zu kurz. Doch eine Räuberbande zu jagen wird die Moral wieder ganz nach oben bringen, was meint Ihr, Schiller?«

»Ganz nach oben, ganz nach oben! Ich sehe das so wie Ihr, Herr General.«

Von Augé wirkte wieder zufriedener.

»Ich muss gestehen, ich war etwas verwundert, dass Eure Person im Marschbefehl gesondert angesprochen wurde.«

»Ich ebenso, Herr General.«

»Ich bin mir sicher, Ihr werdet Eure Sache gut machen«, meinte der Alte. »Unsere Kaserne befindet sich nicht allzu weit vom Gestüt. Wir schicken Euch unsere Kranken einfach vorbei. Aber geht mit ihnen sanfter um als mit den Rössern!« Er lachte rasselnd.

»Das werde ich, Herr General«, sagte Friedrich.

»Noch etwas, Schiller! Im Marschbefehl hieß es, Ihr solltet recht bald im Gestüt eintreffen. Ich dachte mir, Ihr könntet morgen früh vorausreiten. Euer Adjutant Kronenbitter kann Euch vertreten.«

Das konnte er nicht. Friedrich wusste es genau. Aber er sagte nichts dazu, sondern salutierte und wendete sein Pferd, um Kronenbitter die Neuigkeit zu überbringen.

Sie errichteten ihr Nachtlager auf einem abgemähten Feld. Es dauerte noch zweieinhalb Stunden, bis die letzten Nachzügler eintrafen. Friedrich saß in seinem Behandlungszelt. Tatsächlich waren die Nadeln zum Aufstechen der Blasen und die Ringelblumensalbe seine wichtigsten Heilmittel. Erst als alle behandelt waren, aß er von der schleimigen Grütze, die die Köche zubereitet hatten, und zog sich anschließend in sein Zelt zurück. Er merkte aber schnell, dass er sich nicht auf die Umarbeitung seines Schauspiels konzentrieren konnte. Draußen saßen die Männer um die Feuer, sangen Lieder oder stritten. Die Fliegen und Mücken surrten um ihn herum, und irgendwie hatte ein Ameisenvolk den

Rest Grütze entdeckt. Dann wurde es zu dunkel, und Friedrich nahm sich vor, dafür am Folgetag umso eifriger an dem Stück zu arbeiten.

Am nächsten Morgen servierte die Feldküche wieder schleimige Grütze, sodass sich ein Nachschlag nicht lohnte. Wie General von Augé es befohlen hatte, sattelte Friedrich zeitig den Wallach und ritt recht früh los.

»Lasst Euch nicht von den Räubern erwischen!«, rief ihm Kronenbitter nach. Doch Friedrich hatte ganz andere Räuber im Sinn.

Hinter Metzingen stieg das Land wieder an. Friedrich war froh, den Aufstieg durch das Glemsbachtal auf dem Rücken seines Pferdes hinter sich bringen zu können. Bald aber wurde der Weg so steil, dass er abstieg und Hans am Zügel führte.

Oben auf der Alb angekommen, dachte er schon, seine Reise hätte ein Ende, doch das Gestüt, das vor ihm lag, war das von St. Johann und nicht Marbach. Aber weit war es nicht mehr.

Mit gemischten Gefühlen erreichte Friedrich sein Ziel gegen Mittag. Weiden, auf denen Stuten ihren Fohlen beim Spiel zuschauten, fröhliche Menschen, die das auf den Wiesen getrocknete, duftende Heu auf große Fuhrwerke luden, und die sanftwellige Landschaft mit den imposanten Gestütsgebäuden boten ein durchaus idyllisches Bild. Trotzdem widerstrebte es ihm, sich am Tor als der neue Rossarzt auf Zeit vorstellen zu müssen. Man nahm ihm das Pferd ab, das Kronenbitter später mitnehmen würde, und forderte ihn auf, sich etwas zu gedulden. Der Gestütsmeister hatte noch zu tun. Das war Friedrich recht. Er setzte sich auf eine Bank, verspeiste eine saftige Wurst, die ihm ein Stallbursche gebracht hatte, und wartete.

Friedrich beobachtete das Geschehen auf dem Gestütshof und musste nach geraumer Zeit weiterrücken, um im Schatten zu bleiben. Schließlich trat ein alter Herr mit länglichem Gesicht vom Haupthaus auf den Hof. Er war hochgewachsen und früher sicherlich von imposanter Statur gewesen. Im Alter waren die breiten Schultern schmaler geworden, die Hüfte dafür breiter. Als er Friedrich sah, hob er die Hand zum Gruß und kam auf ihn zu. Das musste er sein: Georg Hartmann, der Gestütsmeister von Marbach. Er trug etwas altmodische Kleidung und musterte Friedrich genau während der Begrüßung.

»Kommt, ich zeige Euch alles, Herr Schiller«, sagte er freundlich.

»Gerne, Herr Hartmann.«

»Früher kam der Professor Seubert aus Urach regelmäßig vorbei, doch seit auch ihm Bezahlung für ein Jahr aussteht, hat er sich nicht mehr blicken lassen. Erst, wenn der Herzog die ausstehenden Schulden begleiche, wolle er wiederkommen und seine Heilkünste in der Humanmedizin auch unseren Stuten und Fohlen angedeihen lassen. Aber jetzt haben wir ja Euch, Schiller. Seid Ihr ein guter Arzt?«

»Sonst hätte man mich wohl nicht zu Euch geschickt«, entgegnete Friedrich, ohne die Frage direkt zu beantworten. Er war sich ziemlich sicher, nicht als Mediziner in die Geschichte einzugehen, ganz besonders nicht als Rossarzt. Aber das musste er dem Gestütsmeister nicht auf die Nase binden. Der Dienst in Marbach würde hoffentlich schnell vorübergehen.

Georg Hartmann zeigte ihm die Ställe und Weiden, stellte ihm zig Leute vor, deren Namen und Funktionen Friedrich sich nicht merken konnte, und brachte ihn zuletzt zu einem lang gezogenen Trakt oberhalb des Hofes. Mehrere Türen führten in das Gebäude. Vor einer befand sich ein aus schweren Balken zusammengezimmertes Behandlungsgerüst für Pferde. Genau darauf hielt Georg Hartmann nun zu.

»Ein guter Menschenarzt zu sein heißt noch lange nicht, gut mit Pferden zu können«, bemerkte der Leiter.

»Kann ich aber«, nuschelte Friedrich.

Hartmann schien die Antwort zufriedenzustellen. Er nickte. »Zu Eurem Zimmer kommt Ihr über eine Treppe in der Arzneikammer.« Er zog die Tür auf und ging hinein. Friedrich jedoch blieb im Türrahmen wie versteinert stehen. Seine Augen weiteten sich.

Hartmann lachte. »Da schaut Ihr, was?«

Friedrich konnte die Augen nicht von den Knochen lösen. Hätten sie auf einem Haufen gelegen, hätte das wahrscheinlich weniger verstörend gewirkt.

In der Mitte des Raumes stand auf einem Holzpodest ein Pferdeskelett, einen Vorderhuf wie im Schritt erhoben, das gegensätzliche Hinterbein nach hinten versetzt noch am Boden. Auf dem Rücken des Tieres lag ein leichter Sattel, in dem – und das war das weitaus irritierender – das Skelett eines Mannes thronte. Aus dunklen Augenhöhlen schien er Friedrich anzustarren.

»Das ist Princesse«, stellte Hartmann das verstaubte Pferdeskelett vor. Friedrich konnte allerdings nicht den Blick von dem Reiter abwenden, hinter dessen Rippen sich anstelle des Herzens eine fette Spinne eingenistet hatte.

»Diese Stute muss ein besonders schönes Tier gewesen sein. Man sieht ihr heute noch die ausdrucksvollen Bewegungen an, mit denen sie über die Weiden gelaufen ist.«

»Und der Reiter?«

Friedrich hatte natürlich im Studium mit solchen Skeletten zu tun gehabt. Sie hatten zu Menschen gehört, die sich im Tod der Wissenschaft vermacht hatten. Und meist gab es einen guten Betrag für die Zurückgebliebenen. Aber niemand wäre auf die Idee gekommen, ein Skelett derart zu arrangieren.

»Ich weiß nicht, wer er war«, sagte Hartmann und ging näher an das Pferd heran. »Schaut doch, sie haben die Knochen mit Nägeln und Drähten verbunden.«

Nicht nur das. Jemand hatte einen Haken in den Schädel des

armen Teufels gebohrt, der bis zum Ende der Zeit auf dieser Stute sitzen musste. Von dem Haken aus lief eine dicke Schnur zu einem zweiten, der in der Decke befestigt war und dem ganzen Gebilde mehr Stabilität verlieh.

Erst jetzt nahm Friedrich den Rest des Raumes wahr. In Schränken und Regalen standen braune Flaschen und gebrannte irdene Tiegel. Auf einer Seite hingen getrocknete Kräuter, deren süßer Duft den Raum erfüllte und den leicht ranzigen Geruch nach fettigen Salben überlagerte. Die Arzneikammer beherbergte auch weitere medizinische Geräte, vor allem Gegenstände, die wie grausame mittelalterliche Folterwerkzeuge aussahen und sicherlich für die Arbeit an den Zähnen der Tiere vorgesehen waren: eiserne Spanner, mit denen man das Maul des Pferdes offen halten konnte, Zahnzangen und seltsam geformte Sägen, deren Zweck sich Friedrich nicht auf Anhieb erschloss.

Unter der steilen Treppe lagerten weitere Heilkräuter in Säcken.

»Dort oben findet Ihr Eure Kammer. Schaut Euch ruhig erst einmal um. Ihr werdet feststellen, dass wir nicht schlecht ausgestattet sind. Ich hoffe, Ihr seid heute Abend mein Gast.«

»Mit Vergnügen. Ich danke Euch untertänigst …«

»… ach was!«, winkte der alte Mann ab. »Danken könnt Ihr, wenn es Euch geschmeckt hat. So, wie ich Euch erst dann danken werde, wenn Ihr meinen kranken Tieren geholfen habt.«

Friedrich spürte Schweißperlen auf seiner Stirn, die nicht nur von der heißen Luft im Raum stammen konnten.

»Um sechs Uhr. Ich werde einen besonderen Tropfen öffnen lassen. Seid pünktlich«, sagte Hartmann, reichte ihm die Hand und wandte sich zum Gehen.

Friedrich wischte sich die Nässe von der Stirn und zog sich dann den Rock aus, um etwas abkühlen zu können. Endlich war er allein. Er legte die Uniformjacke über eine Stuhllehne und blickte sich in dem Behandlungsraum um. Die meisten medizinischen Instrumente befanden sich hier. Friedrich schaute sich den Inhalt der Schränke genauer an. Zwei Klistierspritzen aus Messing, Injektionsspritzen in verschiedenen Größen aus Zinn, mehrere Scheren und Klingen, wie sie ein Hufschmied benutzen mochte. Es gab ein Operationsbesteck, wie er es in seinem Studium gebraucht hatte. Die Skalpelle waren zum Teil größer, als er sie kannte, aber es befand sich auch normales humanmedizinisches Werkzeug darunter.

Unten im Schrank stapelten sich Wannen, um Blut aufzufangen, daneben lag alles, was man zum Aderlass benötigte, eine Therapie, auf die er sich bestens verstand. Viele andere Gerätschaften blieben ihm jedoch ein Rätsel. Friedrich konnte nur hoffen, dass nichts Schlimmes passieren würde.

Er hob sein abgestelltes Gepäck an und trug es über die Treppe nach oben. Die Stiege knarzte bei jedem vorsichtig gesetzten Schritt, schien aber stabil genug zu sein, um nicht einzubrechen. Auch die Holzdielen auf dem Boden unter dem Dach waren nicht leise, sondern gaben stellenweise weit nach, was jedes Mal mit einem lauten Knarren verbunden war. Friedrich befürchtete, dass sich der unten aufgehängte tote Reiter auf dem Rücken des skelettierten Pferdes bewegte, wenn er hier oben hin und her ging.

Die Kammer erinnerte ihn ein wenig an die in Stuttgart, nur dass das Bett kürzer zu sein schien. Er würde sich querlegen müssen – oder die Beine anziehen. Ansonsten fand er einen Tisch mit einem Dreibeinhocker und einen Stuhl vor einem geneigten Schreibpult, neben dem in einem Regal ein paar Bücher warteten.

Friedrich zog ein paar Bände heraus und erschrak, denn als Drittes hielt er plötzlich eine der Schriften seines Vaters in Händen. »Johann Caspar Schiller«, las er flüsternd. Es folgte der etwas sperrige Titel: *Betrachtungen über landwirthschaftliche Dinge in dem Herzogthum Württemberg, aufgesetzt von einem herzoglichen Officier.* Darunter stand: *Drittes Stück, von der Viehezucht. 1767.*

Friedrich war noch ein Knabe, als Vater das Gestüt in Marbach besucht hatte. Er hatte die Ausführungen nie gelesen, nur mehrmals hineingeschaut. Schließlich hatte er nie vorgehabt, Tiere zu züchten oder als Rossarzt in eben dem Gestüt zu landen, wo er nun das Buch wiederfand. Er legte es neben einer Ausgabe seines Dramas und seiner Bearbeitung für die Mannheimer Bühne auf den Tisch, um sich später damit zu beschäftigen. Zwei Werke der Familie Schiller. *Ein gutes Zeichen*, dachte er. Dann packte er seine anderen Sachen aus.

Es blieb noch etwas Zeit, bis Friedrich um sechs Uhr bei Georg Hartmann zum Abendessen erscheinen sollte. Zuerst dachte er darüber nach, mit den Räubern fortzufahren, doch er fürchtete, zu tief in der Arbeit zu versinken und sich bei der Einladung zu verspäten. Zumal ohnehin kaum genug Zeit blieb, in das rechte Gefühl für die Textarbeit zu gelangen.

Da sich die Luft unter dem Dach über den heißen Mittag stark erhitzt hatte, beschloss er, das Gestüt bei einem kleinen Spaziergang noch einmal allein zu erkunden. Er band sich die Gamaschen um, legte sich den Uniformrock über den Arm und ging hinaus auf den Hof.

Draußen war es deutlich angenehmer. Eine sanfte Brise trug den Geruch von frischem Heu heran. An einem langen Brunnen auf dem Platz standen sechs buntgescheckte Mutterstuten, denen ihre noch sehr kleinen Fohlen nicht von der Seite wichen. Die Stuten tranken aus dem Trog, der von einer hölzernen Teuchelleitung gespeist wurde. Das Wasser lief spärlich aus dem Stamm.

Im Schatten einer Linde saßen fünf Stutenknechte und lachten gerade über einen Scherz. Am Tor blickte ein Wachmann sehnsüchtig zu ihnen hinüber. Er hatte seinen Hocker in den Schatten der Mauer geschoben. Seine Gesichtshaut war gerötet.

Friedrich wollte sich gerade in die andere Richtung wenden, als eine der Stuten einen lauten, quietschenden Schrei von sich gab. Er sah aus den Augenwinkeln, dass eine mit schwarzen Flecken gesprenkelte Schimmelstute nach einem goldfalbfarbenen Tier biss, das neben ihr stand. Alles ging rasend schnell. Die Falbstute wich dem Biss aus und drückte ihr Hinterteil in Richtung der Gegnerin. Mit einem Bocksprung trat sie aus und traf mit einem Huf das obere Hinterbein der fleckigen Stute. Die versuchte noch auszuweichen, konnte die Wucht, mit der sie getroffen wurde, aber nur abmildern. Ohne einen weiteren Laut von sich zu geben, tänzelte sie zur Seite, schaffte es aber noch, nicht ihr Fohlen zu bedrängen.

Die Knechte sprangen alle erschrocken auf und riefen durcheinander. Friedrich sah es gleich: Der Tritt des einen Pferdes hatte den Hinterlauf der Tigerschecken-Stute etwa eine Hand breit aufreißen lassen. Das Blut floss in Strömen.

Friedrich mochte nicht hinsehen, konnte die Augen aber auch nicht abwenden. Die Stuten tänzelten auseinander, als befürchtete jede, dass die anderen ebenfalls gleich wüten würde. Die Fohlen drückten sich eng an die Mütter.

Ein Mann kam aus dem Stutenstall herbeigelaufen. Friedrich brauchte einen Moment, um ihn einordnen zu können. Er trug bessere Kleidung mit dem Emblem des Gestüts und feinere Lederstiefel, die bis über die Wade reichten. Es war die Ähnlichkeit mit dem Gestütsmeister, die ihn den Mann erkennen ließ, den er beim Rundgang am Mittag nur aus der Ferne gesehen, aber noch nicht gesprochen hatte. Er war Christian Friedrich Hartmann, der Sohn des alten Gestütsmeisters und selbst um die vierzig Jahre alt.

»Was ist denn hier los?«, rief er.

»Die Stute ist verletzt!«, gab einer der Knechte zurück. Das war überflüssig, denn das Blut war kaum zu übersehen.

Pferde litten still. Doch diese Stute zeigte mit ihren Bewegungen an, dass die Wunde schmerzen musste. Statt das Bein zu belasten, nahm sie eine Schonhaltung ein. Ein Knecht hielt das Tier ganz kurz.

»Lasst mich vor. Ich bin Arzt!«, hörte Friedrich seine eigene Stimme. Das war genau das, wovor er sich gefürchtet hatte: ein Notfall. Er drückte sich an den Leuten vorbei, die sich mittlerweile um den Brunnen sammelten.

Der Stutenmeister musterte ihn. »Seid Ihr der Regimentsmedicus aus Stuttgart?«, fragte er.

»Friedrich Schiller«, stellte er sich mit einer angedeuteten Verbeugung vor. »Absolvent der Humanmedizin der Carlsschule unseres geliebten Herzogs Carl Eugen. Lasst mich mal sehen!«

Er betrachtete den blutenden Lauf der Stute genauer. Es handelte sich nicht nur um einen oberflächlichen Riss in der Haut, das Gewebe war beschädigt.

»Bringt das Pferd zur Arzneikammer! Ich muss die Wunde nähen«, sagte er.

Skeptisch ließ der Stutenmeister den Blick über Friedrichs lächerliche Uniform gleiten, beschloss dann aber offenbar, dem neuen Rossarzt eine Chance zu geben. Auf seine Kommandos hin setzten sich die Umstehenden in Bewegung und führten die anderen Stuten und ihre Fohlen weg. Ein junger Stallbursche hielt das nach der Mutter wiehernde Fohlen in ihrer Nähe.

»Herr Hartmann, besorgt mir bitte mehrere Eimer frisches Wasser, eine Seife und Wein.«

»Wein?«

»Ich erkläre es Euch später«, sagte Friedrich und rannte zur Arzneikammer, um das Nähzeug zu suchen. Bald fand er Garn und Nadeln, mit denen er etwas anfangen konnte.

Das verletzte Pferd wurde von zwei Knechten in das Behandlungsgerüst getrieben, indem der dritte ihr Fohlen vor ihr herführte. Kaum stand die blutende Stute zwischen den schweren Holzstangen, wurden vorn und hinten schwere Bretter in eine Führung gesteckt, die ein Austreten verhinderten.

Die Stute konnte aber mit ihrem Fohlen Berührung halten, was sie zu beruhigen schien.

Mit Stricken rechts und links am Halfter wurde ihr Kopf fixiert. Friedrich sah auch schon einen Stallburschen mit einem Eimer herbeikommen. Zwei weitere füllten ihre gerade am Brunnen.

Er ahnte, dass es nicht einfach sein würde, das Pferd zu nähen. Es würde sicherlich zehn bis zwölf Stiche brauchen, die Wundränder miteinander zu verbinden. Die Stiche würden dem Pferd weitere Schmerzen zufügen und es noch unruhiger werden lassen. Er näherte sich dem Tier sehr vorsichtig. Die Blutung schien immerhin ein bisschen nachzulassen. Blutverklebtes Fell, offenes Fleisch, aus der Wunde strömender Lebenssaft. Für ein so großes Tier stellte der bisherige Blutverlust noch kein Problem dar, bei einem Menschen hätte man sich schon mehr Sorgen machen müssen.

»Danke«, sagte Friedrich, nahm dem Jungen den ersten Eimer ab und bekam von einem anderen die Seife gereicht. »Sauber zu arbeiten beugt weiteren Krankheiten vor«, hatte er in der Carlsschule gelernt. Er wusch sich ausgiebig die Hände, bevor er die Seife ins Wasser fallen ließ und sich den Rest abspülte. Dann packte er den zweiten Eimer und kippte die Hälfte über die Flanke des Tiers. Das Wasser berührte kaum die Wunde, da machte die Stute trotz der Helfer, die sie hielten, einen Satz nach vorn, wo die schweren Bretter sie jedoch abbremsten.

»Was ist denn los?«, drang eine weitere Stimme vom Haupthaus her. Es war Georg Hartmann.

»Duchesse wurde von La Belle getreten«, rief der Stutenmeister. »Der Arzt braucht Wein«, sagte er noch und lief an seinem Vater vorbei ins Haus.

Der Alte eilte zum Ort der Behandlung, während Friedrich den zweiten Schwall Wasser über die Wunde schüttete. Das Pferd versuchte jetzt, nach hinten auszuweichen, wurde aber auch dort aufgehalten.

»Ist es schlimm?«, fragte Georg Hartmann.

Friedrich schüttete den nächsten Eimer über die Wunde. Dieses Mal bewegte sich die Stute nur noch leicht. Das kalte Wasser führte dazu, dass sich die Adern verengten. So schoss weniger Blut ins Gewebe und aus der Wunde heraus. Gleichzeitig war diese endlich etwas freigewaschen, sodass er sie besser sehen konnte. Friedrich hoffte, dass die Kälte sich auch etwas betäubend auf das Gewebe auswirken würde, denn jetzt musste er rasch nähen.

»Holt mehr Wasser«, sagte er, reichte den Eimer einem Knecht zum Nachfüllen und wusch sich erneut die Hände.

»Wollt Ihr eine Nasenbremse einsetzen, um das Pferd zu beruhigen?«, fragte Georg Hartmann.

Friedrich kannte Nasenbremsen nur als Hilfsmittel beim Beschlagen schwieriger Pferde. Es würde sicher kein Schaden sein.

»Ich kann mich nicht darum kümmern«, sagte er nur. Offenbar begriff das einer der Stallburschen als Auftrag, ein kurzes Holz aus der Arzneikammer zu holen, das mit einer Schlaufe aus Seil ausgestattet war.

Als eine besonders große Herausforderung stellte sich das Einfädeln des Garns durch das Nadelöhr dar. Friedrich stellte fest, dass seine Hände vor Aufregung zitterten. Und je mehr er sich bemühte, sie ruhig zu halten und schnell zu sein, umso schlechter klappte es. Beim vierten Versuch gelang es ihm, das Loch zu treffen. Während er ein langes Stück Faden durch das Nadelöhr zog, betrachtete er, wie weit der Stallbursche vorne war. Der Kerl hatte der Stute die Schlaufe um die Oberlippe gelegt und drehte sie fest zu, sodass die Lippe richtig eingequetscht wurde. Das Tier schien dadurch ruhiger zu werden.

Jetzt kam auch der Stutenmeister hinzu. Er reichte Friedrich eine geöffnete Flasche Wein.

»Ein exzellenter Roter«, betonte er.

Friedrich nahm die Flasche und kippte ihren gesamten Inhalt über die Wunde, was bei den Zuschauern für entsetztes Erstaunen sorgte.

»Wein war schon immer beim Säubern von Wunden hilfreich«, erklärte Friedrich. »Und bevor ich sie verschließe, will ich sichergehen, dass ich nicht Schmutz mit vernähe.«

Die Stute senkte den Kopf zu ihrem Fohlen.

Er setzte den ersten Stich und war überrascht, wie ähnlich sich Mensch und Pferd beim Vernähen waren. Er kannte das vom Regiment zur Genüge. Erst vor zwei Wochen hatte sich ein Gefreiter den Oberarm in Länge einer Hand an einem Nagel aufgerissen. Friedrich war bei ihm genauso vorgegangen. Wie er es an der Carlsschule gelernt hatte.

Während er Stich für Stich setzte, wurde das Tier langsam ruhiger, als übertrüge sich Friedrichs Sicherheit auch auf die Stute. Alles um ihn herum verschwamm wie hinter einem dichten Nebel. Im Moment zählte nur diese Wunde, die versorgt werden musste. Friedrich kannte solche Momente der vollkommenen Versunkenheit sonst nur vom Schreiben. Er schaute erst wieder auf, als der letzte Faden verknotet war.

»Das sieht gut aus, Herr Schiller«, hörte er eine Stimme. Georg Hartmann stand neben ihm und hatte ihm bei der Arbeit zugesehen.

»Offenbar haben wir die rechte Hilfe aus Stuttgart herbeibefohlen bekommen. Auf Madame Kaulla ist eben Verlass!«

Er schlug ihm anerkennend auf die Schulter.

Friedrich wusch sich die Hände, die nun wieder zu zittern begonnen hatten, in einem Eimer mit sauberem Wasser. Dabei bemerkte er, dass seine Uniform schwer in Mitleidenschaft gezogen worden war.

»Jetzt ist mir die Ehre nur eine umso größere, Euch nachher zum Essen erwarten zu dürfen. Auch wenn wir uns jetzt mit einem einfacheren Wein werden begnügen müssen. Ihr müsst mir dann erzählen, was Eure Philosophie der Medizin ist.«

»Vielen Dank für Eure anerkennenden Worte. Aber ich …«

»… kein Wort!«, unterbrach ihn der Gestütsmeister. »Ich habe heute selbst erlebt, wie Ihr diese Stute zusammengeflickt habt. Ich bin mir sicher, dass das unseren Herzog sehr erfreuen wird, wenn er die Tage das Gestüt besucht.«

»Ich hingegen bin mir nicht einmal sicher, ob es ihm gefallen wird, dass ich hier bin«, brachte Friedrich hervor.

»Die Madame hat Euch geschickt, richtig?«

Friedrich nickte.

»Was sollte er denn dann dagegen haben? Nein. Ich bin sicher, er wird sich freuen, Euch zu sehen.«

Während Friedrich sich die Hände abtrocknete, wurde es vor dem Tor immer lauter. Eine tiefe, sehr brummig klingende Männerstimme diskutierte mit einer markanten Stimme eines jüngeren Kerls.

Auch Georg Hartmann wurde jetzt darauf aufmerksam.

»Was ist denn jetzt schon wieder?«, fragte er in Richtung des Tors. »Franz? Bist du das?«

Er eilte auf das Tor zu. Friedrich blickte ihm nach, während die Stute mit dem Fohlen weggeführt wurde.

»Stellt sie auf sauberes Stroh, gebt ihr genug Heu, und achtet darauf, dass sie es ruhig hat«, rief Friedrich den Knechten nach. »Ich schaue morgen wieder nach ihr.«

Er ging nun auch in Richtung des eisernen Tors. Georg Hartmann war bereits draußen und sprach mit einem jungen, recht stattlichen Mann. Ihnen gegenüber standen ein junges Mädchen mit einem prächtigen Hengst, ein Kerl, dessen Gesicht ihn an ein Wildschwein erinnerte, und ein Junge.

Friedrich merkte es gleich: Georg Hartmann hörte nur mit einem Ohr zu, was die Männer zu streiten gefunden hatten. Augen hatte der alte Mann nur für das Mädchen und ihr Pferd.

Sie war hochgewachsen und von schlanker Gestalt. Eine Reithose schaute unter einem schmutzigen Kleid hervor. Sie musste schon ein paar Tage darin unterwegs gewesen sein. Ihr Gesicht war nicht direkt schön zu nennen, aber sie hatte etwas an sich, das einen Dichter zu einem Sonett verleiten konnte. Friedrich war wie gebannt von ihren Augen, die wach und gespannt das Streitgespräch verfolgten. Doch dann wurde sie auf Friedrich aufmerksam. Ihre Blicke trafen sich. Er wusste nichts Besseres, als ihr unbeholfen zuzuwinken.

»Habe ich das recht verstanden, deine Tochter hier soll eine Sattlerin sein?«

»Das erkläre ich diesem jungen Mann doch andauernd«, sagte der Mann mit dem Ebergesicht.

Georg Hartmann ging zu dem Pferd und betrachtete den Sattel ausgiebig.

»Hast du den angefertigt?«, fragt er die junge Frau.

Sie nickte bescheiden.

»Eine außerordentlich schöne Arbeit«, bemerkte Hartmann.

»Danke«, erwiderte sie schüchtern.

»Wir brauchen gerade dringend jemanden, der ein gutes Händchen für Leder hat«, sagte der Gestütsmeister. »Ich weiß nicht, ob du die Richtige bist, aber das können wir ja morgen herausfinden. Wie heißt du?«

»Ch… Amalia, Herr.«

Amalia! Sie hieß wie die Nichte des alten Moors in seinem Stück! Friedrich war begeistert. Aber nicht bei allen war die Begeisterung so groß.

»Aber Großonkel. Ich habe sie doch weggeschickt!«, protestierte der junge Kerl, den Friedrich noch nicht kannte.

»Schweig!«, donnerte Georg Hartmann. »Eine solche Entscheidung liegt nicht in deinem Ermessen, Franz. In Zukunft kommst du zu mir und fragst, wie vorgegangen werden soll.«

Friedrich sah ein schadenfrohes Grinsen über das Gesicht des Mädchens huschen, als der junge Mann nickend und betreten vor dem Gestütsmeister stand.

»Dann kommt herein«, sagte er. »Willkommen auf dem Gestüt Marbach!«

KAPITEL 16

Gestüt Marbach, Sonntag, 5. August 1781

»Schnell fertig ist die Jugend mit dem Wort.«
Wallenstein in *Wallensteins Tod*, 2. Akt, 2. Szene

Zum Übernachten hatte man Charlotte, Eberhard und Schorsch einen Platz im Beschälerstall zugewiesen, wo auch Wälderwind in einem Verschlag untergestellt wurde.

»Der Gaul hat es besser als wir«, murrte Eberhard mit einem Blick auf sein karges Heulager. Charlotte hingegen fand ihre Schlafstätte bequem, nachdem sie noch ein paar Satteldecken als Unterlage gefunden hatte.

»Flohlumpen«, hatte sich Eberhard beschwert.

Am nächsten Morgen wachte Charlotte vor ihren beiden Aufpassern auf und schlich sich aus dem Stall. Sie suchte sich eine uneinsichtige Stelle hinter dem Gebäude, um sich zu erleichtern, und wusch sich anschließend an einem Brunnentrog, in den Wasser aus einem Entenmaul aus Messing sprudelte. Das Nass war kühl, fast kalt und schmeckte sehr weich und angenehm. Es tat ihr gut, sich das Gesicht zu reinigen. Am liebsten hätte sie ein Bad genommen nach all den Tagen im Sattel und auf der Reise. Auch ihre Kleidung hatte dringend eine Auffrischung nötig.

Charlotte ärgerte sich immer noch über diesen Franz, der sie gestern zuerst an dem anderen Gestüt und dann vor dem Marbacher Tor voller Herablassung behandelt hatte. Insgeheim freute es sie, dass der Gestütsmeister ihn gescholten hatte. Dieser hochnäsige Kerl, der offenbar dachte, sein gutes Aussehen und seine Verwandtschaft mit Georg Hartmann würde ihn höherstellen als normale Menschen, hatte es verdient.

»Guten Morgen«, begrüßte Schorsch sie noch vollkommen verschlafen, als er, nur mit seiner Hose bekleidet, zum Brunnentrog geschlurft kam. Seine Haare standen nach der Nacht von seinem Kopf ab und waren mit Strohhalmen durchsetzt, sodass man ihn als Vogelscheuche aufs Feld hätte stellen können. Auch Elisabeth sah nach dem Schlaf manchmal so aus – bis auf das Stroh natürlich. Bei Eugenie war das anders. Sie achtete sehr auf ihre Frisur. Vor dem Schlafengehen steckte sie ihre Locken mit Klammern zusammen und sah nach kurzem Bürsten gleich wieder perfekt aus. Wahrscheinlich saß sie auf dem Sattlerhof just in diesem Moment vor dem Spiegel und kämmte sich Strähne um Strähne ihres seidigen Haars. Ob sie dabei auch an Charlotte dachte?

»Was schaust du so?«, wollte Schorsch wissen.

»Ach, ich war gerade in Gedanken bei meinen Eltern und Schwestern.«

»Vermisst du deine Familie?«

»Du deine nicht?«

»Hatte nie richtig eine.«

Er tauchte den ganzen Kopf in den Brunnentrog und zog ihn blitzschnell wieder heraus. Er prustete und schüttelte sich so heftig, dass Charlotte einige Spritzer abbekam.

»He, hör auf damit!«

Schlagartig war Schorsch wach. Mit weit aufgerissenen Augen starrte er sie an. Die Haare hingen ihm nass am Kopf herab und tropften auf seine magere Brust. Sein Unterkiefer zitterte.

»Kalt«, sagte er überflüssigerweise, doch der Morgen an sich war warm genug. Wenn die Sonne erst über den Hügelkamm steigen würde, stand ihnen ein heißer Tag bevor. Schorsch würde sich noch an diesen Moment der Abkühlung zurücksehnen.

Charlotte setzte ihre deutlich vorsichtigere Wäsche fort und grinste, als sie sich das Gesicht ihrer Mutter vorstellte. Dass ihre Älteste nur mit dem dünnen Unterkleidchen am Leib neben einem fremden Jungen am Brunnentrog stand und beide sich unter den Achseln wuschen, wäre daheim undenkbar gewesen. Charlotte hätte es sich bis vor wenigen Tagen selbst nicht vorstellen können. Aber jetzt fühlte es sich fast normal an. Langsam gewöhnte sie sich daran, dass sich Schorsch als ihr Halbbruder ausgab.

»Hör bloß auf zu glotzen!«, schimpfte sie, als sie bemerkte, dass Schorschs Blicke nicht unbedingt geschwisterlicher Natur waren.

Sofort drehte er sich um und schöpfte mit den Händen Wasser aus dem Brunnen, um davon zu trinken.

»Was soll das heißen, dass du nie richtig eine Familie hattest?«

Schorsch füllte noch mal seine Hände und trank erneut.

»Schorsch? Ich habe dich etwas gefragt!«

»So, fertig«, sagte er nur und ging etwas zu schnell davon.

»Schorsch!«

Doch der Junge wandte sich nicht mehr um.

Vom Beschälerstall aus hatte man einen guten Blick über das Gestüt. Es war ein grünes Paradies. Rundum erstreckten sich saftige Weiden, auf denen Stuten und ihre Fohlen herumtollten. Verbunden wurden die Grasflächen durch breite Alleen. Unterhalb des Beschälerstalls, in dem zurzeit neben Wälderwind nur zwei weitere Hengste untergebracht waren, befanden sich Werkstätten und ein Schmiedehaus. Nur mit wenig Abstand dazu erhob sich der Vierkanthof unregelmäßig um die gepflasterte Hoffläche. Hier waren die Stutenställe und das L-förmige, prächtige Hauptgebäude mit seinem hohen Satteldach. Rechts davon stand eine große Fachwerkscheune, die offensichtlich als Heulager diente. Daneben dampfte ein mächtiger Misthaufen in der Morgensonne.

Sie sollten sich beim Hofbrunnen einfinden, hatte ihnen ein wettergegerbter alter Stallknecht barsch erklärt. Auf dem Weg begegneten Charlotte, Eberhard und Schorsch einem Bereiter, der ein gesatteltes Jungpferd am Zügel zu einem Reitplatz führte. Charlotte warf im Vorbeigehen einen Blick auf den Sattel. Zu ihrem Erstaunen war er alt und recht einfach gefertigt.

Auf dem Hof herrschte ein emsiges Treiben. Knechte hielten Pferde an den Zügeln, ein Gespann wartete am steinernen Torbogen darauf, dass das Eisengatter geöffnet wurde, durch die kleinere Tür kamen Lieferanten und auf dem Gestüt Beschäftigte, die wohl auswärts wohnten. Georg Hartmann stand mit einem Bediensteten des Gestüts beim Brunnen. Sie unterhielten sich mit einem Mann in blau-weißer Uniform, dessen hochgewachsenes Pferd gerade getränkt wurde.

»Wir warten hier«, sagte Charlotte. Sie befanden sich weit genug entfernt, um nicht aufdringlich zu wirken.

»Jetzt erteilt sie schon Kommandos«, brummte Eberhard.

Soweit Charlotte es mitbekam, handelte es sich bei dem Reiter um einen Boten aus Stuttgart, der dem Gestütsmeister ein Schreiben übergab.

»Lasst Euch ein gutes Frühstück geben«, sagte Hartmann zu dem Boten. »Wir werden für Euer Pferd sorgen.«

Der Soldat schritt auf das Haupthaus zu, und Charlotte, Eberhard und Schorsch setzten sich auf einen Wink des Gestütsmeisters in Bewegung.

»Habt Ihr gut geschlafen?«, fragte er.

»Danke«, erwiderte Eberhard einsilbig.

»Es war sehr freundlich von Euch, uns für die Nacht eine Unterkunft zu bieten«, ergänzte Charlotte.

Der alte Herr nickte ihr freundlich zu. Aus den Augenwinkeln sah Charlotte, dass Eberhard eine mürrische Miene zur Schau trug.

»Mein Sohn Christian Friedrich«, stellte Georg Hartmann den Mann neben sich vor. »Er ist der Stutenmeister. Und meinen Großneffen Franz habt Ihr ja schon kennengelernt.« Er zeigte auf den Stall, aus dem der junge Mann eben heraustrat. Er winkte ihm zu, sich zu ihnen zu gesellen. Franz kam mit seinen kantigen Schritten näher. Mit beiden Händen trug er eine schwer wirkende mittelgroße Holztruhe. Darauf lag ein schäbiges Halfter.

»Franz hier hat gestern im Grunde recht daran getan, Euch abzuweisen. Wir haben zwar nie genug Arbeiter, aber auch nicht die Mittel, weitere einzustellen. Gleichzeitig tauchen immer wieder Leute auf wie Ihr, die Arbeit suchen. Gewöhnlich geben wir ihnen etwas zu trinken und schicken sie weiter, so wie Franz es mit Euch vorhatte.«

Charlotte warf dem jungen Mann einen wütenden Blick zu. Er hatte ihnen sogar das Wasser verwehren wollen!

Franz Hartmann hielt ihrem Blick stand.

»Aber Ihr seid auf der Suche nach einem Sattler«, stellte Eberhard fest.

Georg Hartmann wandte sich ihm zu. »So ist es«, sagte er. »Natürlich stellt sich die Frage, ob Eure Tochter ihr Handwerk überhaupt ausreichend beherrscht, um unseren Ansprüchen nur annähernd zu genügen.«

»Das tut sie, Herr. Ich kann es Euch versichern.«

»Davon würden wir uns gern überzeugen«, sagte der jüngere Hartmann.

»Ihr habt den Sattel gesehen, den meine Tochter für den Schwarzwaldhengst angefertigt hat.«

»Das haben wir. Und wenn Eure Tochter ihn tatsächlich selbst angefertigt hat, ist sie die Richtige für uns. Wisst Ihr, ich muss vorsichtig sein. Wir haben hier ein paar besondere Materialien, die so wertvoll sind, dass wir sie nicht einfach jemandem anvertrauen können, ohne die Gewissheit und Sicherheit zu haben, dass sie in die richtigen Hände kommen.«

»Darf ich Euch mit einer Probearbeit von meinem Können überzeugen?«, fragte Charlotte.

»Genau das war mein Gedanke«, antwortete der Gestütsmeister. Er lächelte gütig.

»Vermute ich recht, dass Euer Gedanke mit diesem Halfter in Verbindung steht?«, fragte sie und zeigte auf die Lederfetzen, die Franz in der Hand hielt. Die Truhe hatte er zuvor vor sich abgestellt.

»So ist es. Ich frage mich, ob du es reparieren und verschönern kannst.«

Charlotte wandte sich zu Franz. Der grinste spöttisch und reichte ihr das schäbige Halfter. Ein Befestigungsring war verrostet, das Leder zum Teil steinhart und in sich gerissen. Von den Verfärbungen her wirkte es, als habe es einige Zeit unter einer Strohmatte im Stall im Pferdeurin gelegen.

Charlotte verzog angewidert das Gesicht, als sie danach griff. Franz übergab es ihr aber nicht, sondern zog es wieder zu sich zurück.

»Franz wird dich in der Sattlerei beaufsichtigen«, erklärte der Gestütsmeister.

»Ich glaube nicht, dass ich bei meiner Arbeit einen Aufpasser benötige, Herr Hartmann.«

»Aber *ich* denke es. Du wirst sehen, dass in der Sattlerei ein paar wertvolle Materialien lagern. Solange ich nicht den Beweis habe, dass du bist, was du zu sein angibst, werde ich Vorsicht walten lassen. Weißt du, Mädchen, in der Gegend treiben Räuber ihr Unwesen.«

»So, so, Räuber«, brummte Eberhard. »Dann können wir wohl von Glück sagen, dass wir es unbeschadet bis zu Euch geschafft haben.«

»So ist es, Herr Weber. Was Euch und Euren Sohn angeht, könnt Ihr euch in der Küche ein Frühstück abholen. Für Kost und Logis könnt Ihr uns mit ein paar Handgriffen nützlich sein. Von der Statur her könntet Ihr ein Schmied sein?«

Eberhard schüttelte den Kopf.

»Schade«, sagte Hartmann bedauernd. »Einen Schmied hätten wir noch gebrauchen können. Kannst du ihn bei den Stuten einsetzen, Christian?«

Der Stutenmeister nickte. »Laurentius ist doch krank.«

»Das passt. Ihr werdet die Stutenställe und die Weiden misten helfen. Und der Junge ...« Er dachte einen Moment nach, dann kam ihm eine Idee. »Er soll Mäuse und Maulwürfe jagen. Zeig ihnen, was sie tun sollen.«

Eberhard wollte schon protestieren, aber Hartmann wandte sich bereits an Charlotte: »Und die Sattlerin kommt mit mir. Du auch, Franz.«

Er drehte sich zur Seite und ging den Weg zurück in Richtung des Beschälerstalls. Das Gebäude davor beherbergte die Werkstätten. Ganz vorn befand sich die Arzneikammer mit einem vorgelagerten Behandlungsgatter. Den jungen Mann, der daneben an einem kleinen Tisch saß, hatte Charlotte am Tag zuvor mit blutverschmierter Uniform gesehen, als sie mit Hartmann um Einlass verhandelten. Heute trug er ein sauberes, allerdings zu weites Hemd und eine hochgekrempelte Hose über einfachen Stiefeln. Er hatte sich einen Stuhl vor die Tür gestellt und las so gebannt in einem Buch, dass er sie erst bemerkte, als Georg Hartmann ihn ansprach. »Guten Morgen, Herr Schiller.«

Hektisch sprang der auf und schloss das Buch. Er wollte seine Mütze ziehen, merkte aber zu spät, dass er auf seinem Rotschopf gar keine trug.

Hartmann klopfte ihm väterlich auf die Schulter. »Habt Ihr den gestrigen Abend gut überstanden?«

»Sehr gut, mein Herr, sehr gut. Es war wirklich ein sehr angenehmes und wohlschmeckendes Abendessen. Ich möchte mich nochmals in aller Form dafür bedanken.«

»Das ist nicht nötig. Habt Ihr schon nach der Stute gesehen?«

Schiller nickte: »Die Wunde sieht gut aus. Ich denke, sie wird bald verheilen.«

»Das sollte sie auch«, meinte Hartmann. »Immerhin habt Ihr eine Flasche meines besten Weins darübergekippt.«

»Wie ich gestern sagte, Wein säubert die Wunden.«

»Gut. Franz und Ihr kennt euch ja schon«, sagte Georg Hartmann. »Aber diese junge Dame möchte ich Euch noch vorstellen. Amalia Weber ist ihr Name. Sie soll eine begabte Sattlerin sein und wird direkt neben Euch arbeiten.«

Charlotte machte einen Knicks, während der Mann namens Schiller sich in ihre Richtung verbeugte.

»Sehr erfreut«, sagten beide gleichzeitig.

Er lächelte. »Amalia.«

»Herr Schiller ist ebenfalls erst gestern angekommen. Er ist ein hervorragender Arzt, für Menschen wie für Pferde. Ich konnte mich gestern höchstpersönlich davon überzeugen.«

»Habt Ihr ihn auch eine Probearbeit abliefern lassen?«, erkundigte sich Charlotte.

Hartmann und Franz lachten. Sie fand, dass Franz plötzlich viel freundlicher aussah.

»Die Probe ergab sich von ganz allein und wurde bravourös gemeistert«, sagte Hartmann und klopfte Schiller wieder auf die Schulter.

»Herr Medicus, kurz für Euch: Eben kam ein Bote«, sagte Hartmann. »Er hat uns mitgeteilt, dass der Herzog seine Pläne geändert hat. Statt im Laufe des Samstags wird er bereits am Donnerstag auf Grafeneck eintreffen. Ich gehe davon aus, dass er uns gleich nach seiner Ankunft einen Besuch abstatten wird. Wir haben damit ein paar Tage weniger Zeit für die Vorbereitungen. Umso wichtiger, dass diese junge Dame wirklich gut ist in dem, was sie tun soll.«

»Ich bin mir sicher, dass sie eine hervorragende Sattlerin ist«, erklärte der junge Mann.

»Wenn sie nur halb so gut ist wie Ihr als Arzt, ist uns geholfen.«

Georg Hartmann führte Eberhard, Schorsch und sie zur nebenan gelegenen Tür der Sattlerei. Daneben wiederum befand sich mit der Schmiede die räumlich größte Werkstatt im Gebäude. Diese Tür war jedoch noch verschlossen.

Der erste Schritt in die Sattlerei war für Charlotte wie eine Heimkehr. Der unverwechselbare Geruch von frisch gegerbten Lederhäuten ließ nach all den Tagen der Flucht und Abwesenheit von ihrem Zuhause solch intensive Bilder ihrer Familie und ihres früheren Lebens vor ihrem geistigen Auge entstehen, dass ihr die Tränen in die Augen schossen.

Dabei lagen hier noch ganz andere Gerüche in der Luft als auf dem Sattlerhof, bemerkte sie. Charlotte sah auch gleich, woran das lag. Sie hatte sich gedacht, dass die Sattlerei eines Hofgestüts sehr groß sein würde, aber die Kammer war kleiner als ihre heimische Werkstatt. Durch ein vorderes und hinteres Fenster drang Licht herein. Gleich neben der Tür war die Werkbank aufgestellt, rechts davon ein Regal, in dem sich verschiedene Werkzeuge und auch die Punziereisen befanden, mit denen Verzierungen ins Leder geschlagen wurden. Zwei Sattelböcke bildeten den hinteren Rahmen des kleinen Arbeitsbereichs. Ein hoher Hocker, der mit weichgesessenem Rindsleder bezogen war, diente eher als Stehstütze als zum Sitzen.

Weiter hinten im Raum hingen eine Menge alter und neuer Sättel, bereits vorgefertigte Sattelbäume, Maßeisen, um Pferd und Reiter zu vermessen, sowie Lederbahnen. Von dort hinten kamen die ihr ungewohnten Gerüche.

»Was sind das für Leder?«, fragte sie gebannt.

»Die exotischsten, die du dir vorstellen kannst«, sagte Georg Hartmann. »Der Hofsattler hat sie mitgebracht. Ebenso wie diese Truhe.«

Wie auf ein Kommando wuchtete Franz den Kasten auf ein Tischchen. Sein Großonkel holte einen kleinen Schlüssel aus der Jacke, mit dem er ein feines Schloss öffnete, und klappte den Deckel auf. Charlotte verschlug es den Atem. Solch eine Pracht hatte sie noch nie gesehen. Es war ein echter Schatz, nur ohne Münzen. Die Truhe war mit schwarzem Samt ausgeschlagen. In einzelnen Fächern lagen alle möglichen Schmuckelemente für Sättel und Zaumzeug. Es gab goldene Schnallen verschiedener Größen, Ösen und Ringe und Nieten. War das Gebiss wirklich ganz aus Gold? Viele Stücke waren mit funkelnden Edelsteinen verziert. Charlotte merkte, dass ihr Mund offenstand.

»Verstehst du nun, wieso ich dich damit nicht einfach allein lassen möchte?«, fragte Georg Hartmann.

»Das sind wunderschöne Sachen«, brachte Charlotte hervor.

»Und hier findest du unsere Leder«, fuhr der Gestütsmeister fort und ging in den hinteren Teil der Werkstatt. Charlotte folgte ihm.

»Einige Häute habe ich noch nie gesehen.«

»Da geht es dir nicht anders als uns. Es sind viele exotische Häute darunter, Krokodil, Elefant und Antilope, dazu Rochen, Schlange und Vogel Strauß.«

»Aber auch normalere feine Leder wie Hirsch«, murmelte Charlotte staunend.

»Geh sehr sorgsam damit um.«

Sie nickte eifrig.

»Und jetzt zeige ich dir noch etwas ganz Besonderes.« Hartmann holte einen weiteren Schlüssel hervor, der weitaus größer war als der für die Truhe. Er schob ihn in ein schweres Schloss, das vor einem eisenbewehrten Schrank hing. Charlotte hielt den Atem an, als es mit einem leisen Geräusch aufsprang. Georg Hartmann zog die beiden Türen auf und trat dann zur Seite. Charlotte war wie geblendet. Auf einem Träger hing ein Sattel, der seinesgleichen suchte, obwohl er noch lange nicht vollendet war.

»Das ist eine Arbeit, die der Hofsattler Hanfler hier bis zu diesem Punkt mit seinen Gesellen umgesetzt hat. Es handelt sich um eine Überraschung für den Herzog höchstpersönlich. Sagt dir der Name Kaulla etwas?«

Charlotte schüttelte den Kopf.

»Madame Kaulla hat diesen Sattel für Carl Eugen in Auftrag gegeben. Leider kann Hofsattler Hanfler seine Arbeit nicht vollenden.«

»Aus welchem Grund?«

»Er hat sich vor drei Tagen bei einem Unfall schwer an der rechten Hand verletzt.«

»Das ist ja schrecklich!«

»Seine beiden Gesellen haben ihn nach Stuttgart gebracht. Wir hoffen auf seine baldige Genesung. Der Madame Kaulla liegt viel an der Fertigstellung dieses Sattels für unseren Herzog. Wie ich eben erfuhr, wird er nicht nur früher eintreffen, er wurde auch darüber unterrichtet, dass ein äußerst wert- und kunstvolles Geschenk auf ihn wartet. Und Herzog Carl Eugen freut sich wohl gewaltig darauf. Diese Freude dürfen wir nicht enttäuschen, denn wir hoffen auf Finanzen aus den Herzogs Topf, um ein paar Sanierungen vornehmen zu können.«

»Darum soll ich zuerst eine Probearbeit leisten«, bemerkte Charlotte.

»So ist es, mein Kind«, antwortete Georg Hartmann. Franz grinste wieder und hielt das Halfter in die Höhe.

»Zuerst sollst du zeigen, was du kannst. Dafür bekommst du dieses Halfter und zwei Stunden Zeit. Wenn du die Arbeit gut machst, könnt ihr drei – du, dein Vater und dein Halbbruder – auf dem Gestüt bleiben. Dann wirst du den neuen Prunksattel für den Herzog fertigstellen. Fällt er zu seiner Zufriedenheit aus, darfst du auf reichen Lohn hoffen und kannst bei uns als Sattlerin anfangen. Falls du den Herzog enttäuschst – oder auch nur eine Unze Gold fehlen sollte –, erwartet euch alle das Verlies.«

Charlotte schluckte trocken. Die letzten Worte hatte Georg Hartmann sehr kühl und drohend gesprochen. Jetzt aber lächelte er wieder das Lächeln eines gütigen Großvaters. »Aber so weit wollen wir es ja nicht kommen lassen. Fang gleich an! Ich bin gespannt auf deine Arbeit. Du hast zwei Stunden.«

Georg Hartmann verließ die kleine Sattlerei. Sein Großneffe Franz blieb und setzte sich auf einen Hocker, der am Rand der Werkstatt stand. Ausgerechnet er!

»Ich wette, du bist gar keine Sattlerin«, sagte er mit einem spöttischen Lächeln.

»Ich wüsste nicht, dass ich Euch erlaubt hätte, mich zu duzen«, antwortete Charlotte beißend. Sie musste sich auf die Arbeit konzentrieren und wollte sich nicht von diesem großspurigen Kerl ablenken lassen.

Das Werkzeug war von guter Qualität. Dennoch ging sie rasch in den Stall und holte ihre eigenen Sachen. Mit den gewohnten Klingen schnitt es sich besser. Sie breitete ihre Sachen vor sich auf der Werkbank aus. Am liebsten hätte sie sich mit den exotischen Tierhäuten beschäftigt, aber dafür würde später noch genug Zeit bleiben.

Das Halfter war einmal ein recht einfaches Stallhalfter gewesen. Genick- und Backenriemen konnte man in der Größe um je zwei Löcher verstellen und somit den Köpfen verschieden großer Pferde anpassen. Trotzdem hätte es über Wälderwinds riesigen Schädel nicht gepasst.

Das Leder stank nicht nur nach Urin, sondern sah zum Teil fast schon vermodert aus. Es war rissig und abgewetzt. Einzig das Kopfstück war noch zu retten. Das rechte Backenstück konnte sie aufarbeiten, aber das linke war für nichts mehr zu gebrauchen. Den unteren Ring, an dem die Lederriemen befestigt waren, hielt nur noch der Rost zusammen. Die beiden Schnallen sahen ebenfalls so aus, als müsse man sie komplett ersetzen.

Charlotte nahm sich eine Rindslederbahn und trennte geübt

zwei Streifen mit dem Halbmondmesser ab. Es störte sie zwar, unter Beobachtung zu sein, aber die Schnitte gelangen ihr genau parallel.

Sie sollte das Halfter reparieren und verbessern, hatte Georg Hartmann ihr aufgetragen. Charlotte beschloss darum, den über der Nase verlaufenden Riemen zu polstern. Dafür tauchte sie beide Riemen zuerst ins Wasser, bis kleine Bläschen aus dem Leder entwichen, wischte sie an einem Tuch wieder trocken und legte sie übereinander. Die scharfen Kanten rundete sie mit ihrem Kantenzieher ab. Die Löcher zum Vernähen setzte sie mit der Ahle. Zwei Stunden waren nicht viel Zeit, aber einen kurzen Polsterriemen sollte sie neben der Reparatur der übrigen Teile hinbekommen.

Auf der Werkbank lag eine Steinplatte. Sie wählte ein sternförmiges Punziereisen, legte einen feuchten Lederrest auf den Stein und schlug mit dem Rohhauthammer fest auf das Eisenstück. Im Leder blieb ein tief eingepresster Stern zurück. Die zweite Punze setzte sie mit etwas Abstand, daneben kam die dritte. Dann wählte sie ein anderes Punziereisen, das an einen schlanken Halbmond erinnerte. Sie verband damit die Sterne so, dass eine Wellenlinie entstand, die an eine Ranke mit kleinen, sternförmigen Blüten erinnerte. Das gefiel ihr.

»Ihr könnt das also wirklich«, stellte Franz anerkennend fest, als er ihr über die Schulter blickte. »Wer hätte das gedacht?«

Charlotte stellte zufrieden fest, dass er sie nicht mehr geduzt hatte. »Habt Ihr tatsächlich daran gezweifelt?«

»Ein Handwerk ist eigentlich Männersache.«

»Und welches Handwerk beherrscht Ihr?«

Franz schien über ihre Frage genauso überrascht zu sein wie über die Tatsache, dass sie keine Hochstaplerin war.

»Was … was meint Ihr?«, stotterte er.

»Was ist Eure Aufgabe hier?«

»Ich helfe meinem Onkel und meinem Großonkel beim Verwalten des Gestüts«, verkündete er stolz.

»Ihr helft ihnen nicht, wenn Ihr mich die ganze Zeit stört«, sagte sie. »Immerhin denke ich, dass Euer Großonkel genauso darauf angewiesen ist, dass dem Herzog der Sattel gefällt, wie ich. Also setzt Euch am besten wieder hin, und lasst mich in Ruhe arbeiten! Auch wenn ich eine Frau bin.«

Charlotte erwartete eine Erwiderung, doch Franz tat, was sie von ihm verlangt hatte: Er sank zurück auf seinen Schemel und blieb still. Gut so. Jetzt konnte sie in Ruhe weiterarbeiten.

Charlotte verzierte den Riemen mit geschickten Schlägen und holte sich dann das Garn, um den starken Riemen mit dem weicheren Leder als Poster zu vernähen. Die Stiche brauchten ihre Zeit, aber sie war sicher, dass die Polsterung den zarten Stutennasen gefallen würde.

Allerdings blieb ihr nach der Fertigstellung weniger Zeit, als sie gedacht hatte. Sie schnitt schnell weitere Riemen ab, die zu polstern nicht mehr möglich sein würde. Mit dem Locheisen schlug sie Löcher für die Schnalle. Jetzt brauchte sie eben diese Metallteile. Sie kramte in dem Regal in kleinen Holzkistchen. Dort fand sie tatsächlich normale Schnallen verschiedener Größen. In einem anderen Kästchen lagen die Ringe. Sie würde beide komplett erneuern.

»Nehmt Ihr gar nichts aus der Truhe?«, fragte Franz überrascht.

»Nein.«

»Wenn Ihr lieber wieder weggeschickt werden wollt …«

Charlotte antwortete nicht. Stattdessen befestigte sie das eine neue und das gereinigte und aufgeraute Backenstück mit dem Eisenring. Dann brachte sie auch die restlichen Lederteile an ihre Position und hielt schließlich ein fast neues Halfter in der Hand. *Für die Aufregung und die knappe Zeit hab ich es ganz passabel hinbekommen*, dachte sie. Vor allem der gepolsterte und verzierte Nasenriemen gefiel ihr.

An einem Haken hingen verschiedene Führstricke aus geflochtenen Lederschnüren. Einer passte farblich genau zum Halfter. Sie zog ihn durch den unteren Führring und drückte die Lederschnur zusammen. Als sie einen engen Lederring darüber gesetzt hatte, öffnete sich die Tür.

»Ihr kommt gerade recht«, begrüßte sie Georg Hartmann. »Und keinen Augenblick zu früh.«

»Du bist schon fertig?«

Gefolgt von seinem Sohn trat er ein.

»Sie hat es in diesem Moment fertiggestellt«, bestätigte Franz.

»Dann zeig es mir!«, forderte der Gestütsmeister.

Charlotte hielt ihm das Halfter hin.

Sie sah ihm an, dass er nicht unzufrieden war. Ihr flatterndes Herz schlug noch schneller vor Aufregung.

»Das ist es?«

»Ja, Herr.«

»Es scheint mir eher neu zu sein.« Er reichte es an seinen Sohn weiter, der es ebenfalls skeptisch beäugte.

»Ich muss zugeben, dass das meiste davon nicht mehr zu retten war.«

»Du solltest dich doch mit dieser Arbeit präsentieren«, sagte der jüngere Hartmann. »Warum hast du keine Verzierungen aus der Truhe verwendet?«

»Der Schmuck war mir zu wertvoll, um ihn an ein einfaches Stallhalfter zu verschwenden. So wären Gold oder Silber verbraucht worden für ein Halfter, das ihr danach nicht sinnvoll hättet nutzen können. Darum dachte ich mir …«

»… dass du lieber etwas herstellst, was wir gebrauchen können«, vollendete der alte Hartmann ihren Satz.

»Es war stets ein einfach gearbeitetes Halfter, mein Herr. Das ist es jetzt auch noch, und ich hoffe, es wird Euch lange Zeit gute Dienste leisten.«

»Davon bin ich überzeugt«, sagte der Gestütsmeister. »Ebenso wie du mich überzeugt hast, dass du wirklich eine Sattlerin mit

Verstand und Augenmaß bist. Wo hast du dein Handwerk erlernt?«

»Zu Hause bei meinem …« Fast hätte sie Vater gesagt, aber in letztem Augenblick erinnerte sie sich, dass alle dachten, Eberhard sei ihr Vater. »… Onkel.« Allmählich wurde es kompliziert, die falschen Namen und Familienbeziehungen richtig zu erinnern.

»Er muss dir ein guter Lehrmeister gewesen sein«, lobte der alte Hartmann.

»Franz, du kannst die Truhe wieder wegschließen«, sagte Christian Friedrich zu seinem Neffen. An Charlotte gewandt, fügte er hinzu: »Das Halfter nehme ich gern mit. Es ist ein gutes Stück geworden. Ich danke dir.«

»Dann würde ich sagen, wir haben unsere Sattlerin gefunden«, befand sein Vater. »Du hast vorhin gehört, was ich Herrn Schiller mitgeteilt habe?«

»Dass der Herzog früher kommt als gedacht.«

»So ist es. Gewöhnlich werden die Fohlen am 1. August von den Stuten getrennt. Es ist immer ein großes Fest, an dem der Herzog regelmäßig teilnimmt. Carl Eugen liebt seine Pferde. Diesmal hat er uns gebeten, den Fohlenabstoß um mehr als eine Woche zu verschieben. Wie es aussieht, will er nun aber doch schon früher herkommen und nach dem Rechten sehen.«

»Ich vermute, dass der Sattel bis zu seinem Eintreffen fertig sein soll?«, fragte Charlotte.

Georg Hartmann nickte. »Du scheinst mir eine schnelle Arbeiterin zu sein. Wie sieht es aus? Kannst du den begonnenen Prunksattel bis Donnerstag fertigstellen?«

»Ich weiß ja nicht, wie er am Ende aussehen soll«, entgegnete Charlotte zögernd.

»Wie ein prächtiges Geschenk für unseren Fürsten eben.«

»Ich bin eine einfache Sattlerin«, sagte sie leise. »Ich habe nicht viel gesehen von der weiten Welt. Was ich prächtig finde, wird dem Herzog vielleicht zu schlicht erscheinen.«

»Das würde jedem so ergehen, mein Kind«, sagte der alte Hartmann und lächelte ihr beruhigend zu. »Wenn du denkst, dass der Sattel nicht mehr prächtiger sein könnte, dann verdoppele noch die Menge an Gold und Edelsteinen. Carl Eugen hat dem Begriff Pracht zeit seines Lebens eine neue Bedeutung verliehen. Und wenn du keinen Platz mehr findest für noch ein Juwel, dann bring einfach ein paar Zusatzgurte an.«

»Welchen Zweck sollen die haben?«, fragte sie.

»Einzig den, mehr Edelsteine befestigen zu können. Wenn der Sattel dazu noch bequem ist und ihm unsere Fohlen gefallen, wird Carl Eugen auch im kommenden Jahr ein großzügiger Gönner unserer Arbeit bleiben.«

Charlotte blieb nichts anderes übrig, als den Auftrag anzunehmen. Abgesehen davon, dass sie sich freute, mit den exotischen Ledern zu arbeiten, sorgte sie sich, einen Fehler zu machen. Auf der anderen Seite musste sie mehr über die Geldlieferungen erfahren, von denen Hannikel gesprochen hatte. Ach, wenn das doch nur alles schon an einem guten Ende wäre!

»Ich will es versuchen«, hörte sie sich sagen.

»Mehr will ich nicht verlangen«, antwortete Georg Hartmann. »Dann soll es so sein. Du tust dein Bestes und bekommst alle Unterstützung, die du benötigst.«

»Und mein … Vater?«

»Der bleibt im Stutenstall. Und wie ich hörte, macht dein Bruder sich ganz gut beim Mäusefangen. Ihr könnt also bleiben. Die Männer bekommen Betten bei den Knechten. Auf Frauen sind wir nicht eingestellt, aber ich lasse dir alles bringen, was du für eine Schlafstatt brauchst. Du kannst sie dir hier in der Werkstatt einrichten.«

Hartmann verabschiedete sich mit einer angedeuteten Verbeugung, die seinen Respekt widerspiegelte.

»Ihr habt meinen Großonkel beeindruckt«, sagte Franz, der sich kurz in der Tür umdrehte. »Gut gemacht. Wenn Ihr etwas hiervon braucht, könnt Ihr nach mir schicken.« Er zeigte auf die geschnitzte Holztruhe.

Charlotte ließ sich auf den Hocker sinken und atmete tief durch. Das hatte sie geschafft. Und sogar zu einem ziemlich guten Abschluss gebracht. Sie war ein bisschen stolz auf sich.

Ein Wiehern vor der Tür riss sie etwas später aus ihren Gedanken. Sie ging zum Fenster und sah hinaus. Der junge Rossarzt hatte sein Buch weggelegt und stand vor einer hochgewachsenen Stute, die unruhig am Zügel eines kleinen Stallburschen riss. Seiner Miene nach zu urteilen, fühlte sich der Medicus äußerst unwohl. Neugierig trat Charlotte vor die Tür.

KAPITEL 17

Gestüt Marbach, Montag, 6. August 1781

»Früh übt sich, was ein Meister werden will.«
Tell in *Wilhelm Tell,* 3. Akt, 1. Szene

Charlotte sah dem Tier sofort an, dass etwas nicht mit ihm stimmte. Die Stute bewegte sich innerhalb des Behandlungsgerüsts hin und her, ohne ängstlich zu wirken. Ihr Blick war vielmehr wie eingefroren, der Schweif leicht erhoben.

Ein Stalljunge stand am Kopf und versuchte, das Pferd zu beruhigen. Ein zweiter, wohl sein kleinerer Bruder, lehnte an der Hauswand, beobachtete das Spektakel und lutschte am rechten Daumen.

Der junge Arzt Schiller beäugte mit gehörigem Abstand das Hinterteil der hellbraunen Stute. Als ihr Schweif zuckte, trat er vorsichtig einen weiteren Schritt zurück, obwohl er längst außer Reichweite eines Trittes war, der ihn durch das geschlossene Gatter ohnehin nicht hätte treffen können.

»Was denkt Ihr, was sie hat, Herr Doktor?«, fragte der ältere Junge. Er mochte zehn oder elf Jahre alt sein. Noch bewegte er sich wie ein Kind, obwohl seine schlaksigen Arme schon ziemlich lang gewachsen waren. In seinem struppigen dunkelbraunen Haar hingen Strohhalme.

»Hmmm«, machte Schiller nachdenklich. Er bemerkte, dass Charlotte ihn von ihrer Tür aus beobachtete, richtete sich auf und rieb sich am flaumigen Kinn. Er nickte ihr unsicher lächelnd zu.

»Was hat das Pferd?«, fragte nun auch Charlotte.

»Es, äh, es geht ihm wohl nicht so gut … sozusagen«, stammelte er.

»Sozusagen. Das sieht man. Denkt Ihr, es könnte eine Kolik sein?«

Die fast gleichzeitig entstehenden Töne von Gasen, die aus dem Pferdebauch wichen, stützten ihre Ansicht. Das war schlecht, denn mit einer Kolik war nicht zu spaßen.

»Das habe ich, äh, soeben überlegt.«

»Habt ihr der Stute anderes Futter gegeben als sonst?«, fragte Charlotte den älteren Stallburschen.

»Sie ist gestern auf eine neue Weide gekommen«, erklärte der Junge.

»Aber sie ist doch sicher längst angeweidet«, sagte sie.

»Natürlich.«

Schiller kam zu ihr und betrachtete das Pferd verwundert aus Charlottes Blickwinkel. »Vielleicht sollte ich die Stute zu Ader lassen?«

Charlotte schüttelte entgeistert den Kopf. »Oder Ihr lasst den Jungen das Pferd bewegen, statt es hier einzupferchen«, entgegnete sie. »Inzwischen können wir auf der Weide nachsehen, ob sich ein Hinweis findet, was die Stute gefressen haben könnte.«

»Natürlich«, sagte er schnell. »Das ist das Naheliegendste. Junge, bewege das Pferd!«

»Ja, Herr Doktor. Komm, Karli, hilf mir.«

»Ich glaube, das kannst du allein. Dein kleiner Bruder soll uns derweil zeigen, auf welcher Weide sie stand«, schlug Charlotte vor.

Kurz darauf führte Christoph, so der Name des älteren Jungen, die braune Stute den Weg auf und ab. Der kleine Karl lief den beiden Erwachsenen voran.

»Ihr habt von Pferden überhaupt keine Ahnung, oder?«, fragte Charlotte den Arzt leise.

Er setzte einen entschuldigenden Blick auf und antwortete: »Ich habe Humanmedizin studiert. Praktische Erfahrungen sammele ich seit Kurzem als Regimentsmedicus in einem Invalidenregiment. Schmerzende Knochen, Durchfall und Fußpilz sind mein täglich Brot.« Er schüttelte sich angewidert. »Das Schicksal hat mich hier auf der Alb angespült, aber zum Glück nur für eine überschaubare Zeit. In zwei oder drei Wochen geht es zurück nach Stuttgart. Sobald mein Regiment eine Räuberbande gefasst hat, die hier offenbar ihr Unwesen treibt.«

Charlottes Gesichtszüge erstarrten. Es war bereits ein Regiment abgestellt, um den Hannikel und seine Bande zu fangen? Das würde den Hauptmann sicher interessieren. Vielleicht würde er sich sogar aus dem Staub machen und Charlotte freigeben? Ihr Herz machte einen Sprung.

»Ein ganzes Regiment für ein paar Räuber?«

»Ich weiß selbst nur, dass vor Kurzem Geldboten beraubt worden sind. Da man jetzt den Herzog erwartet, wie Ihr ja wisst, will man wohl zeigen, dass alles getan wird, um die Gauner zu fangen. Ich bin mir allerdings nicht sicher, ob sie sich für das richtige Regiment entschieden haben.«

Charlotte grinste. »Offenbar ist die Wahl des Rossarztes nicht besser gelungen.«

Er lächelte etwas gequält.

»Das war nicht böse gemeint«, sagte sie rasch. »Ich heiße …« Beinahe hätte sie sich verplappert.

»… Amalia, ich weiß. Ich bin Friedrich. Danke, dass Ihr mich vor den beiden Jungen gedeckt habt. Es sollte besser nicht jeder wissen, dass ich im Umgang mit Pferden etwas …« Er zögerte.

»… unbeholfen …«, bot Charlotte an.

»… unbeholfen bin. Ein so schöner wie in meinem Fall treffender Begriff.«

Karl war an seinem Ziel angekommen. Er zeigte auf eine Weide mit recht hohem Bewuchs, durch die sich der Bach schlängelte. Ein paar Pferde wehrten sich im Schatten einer mächtigen Eiche und einiger Obstbäume gegen die um sie herum surrenden Fliegen.

Charlotte öffnete das Gatter und betrat die Weide. Friedrich und der Junge folgten ihr.

Den Blick auf den Boden gerichtet schlenderte sie auf die Pferde zu. Sie sah Gräser und Kräuter, die für die Bauchschmerzen der Stute eigentlich nicht verantwortlich sein sollten. Doch als sie weiter nach unten kam, erhärtete sich ihr Verdacht. Am Bach hatte sich Klee ausgebreitet. Und unter einem Apfelbaum lagen faule Äpfel.

»Und?«, fragte Friedrich.

»Wir können zurückgehen. Hoffentlich hat die Stute nicht zu viel von den Äpfeln und dem Klee gefressen.«

»Äpfel? Klee?«

»Zu viel davon kann starke Blähungen oder gar eine Kolik auslösen«, gab Charlotte zurück.

Der kleine Christoph führte die Stute noch immer auf und ab, als sie kurze Zeit später zurückkehrten. Charlotte sah dem Tier von Weitem an, dass es ihm weiterhin nicht gut ging. Mühsam quälte es sich hinter dem Jungen am Führstrick zurück zum Behandlungsplatz. Er drückte das Pferd wieder ins Behandlungsgatter.

»Danke, Christoph. Schau mal nach deinem Bruder«, sagte Charlotte.

Der Junge lief los.

»Wieso habt Ihr ihn weggeschickt?«

»Weil Ihr Euch jetzt dringend weiter um das Pferd kümmern solltet«, antwortete sie. Sie hatte bemerkt, dass ein Mann sie vom Stutenstall aus beobachtete: Christian Hartmann, der Stutenmeister.

Friedrich jedoch hatte keinerlei Idee, welche Schritte er nun einleiten sollte.

»Ihr müsst Euch den Bauch genauer ansehen. Prüft, ob das Pferd sehr empfindlich ist.«

»Könntet Ihr das vielleicht …«

»Man beobachtet uns«, sagte sie. »Aber schaut nicht hin.«

Zu spät. Friedrich drehte sich erschrocken um.

»Das Gute ist, dass er uns nicht hören kann«, fuhr Charlotte fort. »Also, wenn Ihr hier noch etwas bleiben wollt, solltet Ihr tun, was ich Euch sage. Sonst muss ich das machen, damit uns diese wunderschöne Stute nicht am Ende noch während der Behandlung unter den Händen wegstirbt.«

Friedrich wandte sich ihr wieder zu. »Ist es wirklich so ernst? Gut. Was soll ich tun?«

Charlotte setzte sich auf den Stuhl vor der Arzneikammer. Sie tat so, als würde sie gespannt zusehen, sprach aber leise Befehle.

»Geht zu ihrem Kopf, und schaut ihr in die Augen.«

Friedrich tat, was sie ihm sagte.

»Was seht Ihr?«

»Die Pupille ist flach wie ein Strich.«

»Ist das Auge klar?«

»Ja, das ist es.«

»Streichelt ihr über die Nüstern. Ihr müsst die Stute beruhigen.«

»So ist gut«, sagte er mit tiefer, lang gezogener Stimme und strich dem Pferd über den Kopf und die Nüstern.

»Am besten nicht nur mit den Fingerspitzen, sondern mit der ganzen Hand«, korrigierte sie ihn.

Dieser Friedrich hatte tatsächlich keine Ahnung von Pferden. Charlotte wunderte sich nur, wie es dazu gekommen war, dass der Gestütsmeister ihn ihr als hervorragenden Pferdearzt vorgestellt hatte.

»So?«

»Sehr gut. Schaut ihr in den Mund.«

»Wie soll ich das tun?«

»Einfach die Lippen auseinanderziehen. Muss man Euch wirklich alles erklären?«

Charlotte sah es von ihrem Platz aus. Das Innere der Lippen und das Zahnfleisch waren von einem normalen Rosa. Sie hatte einmal ein Pferd mit einer Kolik gesehen, da war das Innere des Mauls fast blau gewesen. Das Tier war kurz darauf qualvoll gestorben. Das zarte Rosa bei dieser Stute schenkte ihr Zuversicht, dass sie es überstehen würde.

»Gut. Und jetzt streichelt ihr über den Hals zur Schulter. Langsam! Gut. Jetzt weiter zur Seite und zum Bauch.«

Die Stute zuckte, als sich Friedrichs Hand ihrem Bauch näherte. Sie versuchte, sich der Berührung zu entziehen, wurde aber durch den Balken des massiven Behandlungsgerüsts daran gehindert.

»Nur ganz sanft am Bauch«, empfahl sie, aber das war nicht nötig. Offenbar entwickelte Friedrich langsam ein Gefühl für das Tier, denn er rieb sehr zart mit der flachen Hand über die Unterseite des aufgeblähten Bauchs. Je weiter er nach hinten kam, umso mehr versteifte sich die Stute. Sie versuchte noch einmal, sich wegzudrängen, und stampfte mit einem Hinterhuf auf, als das nicht gelang.

»Vorsichtig«, mahnte Charlotte. Es fiel ihr ausgesprochen schwer, sitzen zu bleiben und dem unbeholfenen jungen Arzt nur zuzuschauen.

Friedrich war kein schöner Mann, aber er war auch nicht unansehnlich. Das musste sie zugeben. Er hatte nicht einen solch kraftvollen Oberkörper wie Franz, doch er wirkte auch nicht wie ein Schwächling, eher wie jemand, der mit Worten stritt statt mit Fäusten. Das Problem war nur, dass er bei der Stute mit Worten nicht weit kam.

Er drehte sich unsicher zu Charlotte um.

»Und?«, fragte sie.

»Was und?«

»Ist der Bauch fest?«

»Ich habe nicht gedrückt.«

Charlotte verdrehte unwillkürlich die Augen.

»Doch«, sagte er schnell. »Der Bauch ist fest wie eine gespannte Trommel.«

Aha, es war also doch etwas mit ihm anzufangen.

Erneut fand ein Luftschwall laut den Weg aus dem Pferdedarm.

»Sie hat eindeutig Bauchschmerzen. Ich hoffe, es weitet sich nicht zu einer handfesten Kolik aus«, sagte Charlotte, aber langsam glaubte sie, dass die Stute einfach zu viel gärende Äpfel und Klee gefressen hatte. Mit einer Kolik würde sie ständig versuchen, sich hinzulegen.

Unauffällig warf sie einen Blick zum Stutenstall und bemerkte, dass der Stutenmeister offenbar genug gesehen hatten. Er stand nicht mehr in der Tür.

»Und was können wir tun, damit es ihr besser geht?«, wollte Friedrich wissen.

»Fragt den Stallburschen, ob er weiß, wann sie das letzte Mal geäpfelt hat. Wenn es länger her ist als drei Stunden, solltet Ihr schauen, ob es getrocknete Kräuter gibt. Kamille, Pfefferminze, Salbei, Anis und Fenchel sollten ihren Bauch bald beruhigen.«

»Woher kennt Ihr Euch so gut mit Pferden aus?«, fragte er.

»Ich habe meinen Wälderwind selbst großgezogen.«

In dem Moment erschien Christoph mit seinem kleinen Bruder im Schlepptau.

»Weißt du, wann sie das letzte Mal geäpfelt hat?«, fragte Friedrich ihn.

Die beiden Kinder schüttelten den Kopf.

»Ich glaube, sie tut es gerade«, bemerkte Charlotte.

Und tatsächlich hob sich der Schweif, und kurz darauf war ein klatschendes Geräusch auf den Pflastersteinen zu hören.

»Das ist ein gutes Zeichen?«, riet Friedrich und sah Charlotte an.

Sie nickte. »Trotzdem wird der Herr Doktor ihr noch ein paar Kräuter mischen. Bringt die Stute in einen Einzelverschlag im Stall. Sie soll heute nicht mehr auf die Weide. Und sie soll auch sonst gar nichts fressen, bevor sie ihre Kräuter bekommt. Gebt ihr genug Wasser, und bewegt sie immer wieder bis zum Abend.«

Wie zur Bestätigung entwich ein weiteres Mal Gas aus dem Tier. Charlotte bemerkte, dass sein Kopf sich senkte. Nicht weit, aber es war ein wichtiges Zeichen der Entspannung. Offenbar ließ der Schmerz im Bauch nach. Jetzt war Charlotte zuversichtlich, dass es der Stute bald wieder besser gehen würde. Friedrich entsorgte den Dung mit in einem dafür vorgesehen Schubkarren, der in der Nähe stand, und kam dann zurück zu Charlotte.

»Ich danke Euch«, sagte er mit einer schwungvollen Verbeugung.

»Gern geschehen. Ich frage mich nur immer noch, wie Ihr an die Stellung als Rossarzt gekommen seid.«

»Wie gesagt, es handelte sich um einen unglücklichen Zufall. Ich brauchte Geld und wurde sozusagen auf diese Stelle gedrängt.«

»Ihr konntet nicht Nein sagen?«

Er zuckte mit den schmalen Schultern.

»Und wie kommt es, dass der Gestütsmeister so viel von Euch hält?«

»Das war auch ein Zufall. Dieses Mal ein glücklicher. Gestern Abend, als Ihr mit Eurer Familie vor dem Tor standet, gab es einen Vorfall, bei dem eine andere Stute verletzt wurde. Ein recht tiefer Riss im Fleisch des Hinterlaufs. Ich habe die Wunde genäht. So wie ich es auch bei einem Menschen gemacht hätte.«

Charlotte nickte. »Dann lasst uns gemeinsam nach den Kräutern schauen. Oder könnt Ihr Salbei und Kamille allein auseinanderhalten?«

»Natürlich kann ich das!«, sagte er empört. »Nur zu Pferden habe ich keine so eine enge Beziehung. Aber bleibt zur Sicherheit doch dabei.« Er grinste entwaffnend.

Charlotte musste ebenfalls lächeln. Ihr gefiel dieser Kerl. Er hielt ihr die Tür zur Arzneikammer auf und bat sie herein.

KAPITEL 18

Gestüt Marbach, Montag, 6. August 1781

»Veränderung nur ist das Salz des Vergnügens.«
Ferdinand in *Kabale und Liebe,* 5. Akt, 7. Szene

»Vielen Dank, Herr Schiller«, sagte Charlotte und blieb wie angewurzelt in der Tür zur Arzneikammer stehen. Sie konnte kaum glauben, was sie sah. Mitten im hoch gebauten Raum stand ein Pferdeskelett samt einem Knochenreiter.

»Furchtbar, oder?«, fragte Friedrich. »Meine Kammer ist direkt hier oben. Ich habe wahrlich nicht gut geschlafen. Allerdings könnte das auch an dem sehr fettigen Braten des Vorabends gelegen haben.«

»Soso, Braten«, sagte Charlotte, konnte den Blick aber nicht von Pferd und Reiter abwenden. Sie hatte so etwas noch nie gesehen. Der Schrecken wich der Faszination. Sie betrachtete die grau gewordenen Knochen von zwei Wesen, die einst über die Welt gelaufen waren wie Wälderwind und sie selbst. Sie tastete über ihren Arm, um die eigenen Knochen zu erfühlen.

»Am schlimmsten finde ich die Spinne«, sagte Friedrich.

Charlotte folgte seinem Fingerzeig und nahm jetzt auch das Tier wahr, das sich im Brustkorb des Reiters ihr Netz gespannt hatte. Die Spinne saß regungslos da und wartete auf ein Opfer.

Charlotte wandte sich ab. »Wo werden die Kräuter aufbewahrt?«

Friedrich führte sie herum. Charlotte nahm ein leeres Hanfsäckchen und einen Messbecher und mischte die Kräuter zusammen. Dabei schaute sie immer wieder zu den Skeletten zurück, wie um sich zu überzeugen, dass sie sich wirklich nicht bewegt hatten.

»Der Junge soll der Stute diese Mischung in einen Trog geben und sie danach genug trinken lassen. Es wird ihr morgen schon besser gehen. Wir haben daheim auch eine Weide, auf der der Klee in die Höhe schießt, wenn das Gras abgefressen ist.«

»Ach, ihr habt sogar Weiden?«, fragte Friedrich.

Charlotte merkte erst jetzt ihren Fehler. Es war gar nicht so einfach, die ganzen Lügengebilde aufrechtzuerhalten.

»Nein, ich meinte, das war auf einem Hof, wo wir gearbeitet haben.«

Friedrich schien das zum Glück zu genügen.

»Ich bin am Verhungern. Ich brauche unbedingt etwas zu essen«, sagte sie schnell, um Friedrich von dem Thema abzulenken.

»Ich auch«, sagte er. »Lasst uns in die Gestütsküche gehen!«

»Zuerst bringen wir noch die Kräuter zum Stall.«

»Was habt Ihr mit meiner Stute gemacht?«, rief der Stutenmeister durch die lange Stallgasse, auf deren beiden Seiten sich die Verschläge befanden. Christian Friedrich Hartmanns Gesichtsausdruck spiegelte Besorgnis und auch Ärger wider.

»*Ihr* müsst reden«, flüsterte Charlotte, als sie sich dem Mann näherten.

Und tatsächlich schien Friedrich das verstanden zu haben. »Seid gegrüßt, mein Herr!«, begann er und hielt Hartmann die Kräutermischung hin. »Sie hat Blähungen. Wohl zu viel Klee, der auf der Weide am Bach in rauen Mengen wächst. Darauf solltet Ihr ein Auge haben. Und unter dem Apfelbaum sammelt sich das faule Obst.«

Charlotte war verblüfft, wie sicher und fast überlegen sich Friedrich auf einmal geben konnte. Er schien die Rolle des Rossarztes völlig auszufüllen. Wenn sie nicht gewusst hätte, dass er von Pferden keine Ahnung hatte, hätte sie sich wahrscheinlich auch von ihm blenden lassen.

»Aber macht Euch keine Sorgen. Es dürfte ihr bald besser gehen. Gebt ihr die Kräuter, aber heute kein anderes Futter mehr. Eure Stallburschen sollen sie alle drei Stunden für jeweils eine Stunde bewegen.«

Hartmann öffnete das Säckchen und roch daran. Er warf Friedrich einen anerkennenden Blick zu.

»Ist in der Sattlerei alles nach Eurer Vorstellung?«, fragte er Charlotte.

Sie fühlte sich ertappt. Immerhin hatte sie bis auf die Probearbeit noch nicht viel getan.

»Durchaus, Herr Hartmann«, entgegnete sie ruhig.

»Das freut mich«, sagte er und wandte sich wieder an den Arzt: »Sagt mir, Herr Schiller, darf sie denn überhaupt noch einmal auf die Weide?«

»Wenn sie schlau ist, sollte sie aus ihrem Fehler gelernt haben«, gab Friedrich zurück. »Wenn Ihr sie morgen wieder rausstellt, lasst das anfangs jede Stunde kontrollieren. Bleibt sie doch immer beim Klee, dann muss entweder sie oder das Kleeblatt weichen. Die Äpfel solltet Ihr abklauben lassen. Nicht, dass noch mehr Pferde Geschmack daran finden.«

»Ich werde es an die richtigen Stellen weitergeben.«

Charlotte staunte, als der Stutenmeister Friedrich die Hand hinhielt. Der junge Arzt ergriff sie zögernd.

»Es ist eine gute Stute. Ich bin Euch zu Dank verpflichtet, Herr Schiller«, sagte Hartmann.

»Offenbar habe ich das Richtige gesagt«, meinte Friedrich, als sie den Stall in Richtung der Gestütsküche verließen.

Charlotte nickte. »Sieht so aus.«

Eine Seitentür des Haupthauses führte zu einer Treppe. Schon an deren Fuß roch es würzig nach einem kräftigen Eintopf. Als sie oben angekommen waren, konnte Charlotte einen Blick in die Küche erhaschen, aus der die Düfte nach Speck und angebratenem Gemüse stammten, die Charlotte magisch anzogen.

Charlotte lief das Wasser im Mund zusammen. Vier Männer saßen an einem Tisch und warfen der Sattlerin und dem Rossarzt neugierige Blicke zu. Sie grüßten kurz, widmeten sich dann aber schnell wieder den tiefen Schüsseln vor sich und ihrem Bier in Krügen.

Erst beim Essen bemerkte Charlotte, wie hungrig sie war. Es schmeckte köstlich. Allerdings drohte ihr der Appetit zu vergehen, als ausgerechnet Franz den Essensraum betrat. Er nickte in die Runde und begrüßte anschließend die Männer mit Namen und Handschlag. Charlotte fiel auf, dass sie ihm mit echtem Respekt zu begegnen schienen.

Ihre Blicke trafen sich. Franz lächelte leicht, und Charlotte lächelte unwillkürlich zurück. Im gleichen Moment ärgerte sie sich darüber und setzte eine ernste Miene auf.

Doch Franz hatte ihr Lächeln offenbar als Einladung gedeutet. Denn als er kurz darauf mit seinem Eintopf und Bier kam, schaute er schon wieder in ihre Richtung.

Nicht hierhin, nicht hierhin, flehte sie im Stillen, aber er kam mit seinem Eintopf und dem Bierkrug genau auf sie zu.

»Junge Dame, Herr Doktor, ich hoffe, ich störe nicht zu sehr bei Ihrer Konversation.«

»Ganz und gar nicht, lieber Herr Hartmann. Setzt Euch doch gerne zu uns«, antwortete Friedrich. Charlotte wunderte sich, wie gewandt er auf einmal sein konnte, wenn er es nicht mit Pferden oder Frauen zu tun hatte.

Franz blieb jedoch stehen und sah Charlotte an.

»Setzt Euch schon!«, schnaubte sie.

Er ließ sich neben Friedrich nieder. Nun wurde erst recht ersichtlich, wie unterschiedlich die beiden Männer waren. Friedrich war zwar einen halben Kopf größer als Franz, dafür aber so schmal, dass er neben dem Gestütsmitarbeiter wirkte wie ein Reh an der Seite eines Bullen.

»Ich habe gehört, dass Ihr gemeinsam La Grace versorgt habt.«

»Ah, ist das der Name des Pferdes?«, fragte Friedrich.

»Ich habe dem Herrn Doktor nur zugeschaut«, sagte Charlotte schnell, bevor Friedrich sich noch verplapperte.

»In ernsten Fällen wie einer Kolik wäre es geraten gewesen, sofort den Stutenmeister zu informieren«, wandte sich Franz zwischen zwei Bissen an Friedrich. »Mein Onkel war beunruhigt, weil Ihr bei einer solch heiklen Angelegenheit nur ein Mädchen konsultiert habt und nicht ihn als zuständigen Stutenmeister.«

Jetzt ärgerte sich Charlotte umso mehr, dass sie ihm eben zugelächelt hatte. Er war und blieb ein arroganter Kerl. *Nur ein Mädchen!* Sie setzte zu einer Antwort an, doch Friedrich war schneller. Er überraschte sie ein weiteres Mal.

»Ich möchte doch bitten, Herr Hartmann. Es war schwerlich zu übersehen, dass Euer Onkel über die Behandlung der Stute im Bilde war. Oder täusche ich mich da etwa?«

Franz zuckte mit den Schultern.

»Zudem handelte es sich um Flatulenzen, verursacht durch ein Überangebot von faulen Äpfeln und Klee. Ich habe Eurem Onkel bereits mitgeteilt, dass man auf der Weide ein Auge darauf haben sollte, um weitere Fälle zu vermeiden. Euer Onkel, der im Übrigen sicherlich für sich allein sprechen kann, hat in unserem Gespräch übrigens keine derartigen Bemerkungen geäußert, wie Ihr es tatet.«

Charlotte bemerkte zufrieden, dass der Hochmut in Franz' Lächeln langsam verschwand.

»Des Weiteren möchte ich anmerken«, fuhr Friedrich fort, »dass diese junge Dame, die Ihr als ›nur ein Mädchen‹ bezeichnet, eine Sattlerin ist und wahrlich die Gabe besitzt, die Befindlichkeit von Pferden einzuschätzen. Und das sage ich als studierter Doktor Medicus, mein Herr! Als Absolvent der Carlsschule und damit als Eleve unseres großen, viel geliebten Herzogs Carl Eugen von Württemberg.«

Franz' freche Überheblichkeit wich einer lichten Blässe. Währenddessen wuchs dieser hagere, so unbeholfen wirkende Friedrich Schiller in seiner Rede über sich hinaus. *Wahrhaftig einer, der mit Worten zu streiten vermag*, dachte Charlotte.

Franz stand auf und trat einen Schritt zurück. »Es lag mir fern, abschätzig über Euch zu sprechen, Amalia«, sagte er zu ihr. Charlotte beschlich das Gefühl, dass er es ernst meinte. In seinen tiefen Augen lag ein melancholischer Glanz. »Ich bitte um Verzeihung, dass ich meine Worte offenbar so gewählt habe, dass sie falsch verstanden werden konnten.«

Charlotte nickte.

»Herr Schiller. Es war nicht meine Absicht, Euch wegen Eures Handelns anzugreifen. Meine Worte stellten nur eine Bemerkung dar.«

Das ist eine schwache Entschuldigung, dachte Charlotte. Aber Friedrich nickte versöhnlich.

Franz nahm wieder Platz, und eine Weile aßen sie schweigend.

Dann schob Franz plötzlich seine halb volle Schüssel von sich. »Ich freue mich, dass Ihr Euch als so vielseitig erweist, Amalia«, sagte er und stand auf. »Versteht mich nicht falsch, wenn ich Euch nahelege, Euch doch besser auf die Arbeit zu konzentrieren, deretwegen mein Großonkel Euch und Eure Familie hier aufgenommen hat.« Er verbeugte sich leicht. »Einen schönen Tag.« Damit wandte er sich ab und verließ er den Raum, ohne Charlottes wütende Blicke wahrzunehmen.

»Was für ein Ekel«, flüsterte sie Friedrich zu. »Danke, dass Ihr mich gegen ihn in Schutz genommen habt.«

»Euch zu verteidigen geschah nicht ganz uneigennützig«, sagte Friedrich.

Charlotte schaute ihn verwundert an.

»Jetzt ist allen klar, dass ich große Stücke auf Euch und Eure Begabung halte. Wenn also wieder etwas passiert und ich keine Ahnung habe, kann ich Euch offiziell dazubitten, um mir behilflich zu sein. Natürlich nur, wenn das für Euch in Ordnung ist.«

Charlotte stupste ihn mit der Faust gegen die Schulter. »Aber stört mich nicht zu oft. Ihr habt gehört, dass die Sattlerin zusehen sollte, sich ihrer wirklichen Arbeit zu widmen.«

Beide lachten.

In der Sattlerei holte der Ernst des Lebens Charlotte rasch wieder ein. Das Zwischenspiel mit Friedrich und der Stute hatte sie nur zu gern genutzt, um sich vor ihrer anstehenden Aufgabe zu drücken. Jetzt aber galt es, einen Plan zu machen, denn viel Zeit bis zur Ankunft des Herzogs blieb nicht. Es waren gerade einmal vier Tage, bis er erwartet wurde.

Zuerst sichtete sie die bisher vom Hofsattler geleistete Arbeit. Der Baum war vorbereitet, der Sitz gepolstert und bereits mit einem dunkel eingefärbten, samtig weichen Hirschledersitz ausgestattet, über den zu streicheln Charlotte gar nicht mehr aufhören wollte, so gut fühlte es sich an.

Auch Bug und Lehne waren schon in Angriff genommen worden. Ebenso ein Blatt aus einem eigenartig grob gemusterten, dunkelgrauen Leder. Das Blatt war das Seitenteil des Sattels, auf dem die Schenkel lagen. Dieses Leder war dick, aber sehr weich gegerbt. Konnte es vielleicht das Elefantenleder sein, von dem vorhin die Rede gewesen war? Charlotte blickte es ehrfurchtsvoll an. Das zweite Blatt fand sie nicht. Der Hofsattler war vor seiner Verletzung wohl nicht mehr dazu gekommen.

Sie ging in den hinteren Bereich, um nach einem vergleichbaren Leder zu schauen. Als Erstes fiel ihr eine grünlich eingefärbte Haut mit starken, gleichmäßig gesetzten Pocken auf. Charlotte konnte sich nicht vorstellen, was für ein Tier dort hineingepasst haben mochte. Es gab hier ein glänzendes, leicht schuppig wirkendes Leder, das einst einem Meerestier gehört haben musste, und eine Menge Stücke, die Ziege oder Schaf ähnelten. Charlotte konnte sie aber nicht zuordnen. Schließlich fand sie eine weitere dicke Haut, die dem Leder des ersten Blattes ähnelte. Sie musste genau schauen, wie sie das zweite Blatt daraus schneiden konnte.

Charlotte legte das Stück auf den Zuschneidetisch und strich es glatt, was bei der Dicke des Leders an einer Seite gar nicht so einfach war. Da sie auf Anhieb keine andere Schablone für das Blatt fand, legte sie das bereits vorbereitete auf und markierte mit einem Eisenstift die Form. Mit ihrem Halbmondmesser schnitt sie es erst grob aus, dann kamen die feinen Einzelheiten, bis sich beide Blätter von der Form angepasst hatten. Doch damit begann erst die eigentliche Arbeit. Charlotte glättete die Kanten, setzte eine Ziernaht, die der des ersten Blattes entsprach, und machte sich nach dem Einweichen daran, ein schönes Stück für die Lehne auszusuchen.

Die Zeit verstrich, und Charlotte bemerkte, dass sie eine Pause benötigte. Sie nahm sich vor, nach Eberhard und Schorsch zu sehen.

Als sie durch die Tür trat, sah sie, dass sich Friedrich seinen Tisch herausgestellt hatte, an dem er im Schatten der Häuserwand mit einem Buch saß. Offenbar machte er sich beim Lesen auch ab und zu Notizen, denn Papier und Schreibzeug standen bereit, daneben lag ein Haufen weiterer Bücher.

»Ah, bei Euch ist es wohl ziemlich ruhig? Was lest Ihr da?«

»Das da vorne sind alles Bücher über Pferdezucht und Tierarzneien.«

»Eine Lektüre, die Ihr gebrauchen könnt«, sagte Charlotte lächelnd.

Friedrich nickte ergeben.

»Und das?« Sie zeigte auf das Büchlein in seinen Händen.

»Ein neu erschienenes Drama«, sagte er und hielt es so, dass sie nicht darauf schauen konnte.

»Zeigt es mir schon«, forderte sie ihn auf.

Zögernd, fast schüchtern drehte er das in einen unbeschrifteten, hellbraunen Einband gebundene kleine Buch um und schlug es auf.

Da stand *Die Räuber* und darunter *Ein Schauspiel.* Ein Bild zeigte eine dramatische Szene in einem Wald vor einem herrschaftlich wirkenden Gebäude. Ein Räuber mit einem Schwert in der einen Hand hatte die zweite Hand theatralisch erhoben und blickte nach oben. Wartete dort jemand auf ihn? Unten saßen zwei weitere Männer ans Haus gelehnt. Ein Schwert und eine Pistole lagen vor ihnen.

»Die Räuber«, las Charlotte vor. Ein passendes Werk für ihre momentane Situation. »Ist es denn gut?«, fragte sie betont ruhig.

Friedrich drehte das Büchlein wieder um und schaute konzentriert darauf. »Es tritt mancher Charakter auf, der das feinere Gefühl der Tugend beleidigt und die Empfindsamkeit unserer Sitten empört«, sagte er schließlich.

»Muss das nicht sogar sein, wenn ein Buch die Menschen erreichen will?«, fragte Charlotte. »Und wird eine tugendhafte Seele nicht vielmehr erhöht, wenn sie im Kreise unvollkommener Charaktere handelt?« Sie sah Friedrich an, dass er sehr verwundert war über ihre Worte. »Vielleicht war es ja das Ansinnen des Autors«, fuhr sie fort, »den Menschen die Sittlichkeit näherzubringen, indem sie in seinem Buch verletzt wird. Wer ist denn der Autor?«

»Ihr überrascht mich«, sagte Friedrich. »Ihr seid offenbar nicht nur eine Sattlerin und bewandert in der Behandlung von Pferden, sondern habt auch einen aufgeschlossenen Geist, den ich bei manchem meiner studierten Freunde vermisse.«

»Hört auf, mir zu schmeicheln, und sagt mir lieber endlich, wer das Stück verfasst hat.«

»Das … das steht nicht auf dem Einband.«

»Ein anonymer Autor?«

»Ja«, sagte Schiller.

Charlotte schüttelte den Kopf. »Das mag ich nicht. Ein Verfasser sollte immer zu dem stehen, was er schreibt. So etwas ist doch feige.«

»Ihr kennt weder Inhalt noch Form, um das zu beurteilen«, erwiderte Friedrich ernst. »Wäre sein Name bekannt, würde er vielleicht böse Folgen zu ertragen haben, da er bestehende Staatsstrukturen kritisiert.«

»Dann gebt es mir einmal, damit ich es lesen kann«, sagte sie.

Friedrich hielt es ihr hin, überlegte es sich aber gleich anders. »Ihr werdet ein Exemplar bekommen, aber dieses muss ich zunächst noch einmal ganz in Ruhe lesen.«

Das kam Charlotte eigenartig vor – aber an diesem Rossarzt war ja vieles merkwürdig.

»Die weibliche Hauptfigur heißt übrigens wie Ihr.«

Es dauerte einen Moment, bis Charlotte klar wurde, dass er ihren falschen Namen meinte. »Amalia?«

»Ja. Ist das nicht ein wunderbarer Zufall?«

»Schon«, sagte sie kurz angebunden. »Ich muss jetzt nach meinem Vater und meinem Bruder schauen. Wir treffen uns sicherlich morgen wieder.«

Friedrich stand für eine knappe Verbeugung auf, aber Charlotte rauschte bereits davon.

Wie kam sie dazu, sich über einen anonymen Autor zu stellen, wo sie doch selbst unter falschem Namen unterwegs war? Es widerstrebte ihr so sehr, dass sie all diese freundlichen Menschen betrog, die ihre Kraft den Pferden widmeten. Allen voran Friedrich, aber auch Georg Hartmann und seinen Sohn und all die anderen Menschen hier. Nur bei Franz war sie sich nicht sicher, ob sie ihn leiden konnte. Es ärgerte sie, dass sie schon wieder an diesen Kerl dachte.

Charlotte diente ein notdürftiges Bett als Schlafplatz in der Sattlerei. Eberhard und Schorsch hatten es nicht so gut. Sie mussten auch die zweite Nacht mit einem Lager im Beschälerstall vorliebnehmen. Eberhards borstige Haare waren noch nass von der Wäsche. Den Geruch von Pferdemist war er allerdings dadurch nicht losgeworden. Der Räuber war mürrisch und erschöpft zugleich. Schorsch hingegen zeigte sich begeistert von seiner Aufgabe als sogenannter Mäuser. Mäuse und Maulwürfe zu fangen machte ihm großen Spaß. Zumal er pro abgeliefertem Schwanz tatsächlich eine Prämie als Bezahlung erhalten sollte, wie ihm versprochen worden war.

»Und, hast du schon herausgefunden, wann die große Geldlieferung kommt?«, fragte Eberhard.

»Es kann ja wohl niemand erwarten, dass mir jemand so etwas am ersten Tag anvertraut.«

»Vergiss deine Aufgabe nicht. Und vergiss nicht, was der Hannikel sonst tun könnte, wenn du nicht spurst.«

»Wie kommen wir eigentlich mit ihm in Kontakt, wenn ich etwas herausfinde?«, fragte sie.

»Morgen im Lauf des Tages wird einer aus der Bande hier vorbeischauen.«

»Dann hoffe ich, euer Mann kommt nicht allzu spät.«

»Wieso?«

»Weil es tatsächlich etwas zu berichten gibt, was den Hannikel sicher brennend interessiert.«

Eberhard saß plötzlich aufrecht im Heu. »Und das wäre?«

»Ganz in der Nähe steht ein Schloss namens Grafeneck«, begann Charlotte.

»Das wissen wir.«

»Dort gibt es eine Kaserne, in der Husaren stationiert sind.«

Eberhard machte es sich wieder bequem. »Auch das ist nichts Neues für uns. Die Husaren werden größtenteils auf den Gestüten in der Gegend für Hilfsarbeiten eingesetzt. Und es sind auch nicht viele. Mit denen werden wir fertig.«

»Aber was ist mit den mehr als zweihundert Mann, die gestern vor uns angekommen sind?«

Jetzt sprang Eberhard sogar auf und fragte entgeistert: »Was sagst du da?«

Auch Schorsch machte große Augen.

»Hannikels letzter Raubzug hier hat wohl das Fürstenhaus alarmiert. Ein ganzes Regiment Grenadiere wurde ausgeschickt, um die Räuberbande zu suchen und auszuräuchern.«

»Verdammter Mist! Das ist tatsächlich ein ernstes Problem. Was weißt du sonst noch?«

»Mehr weiß ich nicht. Aber ich denke, du solltest Hannikels Boten morgen dringend klar machen, dass die Bande verschwinden muss. Sonst werden noch alle am Galgen enden, wenn am Donnerstag der Herzog auf Grafeneck ankommt.«

Eberhard stapfte stürmisch auf und ab. Er trug keine Stiefel. Charlotte bemerkte, dass sogar seine Zehen mit dunklen Haaren bewachsen waren.

»Der Herzog. Ein Regiment …«, wiederholte er brummend. »Das wird ihn interessieren.«

KAPITEL 19

Gestüt Marbach, Dienstag, 7. August 1781

»Dem Schwachen ist sein Stachel auch gegeben.«
Tell in *Wilhelm Tell*, 4. Akt, 3. Szene

Ich habe schon weitaus schlimmere Nächte verbracht, dachte Friedrich, als er am nächsten Morgen aufwachte. Das Bett war zwar durchgelegen, die Luft unter dem Dach auch in der Nacht nur wenig abgekühlt, und der tote Reiter samt Pferdeskelett hatte ihn in seine Traumwelten verfolgt. Aber immerhin hatte er seine eigene Kammer und musste sich kein Zelt mit anderen Soldaten teilen.

Zudem fühlte er sich zufrieden – am Vorabend hatte er noch im Kerzenlicht ein paar Seiten der Überarbeitung fertiggestellt. Im Grunde tat es ihm ganz gut, aus Stuttgart weg zu sein. Dort hätte er sich wahrscheinlich mit Freunden zum Trinken getroffen und würde jetzt nicht voller Energie, sondern mit einem Kater den neuen Tag beginnen.

Wenn er so weiterarbeiten konnte, sah er eine gute Chance, Wolfgang Heribert von Dalberg, dem Intendanten des Mannheimer Theaters, die Überarbeitung der *Räuber* doch noch pünktlich liefern zu können. Heute wollte er sich ganz auf die nächste Szene konzentrieren. Vielleicht würde er sogar zwei Szenen schaffen, wenn es zu keinen überraschenden Notfällen im Bereich der Pferdemedizin kam.

Friedrich dankte Gott für das Glück, die junge Sattlerin als

Nachbarin zu haben. Ohne ihre Unterstützung hätte er nicht gewusst, was er bei der angehenden Kolik der Stute hätte tun sollen. Möglicherweise hätte auch ein Aderlass geholfen. Friedrich schwor darauf, weil sich nahezu jede Krankheit mit etwas weniger Blut im Leib besser ertragen ließ. Aber wenn das Ross trotz seiner Therapie Schaden genommen hätte, wäre sein gerade erst erworbener guter Ruf dahin gewesen.

Dass sie ausgerechnet Amalia hieß, wie die Figur in seinem Stück, nahm Friedrich als Zeichen des Schicksals. Allerdings musste er zugeben, dass sie ihn unbewusst verletzt hatte. Einen Feigling hatte sie den Autor des Schauspiels genannt, ohne zu wissen, dass genau der vor ihr saß. War er etwa ein Feigling?

Friedrichs Uniform hatte beim Nähen der Wunde der ersten Stute Blutflecken bekommen. Er hatte Rock und Hose zum Waschen gegeben und auf den Wunsch des Gestütsmeisters von Franz Hartmann eine einfache Garnitur für die Zwischenzeit erhalten. Der Mann, dem sie gehörte, war weitaus breiter gebaut als Friedrich, sodass die Kleidung an seinem schlanken Leib schlackerte. Aber es war besser, als in Unterwäsche über das Gestüt laufen zu müssen. Er hoffte nur, dass seine Uniform bis zu Herzog Carl Eugens Ankunft wieder sauber wäre, auch wenn die Uniformhose ihm ständig im Schritt kniff.

War es feige gewesen, seinen Namen auf dem Buch nicht zu nennen? Friedrich schüttelte den Kopf. Es war, wie er es zu Amalia gesagt hatte: Aufgrund seiner Kritik gegen das feudale System hatte er fürchten müssen, dass das Werk insbesondere seinem Landesvater nicht gefallen würde. Nun war das Buch leider ein Ladenhüter, den bis auf enge Freunde kaum einer kaufen wollte. Wäre aber nur ein einziges Exemplar mit Friedrichs Autorennamen bei Carl Eugen gelandet, wäre ihm ein langwieriger Besuch im kältesten Keller der Festung Hohenasperg gewiss gewesen. Das Schauspiel anonym zu veröffentlichen war also kein Akt der Feigheit, sondern der Vernunft, überzeugte er sich selbst.

Trotzdem blieb ein Rest Zweifel, der wie ein kleiner Holzsplitter im Finger nicht durchweg schmerzte, aber sich doch immer wieder ins Gedächtnis brachte.

Friedrich glitt in seine Stiefel und setzte sich an den kleinen Tisch, den er zum Schreiben verwendete. Er hatte den Reiter im Rücken und Fenster und Tür der Arzneikammer im Blick. Für den Fall, dass jemand vorbeikam, hatte er wieder die Bücher über Pferdekrankheiten bereitgelegt, unter denen die *Räuber* schnell verschwinden konnten.

Am Vorabend hatte er sich in der Küche etwas Brot, Käse und einen Krug Wein geholt. Die Reste nahm er jetzt als Frühstück zu sich. Er war kaum damit fertig, als es an der Tür klopfte.

»Guten Morgen, Herr Schiller!«, begrüßte ihn Kronenbitter mit seinem eigenartigen Singsang. Sein Adjutant war noch größer als Friedrich selbst. Seine Beine waren für den Körper zu lang und die Arme zu kurz. Wenn man ihn anschaute, gewann man unwillkürlich den Eindruck, dass etwas nicht stimmte an diesem Mann. Auch seine Gesichtszüge passten nicht zueinander. Ein Auge war klein und saß nah an der krummen Nase, das andere war größer und fast an der Seite des Kopfes. Beim weiblichen Geschlecht führte seine Anwesenheit zu Kronenbitters Leidwesen nicht gerade zu Begeisterungsstürmen. Dabei sehnte er sich nichts so sehr herbei, wie eines Tages zu heiraten. Leider konnte er das einer Frau kaum sagen, denn sobald eine ihm nahekam, verfiel er in ein aufgeregtes, langwieriges Stottern.

»Was willst du hier, Kronenbitter?«, fragte Friedrich.

»Habt Ihr etwa die Sprechstunde vergessen? Die Kranken sind auf dem Weg.«

»Ich habe doch hier gar kein Material. Schau dich um, das sind alles medizinische Geräte und Arzneien für Pferde.«

»Die Kranken kommen mit dem Lazarettwagen«, erklärte der Adjutant. »Darauf sind auch Eure Instrumente.«

Es dauerte tatsächlich nicht lange, bis der Wagen über den

Hof gerattert kam. Fünf Soldaten saßen obenauf, und drei folgten zu Fuß. Die Gestütler staunten nicht schlecht, als der Behandlungsplatz für Pferde von einem Moment zum anderen zu einem für Menschen wurde.

»Seid ihr gut untergekommen?«, fragte Friedrich Kronenbitter nach einem Patienten, der an Durchfall litt.

»Ein Teil der Männer ist in der Kaserne beherbergt, die anderen haben Zelte aufgebaut. Der General und die Offiziere konnten Quartier im Schloss Grafeneck beziehen, wo sich die Dienerschaft auf die Ankunft von Carl Eugen vorbereitet.«

»Und die Jagd nach den Räubern?«

»Die hat schon gestern Nachmittag begonnen. Mehrere Spähtrupps wurden ausgeschickt, um die Umgebung nach Spuren zu durchkämmen. Aber es wurde noch nichts gefunden. Heute wird der Radius erweitert. Der alte General ist angestachelt wie selten zuvor, diese Bande zu fassen, bevor der Herzog kommt.«

Nach der Behandlung von Wilbert, einem hinkenden Soldaten, dessen sehr tief sitzende Dornwarze Friedrich schon seit zwei Wochen behandelte, sagte Kronenbitter: »Ich hoffe, wir finden die Räuber bald.«

»Wieso?«, fragte Friedrich.

»In meinem Bett in der Kaserne hat es mehr Flöhe als in ganz Stuttgart. Und dazu kommen nachts noch die Stechmücken. Mich juckt's am ganzen Leib.«

»Mach dich mal frei«, forderte Friedrich ihn auf.

Kronenbitter sah ihn erstaunt an, entblößte dann aber seinen Oberkörper.

Friedrich war schockiert. Kronenbitter hatte von Natur aus die Hautfarbe einer Wasserleiche. Überall auf Brust und Rücken fanden sich dicke, rote Schwellungen. Friedrich konnte auf Anhieb sagen, welche von Flöhen und welche von Stechmücken stammten, zumal sich Kronenbitter die ganze Zeit gekratzt hatte.

Aber da gab es noch richtige Beulen, die von einem anderen Getier stammen mussten. Diese waren größter als die anderen, und eine blutete sogar leicht aus der Mitte.

»Du bist sicherlich in einem der Zimmer in der Kaserne, oder?«

Kronenbitter nickte.

»Das sind Bisse von Bettwanzen«, sagte Friedrich. »Du scheinst dagegen besonders empfindlich zu sein, denn gewöhnlich schwellen die nicht so stark an. Aber man sieht die unverkennbaren Bissstraßen.«

Kronenbitter stand da mit seiner rot gesprenkelten Hühnerbrust und starrte ihn ratlos an.

»Ich sehe nur eine Möglichkeit«, fuhr Friedrich fort. »Leg dich nie mehr auf die verwanzte Matratze. Die sollte am besten verbrannt werden.«

»Soll ich etwa auf dem Boden schlafen?«

»Im Zelt wärst du wenigstens die Wanzen los.«

»Ich dachte, ich könnte als Euer Aufwärter hier bei Euch ...«

»Auf gar keinen Fall!«, fiel ihm Friedrich ins Wort. Wenn Kronenbitter hier wäre, könnte er nicht mehr an den *Räubern* weiterarbeiten.

»Aber es ist doch meine Aufgabe, Euch zu unterstützen und zu dienen«, brachte Kronenbitter sichtlich enttäuscht hervor.

Friedrich wurde bewusst, dass er ihn allzu barsch abgewiegelt hatte. »Und du erfüllst deine Aufgabe mit Bravour«, sagte er. »Allerdings, lieber Kronenbitter, möchte ich darauf hinweisen, dass sich diese Aufgabe auf die Kaserne in Stuttgart bezieht.«

»Aber ... Ihr braucht doch trotzdem jemanden, der sich um Euer Wohl kümmert.«

»In erster Linie geht es um das Wohl des Regiments«, erwiderte Friedrich. »Ich brauche dich, damit du die Kranken sammelst und zu mir bringst. Verstehst du?«

Kronenbitter zog sich wieder an und nickte. »Wenn ich herauskriege, wer uns diese Geschichte hier eingebrockt hat ... Das ganze Regiment ist stocksauer.«

Friedrich schluckte trocken.

Als Kronenbitter mit den Kranken abfuhr, blickte Friedrich ihnen eine Weile nach und sah sich dann um. Überall auf dem Hof waren Gestütler und Handwerker damit beschäftigt, sichtbare Schäden an den Gebäuden so zu reparieren, dass sie beim Besuch des Herzogs nicht gleich ins Auge fallen würden. Doch nicht nur dort wurde gearbeitet. Viele der Bediensteten waren bei der Heuernte. In Abständen traf immer wieder ein von zwei starken Pferden gezogener, hoch beladener Wagen ein. Schwitzende Männer mit freiem Oberkörper entluden es in das riesige Heulager.

Die Menschen waren versorgt, jetzt galt es, nach den Pferden zu schauen.

Er mischte die gleichen Kräuter wie am Vortag, allerdings weniger davon, und ging mit dem Säckchen in den Stutenstall, wo La Grace stand und nicht darüber glücklich schien, den Weidegang zu verpassen.

Friedrich schüttete die Kräutermischung in die Krippe ihres Verschlags. Die Stute machte sich sogleich darüber her. Heute wirkte sie frisch und fröhlich statt müde und krank. Gott sei Dank, das war überstanden.

»Kann sie wieder auf die Weide, Herr Doktor?«, fragte Christian Hartmann. Der Stutenmeister kam durch die Stallgasse auf Friedrich zu.

»Ja, sie sieht gut aus. Aber schickt regelmäßig jemanden vorbei, der aufpassen soll, dass sie nicht mehr so viele Äpfel frisst und den ganzen Klee abweidet. Falls doch, solltet Ihr sie vorerst wieder von der Weide nehmen.«

Friedrich befand, dass er allmählich wie ein Pferdeexperte klang, auch wenn ihm bewusst war, dass das nicht zutraf.

»Wie geht es der Mutterstute, deren Lauf ich genäht habe?«, fragte er den Stutenmeister.

»Die Wunde verheilt sehr gut.«

»Zeigt sie Schmerzen, etwa wie bei einer Entzündung?«

»Offenbar nicht. Das Tier scheint sich wohlzufühlen.«

»Das freut mich. Schickt nach mir, wenn sie im Stall ist. Ich möchte mir die Naht selbst noch einmal anschauen.«

Auf dem Rückweg zur Arzneikammer dachte Friedrich, dass es besser wäre, einen nicht ganz so guten Eindruck zu hinterlassen. Nur wenige Dinge waren dem Herzog von Württemberg so wichtig wie seine Pferdezucht. Wenn man Friedrich als Rossarzt in Vertretung allzu sehr lobte, mochte es durchaus geschehen, dass Carl Eugen ihn dauerhaft hierher versetzte. Und das würde das Ende seiner Laufbahn als Humanmediziner bedeuten.

Zudem hatte Friedrich auch ohne Patienten – menschliche wie tierische – ausreichend zu tun. Die Überarbeitung seines Stücks hatte in diesen Tagen Vorrang.

»Franz«, schrieb er kurz darauf den Namen des Sprechers und behielt im Anschluss bei, was er in seinem Buch fand: »Hattest du ihm nicht einen Ring an den Finger gesteckt? Einen Diamantring zum Unterpfand deiner Treue!« Franz Moor versuchte in dieser Szene, mit Lügen die Liebe der edlen Amalia zu seinem Bruder Karl zu erschüttern. Ein solcher Auftritt musste auch im Theaterstück bleiben!

Amalia und Franz – dass hier die Sattlerin und der Großneffe des Gestütsmeisters die gleichen Namen trugen, war ein ungewöhnlicher Zufall. *Dabei stimmen die erdachten mit den realen Figuren nicht recht überein*, dachte Friedrich. Franz Moor aus dem Stück hatte ein wenig anziehendes Äußeres. Der Franz im Gestüt dagegen war vom Herrn so gestaltet worden, wie sich schon die alten Griechen das Idealbild des Mannes vorstellten: ein markantes Gesicht über einem kräftigen Hals und breiten Schultern, die von einem muskulösen Körper getragen wurden. Groß, mit schmalen Hüften und wohlgeformten Beinen wie denen des Läufers von Olympia. Friedrich konnte nicht umhin, diesem aufgeblasenen Gestütsadonis das Aussehen seines Namensvetters aus den *Räubern* an den Hals zu wünschen.

Auch die beiden Amalias ähnelten sich nicht sonderlich. Die in seinem Stück war ein überhöhtes Wesen, ein Idealbild einer Frau voller Sanftmut und Reinheit. Mit ihr Zeit zu verbringen wäre bis auf die ständigen Liebesschwüre wohl auf Dauer etwas langweilig geworden. Die Amalia in der Sattlerei nebenan, die schon die ganze Zeit unregelmäßige, dumpfe Hammergeräusche verursachte, war hingegen ein bemerkenswertes Wesen. Und überdies recht hübsch anzusehen. Friedrich war durchaus beeindruckt von ihrem Geist. Auch wenn ihre Bildung die einer Handwerkerin war, schien sie ihm feinsinnig und von gehöriger Intelligenz. Seit ihrer Bemerkung am vorigen Abend fragte er sich immer wieder, ob sie recht gehabt hatte damit, dass es feige sei, sein Werk nicht namentlich zu kennzeichnen.

Natürlich hatte sie recht! Es war feige. Auf der anderen Seite hatte es auch mit Vernunft zu tun. Was hätte es ihm eingebracht, mutig zu sein wie ein Löwe, wenn der Herzog ihn daraufhin in einen Käfig steckte? Dennoch: Je mehr er darüber nachdachte, umso schlechter fühlte er sich damit, seinen Namen verborgen zu haben. *Etwas zu verheimlichen ist fast wie eine Lüge*, dachte er.

Er widmete sich wieder seiner Figur Franz Moor. Diesem fiel das Lügen nicht schwer. Er redete Amalia nun ein, dass sein Bruder Karl mit ihrem Verlobungsring eine Hure bezahlt hätte, deren Reizen er nicht hatte widerstehen können.

Friedrich legte die Feder hin, schloss die Augen und versuchte, sich die Reaktion Amalias vorzustellen. Das empfindsame Wesen musste vollkommen aufgewühlt sein. Franz hatte schon zuvor den Samen gelegt, dass Karl vom rechten Wege abgekommen sei, jetzt aber versetzte er Amalia einen Stich ins Herz. Denn mehr als der körperliche Betrug wog, dass Karl diesen durch ihr Zeichen der Liebe ermöglicht hatte. So gefasst und in sich ruhend sie sonst war, an dieser Stelle musste sie aufgebracht sein und heftig reagieren. Friedrich hoffte, dass das Mannheimer Theater eine passende Aktrice aufbieten konnte, die diese Szene so zu spielen vermochte, dass es jedem Mann und jedem Weib im Publikum die gleiche Gänsehaut verursachen würde, die er beim Schreiben empfand.

Das Hämmern und Klopfen nebenan nahm kein Ende. Friedrich schaute auf sein Blatt, auf dem nur ein paar Zeilen geschrieben standen. Kein Wunder. Wie sollte man sich bei diesen Geräuschen konzentrieren können? Zumal da im Stück nun ein Teil folgte, der Franz und Amalia so deutlich charakterisierte wie wenige Episoden sonst. Franz Moor übertrieb seine Lüge, indem er seinem Bruder die Syphilis andichtete. Es war eine äußerst schwierige Szene, die es nun zu bearbeiten galt – aber immer wieder ertönten die dumpfen Hammerschläge.

Friedrich stand auf und trat ans Fenster der Sattlerei. Er legte die Hand an die Scheibe und schaute hinein. Amalia war nur wenige Schritte von ihm entfernt und schlug mit einem klobigen Holzhammer auf ein dickes Stück Leder ein.

Als sie ihn bemerkte, lächelte sie freudig. »Steht nicht draußen herum«, rief sie. »Kommt doch herein!«

»Ich wollte ohnehin gleich zu Euch«, sagte sie, als Friedrich eintrat. In der Sattlerei roch es nach Leder und Schweiß.

»Was hämmert Ihr da die ganze Zeit?«, fragte Friedrich.

»Ich fülle die Polsterung für die Auflage«, erklärte sie.

Sie hatte ein sattelsitzförmiges Etwas vor sich, das auf beiden Seiten breite Polster besaß. Sie waren am Ende offen. Neben Amalia auf dem Boden stand ein Leinensack, gefüllt mit feinsten rötlichen Haaren.

Sie nahm eine Handvoll davon auf und drückte die Haare vor die Öffnung. Mit einem eigenartig geformten Eisen quetschte sie die Masse hinein, bis sie nicht mehr zu sehen war. Es war offensichtlich eine anstrengende Arbeit, und Amalia atmete schwer. Jetzt packte sie wieder den großen Hammer und schlug das Polster damit in Form.

»Es ist wichtig, dass der Sattel auf dem Pferderücken anliegt«, erklärte sie zwischen den Schlägen. »Dafür müssen die Polster genau an den richtigen Stellen angeordnet sein, damit der Sattel das Tier entlasten kann, statt am Ende noch zu drücken. Ein Pferd mit Schmerzen durch Sattel und Reiter kann kein gutes Pferd sein.«

Friedrich fand das plausibel. »Aber woher wisst Ihr, wie Ihr polstern müsst? Ihr kennt doch das Pferd gar nicht, für das der Sattel gedacht ist.«

Amalia nickte anerkennend, legte den Hammer zur Seite und hob zwei Zettel hoch, auf dem kleine Tuscheskizzen zu sehen waren. Dazu stand dort eine Vielzahl von Zahlen, mit denen Friedrich rein gar nichts anfangen konnte.

»Ich musste selbst erst herausfinden, was diese Zettel genau bedeuten. Jeder Sattler hat sein eigenes System. Mein Vater zum Beispiel braucht ein Pferd nur einmal zu sehen und abzutasten und kann einen Sattel herstellen, der dem Tier perfekt passt.«

Friedrich blickte fragend. Ihr Vater? Wenn der so etwas konnte, warum lief er dann auf den Weiden herum und sammelte die Äpfel der Pferde auf, statt hier seiner Tochter zu helfen?

Friedrich konnte nicht nachfragen, denn Amalia redete schon weiter: »Der Hofsattler, der die Arbeit begonnen hat, hatte die genauen Maße des Pferdes, auf die der Sattel anzupassen war. Ich habe seinen Zettel verstanden, indem ich den Plan mit dem bisher fertiggestellten Stück verglichen habe. Und wenn der Sattel dann aufs Pferd kommt, kann das Polster noch exakt angepasst werden.«

»Und was steht auf dem zweiten Zettel?«, fragte Friedrich.

Amalia grinste. »Ein Sattel will nicht nur auf den Rücken des Tieres angepasst sein, sondern auch auf die Gestalt seines Reiters.

Das hier …«, sie wedelte mit dem Papier, »… sind die Maße des Allerwertesten Eures Herzogs Carl Eugen.«

Friedrich musste lachen.

»Euer Herzog ist auch der Grund, wieso ich Euch gleich aufsuchen wollte. Können wir einen Spaziergang machen und uns ein wenig unterhalten?«

Friedrichs Herz schlug schneller. Diese Amalia war wirklich ganz anders ihr Pendant aus dem Stück. Niemals hätte die Reine einen fremden Mann zu einem Spaziergang eingeladen, geschweige denn einen Hammer geschwungen. Friedrich musste lächeln.

»Jetzt gleich?«

»Jetzt gleich!«

KAPITEL 20

Gestüt Marbach, Dienstag, 7. August 1781

»Redlichkeit gedeiht in jedem Stande.«
Stauffacher in *Wilhelm Tell,* 2. Akt, 2. Szene

Charlotte und Friedrich wählten den Alleenweg, der bergauf an den großen Weiden vorbeiführte. Die ersten Schritte schwiegen sie und genossen die sanfte Brise, die ein leises Rascheln der Blätter über ihnen erzeugte.

»Was möchtet Ihr über den Herzog wissen?«, fragte Friedrich schließlich, dem die Stille bald unbehaglich wurde.

Amalia blieb stehen und warf einen Blick zurück auf das Gestüt.

»Ich soll ihm ja diesen Sattel als Geschenk fertigen.«

»Das ist mir bekannt.«

»Ich sage es ja nur der Vollständigkeit halber. Der Gestütsmeister hat mich beauftragt, so viel Gold und Geschmeide an den Sattel zu packen, bis ich denke, es sei zu viel. Und dann soll ich es verdoppeln.«

Friedrich nickte. »Das klingt, als könnte es Carl Eugen gefallen.«

»Wirklich? Ist er so? Zählen für ihn nur Glanz und Gloria?« Sie schüttelte den Kopf, als könne sie sich so etwas nicht einmal vorstellen.

»Carl Eugen hat den größten Teil seines Lebens alles dafür getan, dass die Menschen ein solches Bild von ihm gewinnen mussten«, sagte Friedrich. »Aber ich muss einräumen, dass er offenbar eine Wandlung vollzogen hat.«

»Welcher Art? Kommt, lasst uns weitergehen, oder geht Euch die Luft aus, wenn Ihr bergauf reden müsst?«

»Ich dachte, Ihr wärt außer Atem«, gab Friedrich keuchend zurück.

»Bei uns waren die Hänge viel steiler und …« Sie brach ab. »Kommt, los!«

Sie schritt forsch nach oben aus.

Friedrich atmete noch einmal tief durch und folgte ihr. Dabei wunderte er sich über ihre Worte. Wieder hatte sie von einem Zuhause, von einer Vergangenheit gesprochen. Und kaum war es ihr aufgefallen, hatte sie es zu überspielen versucht. Gab es da etwa ein Geheimnis?

»Also noch mal, wie sieht die Wandlung aus, die Euer Herzog durchlaufen hat?«, fragte sie von vorn.

Friedrich schritt weiter aus, um zu ihr aufzuschließen.

»Mit neun Jahren kam er auf den Thron – zuerst mit Unterstützung zweier anderer Herzöge. Mit sechzehn Jahren wurde er dann für mündig erklärt. Niemand wagte es mehr, ihm eine Grenze zu setzen.«

»Was hat er gemacht?«

»Weitaus mehr, als Ihr und ich uns vorstellen können«, sagte Friedrich. »Mein Vater hat mir erzählt, dass Württemberg seit seinem Amtsantritt immer wieder am Rand des Ruins stand, weil Carl Eugen ein Schloss nach dem anderen bauen ließ – und eines prächtiger als das andere. Und seine Feste dauerten Wochen und waren so teuer, dass das ganze Land Hunger leiden musste.«

Amalia schüttelte den Kopf. »Warum hat er das alles getan?«

Friedrich fand das eine gute Frage. »Was ihn dazu bewog? Ich weiß es nicht. Vielleicht hat er versucht, eine innere Leere mit all dem Prunk zu füllen. Vielleicht hat er aber auch einfach keinen

Gedanken an das Wohl anderer verschwendet ... wie ein ungezogenes Kind.«

»War er viel allein?«

»Allein?« Friedrich lachte. »Das war er nie. Er hat früh geheiratet und dann jede Frau in sein Bett geholt, die er wollte.«

Friedrich schnippte mit Zeigefinger und Daumen.

»Manchmal sollen es mehrere Frauen auf einmal gewesen sein«, fuhr er fort und schnippte mehrmals hintereinander in die Luft.

»Siebenundsiebzig Söhne soll er anerkannt haben. Sicher laufen noch eine Menge weiterer durch Württemberg. Und die Zahl seiner Töchter dürfte auch in einem solchen Rahmen liegen.«

»Siebenundsiebzig Söhne!« Diesmal war Amalia stehen geblieben. »Kein Wunder, dass er gleich mehrere Schlösser bauen musste!«

»Oh, glaubt mir, die Schlösser waren nicht für seine Söhne, sondern letztlich nur für ihn selbst.«

»Ist denn einer von ihnen sein Thronfolger?«

Friedrich winkte ab. »Nein. Seine Frau bekam eine Tochter, die früh starb. In der Thronfolge stehen Carl Eugens Brüder ganz vorn.«

Charlotte schaute gedankenverloren ins Tal. Ihr Blick schweifte über Pferdeweiden, abgemähte Wiesen und die Dächer der Gestütsgebäude. »Es muss schwer gewesen sein für seine Frau, dass er sie so oft betrogen hat.«

»Das glaube ich auch«, stimmte Friedrich ihr zu. »Die beiden sind bald auseinandergegangen. Als Carl Eugens Treiben immer bunter wurde, ist sie zurück zu ihren Eltern gezogen.«

Friedrich berührte Amalia leicht am Arm, um ihr anzuzeigen, dass sie weitergehen sollten. Der Weg war mittlerweile weniger steil. Vor ihnen tat sich der Blick auf das Schloss Grafeneck auf. Oben auf einem Hügel thronte das riesige Gebäude mit seinen roten Dächern. Mächtige Mauern stützten es zum Hang hin ab.

»Es ist gewaltig!«, sagte Amalia beeindruckt.

»Ihr habt sicher noch nicht viele andere Schlösser gesehen«, mutmaßte Friedrich. »Grafeneck ist nur ein recht kleines Jagdschloss, das Carl Eugen höchstens ein paar Mal im Jahr nutzt. Die meiste Zeit über steht es leer.«

»Das kann doch nicht sein. So eine …«

»… Verschwendung?«

»Ja. Verschwendung. Unser ganzes Dorf könnte darin leben, ohne dass man sich über den Weg laufen müsste.«

»Du solltest erst die anderen Schlösser sehen! Aus welchem Dorf kommt Ihr?«

»Die anderen Schlösser sind noch größer?«, fragte sie und blieb ihm eine Antwort schuldig. Es fiel Friedrich auf, aber er bohrte nicht nach.

»Ludwigsburg ist gewaltig, auch das neue Schloss in Stuttgart. Die Solitude selbst ist kleiner, aber in den Nebengebäuden habe ich in der Carlsschule gelernt. Mittags kam der Herzog oft mit seiner neuen Frau, Franziska Gräfin von Hohenheim, zum Essen dazu.«

»Er ist also wieder verheiratet?«, fragte Amalia.

»Nein. Sie ist seine Mätresse, aber das hört er nicht gern. Er will sie ja heiraten, aber die Kirche verweigert ihm die Einwilligung.«

»Aber warum denn?«

»Carl Eugen ist ein katholischer Herrscher in einem protestantischen Land. Von Herzogin Elisabeth Friederike Sophie von Brandenburg-Bayreuth konnte er sich nicht scheiden lassen, aber sie hat ihn ja schon vor fast fünfundzwanzig Jahren verlassen. Franziska hat er in Wildbad kennengelernt, wo sie sich mit ihrem Gatten aufhielt. Sie ist Protestantin. Carl Eugen und die Gräfin haben sich verliebt, ihre Ehe wurde aufgelöst, trotzdem konnte er sie nicht heiraten. Im vergangenen Jahr verstarb die Herzogin in Bayreuth. Carl Eugen wollte Franziska nun heiraten, doch die katholische Kirche verbot ihm, eine Protestantin zu ehelichen, die nach Kirchenrecht zudem noch verheiratet ist. Es ist eine komplizierte Angelegenheit.«

»Hat diese Franziska mit der Wandlung zu tun, die Ihr angedeutet habt?«, fragte Charlotte.

»So ist es. Sie hat einen guten Einfluss auf ihn. Er liebt jetzt das einfache Leben, verbringt Tag für Tag mit der Gräfin im sogenannten Dörfle, wo sie Bauer und Bäuerin auf dem Lande spielen.«

»Spielen?«

»Sie haben allen erdenklichen Luxus um sich herum, auch wenn sie sich darin gefallen, Getreide anzupflanzen und Heu zu machen. Aber Carl Eugen ist kein Bauer, sondern der Herzog. Nur dass er eben versucht, selbst wie ein Mann des Volks zu erscheinen. Doch er kann nicht aus seiner Haut.« Friedrich hörte selbst, dass er lauter wurde. »Er ist und bleibt ein Despot! Er verlangt von allen, ihn zu loben und zu preisen. Wer das nicht tun will, der kann auch ohne Verhandlung auf unbestimmte Zeit im Kerker verschwinden. Das ist die größte Schande! Vielleicht ist das auch der Grund, weshalb der Verfasser des Schauspiels lieber anonym bleiben wollte.«

Friedrich merkte, dass er sich in Rage geredet hatte, und hielt ein. »Lasst uns zurückkehren.«

Charlotte nickte nachdenklich und drehte mit ihm um. »Ein Herzog, der tut, als sei er ein Bauer …«

Ist Carl Eugen wirklich so, wie ich ihn beschrieben habe, fragte sich Friedrich später, als sie von ihrem Spaziergang zurückgekehrt waren und Amalia wieder in ihrer Werkstatt verschwunden war. Er saß neben dem toten Reiter, nachdem er sich zuvor mit einem Blick vergewissert hatte, dass die Spinne noch immer an ihrem Ort saß.

Nicht die Kostbarkeit des Diamants, nicht die Kunst des Ge-

präges – Die Liebe macht seinen Wert aus, schrieb Friedrich. Das sagte Franz Moor nun in seinem Stück. Anders als sein missratener Bruder, so argumentierte er im Stück weiter, hätte er einen Ring von Amalia niemals fortgegeben. Die Frechheit, mit der er seine Lügen verbreitete, würde das Publikum zum Toben bringen, hoffte Friedrich. Schon seine Freunde aus der Carlsschule hatten auf diese Stelle empört reagiert, als er ihnen das Schauspiel im Wäldchen beim Schloss Solitude vorgetragen hatte.

»Nicht die Kostbarkeit des Diamanten, nicht die Kunst des Gepräges – die Liebe macht seinen Wert aus«, murmelte er vor sich hin. Auch wenn Franz, der Schuft, dies sagte, steckte doch ein großes Körnchen Wahrheit in den Worten.

Wenn Friedrich an Carl Eugen dachte, fielen ihm zuallererst die verabscheuenswürdigen Eigenheiten des Despoten ein. Lange genug hatte er in seiner Schule darunter gelitten. Es gab junge Männer, die sich das Leben nehmen wollten, so verzweifelt unglücklich waren sie. Der Herzog spielte mit den Leben seiner Schüler, als sitze er an einem Roulettetisch und es stünde nicht mehr auf dem Spiel als ein winziger Jeton. Er bestimmte die Laufbahn seiner Eleven. Und er bestimmte ihren Einsatzort. Was der junge Mensch sich wünschte, scherte ihn nicht im Geringsten.

Und doch: Carl Eugen hatte sich die schönsten und aufregendsten Frauen in sein Bett genommen, kostbare Diamanten. Aber er hatte die Einsicht gewonnen, dass nicht die Kunst des Gepräges, sondern die Liebe den wahren Wert des Lebens ausmachte, um bei den Worten von Franz Moor zu bleiben.

Carl Eugen hatte letzten Endes eine Frau gewählt, die man weder als außergewöhnlich schön noch von herausragendem Talent oder Intellekt bezeichnen konnte. Dennoch schien Franziska von Hohenheim für den Herzog alles zu sein, was er brauchte. Steckte also doch ein guter Kern in dem Landesvater? Hatte er Carl Eugen also unrecht getan, als er Amalia all diese Dinge über ihn erzählt hatte? Friedrich lehnte sich zurück und verschränkte die Arme hinter dem Kopf.

Amalia war ihm ein Rätsel. Er hatte ein paar Schwärmereien hinter sich, aber mit ihr fühlte es sich anders an. Bis auf seine Schwestern hatte er noch keine Frau kennengelernt, mit der er so unvoreingenommen umgehen konnte. Gleichzeitig gab sie ihm einige Rätsel auf. Ihre Anspielungen auf ihr Zuhause kamen ihm sehr eigenartig vor. Sie sprach fast liebevoll von ihrem Vater. Doch nie sah Friedrich sie zusammen. Aber warum?

Er stand auf und ging hinüber in die Sattlerei. Amalia musterte ihn erstaunt.

»Carl Eugen …«, begann er. »Ich habe viel Schlechtes über ihn gesagt, aber er hat auch seine guten Seiten … wenn man sie sucht.«

»Aha«, versetzte Amalia trocken. »Das also wolltet Ihr mich unbedingt noch wissen lassen?«

»Ja. Und ich wollte Euch noch etwas fragen«, brachte er zögerlich hervor.

»Und das wäre?«

Friedrich wusste nicht, wie er es anfangen sollte. Er kannte sie wahrlich noch nicht lange, und sein Interesse an ihren Familienverhältnissen erschien ihm mit einem Mal unangemessen.

»Ach, nicht so wichtig«, sagte er schließlich. »Ich wollte Euch nicht von der Arbeit abhalten. Auf bald!« Sprachs und stürmte aus der Sattlerei. *Sonderlich mutig war das nicht gerade gewesen,* fand er.

KAPITEL 21

Gestüt Marbach, Mittwoch, 8. August 1781

> *»Du bist ein Meisterredner, Spiegelberg, wenns drauf ankommt, aus einem ehrlichen Mann einen Hollunken zu machen.«*
>
> Roller in *Die Räuber,* 1. Akt, 2. Szene

Am Mittwochmorgen hatte der Sattel für den Herzog sichtbar Gestalt angenommen. Charlotte hatte die Elefantenhaut – denn das war, wie vermutet, das Leder gewesen – noch mit Applikationen aus dem edlen Hirschleder versehen, das auch über den Sitz gespannt war. Zudem hatte sie ein paar Blumenranken ins Leder punziert, die gefasste Edelsteine als Blütenmitte erhalten sollten. Die Befestigung hatte sie schon vorbereitet. Franz würde heute oder morgen mit der Truhe vorbeikommen, um ihr die benötigten Juwelen zu bringen.

Derweil arbeitete sie an Halftern, die sie aus Resten des Hirschleders herstellte. Zusammen mit goldenen Schnallen würden sie ein prächtiges Zaumzeug ergeben.

Es klopfte.

Charlotte stand mit dem Rücken zur Tür. Sie fragte sich, wer sie da wohl aufsuchen wollte. Friedrich, um ihr ein neues Zitat aus diesem Buch vorzulesen, von dem er geradezu besessen schien? Franz, der ihr die Edelsteine brachte oder geschickt wurde, um den Fortschritt ihrer Arbeit zu kontrollieren? Oder gar sein Großonkel?

»Wie lange brauchst du denn für diesen Sattel?«, drang Eberhards Stimme ohne ein Wort der Begrüßung an ihr Ohr.

»So lange, bis er fertig ist«, erwiderte sie kurz angebunden. Als sie sein ärgerliches Schnauben vernahm, drehte sie sich zu ihm um. »Ich habe dich gestern gar nicht gesehen. Wo warst du?«

»Ach, hör bloß auf!«, schimpfte er. Schnell bemerkte Charlotte, dass er nicht ihretwegen wütend war. »Den ganzen Tag haben wir im Wald an Pferchen gearbeitet, die dem Herzog und seinen Freunden das Wild vor die Flinten treiben sollen.«

»Wer ist wir? Du und Schorsch?«

»Den Jungen hätten sie dafür nehmen können, aber der fängt mehr Mäuse als eine hungrige Katze. Man hat ihn von der Arbeit im Wald freigestellt. Nein, viele von den einfachen Gestütlern und den Helfern. Außerdem haben sie die Leute aus der Umgebung zu Frondiensten verpflichtet. Alles für diesen Herzog.« Er spuckte aus.

»Dann hast du Hannikels Boten gestern nicht getroffen?«, fragte Charlotte und runzelte die Stirn. Wurde ihre aufkeimende Hoffnung enttäuscht, dass der Räuberhauptmann wegen der Gefahr durch die Soldaten den Rückzug antreten und sie selbst in Frieden ziehen lassen würde?

Eberhard nahm ihr nicht nur die Hoffnung, sondern verstärkte sogar ihre Sorge.

»Doch, doch. Ich hab ihn getroffen, als die Pferche alle aufgestellt waren. Du kennst ihn. Es war Kollo.«

Charlotte dachte nach. Der Name löste etwas in ihr aus, sie konnte ihn aber nicht mit einem Gesicht in Verbindung bringen.

»Einer von Hannikels engsten Freunden. Er war mit in dem Zelt, als Hannikel dich verpflichtet hat.«

»Und dir den Schnitt auf der Wange verpasst …«

»Red nicht davon!«, fiel ihr Eberhard wütend ins Wort.

»Der Mann mit Schnurrbart«, sagte sie und nickte. Nun wusste sie, um wen es ging.

»So ist es. Die anderen sind alle gut angekommen und haben das Lager bezogen. Kollo war besorgt wegen der Husaren und Grenadiere und wollte gleich wieder verschwinden, um dem Hannikel Bericht zu erstatten, aber er war nicht gerade glücklich, dass du nicht mehr herausgefunden hast. Wann kommt das Geld? Und auf welcher Route? Das will er wissen!« Er sprach laut, und seine Stimme klang barsch.

»Ich hab dir doch schon gesagt, dass das nicht so schnell geht«, entgegnete Charlotte ruhig.

»Dann halt dich gefälligst ran!« Eberhard brüllte fast. Gedämpfter setzte er hinzu: »Dieser Franz könnte etwas wissen. Der schaut dir sowieso dauernd hinterher.«

»Was sagst du da?«

»Dass du ihm gefällst. Das sieht doch jeder!«

»Ich aber nicht«, entgegnete Charlotte wahrheitsgemäß und vollkommen überrascht von Eberhards Worten. Sie fühlte ein eigenartiges Ziehen in der Brust.

»Mach dich an ihn ran, dann wirst du ziemlich schnell was erfahren.«

Charlotte schüttelte den Kopf. »Da täuschst du dich. Der Franz kann mich nicht leiden. Er wird mir nie etwas verraten.«

»Ach, hör auf! Auf jeden Fall wäre es besser für dich, wenn du jetzt schnell etwas zu berichten hast. Überhaupt, Kollo hatte eine Nachricht für dich!«

»Und die wäre?«

»Du sollst heute um neun Uhr am Abend zu der vom Blitz getroffenen Eiche kommen, die wir auf dem Weg hierher gesehen haben. Nimm dein Pferd mit. Kollo holt dich da ab und bringt dich ins neue Lager.«

Charlotte starrte Eberhard an. Hatte sie das richtig verstanden? Sie sollte sich nachts mit ihrem Pferd davonstehlen, um den

Räuberhauptmann zu treffen? Statt dass sie einfach aus der Sache herauskam, wurde alles nur komplizierter und gefährlicher.

»Das sollten wir besser lassen. Es wäre zu auffällig. Kannst du nicht hingehen und ihm sagen, dass es bei mir nicht passt?«

Eberhards Miene verdüsterte sich. Er trat so fest gegen den Sattelbock, dass dieser umstürzte. »Verdammter Mist! Ich habe dir doch gesagt, dass du gehorchen musst!«

Plötzlich öffnete sich die Tür, und Friedrich trat herein. Er trug eine frisch gereinigt aussehende Uniform.

Charlotte hatte eigentlich den Wutanfall des Räubers abwarten wollen. Dadurch, dass jetzt der Regimentsmedicus dazu kam, drohte die Lage zu eskalieren.

Eberhardt schnellte zu ihm herum. »Was wollt Ihr denn hier?«

Friedrich blieb stehen, wich aber nicht zurück, als Eberhard auf ihn zuging und erst ganz kurz vor ihm stehen blieb.

»Was ist hier los?«, fragte Friedrich gefährlich ruhig.

»Eine Familienangelegenheit«, bellte der Räuber.

»Eine sehr laute offensichtlich.«

»Wieso, was habt Ihr gehört?«

Entsetzt stellte sich Charlotte genau die gleiche Frage.

»Ich versuche, mich hier nebenan zu konzentrieren. Aber wenn ihr so laut seid, will mir das nicht gelingen.«

»Was habt Ihr denn gehört?«, fragte Eberhard wieder.

Charlotte sah, dass seine Hand zu seiner Hosentasche wanderte, in der er vermutlich die kleine Pistole versteckt hatte.

»Ich habe kein Wort verstanden, nur euer Gebrüll vernommen«, gab Friedrich zurück.

Charlotte atmete auf, als Eberhard die Hand wieder sinken ließ. Offenbar war ihm klar geworden, dass es nicht angebracht war, an diesem Ort eine Waffe zu zücken. Und dass selbst der Streit zu weit ging. Er atmete tief durch. »Es tut mir leid, wenn wir Eure Konzentration gestört haben. Wir hatten nur einen kleinen Disput.«

Friedrich schaute über Eberhards Schulter zu Charlotte. Sie setzte ein gequältes Lächeln auf und nickte ihm bestätigend zu.

»Dann ist es ja gut«, sagte Friedrich. »Ich gehe wieder nach nebenan.«

»Da siehst du, was dein Geschrei anrichten kann.« Charlotte konnte sich den Satz nicht verkneifen, nachdem der Medicus verschwunden war.

Eberhard funkelte sie aus schmalen Augen an. Er trat zu dem umgefallenen Sattelbock und hob ihn wieder auf. Charlotte half ihm, damit der Sattel nicht noch mehr litt. Zum Glück waren keine Schrammen zurückgeblieben, die sie nun wieder aufzuarbeiten hätte.

»Eine wirklich gute Arbeit«, murmelte Eberhard anerkennend und streifte mit den Fingern über das Leder. »Was kommt in die Mitte der Blumen? Diamanten?«

Charlotte nickte.

»Da hättest du doch einen Schatz, den du dem Hannikel präsentieren könntest«, sagte er. »Du wirst dich also heute Abend mit Kollo treffen, und er bringt dich zum Hannikel. Basta. Verstehen wir uns?« Charlotte nickte. »Verdammt, was ist denn da draußen los?«

Auch Charlotte hatte die Unruhe im Hof bemerkt. Gerade liefen zwei Stallburschen am Fenster der Sattlerei vorbei, gefolgt von den beiden Jungen, die Friedrich am Vortag zu der Stute mit den Blähungen gerufen hatten.

Charlotte und Eberhard traten vor die Tür. Auf dem Hof stand eine große, herrschaftliche Kutsche mit vier Zug- und zwei Handpferden. Begleitet wurden sie von vier berittenen Wachen.

»Ist der Herzog schon einen Tag früher angekommen?«, fragte Charlotte verwundert.

»Das ist nicht der Herzog«, sagte Friedrich, der erneut scine

Arzneikammer verlassen hatte. »Dies ist eine Reisekutsche für weitere Strecken.«

Der Trubel auf dem Hofplatz nahm zu, als der Gestütsmeister Georg Hartmann aus dem Hauptgebäude trat. Charlotte fiel auf, dass er feinere Kleidung trug als sonst. Er ging auf einen Mann in einem reich geschmückten Gewand zu, der sich geschmeidig verneigte und dabei seinen Hut präsentierte. Bald bildete sich eine Menschentraube um die beiden, zu denen sich auch der Stutenmeister und sein Großneffe gesellten. Zugleich gab es weitere Neuankömmlinge. Charlotte sah einen dürren Mann durch das Tor stolpern, der in die gleiche Uniform wie Friedrich gekleidet war.

»Kronenbitter!«, sagte Friedrich. »Was will der schon wieder hier?«

»Wer ist das?«, wollte Charlotte wissen.

»Mein Adjutant, der mir die Kranken zur Behandlung bringt, bis die Räuberbande gefasst ist«, antwortete er.

Mit starrem Blick wandte sich Eberhard um und schritt in den Hof davon.

»Geht Ihr nicht mit Eurem Vater?«, fragte Friedrich.

Charlotte fühlte sich hin- und hergerissen. Dann nickte sie und folgte Eberhard. Als sie sich noch einmal umwandte, sah sie, dass Friedrich nachdenklich stehen geblieben war. Er wartete wohl auf seinen Adjutanten, hinter dem mit einigem Abstand ein Karren folgte. Der Gegensatz zu der Kutsche hätte nicht größer sein können. Das Fuhrwerk, auf dem mehrere Männer saßen, wurde von einem alten Gaul gezogen. Der Wagen sah aus, als könne er bei einer zu starken Erschütterung Teile verlieren oder gar ganz auseinanderfallen. Charlotte sah, dass Franz zu dem Karren eilte und ihn mit großen Gesten in weitem Abstand an der Kutsche vorbeileitete.

»Seid herzlich willkommen, Signore di Revanier«, hörte sie neben sich Georg Hartmann sagen. Der alte Herr vollführte eine etwas steife Verbeugung.

Charlotte erhaschte einen Blick auf den Mann, dem diese galt. Von halb hinten sah sie eine überraschend jung wirkende Gestalt. Der Mann trug eine rote Hose, schwarze Schuhe mit hohem Absatz und einen uniformartig geschnittenen Rock mit weit ausgestellten Ärmeln. Der Hut, den er in der Hand hielt, war mit exotischen Federn besetzt. Auf dem Kopf trug er eine lange Lockenperücke im gleichen Dunkelblond wie sein Bart. Erst beim zweiten Hinsehen erkannte sie, dass es keine Perücke war, sondern das echte Haar. An der Seite trug er einen Degen, an der anderen hing eine Pistole in einem Lederhalfter.

»Habt Dank, Signore Hartmann«, sagte er mit einem Akzent, der zeigte, dass Deutsch nicht seine Muttersprache war, sondern dass seine Heimat Italien war. Hartmanns Ansprache bei der Begrüßung hatte dies schon vermuten lassen.

»Wir freuen uns sehr, dass Ihr den Weg rechtzeitig geschafft habt. Zumal der Herzog beschlossen hat, uns doch schon morgen mit seinem Besuch zu beehren.«

»Morgen? Das ist in der Tat eine knappe Ankunft«, sagte der Mann und strich sich über den fein gestutzten Spitzbart.

»Dies ist sein Gestüt?«, fragte er und machte mit der Hand eine ausschweifende Geste. Mit einem Mal fiel sein Blick auf Charlotte. Er hielt für einen Moment inne, strahlte sie aus seinen dunkelbraunen Augen an und nickte ihr kurz zu. Seine Locken wippten.

Die Zeit schien stillzustehen. Charlotte wusste plötzlich nicht mehr, wohin sie mit ihren Händen sollte. Sie spürte, wie ihr unter seinem Blick das Blut in den Kopf stieg, und sie konnte nicht anders, als zurückzulächeln und in einen Knicks zu versinken.

»Eines seiner Gestüte«, erklärte Georg Hartmann, worauf sich der Ankömmling nach einem weiteren Moment endlich den Blick von Charlotte abwandte. Sie fühlte sich, als sei sie gefesselt gewesen und könne sich erst jetzt wieder bewegen. »Hattet Ihr eine gute Reise, Signore?«

»Bis heute früh«, entgegnete di Revanier. »Nicht weit von hier versuchte uns eine Gruppe Männer zu stoppen.«

Charlotte horchte auf.

Auch Hartmann war alarmiert. »Was waren das für Männer?«

»Da wir unsere Pistolen einsetzen mussten, denke ich, dass sie uns töten und ausrauben wollten.«

Lautes Gemurmel erfüllte den Hof. Charlotte musste näher an den Italiener herantreten, damit sie verstand, was er sagte.

»Einer hat sich eine Kugel von mir gefangen. Dann sind wir durchgebrochen«, erzählte di Revanier. »Wir können von Glück sagen, dass dem Hengst nichts passiert ist.« Er zeigte auf einen Apfelschimmel, kleiner und viel schmaler als Wälderwind. Elegant wie ein Windhund tänzelte er im Stand auf fast zierlichen Hufen und Beinen. Der Kopf war winzig. Und während sich Wälderwinds Ramsnase nach vorn wölbte, schien es bei diesem Tier gegenteilig zu sein. Dabei hatte es einfach nur dunkle, riesige Nüstern. Charlotte sah dem Hengst sofort an, dass er ein Läufer war. Die Muskulatur, der Körperbau, die Beine. Wenn er voranstürmte, würde die wundervoll gewellte Mähne im Wind hinter ihm wehen wie eine Fahne eines angreifenden Heers.

»Das ist also der Schatz des Sultans, den sich unser Herzog gekauft hat«, bemerkte Hartmann. »Ah, Amalia!« Er winkte ihr, näher zu kommen. »Sie ist die Sattlerin, die unserem Herzog einen kunstvollen Sattel für den Hengst anfertigt.«

Charlotte wurde diese Verbindung erst jetzt klar. Sie folgte der Aufforderung des Gestütsmeisters.

»Signore Carlo Matteo di Revanier hat uns den Hengst gebracht«, erklärte Hartmann.

Charlotte spürte, wie ihr noch mehr Röte ins Gesicht schoss. Di Revanier war groß und verströmte einen süßlich-herben Duft, der Charlottes Sinne benebelte. Er nahm ihre Hand, und sie erbebte unter der Berührung. Ein solches Gefühl hatte sie noch nie verspürt. Der Hauch seines Atems über ihrer Hand kitzelte sie tief in ihrem Inneren.

»Signorina?«

»Amalia! Hören Sie?« Hartmanns Stimme brachte sie zurück auf den Hof des Gestüts Marbach.

»Ich wollte wissen, ob Ihr die Maße des Pferdes erhalten habt«, wiederholte di Revanier – er hatte es wohl eben schon einmal gefragt.

»Mir liegen Maße vor«, flüsterte sie schließlich und schämte sich, dass sie nicht gleich geantwortet hatte. Doch wie sollte man sich in diesen dunklen Augen nicht verlieren? »Aber ich denke, es wäre gut, den Sattel direkt an dem Tier anzupassen«, fügte sie hinzu und versuchte, möglichst fachkundig zu klingen.

»So soll es sein«, sagte Hartmann. »Aber zuerst wollen wir Herrn di Revanier und seine Männer ankommen lassen. Auch die Pferde brauchen sicher nach der langen Reise von Venedig etwas Ruhe.«

Charlotte nahm wahr, dass sich Franz zu dem Pferd gestellt hatte, das am Zügel eines schwarzhaarigen älteren Mannes nervös tänzelte. Er sah zu ihr herüber und wandte schnell den Kopf ab, als sich ihre Blicke trafen. In seiner kantigen Art drehte er sich um und ging davon. Was hatte Eberhard gesagt? Franz würde ihr nachschauen? Unsinn!

Hartmann unterhielt sich weiter mit dem Neuankömmling. Es ging um die Unterkünfte und ein gemeinsames Essen. Charlotte zog sich unauffällig zurück.

»Los, komm!« Eberhard packte sie und zerrte sie zur Seite. Er hielt erst inne, als sie hinter der riesenhaften Kutsche standen, deren Dach und Bug schwer mit zum Teil eisenbeschlagenen Truhen bepackt waren. Ein paar Gestütler spannten die starken Zugtiere ab und führten sie zur Tränke, während andere losliefen, um die Ställe zu richten und eine Weide vorzubereiten.

»Hast du das gehört?«, fragte er.

Sie nickte und flüsterte: »Meinst du, das waren eure Männer?«

»Es klingt so.« Eberhard sah besorgt aus. »Du wirst es heute Abend erfahren, wenn du im Lager bist.«

KAPITEL 22

Gestüt Marbach, Mittwoch, 8. August 1781

»Wer nichts waget, der darf nichts hoffen.«
Wachtmeister in *Wallensteins Lager*, 7. Szene

Der ältere Mann, der den Hengst bei der Ankunft di Revaniers gehalten hatte, hieß Samuele Conti. Er war der Leibdiener des Venezianers, dessen Vater er vom Alter her hätte sein können. Es war beschlossen worden, dass der Rossarzt die Gesundheit des Tieres überprüfen sollte. Zuvor hatte Schiller Charlotte aufgesucht, um sie um Hilfe zu bitten. Ins Maul schauen, die Hufe überprüfen, die Beine abtasten ebenso wie den Bauch, ein Blick in die Augen und das Pferd in Bewegung betrachten. All das bekam er mit ihrer Hilfe so gut hin, dass Conti in ihm sicher keinen Pferdespezialisten erkannte, aber auch nicht kopfschüttelnd weggelaufen war.

»Wie heißt er?«, fragte Charlotte, während sie dem Hengst eine Decke auflegte.

»Saldiri.«

»Was bedeutet dieser Name?«, fragte sie.

»Angriff oder Sturmwind«, antwortete Conti. »Die Osmanen mögen solche Namen.«

»Er passt auch zu ihm«, sagte sie.

Auf die Decke hob Charlotte den ausgepolsterten Sattel. Gesattelt zu werden war für den Hengst offenbar nichts Neues. Er blieb ruhig – fast fromm – stehen.

»Eine schöne Arbeit«, lobte Conti. »Das ist Elefantenleder?« Er zeigte auf die mit Applikationen versehenen Seitenteile.

»Ich dachte es mir, war mir aber nicht sicher«, sagte sie. »Aber wenn Ihr der gleichen Meinung seid, wird es sicherlich so sein.«

Charlotte trat zurück und betrachtete die Lage des Sattels auf dem Pferd. Sie hatte ihn genauso ausgepolstert, wie es laut den Notizen nötig gewesen war. Der Weg von Italien über die Alpen bis nach Württemberg hatte den Rücken des Tieres aber nochmals verändert. Die früher genommenen Maße stimmten nicht mehr mit der Wirklichkeit überein. Der Sitz lag zu tief und zu weit hinten. Sie würde das Kopfeisen etwas weiten und vorn ein wenig Polsterung entfernen müssen. Dafür war hinten mehr Rehhaar nötig.

»Ist Euer Herr schon auf ihm geritten?«, fragte Charlotte. Sie ärgerte sich selbst, dass sie versuchte, mehr über diesen Carlo Matteo herauszufinden.

»Nein. Er ist nur … der Händler«, sagte Conti. Sein Deutsch war nicht so gut, sodass er manchmal Pausen setzte, um das richtige Wort zu finden.

»Das heißt … sein Onkel ist der Händler. Ein großer Händler in Venedig. Er hat das Pferd des Sultans für den Herzog gekauft.«

»Und seinen Neffen geschickt, um es zu überbringen. Es muss sehr wertvoll sein.«

Conti nickte nur ausgiebig. »Da kommt er ja!«, sagte er dann und wies hinter Charlotte.

Sie drehte sich um und sah ihn jetzt auch. Die goldenen Knöpfe an di Revaniers Jacke funkelten im Sonnenlicht. Obwohl es so warm war, sah man keinen Schweißtropfen auf seiner makellosen olivbraunen Haut.

»Signorina Amalia!«, sagte er und ergriff erneut ihre Hand. Es fühlte sich an, als reiße ihr jemand den Boden unter den Füßen weg. Beim Handkuss streiften seine Lippen ihre Haut. Charlotte fühlte eine Gänsehaut über ihren ganzen Körper ziehen.

»Gefällt Euch das Pferd?«

»Es ist wunderschön, auch wenn ich selbst ein etwas stärker gebautes Tier habe.«

»Der große Bauernhengst im Stall?«

»Ja.«

»*Dottore*«, wandte er sich an Friedrich. »Und was sagt Ihr? Haben wir Euch Saldiri in guten Zustand überlassen?«

»Gewiss«, sagte Friedrich. »In sehr gutem Zustand. Ich denke, er …«

»Wunderbar«, unterbrach ihn Carlo Matteo di Revanier und drückte dem verdutzten Friedrich eine kleine Goldmünze in die Hand. »Vielen Dank für Eure Mühen. Wenn Ihr mir noch ein Schreiben anfertigt, dass die Übergabe somit bei voller Gesundheit des Pferdes vonstattengegangen ist …«

»Äh, ja«, brachte Friedrich heraus.

»Das wäre wohl eher die Aufgabe meines Großonkels«, drang die Stimme von Franz an Charlottes Ohr. Was wollte der jetzt noch hier?

»Ah, Signore Hartmann. Fritz, richtig?«

»Franz.«

»*Scusi*. Entschuldigen Sie. Ich vergesse leicht manche Namen.«

»Es gehört nicht zu den Kompetenzen dieses Arztes, Euch die Übergabe zu bescheinigen. Das wird mein Großonkel als Gestütsmeister morgen gemeinsam mit dem Leiter der herzoglichen Gestüte vornehmen.«

»Natürlich«, sagte di Revanier. »In dem Fall werde ich einen Spaziergang unternehmen. Signorina Amalia, darf ich Euch um Eure Begleitung bitten?«

»Ich fürchte, auch diese Begleitung muss ich untersagen«, fauchte Franz, noch bevor Charlotte etwas antworten konnte. Überrascht wandte sie sich zu ihm um.

»Ich bin geschickt worden, um den Status des Sattelschmucks

mit Euch zu besprechen«, sagte er. »Wir sollten das jetzt tun, Amalia.«

»Vielleicht am Abend, Signorina?« Der Venezianer schien sich nicht beirren zu lassen. Charlotte wollte ihm schon zunicken, als ihr einfiel, dass sie zum Hannikel musste.

»Ein andermal gern«, sagte sie darum nur.

»Signore di Revanier, Signore Conti, Herr Schiller, einen schönen Tag«, sagte Franz zufrieden lächelnd und schob Charlotte samt Sattel in Richtung ihrer Werkstatt.

»Wie weit seid Ihr?«, fragte er.

»Ich muss die Polsterung anpassen und danach noch den Schmuck hinzufügen. Und am Zaumzeug arbeite ich auch noch. Zudem wollte ich eigentlich ein Brustgeschirr fertigen.«

»Ihr solltet Euch beeilen. Morgen kommt der Herzog. Mein Großonkel hat aber vorgeschlagen, dass ihm der Sattel doch erst zum Fohlenabstoß am Sonntag übergeben wird. So habt Ihr ein paar Tage mehr Zeit.«

»Das schaffe ich schon«, sagte sie. »Ich brauche morgen noch einmal die Truhe mit dem Gold und den Edelsteinen, dann mache ich alles so weit fertig.«

»Wieso nicht heute?«, fragte er. »Wollt Ihr Euch etwa doch noch mit diesem italienischen Kater treffen?«

»Kater?« Charlotte musste grinsen. Sie fand diesen Vergleich passend und unmöglich zugleich.

»Egal. Seht Euch lieber vor. Solche Kerle meinen ihre Worte nicht ernst.«

Charlotte war erstaunt über die Wendung, die das Gespräch genommen hatte. Sie schaute Franz fragend an und wunderte sich noch mehr, als sie bemerkte, dass sein Kopf rot anlief.

»Ich lasse Euch die gefassten Edelsteine da. Wie viele braucht Ihr?«, fragte er plötzlich.

»Dreißig Diamanten. Dazu je zehn Granate und Saphire.«

Franz öffnete die Truhe und holte drei Samtbeutel hervor. Er zählte die Steine ab und packte sie Charlotte in ein leeres Beutelchen.

»Und, wie gefällt es Euch bei uns auf dem Gestüt?«, fragte er beiläufig.

»Es gefällt mir gut hier.« Charlotte wog das winzige Stoffsäckchen in der Hand.

»Ja, es ist wunderschön. Ihr solltet es im Frühjahr sehen, wenn der Löwenzahn blüht. Woher stammt Ihr eigentlich?«

»Wir sind nicht von hier«, antwortete Charlotte ausweichend.

»Das habe ich gemerkt. Von woher denn genau?«

»Wir waren hier und da«, sagte Charlotte und suchte nach einer Möglichkeit, das Gespräch in andere Bahnen zu lenken. »Wie kommt es, dass Ihr hier bei Onkel und Großonkel seid?«

Franz winkte ab und packte die Truhe. Hatte sie vielleicht einen wunden Punkt getroffen?

»Passt gut auf die Edelsteine auf«, mahnte er. »Ich muss jetzt los. Morgen bringe ich Euch den Rest.«

Nachdem Franz gegangen war, arbeitete Charlotte weiter, bis langsam die Zeit kam, sich für den Ritt zum Hannikel vorzubereiten. Sie hatte möglichst lange versucht, den Gedanken an den Räuberhauptmann und seine Bande zu verdrängen. Trotzdem schwebte die Gefahr, die ihren Schwestern drohen könnte, ständig wie ein Damoklesschwert über ihr. Sie konnte sich durchaus vorstellen, auf dem Gestüt zu bleiben und sich hier als Sattlerin eine Grundlage für ein eigenverantwortliches Leben zu schaffen. Sie konnte sich vorstellen, hier den Frühling zu erleben, von dem Franz geschwärmt hatte. Zu tun gab es jedenfalls genug. In der Werkstatt arbeitete sie nicht nur an dem Sattel, sondern hatte auch schon allerhand Reparaturen vorgenommen.

Zunächst allerdings stand ihr bevor, sich noch einmal in die Höhle des Löwen namens Hannikel begeben zu müssen, und all ihre Sorgen und Ängste hatten sie wieder im Griff.

Mittlerweile war wieder Ruhe im Gestüt eingekehrt. Die Kutsche des Venezianers war zur Seite geschoben worden, alle Pferde waren versorgt. Die Gestütler hatten bis auf die Männer von der Wache ihren Dienst hinter sich gebracht und waren entweder schon auf dem Weg nach Hause in den benachbarten Dörfern oder hielten sich in ihren Schlafbereichen auf. Ein paar Knechte saßen plaudernd auf einer Bank und blickten über den Gestütshof.

Charlotte schlenderte zum Beschälerstall. Eberhard und Schorsch hatten inzwischen eine andere Unterkunft zugewiesen bekommen. Im Stall standen nur die wenigen Hengste, die sich noch auf Marbach befanden. Einer davon war Saldiri, der auf der Heumatte lag und aufstand, als Charlotte eintrat, ein anderer war Wälderwind.

Charlotte hatte ein schlechtes Gewissen. Sie hatte ihren Hengst in den letzten Tagen nur selten und kurz gesehen. Trotzdem begrüßte er sie, als sei sie immer da gewesen.

»Du bist ein guter Junge«, sagte sie, holte ihn aus seinem Gatter und begann, ihn zu satteln.

Mit jeder Handbewegung stieg ihre Aufregung. Der Baum, in den der Blitz eingeschlagen hatte, sollte der Treffpunkt sein. Sie waren auf dem Weg zum Gestüt daran vorbeigekommen.

Charlotte führte Wälderwind vor den Stall und stieg auf. Sie hielt sich nicht auf den Hof zu, sondern wandte sich in Richtung Nordwesten, um in einem Bogen wieder ins Tal des Baches Lauter zu gelangen, wo der Baum stand.

Die Eiche musste einst stolz in den Himmel geragt haben, heute jedoch wies nur noch ein versengter Stamm in die Höhe, von dem zwei dicke, tote Äste abgingen. Als sie auf den Baum zuritt, schaute Charlotte sich nach Kollo um, konnte ihn aber nirgends ausmachen. Er hielt sich also entweder versteckt, oder er verspätete sich. Oder war sie zu früh gekommen? Charlotte stieg ab und ließ Wälderwind von dem saftigen Gras fressen, das rund um den Stumpf wuchs. Schließlich erregte ein Geräusch ihre Aufmerksamkeit. Vom Waldrand aus galoppierte ein Reiter auf die tote Eiche zu. Sie erkannte ihn sofort wieder: Es war Kollo, der Vertraute des Hannikel. Er sprang von seinem Pferd, bevor das ganz zum Stehen gekommen war.

»Es gibt ein Problem«, keuchte er.

»Ihr wart das mit der Kutsche, oder?«, fragte Charlotte ohne Umschweife.

»Ja, der Seggeler mit seinen Leuten. Aber es ist böse ausgegangen.«

»Ich habe gehört, dass einer angeschossen wurde. Ist er tot?«, fragte Charlotte entsetzt.

»Nein. Noch nicht. Der Seggeler selbst liegt mit der Kugel in der Brust im Lager. Es steht schlimm um ihn.«

»Habt ihr denn keinen Arzt?«

Kollo lachte eisig. »Woher sollten wir einen haben?«

»Ich kenne den Arzt auf dem Gestüt. Er kann ihm sicher helfen.«

»Das geht nicht«, sagte Kollo.

»Doch. Ich vertraue ihm«, sagte sie, zweifelte aber tatsächlich ein wenig daran.

»Der Hannikel reißt mir den Kopf ab, wenn ich noch jemanden mitbringe.«

»Ich dachte, es geht hier um Leben und Tod!«, stieß Charlotte empört hervor. Sie sah Kollo seine innere Zerrissenheit an.

Endlich sagte er: »Dann hol deinen Arzt. Aber ich werde ihm auf dem Ritt die Augen verbinden müssen.«

»Warte hier! Es kann ein Weilchen dauern. Aber ich beeile mich.«

Charlotte sprang auf Wälderwind und eilte den gleichen Weg zurück, den sie eben gekommen war.

»Friedrich?«

Sie stürzte in die Arzneikammer. Es war schon spät, und Friedrich hatte offenbar keinen Besuch mehr erwartet. Mit aufgeknöpftem Hemd saß er auf seinem Stuhl und beschrieb einen Bogen Papier. Charlotte sah, dass es fast voll war.

Hektisch legte er die Feder ab und hielt sich das Hemd zu.

»Verzeihung, ich wusste nicht …«

»Das ist egal«, ging sie dazwischen. »Friedrich, ich muss mit Euch reden.«

Er sah sie besorgt an. »Was ist los?«

»Ich habe eine große Sorge und frage mich, ob ich sie Euch unter dem Siegel der absoluten Verschwiegenheit anvertrauen kann.«

»Dieser Eberhard ist nicht Euer Vater«, sagte er.

Charlotte zuckte zusammen. »Nein! Doch. Wie kommt Ihr …«

»Ihr habt ein paarmal über Euren Vater und Eure Familie gesprochen, aber Euch dabei immer recht seltsam verhalten. Und vor allem verhält er sich Euch gegenüber nicht väterlich.«

»Ihr seid ein scharfer Beobachter.«

»Ich verstehe nur nicht, warum Ihr dieses Schauspiel aufführt.«

»Wenn ich Euch alles erzähle, versprecht Ihr mir, zu niemandem ein Wort darüber zu verlieren?«

Sie sah ihm an, dass er mit seiner Antwort zögerte.

»Es tut mir sehr leid, dass ich Euch gegenüber nicht ehrlich war. Wenn man jemanden als Freund begreift, will man ihn nicht belügen. Darum will ich mich Euch zuerst vorstellen: Mein Name ist nicht Amalia, sondern Charlotte.«

Friedrich hatte sein Hemd endlich geschlossen und blickte immer skeptischer.

»Alles Weitere möchte ich Euch auf dem Weg erklären«, sagte Charlotte.

»Auf dem Weg?«

»Ja, jemand braucht Eure Hilfe. Es geht um Leben und Tod.«

»Was?« Jetzt war er alarmiert.

»Schwört ihr Ärzte nicht einen Eid, Menschen zu helfen ohne Achtung ihrer Person?« Charlotte hatte das irgendwo gehört, wusste aber nicht, ob es stimmte.

»Diesen Schwur habe ich geleistet«, sagte Friedrich.

»Und auch, dass Ihr das Arztgeheimnis achtet?«

»Was ich bei der Behandlung sehe oder höre oder auch außerhalb der Behandlung im Leben der Menschen, werde ich, soweit man es nicht ausplaudern darf, verschweigen und solches als ein Geheimnis betrachten«, zitierte Friedrich. »Was ist denn? So sprecht doch.«

»Ihr habt doch vom Überfall auf die Kutsche des Venezianers gehört.«

Friedrich nickte.

»Einer der Räuber wurde angeschossen und benötigt Eure Hilfe.«

Friedrich stand da und starrte sie an. Er atmete tief durch, lockerte seine Schultern, richtete sich auf, um gleich darauf wieder in sich zusammenzusacken, dann kam er wieder hoch.

»Das ist Euer Ernst?«, fragte er und nickte, als Charlotte keine Anstalten machte zu lachen.

»Räuber, sagt Ihr?«

»Ja, eine Bande. Wie in dem Buch, in dem Ihr die ganze Zeit lest.«

»Eine Räuberbande!«

Charlotte wunderte sich über den Glanz in Friedrichs Augen.

»Wie im Stück«, sagte er eher zu sich selbst. Zu ihr sagte er dann: »Angeschossen, sagt Ihr?«

»Eine Kugel in der Brust. Mehr weiß ich nicht. Es soll ihm schlecht gehen.«

Friedrich nickte. »Was für eine Gelegenheit!«

Charlotte war sprachlos. Begriff er das Risiko, in das sie sich begeben mussten? Würde er so naiv, wie er war, wirklich eine Hilfe sein, wie sie es erhofft hatte?

Friedrich nahm seine Tasche, leerte die Bücher und Papiere auf den Boden und packte medizinische Messer, Zangen, Verbände und ein paar weitere Gegenstände ein.

»Ist es weit?«, fragte er unterdessen.

»Ich weiß es nicht. Wir müssen zu einem Treffpunkt reiten und von da aus weiter.«

»Wie kommt es, dass Ihr darüber Bescheid wisst? Gehört Ihr auch zu den Räubern?«

Charlotte wand sich etwas. »Das erkläre ich Euch auf dem Weg«, sagte sie dann. »Es ist kompliziert.«

KAPITEL 23

Gestüt Marbach, Mittwoch, 8. August 1781

»Dem Mann kann geholfen werden.«
Karl Moor in *Die Räuber,* 5. Akt, 2. Szene

Friedrichs Augen waren verbunden. Er saß auf der Kruppe von Wälderwind und hielt mit beiden Armen Amalia umfasst. Nein, Charlotte, korrigierte er sich. Ihr Haar streichelte sein Gesicht, ihr Bauch spannte sich im Rhythmus des Pferdes an, ihr Rücken berührte warm seine Brust, und sie roch wie eine Mischung aus süßen Früchten und herbem Erdboden.

Friedrichs Gedanken aber waren trotz der Nähe zu der jungen Frau woanders. Räuber! Er konnte es nicht fassen. Er war tatsächlich unterwegs zum Lager einer echten Räuberbande. Wie in seinem Stück. Was würden das für Gestalten sein? Waren es wilde, blutrünstige Tiere oder edle Menschen, die vom Schicksal zur Räuberei getrieben worden waren wie sein Karl Moor?

Der erste Räuber, dem er am Treffpunkt begegnet war, wirkte fast langweilig normal. Dieser Kollo sah weder besonders heruntergekommen aus noch brutal oder extrem ungewöhnlich. Wäre Friedrich ihm in Stuttgart auf der Straße begegnet, hätte er vor ihm den Hut gezogen und wäre weitergegangen. Im Wirtshaus hätte man vielleicht ein Glas Wein zusammen getrunken, ohne je zu erfahren, dass der eine sein Leben als Räuber bestritt, während der andere nur hoffen konnte, mit seinen *Räubern* einmal Geld zu verdienen.

»Halt dich gut fest. Wir werden ein Stück galoppieren!«, warnte Charlotte ihn.

Beide waren sie irgendwann unwillkürlich zum vertrauten Du übergegangen.

Er drückte sich noch etwas näher an sie, als der schwere Hengst einen Satz machte, der Friedrich ein Stück in die Luft hob.

»Oh je!«, klagte er, doch Charlotte ritt nicht langsamer.

Friedrich versuchte, sich zu entspannen, um es dem Pferd nicht noch schwerer zu machen, doch das fiel ihm hier oben bei der Geschwindigkeit und mit verbundenen Augen nicht leicht. Es schien bergauf zu gehen.

Es blieb zum Glück nur ein recht kurzes Stück im Galopp, bevor Charlotte ihr Pferd wieder in einen noch holprigeren Trab und dann wieder in den Schritt durchparierte.

»So, wir sind oben«, sagte Charlotte.

Friedrich hörte Kollos Pferd weiter vorn.

»Du heißt also Charlotte«, versuchte Friedrich, das Gespräch wieder in Gang zu bringen, das sie vorher schon zweimal abgeblockt hatte.

»Ja. Charlotte.«

»Und du gehörst zu den Räubern?«

»Nur bedingt«, antwortete sie geheimnisvoll. »Ich habe dir ja gesagt, dass es kompliziert ist.«

»Dann erzähle es mir.«

Er hörte sie tief durchatmen, als überlege sie, ob sie es ihm wirklich sagen solle.

»Ich bin am Tag meiner Hochzeit von zu Hause weggelaufen«, begann sie schließlich. »Ich stamme aus Vorderösterreich, und mein Bräutigam war ein Amtmann. Er ließ mich suchen, und ich bin immer weiter weg geflohen.«

»Am Tag der Hochzeit?« Friedrich war begeistert.

»Ja. Jetzt lass mich erzählen.«

Sie klang gereizt, sodass Friedrich still blieb.

»Ich wurde von der Räuberbande gefangen und komme nur frei, wenn ich ihnen helfe, einen guten Raubzug zu machen.«

»Man zwingt dich dazu?«

»Der Anführer droht, mir und meinen Schwestern etwas anzutun, wenn ich nicht gehorche.«

»Was ist das für ein Kerl?«

»Der Hannikel ...«

»Der Hannikel?« Friedrich war erstaunt. Von diesem Hauptmann hatte er bei seinen Recherchen gehört und gelesen. Er trieb sein Unwesen eher bei Mannheim bis in den Schwarzwald und galt als ein gefährlicher Räubersmann.

»Ja. Ich bin mir nicht sicher, ob er meinen Schwestern ein Leid antun würde, aber ich kann das Risiko nicht eingehen. Ich soll ihm sagen, wenn ich etwas über weitere Geldlieferungen für das Gestüt erfahre, dann bin ich frei zu tun, was ich tun möchte.«

»Du könntest auf Marbach bleiben«, sagte er.

»Ich weiß nicht, ob ich den Menschen dort guten Gewissens in die Augen blicken könnte nach einem solchen Verrat.«

»Du willst also weiter? Wohin?«

»Achtung, ein Ast«, warnte sie. »Bück dich!«

Erschrocken klammerte sich Friedrich noch fester an sie und beugte sich mit ihr nach vorn. Blätter streiften ihm über Gesicht und Rücken.

»Wohin ich will, fragst Du. Ich denke seit Tagen immer wieder darüber nach, doch wieder nach Hause zurückzukehren. Der Amtmann will mich offenbar noch immer heiraten. Vielleicht wird meine Flucht irgendwann vergessen, und ich kann ein stilles Leben führen.«

»Es klingt nicht so, als sei es das, was dein Herz wünscht.«

»Vielleicht nicht. Halt dich noch mal fest, es geht ein Stück steil bergab! Hoo, Wälderwind. Schön langsam.«

Erneut wurde Friedrich auf der Kruppe des Hengstes gehörig durchgeschüttelt.

»Gut. Es ist nicht mehr weit«, hörte er die Stimme des Räubers vor ihnen.

»Vielleicht ist es wirklich nicht, was mein Herz begehrt, aber vielleicht darf das auch nicht immer die entscheidende Rolle spielen?«, sagte sie mit fragendem Unterton in der Stimme.

Friedrich dachte einen Moment über ihre Worte nach.

»Ich bin überzeugt, dass ein jeder Mensch das Recht und die Möglichkeit haben sollte, seine eigenen Ziele zu verfolgen«, sagte er dann. »Stattdessen schuften und hungern alle in ihrer Unfreiheit, um es dem Adel zu ermöglichen, im Prunk zu leben.«

»Aber wie soll das gehen?«, fragte Charlotte.

Friedrich hatte dazu einiges gelesen, aber die Kruppe eines Schwarzwälderhengstes war der falsche Ort, darüber ein ordentliches Gespräch zu führen.

Stattdessen dachte er, dass es an der Zeit sei, sein eigenes Geheimnis zu lüften. »Ich muss dir auch etwas sagen.«

»Ja?«

»Mir geht es ein bisschen wie dir. Carl Eugen hat bestimmt, dass ich Regimentsmedicus sein soll. Er hat mich auf diesen Posten gesetzt, der überhaupt nicht dem entspricht, was ich mir für mein Leben vorstelle. Ich habe nämlich ganz anderes im Sinn.«

»Und das wäre?«

»Ich bin der Feigling, der *Die Räuber* veröffentlicht hat.«

»Du?« Charlotte klang ehrlich überrascht. »Du bist ein Schriftsteller? Darum schreibst du ständig?«

»Niemand will mein Buch kaufen. Nur der Intendant des Mannheimer Theaters möchte es aufführen. Jedoch in einer abgeänderten Form, die ich jetzt schnell erarbeiten muss.«

»Du überraschst mich.«

»Wie du mich!«

»Dann wirst du gleich überprüfen können, ob dein Bild von einem Räuberlager der Realität entspricht«, sagte Charlotte. »Es liegt direkt vor uns.«

Als man ihm die Binde abzog, sah Friedrich im ersten Moment kaum mehr als mit verbundenen Augen. Es war fast dunkel geworden. Vor ihm brannten mehrere Feuer. Darum standen Zelte. Es sah aus wie das Lager seines Regiments, nur dass hier auch Frauen saßen und überall Kinder herumliefen.

Friedrich erkannte den Hannikel sofort. Kollo erstattete ihm gerade Bericht. Es war unübersehbar, dass der Hauptmann über die neue Wendung nicht erfreut war. Der Mann mit dunklem Haar und Bart hatte den Blick eines Anführers. Auch Carl Eugen konnte diesen Blick aufsetzen, der vom Selbstbewusstsein zeugte, dass jeder auf ihn hören würde, was auch immer er beschied. Der Unterschied war, dass der Herzog in seine Rolle hineingeboren worden war, während dieser Mann sie sich wahrscheinlich hart erarbeitet hatte.

Eine Frau legte ihre Hand auf den Arm des Hannikel und sprach mit ihm. Friedrich beobachtete ein Nicken, dann wandte der Mann sich um und kam mit ausladenden Schritten auf Charlotte und Friedrich zu.

»Ihr seid also ein Arzt?«, fragte der Räuberhauptmann ohne große Vorrede.

»Und Ihr ein Räuberhauptmann!« Friedrich spürte eine Welle der Begeisterung durch seinen Leib fahren. Besser als hier vor Ort konnte er für die neue Fassung des Theaterstücks nicht recherchieren.

»Ihr gehört zu den Soldaten, die uns fassen sollen?« Seine Stimme klang kalt, sein Blick war berechnend.

»Sozusagen«, gestand Friedrich.

»Was soll das heißen?«

»Dass ich im Moment freigestellt bin, um als Rossarzt auf dem Gestüt zu arbeiten«, erklärte Friedrich. »Zum Glück gibt es dort gerade nicht so viel zu tun. Sagt, Ihr seid wirklich der berühmte Hannikel?«

»Berühmt? Na ja. Sicher nicht berühmt.«

»Aber man spricht weit und breit von Euch«, sagte er.

Ein Zucken seiner Mundwinkel zeigte Friedrich, dass der Hannikel nicht frei von Eitelkeit war.

»Was sagt man denn?«

»Man erzählt sich, wie Ihr Euren Häschern entkommen seid, weil Ihr gestohlene französische Uniformen angezogen habt.«

Der Räuber nickte.

»Und dass Ihr nachts Juden und evangelische Pfarrer überfallt, um sie um ihre Ersparnisse zu bringen. Brecht Ihr den Leuten wirklich die Finger, damit sie Euch verraten, wo das Geld versteckt ist?«

»Ach, das ist doch nur einmal passiert. Und der Pfaffe war selbst schuld daran«, sagte er bockig.

Friedrich fand, dass es Zeit war, das Thema zu wechseln. »Wo ist denn Euer Verwundeter?«

»Richtig. Kommt! Es geht ihm nicht gut.«

Friedrich nahm die Tasche von der Schulter, während der Hannikel ihn zu einem großen Zelt führte. Darin lag ein Mann auf einem einfachen Lager auf dem Boden. Er war kleiner als Friedrich und etwas korpulent. Ein mit Blut durchtränkter Verband war um den nackten Oberkörper gewickelt. Seiner aschfahlen Hautfarbe sah Friedrich an, dass es schlecht um ihn stand. Er begab sich gleich auf die Knie und brachte sein Gesicht in das Blickfeld des Mannes. Er war bei Bewusstsein, schien aber am Ende seiner Kräfte zu sein.

»Ich bin Arzt«, sagte Friedrich. »Ich bin da, um Euch zu helfen.«

Als Antwort erhielt er ein kaum wahrnehmbares Nicken.

»Ich muss mir die Wunde ansehen. Dafür löse ich den Verband.«

»Sollen wir ihn anheben?«, fragte der Hannikel, der mit ins Zelt gekommen war.

»Lasst ihn. Wir sollten ihn so wenig wie möglich bewegen, bevor wir nicht wissen, wo die Kugel steckt. Ich werde den Verband zerschneiden.«

Friedrich nahm eine Schere aus seiner Tasche. Unter dem Stöhnen des Verwundeten trennte er Schicht um Schicht des Stoffes auf.

»Oh«, entfuhr es Friedrich, als er die Brust freigelegt hatte. Die Blutung war nahezu versiegt. Deutlich sah man das Loch, das sich ein Stück unterhalb der linken Brustwarze befand. Hier war die Kugel durch seine Kleidung in den Leib eingedrungen.

Obwohl Friedrich beim Militär arbeitete, hatte er erst einmal eine Schusswunde zu behandeln gehabt. Ein Gefreiter im Regiment hatte sich nur Tage nach Friedrichs Dienstbeginn aus Versehen in den eigenen Fuß geschossen. Das war nicht zuletzt wegen eines zertrümmerten Mittelfußknochens äußerst schmerzhaft gewesen. Aber die Wunde war nicht lebensgefährlich. Ganz anders stand es hier: Diese Kugel steckte nicht weit vom Herzen und musste so schnell wie möglich entfernt werden. Nur: War er der richtige Mann dafür? Er schluckte. Was, wenn die Operation nicht gelang? Wenn ihm der Räuber unter den Fingern starb? Er spürte, dass seine Hände zu zittern begannen.

»Friedrich?«, riss ihn Charlottes Stimme aus seinen Gedanken.

Er blickte kurz in ihr ernstes Gesicht, schaute dann auf den Verwundeten.

»Ich muss sofort operieren«, sagte er entschieden. »Habt Ihr einen großen Tisch, an dem ich stehend arbeiten kann?«

»In meinem Zelt«, antwortete Hannikel.

»Licht. Ich brauche Lampen. Viele Lampen. Macht mir Wasser heiß, und bringt mir möglichst saubere Tücher. Habt Ihr Schnaps?«

»Schnaps? Gewiss. Mehr als genug.«

»Bringt mir den stärksten, den Ihr habt. Dann müssen wir zusehen, dass wir ihn schnell, aber mit so wenig Erschütterung wie möglich auf den Tisch bekommen. Habt Ihr eine Trage?«

Auf das Kopfschütteln sagte er: »Ein langes, breites Brett, auf dem er kurz getragen werden kann?«

»Die Wand eines Wagens«, rief Kollo.

»Los, holt alles, was der Arzt braucht!«, befahl Hannikel.

Friedrich wandte sich wieder dem Verwundeten zu und sprach beruhigend auf ihn ein. Dabei untersuchte er ihn weiter. Die Stirn war heiß. Er hatte also bereits Fieber. Klar zu denken schien ihm schwerzufallen. Ein anderer Räuber erklärte Friedrich, dass der Seggeler, wie der Angeschossene genannt wurde, wohl schon zweimal das Bewusstsein verloren hatte. *Wenn ich gleich an die Wunde gehe, wird das eine Gnade für ihn sein,* dachte Friedrich.

Kurz darauf kam ein Mann mit mehreren Flaschen Schnaps hereingestürmt. Friedrich zog mit den Zähnen den Korken aus einer von ihnen, spuckte ihn zur Seite und nahm einen vorsichtigen Schluck. Er verspürte sofort einen leichten Hustenreiz. Das Zeug war stark, ein Tresterschnaps, wie ihn die Winzer brannten, unverdünnt und roh. Friedrich nickte und hob dem Seggeler den Kopf an.

»Ihr müsst das trinken«, sagte Friedrich und setzte ihm die Flasche an die Lippen. Kaum hatte der Fusel in den Mund gefunden, spie der Verwundete die Hälfte auch schon wieder aus.

»Trinken!«, befahl Friedrich streng.

Der zweite Schluck lief schon deutlich besser die Kehle hinab. Nach und nach flößte Friedrich dem Mann ein Viertel der Flasche ein. Der Rausch würde ihm wie ein Vorhang vor den unsäglichen Schmerzen liegen, die ihn erwarteten.

Vier Männer brachten die hintere Abdeckung eines Karrens herein. Die flache Seite war lang und breit genug, um den Verwundeten darauf legen zu können.

Der Transport verlief trotz des Alkohols nicht ohne Schmerzensschreie, die sich tief aus der Brust des Seggelers Bahn brachen.

Eine laut klagende Frau in weiten Wickelröcken wollte ihm nicht von der Seite weichen. Friedrich ließ sie entfernen. Am wenigsten konnte er jetzt noch ein schreiendes Weib neben dem Patienten gebrauchen.

In dem Zelt, in das sie kamen, stand ein schmuckvoller Tisch, der groß genug für den Kranken war. Sie wuchteten den Mann darauf, und Friedrich legte seine Instrumente zurecht. Das flackernde Licht der Öllampen war eigentlich noch zu schwach, aber es musste ausreichen.

»Alle bis auf vier Männer müssen raus«, sagte Friedrich bestimmt, als er feststellte, dass immer mehr Räuber ins Zelt drängten.

»Ich bleibe hier!«, entschied der Hauptmann. »Der Johannes ist ein guter Freund.«

Es fanden sich drei weitere Freiwillige.

»Wer bleibt, muss mir helfen. Ama…, nein, Charlotte?« Als nicht gleich eine Antwort erfolgte, rief er erneut nach ihr.

»Ja?« Ihre Stimme kam von draußen.

»Ich brauche deine Hilfe.«

Die Zeltbahn öffnete sich, und sie trat mit besorgtem Blick ein.

»Geh zu seinem Kopf, und halte ihn gut fest. Zuerst aber musst du ihm noch etwas von dem Schnaps einflößen.«

Das Licht war schlecht, die Wunde tief, der Verwundete wand sich vor Schmerz, obwohl Charlotte seinen Kopf und der Hannikel zusammen mit den drei anderen Männern Beine und Arme festhielten. Friedrich versuchte, konzentriert zu arbeiten. Besonders wichtig war es, die Kugel zu entfernen und sie nicht aus Versehen noch tiefer zu drücken. Zuerst allerdings musste er die Wunde wieder öffnen. Friedrich schüttete etwas von dem Tresterschnaps darüber, was ein kurzes Aufbäumen des Patienten zur Folge hatte.

»Haltet ihn fest!«, rief er den anderen zu. Dann aber war jegliche Hilfe überflüssig geworden. Der eben noch zappelnde Körper fiel mit einem Mal kraftlos in sich zusammen.

»Ist er tot?«, fragte Charlotte und schlug die Hand vor den Mund.

»Ruhe!«, befahl Friedrich. Der Mann atmete. Er war nur in eine gnädige Ohnmacht gefallen.

»Charlotte, nimm ein nasses Tuch und reinige die Wunde. Jetzt.«

Friedrichs Sinne bündelten sich auf die Öffnung in der Brust dieses Mannes. Der fingerdicke Kanal, den die eindringende Kugel gerissen hatte, lief zwischen zwei Rippen hindurch. Friedrich hatte eine spitz zulaufende, abgewinkelte Zange unter seinen Werkzeugen, die geeignet war, die Kugel zu suchen. Es gab keine Knochensplitter. Das war schon einmal gut. Aber je weiter er mit seiner Zange den Kanal spreizte, umso näher kam er dem Herzen. Wo war diese Kugel nur?

Da, ein Widerstand. Das Geschoss lag direkt vor ihm. Es hatte sich zwischen Herz und Lunge gebohrt und war dort steckengeblieben. Was für ein Glück, dass keines der beiden Organe verletzt worden war. Friedrich spreizte die Zange noch ein Stück und schloss sie dann um die verformte Kugel. Seine Hand war ganz ruhig, als er beides mit etwas Widerstand aus der Wunde herauszog. Er hielt das von Blut überzogene Metall und ließ es in die Hand des Hannikel fallen. Friedrich war froh über die Ohnmacht des Seggelers. Jetzt musste er rasch die Wunde versorgen.

Friedrich tat alles, was nötig und an diesem Ort möglich war. Jetzt lag es am Herrgott, ob dieser Mann überlebte. Er verschloss die Wunde mit drei groben Stichen, legte ein Stück Stoff auf und verband die Brust fest. Dann wusch er sich die Hände im noch lauwarmen Wasser mit Seife. Erst jetzt wurde ihm wieder bewusst, wo er sich befand.

»Wird er es überleben?«, fragte Charlotte. Ihre Stirn glänzte im Licht der Öllampen. Auch der Hannikel blickte ihn erwartungsvoll an.

Friedrich dachte kurz nach, bevor er langsam antwortete. »Ich kann es leider nicht versprechen. Es gibt eine Aussicht auf Genesung, aber es kann durchaus auch bald mit ihm zu Ende gehen. Euer Mann hat sehr viel Blut verloren. Ich hoffe, wir waren noch früh genug da.«

»Er ist ein starker Hund!«, sagte der Hannikel bestimmt mit einem Blick auf seinen Freund. Auch er tauchte seine Hände in das Wasser. »Wenn es einer schafft, dann der Seggeler! Und dann wird er ewig am Lagerfeuer mit seiner Narbe prahlen.«

»Wir wollen es hoffen. Am besten lasst Ihr ihn wieder zu seinem Lager bringen, solange er noch bewusstlos ist. Wenn er aufwacht, wird er große Schmerzen haben. Es soll immer jemand bei ihm sein, der dafür sorgt, dass er sich nicht viel bewegt. Und seht zu, dass er genug trinkt – ab nun aber keinen Schnaps mehr, sondern Wasser! Ich glaube, den Schnaps brauchen jetzt wir.«

Hannikel grinste und entkorkte eine weitere Flasche. Er reichte sie Friedrich.

»Ich danke Euch, Herr …«, sagte der Hannikel.

»Schiller. Friedrich Schiller.«

»Dann wollen wir auf das Wohl des Seggelers trinken, Herr Schiller. Komm bald wieder auf die Füße, Johannes!«

»Auf die Füße«, wiederholte Friedrich und nahm einen ausgiebigen Schluck von dem Schnaps.

Die Flasche wurde herumgereicht. Auch Charlotte trank vorsichtig daraus, musste aber sofort husten.

»Lasst uns etwas essen!«, schlug der Räuberhauptmann vor.

KAPITEL 24

Räuberlager im Wald, Mittwoch, 8. August 1781

»Und ich erwart' es, dass der Rache Stahl
Auch schon für meine Brust geschliffen ist.«
Wallenstein in *Wallensteins Tod*, 1. Akt, 7. Szene

Es war längst dunkle Nacht, wie Friedrich feststellte, als sie aus dem Zelt traten. Irgendjemand reichte ihm einen Becher Wein, den er in einem Zug leerte. Dann folgte er dem Hannikel zu einem großen Feuer, über dem noch ein halbes Schwein brutzelte.

Charlotte setzte sich neben ihn. Beide bekamen von einem einbeinigen Greis eine Schüssel mit einem würzigen Brei gereicht, auf dem fettige Fleischstücke lagen. Friedrich aß heißhungrig. Er spürte, wie seine Lebensgeister langsam zurückkehrten.

Die Überraschung, dass Amalia in Wirklichkeit Charlotte hieß und zu einer Räuberbande gehörte, war eigentlich aufregend genug gewesen. Dass er nun einen Mann bei funzeligem Licht und mit Pferdeinstrumenten im Zelt eines berühmten Räuberhauptmanns operiert hatte, setzte dem Ganzen die Krone auf. Zum Glück begannen seine Hände erst jetzt wieder zu zittern.

Beim zweiten Becher Wein schaute sich Friedrich genauer um. Er konnte immer noch nicht glauben, dass er sich in einem echten Räuberlager befand. Die Kinder waren mittlerweile wohl in die Zelte geschickt worden. An den kleineren Feuern saßen noch Leute, die Frauen zum Teil auf den Schößen der Männer. Es gab offen gezeigte Küsse und Liebkosungen. Auf jeden Fall aber waren die Männer deutlich in der Überzahl. Ein paar Kerle suchten die Nähe des Hauptmanns. Andere kamen, um Friedrich auf die Schulter zu klopfen. Der Hannikel schickte sie jedoch weg und knurrte, sie sollten ihn erst einmal in Ruhe lassen.

Charlotte kannte einige der Räuber. Zweien fiel sie sogar in die Arme, einem Kerl mit Schnurrbart und einem mit Glatzkopf. Sie stellte sie ihm als »Schnorres« und »Ulmer« vor. Viele hier hatten Spitznamen. Das hatte er gleich bemerkt.

»Wisst ihr, was der Hannikel von mir will?«, fragte Charlotte die beiden leise.

»Sei mir nicht böse, aber ich kann's dir nicht sagen«, murmelte Schnorres. Dann grinste er. »Und mein Freund, der Ulmer, ist heute etwas redefaul. Der wird dir nichts verraten.« Der Ulmer schlug ihm gegen die Schulter.

Friedrich war fasziniert von all diesen Gestalten. Er hatte sich Räuber rau und wild vorgestellt. Tatsächlich waren sie das auch: Es wurde getrunken und derbe gelacht und ab und zu auch gestritten, aber dann war es wieder gut. Friedrich musste zugestehen, dass es im Stuttgarter Ochsen oft gefährlicher zuging als hier im Räuberlager.

Nach dem Essen befahl Hannikel sie in sein Zelt. Die Lampen brannten noch, aber es waren weniger als bei der Operation. Der Tisch war gesäubert worden. Ein paar Männer, darunter auch Kollo, und die hübsche Frau, die Friedrich schon bei der Ankunft beim Hannikel bemerkt hatte, saßen dort mit Weinbechern. Friedrich nahm zum ersten Mal wahr, dass weiter hinten im Zelt allerlei Diebesgut lagerte. Ja, genau so mochte man sich ein Räuberlager vorstellen! Er saugte die Einzelheiten mit seinen Blicken auf.

»Nehmt Platz, Doktor Schiller«, sagte Hannikel, der den Stuhl neben der Frau für sich beanspruchte. Der Räuber wies auch Charlotte einen Platz an.

»Zunächst möchte ich Euch danken für Eure Hilfe.«

»Ich hoffe, Euer Kamerad wird den morgigen Tag überleben«, gab Friedrich zurück.

»Das hoffen wir auch. Johannes ist wie ein Bruder für mich.«

»Dann müsst Ihr überlegen, ob Ihr ihn nicht an einen Ort bringen lasst, wo er ein richtiges Bett hat und man ihn ausgiebig pflegen kann.«

Hannikel schüttelte den Kopf.

»Wieso nicht?«

»Habt Ihr vergessen, wer wir sind? Wir können nicht einfach mit einem angeschossenen Kameraden herumfahren. Was meint Ihr, wie schnell man uns auf die Spur kommen wird?«

»Der Mann braucht auf jeden Fall Ruhe und Pflege. Und am besten erhält er ein Bett statt der Decken auf dem Boden.«

»Ihr habt doch durchaus noch andere Möglichkeiten«, mischte sich Charlotte ein. »Was ist denn mit dem Gibbes?«

»Schweig du!«, fuhr der Hannikel sie an.

»Wer ist der Gibbes?«, fragte Friedrich.

»Ein Mann, bei dem wir unterkommen können«, knirschte der Hannikel. »Aber der Seggeler würde das nicht wollen. Genug davon. Wie gesagt, wir danken Euch für Eure Hilfe, doch durch Eure Anwesenheit bei uns ergibt sich ein ernstes Problem.«

»Ein Problem?«

»Ihr wisst zu viel.«

Friedrich schüttelte den Kopf. »Ich weiß nicht viel mehr, als ohnehin bekannt ist. Ihr solltet Euch lieber schnell aufmachen und einen anderen Ort suchen, weil man euch auf den Fersen ist.«

»Ihr meint Eure fußkranken Soldaten, die um das Gestüt patrouillieren?« Die Räuber fielen in Hannikels Lachen mit ein.

»Das Regiment von Augé gehört sicher nicht zu den schlagkräftigsten Truppen des Herzogs, aber der alte General ist darauf versessen, seine Aufgaben gewissenhaft zu erfüllen«, stellte Friedrich fest.

Hannikel lachte weiter. »Ich denke, mit denen werden wir fertig.«

»Sagt, liegen dahinten alte Säbel?«, fragte Friedrich. Der Deckel einer Truhe stand etwas auf, und ein Lichtreflex hatte seine Aufmerksamkeit geweckt. Er erhob sich, um nachzusehen. »Tatsächlich. Alte Säbel! Wunderbar!«, rief er. »Und, oh, woher habt Ihr diese Brokatvorhänge?«

»Schluss jetzt mit diesem Unsinn!«, brüllte der Hannikel.

Friedrich wurde erst jetzt bewusst, dass er begonnen hatte, in der Beute der Räuber zu wühlen.

»Verzeiht …«

»Setzt Euch wieder hin!«, befahl der Hauptmann ruhiger, aber sehr kühl.

Friedrich ging zurück zu seinem Platz.

»Wegen Herrn Schiller braucht ihr euch keine Sorgen zu machen«, ließ sich Charlotte vernehmen. »Er mag als Medicus zum Regiment gehören, aber sein Herz schlägt eher für euch.«

»Was willst du damit sagen?«, fragte der Hannikel.

»Er ist von seinem Herzen her ein Dichter, kein Soldat. Er hat ein bedeutendes Werk geschrieben, das demnächst in Mannheim aufgeführt wird.«

»Im Theater?«, fragte Hannikel.

»Eben da. Und ratet, wie der Titel des Stücks lautet!«

»Sag schon!«, forderte der Hannikel sie auf.

»Sag es selbst, Friedrich«, wandte sich Charlotte an ihn.

Friedrich bemerkte, wie sein Gesicht rot anlief. Er hob seine Tasche auf. Im Zelt war es so still, dass man das Geräusch des Leders hören konnte, als er sie öffnete. Aller Augen ruhten auf ihm. Er war sich nicht sicher, ob es gut war, was er jetzt tun würde, aber Charlotte kannte diese Räuber länger als er und schien einen Plan zu verfolgen. Und langsam gewann er den Eindruck, dass diese Sattlerin nicht nur eine Gabe besaß, Pferde lesen zu können oder prunkvolle Sättel zu gestalten, sondern dass ihre

Gabe vielmehr war, dass die Dinge in ihrer Umgebung sich zum Guten wandten.

Er packte das Büchlein, zog es hervor und legte es vor Hannikel auf den Tisch.

»Ihr könnt doch lesen?«, fragte er.

Hannikel blickte ihn funkelnd an. »Denkt Ihr, wir wären vollkommen blöde und ungebildet?« Er nahm das Buch, schlug es auf. Seine Augen weiteten sich, als er den Titel sah. Dann begann er, schallend zu lachen.

»Was ist?«, rief Kollo.

»*Die Räuber*. Es heißt: *Die Räuber*!«

Hannikel reichte das Büchlein herum und fragte Friedrich: »Worum geht es in Eurem Stück?«

Friedrich atmete tief durch. »Es hat eine komplizierte Handlung. Lug und Trug und so manches Versteckspiel machen es schwer, es in aller Kürze zu beschreiben.«

»Tut es trotzdem!«, forderte Hannikel ihn auf.

Friedrich schluckte. Er dachte kurz nach. »Ein fränkischer Graf, Maximilian Moor, ist Vater von zwei Söhnen. Beider Wesen sind sich sehr unähnlich. Karl, der ältere, ist ein Jüngling voller Talente und Edelmut. Er gerät in Leipzig in einen Zirkel liederlicher Brüder, stürzt in Exzesse und Schulden und muss zuletzt mit einem Trupp seiner Spießgesellen fliehen.«

»Und der andere Bruder?«, fragte die Frau.

»Lass ihn doch erzählen, Käther!«, mahnte Hannikel.

»Der zweite Bruder, Franz, lebt weiter beim Vater. Er ist ein heimtückischer und schadenfroher Charakter und unansehnlich von Gestalt. Durch Lügen und Intrigen versucht er, seinen Bruder beim Vater in Verruf zu bringen, seine Braut Amalia für sich zu gewinnen und die gräfliche Macht an sich zu reißen. Er fälscht einen Brief und sorgt so für Karls Enterbung. Der ist zutiefst verletzt und findet keinen anderen Ausweg, als Hauptmann einer Räuberbande zu werden.«

»Ein widerlicher Kerl, dieser Franz«, stellte der Hannikel fest.

Friedrich nickte leidenschaftlich. Es gefiel ihm, wie seine Zuhörer an seinem Mund klebten.

»Amalia durchschaut die Falschheit von Franz, aber es ist zu spät«, erzählte er weiter. »Die beiden Brüder haben eine Kette von Katastrophen in Gang gesetzt, die im Tod des Vaters münden, in Franzens Selbstmord und der Ermordung Amalias durch Karl.«

»Eine Tragödie also. Was wird aus Karl, dem Räuberhauptmann?«

»Nachdem er seine Geliebte ermordet hat, liefert er sich der Justiz aus und wird hingerich–«

Friedrich stockte, als ihm klar wurde, dass er die Geschichte seines Dramas nicht vor seinen Kommilitonen vortrug. Hatte er zu viel gesagt? Es blieb ruhig. Die Blicke der Anwesenden wechselten zwischen Friedrich und dem Hannikel hin und her. Friedrich bemerkte, dass Charlotte sehr angespannt wirkte.

»Hingerichtet«, beendete der Hannikel Friedrichs Zusammenfassung mit grimmigem Blick.

Friedrich nickte vorsichtig. »Im Buch«, sagte er.

»Ich werde es lesen«, sagte der Räuberhauptmann schließlich.

Friedrich sah, dass Charlotte sich entspannte. Die Stimmung im Zelt lockerte sich auf.

»Ihr könnt dieses Exemplar behalten, Herr Hannikel. Ich besitze im Moment mehr davon, als mir lieb sein kann.«

»Kauft es keiner?«

»Nun, Ihr werdet sehen, dass sich über die Geschichte der Figuren ein Netz an Kritik legt, die ich zu dem System empfinde, das die Oberen nur zu gern als gottgegeben bezeichnen. Damit fällt es mir schwer, den Verkauf im großen Stil zu forcieren. Die Konsequenzen, die mich erwarten, ähneln wahrscheinlich denen, die Euch erwarten würden, wenn man Euch fasste.«

»Ihr meint den Galgen?«

Friedrich schüttelte den Kopf. »Den wohl nicht, aber auf Jahre im Kerker verrotten lassen würde mich Carl Eugen sicher. Das Ende wäre das gleiche wie der Galgen, nur länger hinausgezogen: Auf Jahre in einem feuchten, kalten Loch zu hocken muss jeden Mann brechen und ihm zum Schluss das Leben nehmen. So geht es dem Schubart, der es sich hat zuschulden kommen lassen, über den Herzog und seine Mätresse zu spotten.«

»Steht darum kein Name auf dem Buch?«, fragte Kollo, der es von Hannikel genommen hatte und nun ebenfalls betrachtete.

»Ohne zu wissen, wer es geschrieben hatte, nannte Charlotte den Autor feige, der nicht mit seinem Namen zu seinen Worten …«

»Aber da wusste ich noch nicht, warum es anonym verfasst ist«, unterbrach sie ihn.

Friedrich winkte ab. »Ich kann trotzdem nicht anders, als diesem Vorwurf zuzustimmen. Ich bin kein mutiger Mann, sondern durchaus von Angst und Vorsicht getrieben.«

»Unsinn!«, rief der Hannikel.

»Was?«

»Das ist Unsinn, Doktor Schiller. Ich habe eher den Eindruck, dass Ihr ein ungewöhnlich mutiger Mann seid. Wer sonst hätte sein Leben derart tollkühn in Gottes Hände gelegt und wäre in ein Räuberlager gekommen, wo er den Tod oder zumindest die Gefangenschaft erwarten musste?«

War das so? Friedrich schluckte trocken. Tatsächlich war ihm das noch gar nicht in den Sinn gekommen.

»Wer sonst hätte einem Fremden eine Bleikugel aus der Brust gezogen? Und wer sonst würde einem berüchtigten Räuberhauptmann die Geschichte eines anderen erzählen, der freiwillig zum Galgen geht?« Er lachte. »Ihr seid wirklich ein eigenartiger Mann.«

»Äh, danke«, sagte Schiller.

Der Hannikel lachte noch lauter. Doch dann endete das Gelächter abrupt, und er wandte er sich mit ernster Miene an Charlotte.

»Eigentlich ging es mir ja darum, dich zu sprechen«, sagte er.

Friedrich sah Charlotte an, dass sie schon darauf gewartet hatte, dass er sie ansprach. Sie nickte.

»Wir haben uns lange genug mit anderen Sachen aufhalten müssen. Kommen wir also gleich zum Kern der Sache.«

Er lehnte sich vor und sagte: »Auf dem Weg hierher haben wir einen Boten aus den Vorderlanden getroffen. Der sagte jedem, der es hören oder auch nicht hören wollte, dass ein Mädchen mit Pferd gesucht wird. Eine Sattlerin. Dein Amtmann will dem, der sie gesund und unversehrt in Vorderösterreich abgibt, hundert Gulden als Belohnung zahlen. Er ist wohl immer noch verrückt nach dir.«

»Aber ich kann euch zu weitaus größeren Summen verhelfen«, sagte Charlotte schnell. Friedrich sah ihr an, dass die Botschaft von dem ausgesetzten Kopfgeld ihr den Boden unter den Füßen wegzureißen drohte. *Die Summe ist allerdings auch ziemlich hoch,* dachte Friedrich. Er selbst verdiente nur achtzehn Gulden – wenn er sie denn jemals erhalten sollte.

»Bis jetzt scheinst du dich nicht sonderlich darauf zu konzentrieren, deinem Freund Hannikel zu einem guten Raubzug zu verhelfen«, sagte der Räuberhauptmann.

»Das braucht seine Zeit. Wir sind doch gerade erst auf dem Gestüt angekommen. Niemand redet in den ersten Tagen über solche Geheimnisse mit einer kleinen Sattlerin.«

»Schweig!«, befahl der Hannikel wütend. »Mir ist der schnelle Spatz in der Hand lieber als die Aussicht, lange auf eine Taube warten zu müssen. Du bleibst hier. Schnorres und der Ulmer bringen dich morgen früh zur Grenze und kassieren die Belohnung ein. Wir finden einen anderen Weg, etwas über die Geldlieferungen in Erfahrung zu bringen.«

»Nein, das geht nicht!«, rief sie, aber Hannikel sprang so heftig auf, dass sein Stuhl umkippte.

Friedrich konnte nicht anders. Er stand ebenfalls auf und

drängte sich schnell zwischen den Räuberhauptmann und die junge Sattlerin.

»Geht zur Seite, Arzt!«, befahl der Hannikel und zog ein Messer.

»Erst hört Ihr mir zu«, brachte Friedrich mit fester Stimme hervor, obwohl er merkte, dass seine Knie weich wurden und das Herz in seiner Brust pochte wie wild.

»Charlotte spricht die Wahrheit, wenn sie sagt, dass ihre Hilfe Euch weitaus größere Summen einbringen kann. Wo Herzog Carl Eugen ist, wird immer eine Menge Geld benötigt …«

»… das aber zu gut bewacht wird«, ging der Hauptmann dazwischen. »Ich greife keinen Zug an, der von zwanzig Soldaten begleitet wird! Sonst habe ich bald nur noch Verwundete in ihren Zelten herumliegen.«

»Das verstehe ich natürlich. Die ganz großen Geldtransporte werden gut bewacht, aber damit bleiben weniger Wachen für die kleineren Beträge, die immer noch wahre Vermögen darstellen.«

»Euer Regiment ist hinter uns her. Es wird mir zu gefährlich, wenn mehr und mehr Soldaten die Wälder durchstreifen. Ich brauche das Geld jetzt! All diese Mäuler wollen gefüttert sein.«

»Lasst Charlotte mit mir zurückkehren«, schlug Friedrich vor. »Wir werden uns etwas einfallen lassen, sobald Carl Eugen angereist ist. Es soll nicht zu Eurem Schaden sein.«

Der Hannikel schaute in die Runde. Friedrich bemerkte, wie Kollo ein Nicken andeutete. Das war offenbar das Zeichen, das der Hauptmann für seine Entscheidung noch gebraucht hatte.

»Nun gut«, spuckte er aus. »Sie soll mit Euch gehen. Aber ich will unverzüglich einen wirklich gewinnbringenden Hinweis. Nicht in ein paar Wochen, nicht in ein paar Tagen, sondern so schnell wie irgendwie möglich! Sonst schleife ich dich höchstpersönlich an deinen schönen Haaren aus der Sattlerei!«

»Ich bemühe mich«, erwiderte Charlotte.

»Sie wird mehr tun, als sich nur zu bemühen«, sagte Friedrich.

Der Hannikel atmete tief durch. Reichte ihm das vorerst, um Charlotte gehen zu lassen? Friedrich musste anerkennen, dass dieser Räuber eine mehr als faszinierende Figur darstellte. Eines Tages würde er einen Charakter in ein neues Drama schreiben, der dem Räuberhauptmann ähnelte: ein wahrer Anführer, dem jeder folgen wollte, der aber gefährlich war wie ein Rudel hungriger Wölfe.

»Als Zeichen meines Dankes Euch gegenüber soll es so sein, Herr Schiller«, sagte der Hannikel schließlich, nahm sein Glas Rotwein und trank es in einem Zug aus. »Kollo, kannst du sie wieder wegbringen?«

Charlotte warf Friedrich einen dankbaren Blick zu.

Was war das für eine Nacht gewesen! Friedrich war von der Helligkeit überrascht, als Kollo ihm nach dem langen Ritt zurück erlaubte, die Binde vom Kopf zu ziehen. Es würde nicht mehr lange dauern, bis die Sonne aufging.

»Macht lieber, was der Hauptmann von euch erwartet«, sagte Kollo müde, wendete sein Pferd und ritt wieder davon.

»Du hast es geschafft«, sagte Charlotte.

»Ich fürchtete schon, auf dem Ritt hinter dir einzuschlafen und vom Pferd zu fallen.«

»Ich denke, wir sind alle drei todmüde. Wälderwind geht schon ganz schwer.«

Charlotte trieb den Hengst ein letztes Mal an, bis sie auf das Gelände des Gestüts kamen. Dort waren schon ein paar Knechte unterwegs, einem begegneten sie, doch der alte Kerl dachte wohl, sie kämen von einem Schäferstündchen zurück. Er zwinkerte ihnen zu und grinste dreckig.

»Geh schon«, sagte Charlotte kurz später, als sie am Beschälerstall abstiegen. Sie wollte sich noch um das Pferd kümmern. Friedrich taumelte in Richtung der Arzneikammer. Die Augen fielen ihm schon fast zu, als er die Tür hinter sich ins Schloss gleiten ließ. Jetzt galt es nur noch, die Stiege nach oben hinter sich zu bringen, die Stiefel auszuziehen und sich ins Bett fallen zu lassen. Kronenbitter würde sich morgen früh wundern, den Regimentsmedicus noch im Bett vorzufinden. Aber das war Friedrich gleich. Sollten die Blasen an den Schweißfüßen der Soldaten eben etwas warten.

Er nahm die erste Stufe, trat empor auf die nächste und erstarrte plötzlich. Er hielt die Luft an. Etwas war anders! Sein Blick ging unweigerlich zu dem toten Reiter, der mit seinem Geisterpferd in die Ewigkeit zu reiten schien. Alles war wie immer. Doch dann sah Friedrich es: Die Spinne saß nicht mehr im Netz in ihrem Brustkorb! Er war mit einem Schlag hellwach. Vielleicht war er doch nicht so mutig, wie Hannikel gedacht hatte.

KAPITEL 25

Gestüt Marbach, Donnerstag, 9. August 1781

»Armer Hase! Es ist doch eine jämmerliche Rolle, der Hase sein müssen auf dieser Welt.«
Franz Moor in *Die Räuber*, 1. Akt, 1. Szene

Charlotte wurde durch drei Männerstimmen geweckt, die sich vor der Tür der Sattlerei unterhielten.

Die eine erkannte sie gleich: Es war Schorsch. Der Mann, der daraufhin etwas sagte, klang bedeutend reifer. Sie machte die Stimme als die von Franz aus. Der dritte Mann, der mit italienischem Akzent sprach, konnte nur Signore di Revanier sein.

Charlotte drehte sich zur Seite. Sie war sicher, dass sie alles nur träumte. Was sollten diese drei mitten in der Nacht vor ihrer Tür? Doch dann kehrte ihre Erinnerung zurück. Sie riss die Augen auf. Es war helllichter Tag! Mit einem Mal saß sie aufrecht auf ihrem Lager.

»Sie muss den Sattel für den Herzog fertigstellen«, hörte sie Franz sagen. »Das ist weitaus bedeutender, als mit einem eingebildeten Venezianer spazieren zu gehen.«

»Das soll die Signorina doch wohl selbst entscheiden«, hielt der Venezianer ihm entgegen.

Charlotte sah Schorschs Gesicht am Fenster erscheinen. Er machte sie schließlich im dunkleren Raum aus und blickte sie fragend und überrascht an, während der Streit zwischen Franz und di Revanier nicht abebben wollte.

Charlotte reagierte blitzschnell und riss einen Zeigefinger vor die Lippen. Sie atmete auf, als Schorsch offenbar verstand und kurz nickte. Sein Kopf verschwand wieder.

Sie schaute an sich hinab. Sie trug sogar noch ihre Stiefel! Sie war genauso eingeschlafen, wie sie gestern voller Erschöpfung aufs Bett gefallen war. Sie erinnerte sich, dass ihr Bewusstsein sich noch für einen Augenblick über die Geräusche aus Friedrichs Arzneikammer gewundert hatte. Die Kraft, aufzustehen und nachzuschauen, hatte sie nicht mehr besessen.

Nach und nach kamen auch die anderen Erinnerungen zurück. Wie Hannikel sein Glas aufgefüllt und mit Friedrich angestoßen hatte. Wie Friedrich noch einmal nach dem Verwundeten sah, bevor sie sich für den Ritt zurück fertig machten. Der Räuberhauptmann hatte Friedrich den Schwur abverlangt, niemandem von diesem Erlebnis zu berichten. Dem Arzt war nichts anderes übrig geblieben, als dieser Aufforderung feierlich nachzukommen. Trotz seines Versprechens hatte der Hauptmann darauf bestanden, dass ihm für den Ritt zurück wieder eine Augenbinde angelegt wurde.

Jetzt musste Charlotte erst einmal diese Kerle vor der Tür loswerden! Sie stand auf, richtete sich die Haare, die dringend Wasser, Seife und eine Bürste vertragen konnten, und ging zur Tür.

»Was ist denn hier los? Wie soll ich so in Ruhe arbeiten?«

Die beiden Männer blickten sie erschrocken an. Carlo di Revanier vollführte eine elegante Bewegung, während Franz die Truhe mit dem wertvollen Zierrat in die Höhe hob. Charlotte sah hinter ihnen Friedrichs menschliche Patienten auf den Hof fahren.

»Meine Herren, ich danke euch für den Besuch, aber ich habe im Moment weder Zeit noch Muße, einen von euch zu empfangen.«

»Aber die Schmucksteine für …«, begann Franz, doch Charlotte fiel ihm ins Wort.

»Sind zum jetzigen Zeitpunkt nicht nötig. Entweder Ihr lasst die Truhe hier oder kommt am Nachmittag noch einmal.«

»Ich kann sie nicht dalassen«, sagte Franz. Er sah aus, als befinde er sich in einem inneren Widerstreit. Er tat Charlotte fast ein bisschen leid.

Der Signore verbeugte sich vor ihr und sagte: »Es wäre mir ein außerordentliches Vergnügen, Signorina Amalia, Euch vor dem Besuch dieses …«, er stockte kurz, »… Stallburschen … zu einem Spaziergang überreden zu können.«

»Ich bin kein Stallbur–«

»Die Herren sollten jetzt gehen!«, unterbrach Charlotte ihn bestimmt. »Schorsch, kannst du mir drinnen kurz helfen?«

Sie öffnete die Tür weit genug, um ihn durchzulassen, während sie den Italiener und Franz einfach draußen stehen ließ. Sie schloss die Tür ohne ein weiteres Wort des Abschieds, warf aber noch einen Blick durch das Fenster. Die beiden Männer gingen in Richtung Hof und schienen dabei ihren Streit fortzuführen.

»Ich habe schon gedacht, die prügeln sich noch um dich.«

»Ach was.«

»Doch!« Schorsch war richtig aufgedreht. »Hast du sie nicht am Anfang gehört?«

»Ich habe geschlafen.«

»So lange?«

»Ich war doch gestern die ganze Nacht beim Hannikel im Lager.«

»Ach ja, richtig. Wie war es?«

Charlotte winkte ab und fragte nun doch: »Also, was haben sie am Anfang gesagt?«

»Der Venezianer meinte, dass er eine Verbindung zwischen sich und dir spürt. Und der Herr Hartmann, dass seine Verbindung zu dir schon länger bestehe.«

»So ein Unsinn«, lachte Charlotte, dennoch spürte sie ein Kribbeln in der Magengegend.

»Sag, Schorsch, was willst du hier?«

»Meine Ansprüche festigen, dass meine Verbindung zu dir noch länger dauern möge«, sagte er mit todernster Stimme. Um seine Mundwinkel herum zuckte es.

Charlotte brach zeitgleich mit ihm in ein lautes Lachen aus.

»Also, was wolltest du wirklich hier?«, fragte sie erneut.

»Ich habe mittlerweile so viele Mäuse und Maulwürfe gefangen, dass es schwieriger wird, noch welche zu finden. Darum bin ich heute später los und hab die beiden gesehen, wie sie schon streitend hier ankamen.«

»Und wo ist Eberhard?«

»Der muss im Stall ran, damit alles blinkt und blitzt, wenn der Herzog am Nachmittag kommt. Jede Ecke des Gestüts wird auf Vordermann gebracht.«

Charlotte war immer bewusst gewesen, dass der Herzog heute erwartet wurde. Trotzdem fühlte sie sich davon überrascht, dass die Zeit schon so weit vorangeschritten war. Der Sattel an sich war bis auf den weiteren Schmuck fertig, ebenso das Zaumzeug, bei dem sie sich besonders viel Mühe gegeben hatte. Aber sie wusste auch, dass sie von einem Prunksattel, der den alten Hartmann zufriedenstellen würde, noch weit entfernt war. Am Sonntag musste alles zum Fohlenabstoß fertig sein. Es würde eng werden mit der Zeit. Dabei war das noch ihr kleineres Problem.

Ob der Hannikel ihre Frist bis Sonntag erweitern würde, blieb nämlich die weitaus dringlichere Frage. Mein Gott, was musste der Amtmann Lenscheider auch noch ein solches Kopfgeld auf sie aussetzen? Charlotte spürte eine regelrechte Wut auf den verschmähten Bräutigam in sich aufsteigen. Reichte es ihm nicht, dass seine Braut ihm am Tag der Hochzeit davongelaufen war? Wollte er sie etwa vor den Altar schleifen, um beim Pfarrer ein Nein von ihr zu kassieren?

»Denkst du wieder an deine Familie?«, fragte Schorsch und

holte Charlotte damit in die kleine Sattlerei im Gestüt Marbach zurück.

»Ja, schon irgendwie. Du hast mir noch gar nicht gesagt, was mit deiner Familie passiert ist«, fragte sie.

»Ich hatte nie richtig eine. Fertig.« Schorsch verschränkte die Arme.

»Das hast du mir schon gesagt, als wir hier ankamen. Was ist mit ihnen?«

Schorschs Gesicht verfinsterte sich. Er winkte ab.

»Keiner zwingt dich, mit mir darüber zu reden, aber manchmal tut es gut, sich einer Freundin anzuvertrauen«, sagte sie.

Schorsch wandte sich ab. Am Zittern seiner Schultern erkannte sie, dass er es nicht aus Wut, sondern aus Scham tat.

»Die Bande ist jetzt meine Familie«, sagte er mit brüchiger Stimme.

Charlotte packte ihn und drehte ihn gegen seinen anfänglichen Widerstand zu ihr um.

»Wenn du darüber reden willst, kannst du jederzeit zu mir kommen«, sagte sie und erwartete, dass er für jetzt gehen würde, aber stattdessen fiel er ihr um den Hals und begann zu schluchzen.

Charlotte musste an Elisabeth denken. Wenn ihre jüngste Schwester hingefallen war, ging es ihr auch erst besser, wenn jemand sie in den Arm nahm. Schorsch fühlte sich genauso dürr an wie sie.

In ihrem Arm löste sich sein anfänglicher Widerstand schnell auf. Er weinte, und Charlotte streifte ihm beruhigend über den Rücken und flüsterte ihm zu, dass alles gut werde.

Es dauerte ein paar Minuten, bis Schorsch sich so weit beruhigt hatte, dass die Scham wiederkehrte.

»Sag niemandem was davon!«, sagte er drohend.

Charlotte stellte sich ihm in den Weg. »Du erzählst mir jetzt, was los ist!«

Schorsch schüttelte heftig den Kopf.

»Gut. Ich sag dir etwas über meine Familie und du mir über deine«, schlug sie vor.

»Du hast doch bestimmt eine ganz tolle Familie«, knurrte er.

»Da hast du sogar recht. Aber trotzdem hat keiner gemerkt, dass ich den Antrag dieses Amtmanns nur angenommen habe, weil meine Mutter mich dazu gedrängt hat.«

»Ich wünschte, meiner Mutter wäre überhaupt irgendetwas an mir gelegen gewesen«, sagte er leise. »Sie hat mich weggegeben, als ich fünf war.«

Charlotte blickte ihn mit großen Augen an. »Mit fünf?«

Er nickte. »Sie hat mich zu einem Bauern gegeben, bei dem ich als Knecht arbeiten sollte.«

»Und dein Vater?«

Schorsch zuckte mit den Schultern. »Den hab ich nie kennengelernt.«

»Hast du Geschwister?«

»Ich hatte eine ältere Schwester, aber die ist woanders hingegeben worden.«

Charlotte schüttelte unweigerlich den Kopf. »Warum hat deine Mutter das getan?« Sie konnte sich das alles gar nicht vorstellen.

»Sie hat gesagt, sie würde uns wieder holen, aber sie ist nie mehr zurückgekommen. Als ich dreizehn wurde, bin ich von dem Bauern weggelaufen. Ich war ja sowieso nur ein nutzloses Stück Dreck.«

»Hat er dich so genannt?«

»Alle haben das getan.«

»Du bist überhaupt nicht nutzlos, Schorsch. Im Gegenteil! Du bist ein wunderbarer junger Mensch. Deine Mutter muss einen sehr schwerwiegenden Grund gehabt haben, euch Kinder wegzugeben. Keiner Mutter fällt das leicht.«

Schorsch schaute Charlotte an, als dächte er zum ersten Mal darüber nach.

»Weißt du, was aus deiner Schwester geworden ist?«

Er schüttelte den Kopf. »Nachdem ich weggelaufen war, habe ich versucht, Kollo zu bestehlen. Der hat mich zuerst verprügelt und dann mit zur Bande genommen. Seitdem gehör ich dazu.«

»Aber du willst es eigentlich nicht«, stellte Charlotte fest.

»Die Arbeit auf dem Gestüt macht mir Spaß«, sagte er zögernd. »Es ist ehrliche Arbeit.«

»Dann bleib hier, wenn Hannikel weiterzieht«, schlug sie vor.

»Das geht nicht so einfach«, meinte er. »Was ist denn da draußen los?«

Charlotte hörte es auch. Ein Trompetensignal ertönte zum wiederholten Mal. Schorsch kam die Störung nur allzu recht. Er stürzte zur Tür, und Charlotte sah schon durch das Fenster Leute in Richtung des Hofs eilen.

»Was ist los?«, hörte sie Schorsch jemanden fragen.

»Der Herzog kommt!«

Charlotte folgte Schorsch nach draußen.

Das große Tor war weit geöffnet, wie sie von hier aus erkennen konnte. Auf dem Hof herrschte hektische Betriebsamkeit. Leute liefen von einer zur anderen Seite, andere stellten sich entlang des Hauptgebäudes in einer langen Reihe auf. Nicht alle auf dem Hof gehörten zum Gestüt. Charlotte sah zahlreiche Soldaten in prächtigen Uniformen und mit geschmückten Helmen, die auf ihren stolzen Rössern den Hof sicherten. Auch vor dem Tor standen Soldaten Spalier.

Und dann bog eine Kutsche in die Einfahrt, die Charlotte den Atem verschlug. Das Gefährt des Venezianers wirkte neben dieser überbordenden Pracht wie ein einfacher Karren. Zwei livrierte Führer lenkten vom Bock der goldenen Kutsche aus die acht vollkommen gleich aussehenden Schimmel. Sie erkannte es sofort: Jedes einzelne dieser Pferde war ein Fürstentum wert.

Der alte Hartmann kam gerade aus dem Haupthaus gelaufen,

um zur Ankunft seines Landesvaters nicht zu spät zu sein. Er zog seinen Rock zurecht.

Hinter der Kutsche strömten weitere Reiter auf den Hof, die sich wie in einer eingespielten Choreografie verteilten und Stellung bezogen.

»Komm, das will ich sehen«, rief Schorsch und rannte bergab auf das Getümmel zu.

Vor Friedrichs Arzneikammer befanden sich bereits Patienten aus dem Regiment, die Charlotte begutachteten. Sie mussten das ganze Spektakel mit Franz und di Revanier mitbekommen haben. Charlottes Blick kreuzte den eines älteren Soldaten in einer schäbigen Uniform, der ihr freundlich zunickte.

»Ist der Herr Schiller drinnen?«, fragte sie ihn.

»Er hatte wohl eine lange Nacht«, sagte der Soldat mit heiserer Stimme. Er fasste sich an den Hals. »Er hat noch geschlafen, als wir ankamen, und uns aufgefordert zu warten.«

Charlotte wandte sich zur Tür und klopfte kräftig an.

»Ihr sollt noch warten, habe ich gesagt«, erhob sich seine Stimme von innen.

»Der Herzog ist eingetroffen«, ließ Charlotte ihn wissen.

Es dauerte nur einen Moment, bis er die Tür öffnete. Friedrich blickte sie an. Unter seinen müden Augen lagen dunkle Schatten. Dann sah er den Trubel auf dem Hof und riss seine Uniformjacke vom Haken.

»Meine Herren, Sie werden sich noch gedulden müssen«, beschied er die Wartenden, zog die Tür hinter sich zu und lief mit Charlotte in Richtung des großen Gestütshofs.

»Was hast du eigentlich gestern Nacht noch für einen Lärm gemacht?«, fragte Charlotte auf dem Weg.

»Ich habe die Spinne gesucht. Sie war weg.«

»Die aus dem Brustkorb des Reiters?«

»Genau die. Ich habe sie eine Stunde lang gesucht, aber nicht gefunden. Und heute früh saß sie wieder an ihrem alten Platz.

Jetzt frage ich mich, wo sie nachts stecken mag. Da, schau! Er steigt aus.«

Sie erreichten den Hof in dem Moment, als zwei Pagen die Stiege der Kutsche ausklappten und die doppelflügelige Tür öffneten. Bis auf das Klappern von Hufen auf dem Pflaster und Geräuschen, die von draußen vor dem Tor kamen, war plötzlich alles still. Durch die geöffnete Tür konnte man nicht erkennen, was in der Kutsche vor sich ging, doch dann brandete erster Jubel auf, als ein befiederter Hut erschien, der auf einem Kopf mit langer weißer Perücke saß. Es folgte ein polierter schwarzer Lederschuh mit einem Bein, das sich auf die oberste Stufe stellte, dann trat der ganze Herzog ins Licht, blinzelte und blickte einmal in die Runde. Er winkte – mit recht wenig Begeisterung, wie Charlotte fand. Der Jubel hingegen wurde noch lauter. Sogar Friedrich stimmte mit ein und gab ihr mit seinem Ellenbogen zu verstehen, dass sie applaudieren müsse. Charlotte klatschte nun also auch.

Der Herzog war ein reifer Mann, älter als Charlottes Vater. Seine gelben Beinkleider bedeckten die Oberschenkel, darunter waren weiße Strümpfe zu sehen. Quer über der grünen Weste trug er eine rötliche Schärpe. Um seinen Hals lag ein weißer Kragen. Und um das Farbenspiel komplett zu machen, leuchtete Carl Eugens modisch geschnittener Rock, an dem goldene Knöpfe blinkten, im Blau des Sommerhimmels. Die Ringe an seinen Händen glitzerten mit ihren bunten Edelsteinen im Sonnenlicht.

Obwohl er es nicht deutlich zeigte, schien Carl Eugen den Jubel zu genießen. Seine Miene wirkte gelangweilt, als ihm die Diener die Hände reichten und ihm die kleine Treppe aus der Kutsche hinab halfen.

Charlotte war überrascht, wie klein er im Vergleich zu Georg Hartmann war, der sofort auf den Herzog zueilte und sich trotz seines Alters tief verbeugte.

Carl Eugen vollführte mit der Rechten eine abwinkende

Geste, woraufhin der Jubel leiser wurde und schließlich ganz erstarb.

»Stehe Er nur aufrecht, lieber Hartmann!«, schallte die Stimme des Landesvaters über den Hof.

»Wir sind überglücklich über die Ehre, Eure Durchlaucht empfangen zu dürfen«, sagte der Gestütsmeister.

Charlotte sah, dass immer mehr Leute durch das Tor auf den Hof strömten. Einige trugen Uniform, aber es waren auch bunte Vögel darunter. Männer und Frauen, die fast so farbenfroh gekleidet waren wie der Herzog und mit großem Selbstbewusstsein über das Pflaster schritten.

Ein zweiter Mann stieg aus der Kutsche. Er war höher gewachsen als Carl Eugen und deutlich schlanker.

Georg Hartmann verneigte sich auch vor ihm.

»Richtet Euch nur auf, lieber Hartmann.«

»Das ist Alexander Maximilian Bouwinghausen von Wallmerode«, flüsterte Friedrich Charlotte zu.

»Und?«, fragte sie zurück. »Wer ist das?«

»Der Leiter der herzoglichen Gestüte und damit Hartmanns Vorgesetzter.«

»Ich dachte, Georg Hartmann stünde an der Spitze des Gestüts.«

»Was den laufenden Betrieb angeht, stimmt das, aber wenn der Freiherr Bouwinghausen da ist, tritt er ins zweite Glied. Und mit dem Herzog gar ins dritte.«

»Lass uns naher herangehen«, sagte Charlotte. Sie wollte besser verstehen, was gesprochen wurde.

Hinter den Herzog waren zwei neue Diener getreten, die jeder einen langen, mit Goldbeschlägen verzierten Ebenholzstock hielten, an deren oberen Enden ein dunkelroter Samtstoff befestigt war. Sie hielten ihre Stöcke so, dass der Stoff das Haupt ihres Herrn beschattete.

Carl Eugen blickte sich auf dem Areal um, das aufgereihte

Personal, die Soldaten der eigenen Garde, zahlreiche Neugierige. Dann sah er in Charlottes Richtung und stutzte.

»Ja, wen haben wir denn da?«, sagte er.

Charlotte blickte ihn verständnislos an, doch dann wurde ihr klar, dass sie gar nicht gemeint war, sondern Friedrich, der jetzt hinter ihr hervortrat.

»Ja, ja, Er komme her, Schiller, Er komme her!«

Friedrich blieb nichts anderes übrig, als dem Befehl seines Herzogs zu folgen. Charlotte blieb an ihrem Platz stehen und beobachtete gespannt, was weiter geschah.

»Schon wieder der Schiller. Man könnte meinen, Er verfolge mich regelrecht.«

Friedrich verbeugte sich tief.

»Ja, der Herr Schiller«, sagte der alte Hartmann. »Ein wunderbarer Arzt ist er.«

»Was tut Er hier?«, fragte Carl Eugen fast feindselig an Friedrich gerichtet.

»Eure Durchlaucht, bei meiner Audienz habt Ihr gnädigst befohlen, dass Madame Kaulla sich mit mir auseinandersetzen …«

»Ich weiß, was ich befohlen habe, Schiller. Denkt Er etwa, Sein Herzog ist gedächtnisschwach?«

»Nein, mein Herzog, nichts läge mir ferner.«

»Also, Madame Kaulla hat Ihn hergeschickt?«

»Als Ersatz für unseren Rossarzt«, erklärte Georg Hartmann.

Carl Eugen sah den Gestütsmeister überrascht an. »Als was?«

»Ersatz, Euer Durchlaucht. Ersatz für unseren Rossarzt. Zumindest auf Zeit.«

Carl Eugen begann zu kichern. Charlotte bemerkte, dass Friedrichs eben noch aufrechte Gestalt immer mehr zusammenzusinken schien. Die Menschen um sie herum fielen in das Lachen ein, obwohl wahrscheinlich keiner den Grund für die Belustigung des Adligen kannte.

»Ein Rossarzt ist Er geworden. Dafür hätte Er nicht in meiner

Hohen Carlsschule studieren müssen!« Schlagartig war jegliches Amüsement aus seiner Stimme gewichen. »Hat Sein Herzog ihm nicht ausdrücklich befohlen, sein Regiment nicht im Stich zu lassen?«, fragte er noch schärfer.

»Dem … dem … dem ist so, Eure Hoheit«, stotterte Friedrich. »Und … ich versorge auch das Regiment weiter.«

»Was soll das heißen?«

Bouwinghausen ergriff das Wort: »General von Augés Grenadiere wurden doch meinen Husaren als Verstärkung gegen die Räuber geschickt, die ihr Unwesen auf der Alb treiben.«

»Richtig!«, rief Carl Eugen erfreut auf. »Der gute alte von Augé ist hier! Das ist ja wunderbar!«

Der Freiherr flüsterte ihm etwas zu, was Charlotte nicht verstand.

Der Herzog nickte daraufhin und schien besänftigt. »Ich hörte, mein neues Pferd sei eingetroffen?«, wandte er sich an den Gestütsmeister. Friedrich ließ er damit einfach stehen. Der Medicus zog sich vorsichtig zurück.

»Eure Hoheit, wir planten, Euch den Hengst am Sonntag zu präsentieren.«

»Ach was, Hartmann! Ich warte seit Wochen auf diesen Moment und bin nicht bereit, mich auch nur eine Stunde länger zu gedulden. Holt mir das Pferd! Ich will es augenblicklich sehen.«

KAPITEL 26

Gestüt Marbach, Donnerstag, 9. August 1781

> »*Nicht an die Güter hänge dein Herz,*
> *Die das Leben vergänglich zieren!*
> *Wer besitzt, der lerne verlieren,*
> *Wer im Glück ist, der lerne den Schmerz!*«
>
> Chor in *Die Braut von Messina,* 4. Akt, 4. Szene

Charlotte vermochte die wilden Gesten des Herzogs nicht zu deuten. Aber die Menschen in seinem Gefolge schienen sie perfekt lesen zu können. Wie aus dem Nichts tauchten zwei weitere Diener auf. Einer trug eine mit klarem Wasser gefüllte Silberschüssel in Händen, der zweite, der aussah wie der Zwilling des ersten, präsentierte ein blendend weißes Handtuch.

»Wohin ist der Schiller denn schon wieder verschwunden? Er ist nicht entlassen!«, schimpfte Carl Eugen, während er die Hände ins kühle Nass tauchte.

Sichtlich widerwillig trat Friedrich wieder nach vorn.

»Wo ist er denn, mein guter alter Freund, der General von Augé?«, fragte Carl Eugen.

»Er und die anderen Männer lagern bei der Garnison unterhalb des Schlosses, Eure Durchlaucht.«

»Und wie kann es dann sein, dass Er hier ist und nicht bei Seinem Regiment?«

»Ich bekam Räumlichkeiten im Gestüt zugewiesen, die ich auch als Praxis nutzen kann. Auf Madame Kaullas Wunsch kann ich mich hier um Eure Pferde kümmern und behandele gleichzeitig die Kranken des Regiments, die zu täglichen Behandlungen hier vorbeikommen. Es ist ja nicht weit.«

Carl Eugen überlegte kurz. Die Pause wurde Georg Hartmann offenbar zu lang. »Und für Pferde hat er ein gutes Händchen«, erklärte er. »Wir hatten in dieser Woche zwei Fälle, die der tüchtige Doktor Schiller aufs Beste behandelt hat.«

»Ist dem so? Ist dem so? Ich hatte den Schiller stets als Mann im Gedächtnis, dessen Interesse an Pferden nicht besonders ausgeprägt war«, bemerkte der Herzog in Friedrichs Richtung.

Der junge Arzt sah zu Boden.

»Und jetzt ist Er also ein Rossarzt geworden. Er ist ein Mann mit vielen Talenten, wie es scheint. Dichtet Er nicht auch?«

Charlotte hielt die Luft an. Wusste Carl Eugen etwa, dass Friedrich *Die Räuber* geschrieben hatte?

»Nur unbedeutende Verse, Eure Durchlaucht.«

»Zu schade. Er könnte mir eine Ode an die Pferde dichten, als Geschenk für Seinen Herzog!« Carl Eugen klatschte mehrmals in die Hände.

»Ich fürchte, meine Dichtung ist zu dilettantisch, um den Geschmack eines Herzogs befriedigen zu könn–«

»Ach, da kommt er!«, rief Carl Eugen und ließ Friedrich stehen.

Charlotte sah in die Richtung, in die der Herzog gezeigt hatte. Carlo Matteo di Revanier schritt über den Hof, gefolgt von seinem Diener Samuele Conti, der den nervös tänzelnden Saldiri führte.

Doch nicht nur der Hengst tänzelte, auch der künftige Besitzer konnte vor Aufregung nicht stillstehen. Carl Eugen dirigierte die Leute mit mehrmaligem Klatschen und Fingerzeigen zur Seite, damit das Pferd bis zu ihm gebracht werden konnte.

»Eure Hoheit, Herzog Carl Eugen von Württemberg und Teck, Graf von Mömpelgart, Ritter des goldenen Vlieses …«

»Ich kenne meinen eigenen Namen recht gut«, winkte der Herzog ungeduldig die Ansprache des Venezianers ab. »Aber wer seid Ihr?«

Dieser verbeugte sich tief und mit elegantem Schwung.

»Mein Name ist Carlo Matteo di Revanier, der Neffe von Gianfranco di Revanier, von dem ich Euch die höflichsten Grüße ausrichten darf.«

»Ahhh«, sang der Herzog lang gezogen. »Signore di Revanier! Ich hoffe, es geht Eurem Onkel gut.«

»Ich danke Euch vielmals für Eure Nachfrage. Er hat die Gicht in den Fingern und klagt über Ruhelosigkeit in der Nacht. Doch sonst ist er von besserer Konstitution als mancher junge Mann.«

Carl Eugen lachte herzlich. »Das freut mich. Das freut mich. Und das ist also der Hengst.«

»Euer Hengst, Eure Hoheit. Saldiri«, stellte di Revanier vor und trat einen Schritt zur Seite.

Das Tier war heute früh gewaschen und nach dem Trocknen nochmals ausgiebig geputzt worden. Charlotte sah am Glanz des Felles, dass auch Öle im Spiel gewesen waren. Sogar die prächtige, dunkle Mähne des Apfelschimmels sah bei aller Wildheit perfekt aus. Charlotte vermutete, dass einer der Diener des Venezianers eben noch Hand angelegt hatte, damit das Pferd so ansprechend präsentiert werden konnte. Carlo di Revanier war ein Verkäufer. Das lag seiner Familie offenbar in den Genen – und ihm wohl auch.

»Mein Hengst!«, rief der Herzog und klatschte einmal in die Hände. Seine Entourage ließ sofort einen ausgiebigen Applaus hören. Mit einem Wink wies Carl Eugen Samuele Conti an, das Pferd zu drehen.

»Ein wunderschönes Tier«, lobte Bouwinghausen.

»Voller Anmut und vom besten Blute«, ergänzte der alte Hartmann.

»Ein mageres, ein kleines Tier«, bemerkte der Herzog mit einem enttäuschten Tonfall. »Schiller!«

Friedrich eilte zu ihm. »Als Rossarzt, der Er ja nun ist: Hat Er das Pferd untersucht?«

»Ja, Eure Durchlaucht. Ich habe eine Grunduntersuchung vorgenommen, soweit es meine bescheidenen Kenntnisse erlauben.«

»Und?«

»Ich konnte keine körperlichen Schäden feststellen. Weder äußerlich noch bei einer Untersuchung des Inneren und des Kots. Euer Hengst ist kerngesund.«

»Aber ist Ihm nicht etwas anderes aufgefallen?«

Schiller schwieg und schüttelte kaum merklich den Kopf.

»Er schaue sich den schmalen Rücken an.«

Charlotte ahnte schon, was dem Herzog durch das adlige Haupt ging. Das Problem war nur, dass Friedrich vollkommen ahnungslos war.

Am liebsten hätte sie etwas gesagt, um ihm die weitere peinliche Befragung zu ersparen, aber sie musste sich zwingen, still zu bleiben.

»Der Rücken ist, nun, rückwärtig betrachtet …«, stammelte Friedrich.

Es trieb Charlotte zwei Schritte vor.

»Nun, Eure Durchlaucht, es wäre festzustellen, dass …« Friedrich gingen die Worte aus. »Der Rücken des Tieres …«

»Der Rücken mag schmal sein, aber der Sattel wird Euren Sitz aufs Beste ausgleichen, Eure Hoheit!«, rief Charlotte laut dazwischen. Erschrocken über ihre eigene Kühnheit zuckte sie zusammen.

Carl Eugen schnellte herum. Charlotte bemerkte, dass aller Augen auf einmal auf sie gerichtet waren.

»Ein Mädchen?«

Alle um sie herum waren zur Seite getreten. Charlotte stand auf einmal ganz allein vor dem mächtigsten Mann Württembergs. Sie schluckte trocken, dann versuchte sie sich unbeholfen an einem tiefen Knicks.

»Das, Eure Durchlaucht, ist unsere Sattlerin«, hörte sie Georg Hartmann sagen. »Sie hat nach dem Unfall Eures Hofsattlers geholfen, Euren Sattel fertigzustellen.«

Charlotte konnte nicht glauben, dass sie Carl Eugen unmittelbar angesprochen hatte. Sie hielt den Blick zu Boden gerichtet und wagte nicht, sich aufzurichten. Sie vernahm langsame Schritte, dann kamen die am blanksten geputzten und edelsten Schuhspitzen in ihr Blickfeld, die sie je gesehen hatte.

»Sie erhebe sich!«

Charlotte kam dem Befehl nach. Sie war ein bisschen größer als der Herzog.

»Wie heißt Sie?«

»Ch…, A…, Amalia«, antwortete sie mit zittriger Stimme.

»Amalia, soso. Was hat Sie eben über den Rücken des Hengstes gesagt?«

»Dass er wirklich sehr schmal ist, aber dass der Sattel Euren Sitz ausgleichen wird, Hoheit.«

»Meint Sie denn, das Pferdchen kann mich tragen?«

»Daran habe ich keinen Zweifel. Er ist ein kräftiger Hengst, nur eben anders gebaut als Eure Warmblüter.«

»Sie hat recht, Eure Hoheit«, kam der Venezianer ihr zu Hilfe. Sie atmete dankbar auf, dass sie nicht mehr allein in der Aufmerksamkeit des Herzogs stand. »Saldiri ist der beste Junghengst im Stall von Sultan Abdülhamid. Ihr habt meinen Onkel ausdrücklich aufgefordert, Euch das edelste Tier aus den Stallungen des Sultans zu beschaffen. Saldiris Ahnenreihe ist über zwölf Generationen belegt, und stets handelte es sich um die herausragendsten Tiere.«

»Dieses Pferd ist absolut einmalig in unseren Breiten«, stimmte Georg Hartmann ihm zu.

»Wirklich ein außergewöhnlich schönes Tier, Carl Eugen«, merkte Bouwinghausen an.

»Und der Rücken ist durchaus tragfähig«, sagte Friedrich leise.

Der Herzog ignorierte den Medicus und wandte sich wieder Charlotte zu.

»Sie ist eine Sattlerin?«

»Die beste, Eure Durchlaucht«, brachte Hartmann vor, doch sein Landesvater hieß ihn mit einem Wink, zu schweigen.

»Wenn Sie mein Geschenk fertigen kann, dann sollte Sie auch für sich selbst reden können, denke ich.«

»Niemals hätte ich einen Sattel für Euch herstellen können, wenn nicht der Großteil der Arbeit von Eurem Hofsattler vorbereitet gewesen wäre«, erklärte Charlotte.

»Sie ist bescheiden. Das gefällt mir. Ich hoffe, Sie ist bei aller Bescheidenheit trotzdem meisterlich. Ach, ich möchte es nicht abwarten. Hole Sie mir den Prunksattel. Ich will ihn jetzt gleich sehen!«

Charlotte erstarrte. Der Sattel war doch noch nicht fertig!

Bis zu diesem Moment hatte sie gedacht, es könne nicht mehr schlimmer kommen, aber die größte Überraschung stand ihr erst bevor: Von ihrem Standort aus hatte sie das große Steintor im Blick. Gerade in diesem Moment nahm sie sechs Uniformierte wahr, die ihre Pferde auf den Hof führten. Charlotte wusste zuerst nicht, was an den Männern so Besonderes war.

»Was ist mir Ihr?«, fragte Carl Eugen ungeduldig. Charlotte schreckte aus ihrer Betrachtung. »Hat Sie etwa die Sprache verloren?«

»Verzeiht, was war Eure Frage?«

»Sie hole mir meinen Sattel!«, befahl er laut.

Charlottes Blicke sprangen zwischen Carl Eugen und den Männern am Tor hin und her. Die Gestalten kamen ihr sehr bekannt vor.

»Was hat Sie denn?«, fragte der Herzog. »Stimmt etwas nicht mit meinem Sattel?«

Vor allem einer der Männer regte etwas in Charlottes Gedächtnis an. Und dann erkannte sie ihn: Es war der Hannikel höchstpersönlich. Wie seine Männer trug er eine Uniform der Württemberger und war darin kaum zu erkennen!

»Oh nein!«, stieß sie erschrocken hervor.

»Was soll das heißen?« Die Stimme des Herzogs klang mittlerweile sehr gereizt.

»Verzeiht, Eure Durchlaucht«, sprang Hartmann in die Bresche. »Ich glaube, sie wollte sagen, dass Euer Sattel noch den letzten Schliff erhält.«

Charlotte zwang ihre Aufmerksamkeit wieder ganz auf das laufende Gespräch. Ihr Herz klopfte wie wild. »Ihr seid ein wenig zu früh gekommen, Eure Hoheit«, brachte sie hervor.

Hartmann blickte sie entsetzt an, der Freiherr schüttelte den Kopf, und die Augenbrauen des Herzogs zogen sich zusammen wie die Wolken vor einem Gewitter.

»Bitte nehmt der jungen Dame ihre offenen Worte nicht übel, Eure Durchlaucht«, hörte sie Friedrich sagen.

»Nein? Wieso meint Er das?«

»Sie kam nicht in den Genuss einer Bildung, wie Ihr sie mir habt angedeihen lassen, und ist nicht vertraut damit, einem Landesvater gegenüberzustehen, geschweige denn, mit ihm zu reden.«

Charlotte senkte den Blick.

»Trotzdem hat sie viele Talente und Gaben. Ihr werdet sehen, dass sie Euch einen Sattel gefertigt hat, der in Eurer Sattelkammer seinesgleichen suchen wird.«

»Das will ich hoffen«, sagte Carl Eugen. »Besucht Sie gern die Opera?«

Charlotte wusste nicht, ob sie antworten sollte.

»Sie hat noch nie eine Vorstellung erleben können«, antwortete Friedrich an ihrer Stelle.

»Was?« Der Herzog wirkte wirklich empört. »Noch nie? Dann soll Sie heute Abend unbedingt kommen! Die Compagnie führt ein Stück von meinem lieben Jomelli auf. Ich kenne es zwar schon, aber eine gute Oper kann man mehrmals genießen. Was für ein Künstler! Seine Opern werden noch in Jahrhunderten von den Menschen geliebt und gefeiert werden! Leider ist er zurück in seine Heimat, aber in den Jahren bei mir hat er Werke geschaffen, die Württembergs Ruhm in der Welt ins Unermessliche gemehrt haben. Schiller? Er soll sich darum kümmern, dass ihr erster Besuch in einer Opera rundum bemerkenswert wird.«

»Heißt das, ich bin ebenfalls eingeladen, Eure Durchlaucht?«

»Ja, ja, ja. Und jetzt lasst mich. Hartmann!« Der alte Gestütsmeister trat vor. »Sagt, könnte man die Ställe auch für andere Tiere als für Pferde nutzen?«

Charlotte zog sich in die Reihe der Zaungäste zurück.

»Ich verstehe nicht, Eure Durchlaucht.« Der Gestütsmeister rang die Hände.

»Ich habe darüber nachgedacht, neben Pferden künftig auch Elefanten zu züchten.«

»E...elefanten?«

»Sie brauchen viel Platz, viel Futter und Wasser, können dafür aber auch große Lasten ziehen«, erklärte der Herzog.

Charlotte sah, wie sich alle fassungslose Blicke zuwarfen.

»Ich fürchte, äh, Eure Durchlaucht, dass wir nicht in der Lage sind, Elefanten auf dem Gestüt unterzubringen.«

»Hm«, machte der Herzog unwirsch.

»Man kommt ja auch nicht so einfach an einen Elefanten«, versuchte Hartmann zu beschwichtigen.

»Signore di Revanier?«

»Ja, Eure Hoheit?«

Der Venezianer eilte an die Seite des Herzogs.

»Meint Ihr, Euer Onkel kann mir ein paar Elefanten beschaffen?«

»Darüber ließe sich sicher sprechen. Allerdings muss man sagen, dass der Transport sehr aufwendig ist. Die Tiere über die Alpen zu bringen dürfte lange dauern und große Kosten verursachen.«

»Die Kosten sind zweitrangig, Signore. Wenn ich erst einmal ein paar Elefantenherden habe, wird man von Württemberg schnell als dem Elefantenländle sprechen und mir für ein Tier jeden geforderten Betrag zahlen.«

»Ich werde gern mit meinem Onkel darüber reden, wenn ich zurückgekehrt bin, Eure Hoheit.«

»Sehr gut. Und wir werden schauen, wie wir die Ställe ein bisschen stabilisieren können, nicht wahr, Hartmann?«

Charlotte sah dem gequälten Lächeln des Gestütsmeisters an, was er von der Idee seines Herzogs hielt.

»Darf ich Euch dieses Schreiben meines Onkels übergeben?«, fragte di Revanier und reichte dem Herzog einen versiegelten Papierbogen.

»Ein Brief Eures Onkels. Wunderbar!« Carl Eugen riss das Siegel auf, entfaltete das Papier und reichte es dem Venezianer.

»Lest vor!«

»Verzeiht, Eure Durchlaucht. Das Schreiben ist nur an Euch gerichtet.«

»Ach was. Lese Er es vor!«

Warum windet sich di Revanier so, fragte sich Charlotte.

»Es fällt mir schwer, in einer anderen Sprache vorzulesen. Nehmt den Brief mit, und lasst ihn bitte nicht öffentlich verlesen.«

»Papperlapapp!«, rief der Herzog. »Schiller, dann lese eben Er!« Er hielt das Schreiben nach hinten, bis Friedrich es ihm aus der Hand nahm. Dann ging der Herzog zum Pferd und begutachtete es genauer, während der Venezianer Friedrich Zeichen gab, die dieser aber nicht verstand.

»Höchstverehrter Herzog Carl Eugen zu Württemberg und Teck, Graf von Mömpelgart, Ritter des goldenen Vlieses und des löblichen schwäbischen Kranzes«, begann Friedrich. »Voller Freude denken alle Bürger Venedigs zurück an Euren durchlauchtigsten Besuch in unserer Lagunenstadt in Begleitung der ehrenwerten Gräfin von Hohenheim. Der Tag, als Ihr abreistet, ging in den Annalen der Serenissima als Tag der Schwermut ein. So viele Tränen flossen bei ihren Bewohnern, dass die *Canali* – ja die ganze Lagune – überzulaufen drohten.«

»Ach, was für nette Leute«, sagte der Herzog erfreut.

Es folgten einige weitere Ausschmückungen, die Carl Eugen schmeichelten und ihm somit ausnehmend gut gefielen. Je länger die Lobhudeleien anhielten, desto unbehaglicher wirkte di Revaniers Miene. Ganz entgegen seiner sonstigen Art schien er am liebsten im Boden versinken zu wollen.

In dem Schreiben ging es nun weiter um die Beschaffung des Pferdes beim Sultan und Kalifen des Osmanischen Reichs, Abdülhamid I. Friedrichs Stimme erklang über den halben Hof.

»Sehr gern kommt die Familie di Revanier Euch …« Friedrich zögerte.

»Was ist! Lese Er weiter!«

»Vielleicht solltet Ihr den Brief …«

»Wenn ich Ihm befehle zu lesen, dann soll Er lesen!«, fuhr Carl Eugen ihn an.

»… in der Bezahlung entgegen«, kam Friedrich dem Befehl nach. Er senkte seine Stimme, als er weiterlas: »Bedenkt bitte, dass mein Neffe erst zurückreisen kann, wenn Ihr zumindest die Hälfte des offenstehenden Betrags in Höhe von zweihundertfünfzigtausend Gulden …«

»Schiller! Was soll diese Frechheit?«, brüllte der Herzog.

Friedrich verstummte sofort. Auch sonst war nichts mehr zu hören.

»Wir sprechen uns noch, Signore«, beschied Carl Eugen dem Venezianer. Di Revanier blieb nichts anderes übrig, als sich tief zu verbeugen.

Der Herzog ging zu Friedrich, schaute ihm kurz tadelnd in die Augen, riss ihm das Schreiben aus den Händen und stolzierte beleidigt zu seiner Kutsche.

»Es ist heiß. Man bringe mich nach Grafeneck!«

Die Diener schlossen hinter ihm die Türen. Nach einem kurzen Moment trieben die Kutscher die Pferde an und wendeten das Prachtgefährt in großem Bogen über den ganzen Hof. Viele Leute mussten zur Seite springen, um nicht unter die Hufe der Pferde oder die Räder der Kutsche zu geraten.

KAPITEL 27

Gestüt Marbach, Donnerstag, 9. August 1781

»Wehe, wenn sie losgelassen.«

Aus *Das Lied von der Glocke*

Friedrich trat zu Charlotte, und gemeinsam starrten sie wortlos der Kutsche nach. Um sie herum erwachte das Gestüt wieder zum Leben, nicht zuletzt, weil Georg Hartmann alle zurück zur Arbeit rief.

»Hast du gesehen, wer da ist?«, fragte Charlotte unvermittelt.

»Der Herzog. Ja, natürlich.«

»Nein, den meine ich nicht!« Sie wandte sich zu ihm um und flüsterte ihm ins Ohr: »Der Hannikel ist da.«

»Was? Das kann nicht sein.«

»Doch, ich hab ihn gesehen, wie er mit ein paar seiner Männer aufs Gelände gekommen ist.«

»Bist du sicher, dass er es war? Das wäre außerordentlich waghalsig und riskant.«

»Er war es. Du kannst mir glauben.«

Friedrich sah ihr an, dass sie es ernst meinte. Er nickte. »Hast du gesehen, wo er hin ist?«

»Nein. Der Herzog hat mich abgelenkt. Sie kamen verkleidet in Uniformen und mit Armeepferden. Vielleicht sind sie im Stall. Lass uns nachsehen.«

Als sie losgingen, spürte Friedrich, dass Charlotte ihn auf den Oberarm schlug.

»Was sollte das?«

»Weil ich jetzt zu dieser Opera muss! Schau mich doch an. Dieses Kleid ist alles, was ich habe!«

»Sehe ich etwa besser aus?«

Er zeigte auf seine Uniform, die von ihrem gestrigen Abenteuer schmutzig war und Falten warf.

»Glaub mir, auf den einfachen Plätzen wirst du Zuschauer sehen, die schlechter angezogen sind als wir.«

»Vielen Dank«, sagte Charlotte beleidigt.

»Warte einen Moment!«, sagte Friedrich. Er hatte eine Idee. Neben Carl Eugen und den Soldaten, die jetzt ebenfalls nach und nach den Hof verließen, waren dort auch mehrere Schauspieler und Tänzerinnen unterwegs. Eine elegante Frau in einem ansprechenden roten Kleid und mit einem Sonnenschirmchen aus weißer Spitze kam vom Tor aus auf den Stall zu.

»Verzeihung, meine Dame!«, sagte er mit einer knappen Verbeugung.

»Mein Herr?«

»Mein Name ist Friedrich Schiller. Ich war Schüler der Carlsschule und bin nun Arzt im Regiment von General von Augé.«

»Simonette de Chantre«, sagte sie und reichte ihm die Hand zum Kuss.

Friedrich war von dem starken Parfum wie betäubt, als er der wortlosen Aufforderung nachkam. Sie war weit älter, als sie ihm auf den ersten Blick erschienen war. Eine dicke Schicht Puder füllte ihre Falten auf. Sie trat einen Schritt zurück und musterte ihn. Dann blickte sie ihm in die Augen und lächelte milde.

»Bitte verzeiht mir meine Dreistigkeit, Euch einfach anzusprechen, Madame de Chantre.«

»Mademoiselle«, sagte sie mit einem schelmischen Lächeln.

»Oh, verzeiht.«

»Ihr solltet Euch angewöhnen, weniger oft um Verzeihung zu bitten, sondern zu Eurem rebellischen Wesen stehen, junger Herr.«

Friedrich spürte, wie er errötete.

»Ich bin nur mit der Kunst verheiratet, Monsieur Schiller. In allen anderen Fragen bin ich ungebunden und frei.«

Friedrich schluckte.

»Ich kam, um Euch um Hilfe zu bitten.«

»Um Hilfe? Mich?«

Friedrich winkte Charlotte zu sich.

»Das ist Char…, eh, Amalia.«

»Eure junge Braut?«

»Nein!«, riefen Friedrich und Charlotte gleichzeitig.

»Wir sind uns zugetan wie Bruder und Schwester«, erklärte er, doch Simonette de Chantre lächelte rätselhaft wie eine Sphinx.

»Seine Durchlaucht hat Amalia eingeladen zur Opernaufführung am Abend. Nun fürchtet sie, in ihrer Kleidung nicht angemessen angezogen zu sein.«

»Zu Recht!«, rief die Dame und verpasste ihrem Schirmchen einen Schwung, dass es kreiselte. »Mädchen, du musst dir unbedingt etwas anderes anziehen, wenn du vom Herzog eingeladen wirst.«

»Aber ich habe nichts«, brachte Charlotte hervor.

»Ich dachte mir, dass es vielleicht im herzoglichen Kostümfundus ein Kleid für sie geben könnte«, sagte Schiller.

Simonette de Chantre musterte Charlotte genau und forderte sie mit einem Fingerzeig auf, sich zu drehen.

»Die Oper wird um sechs Uhr beginnen. Komm um fünf Uhr zum Bühneneingang und frage nach mir. Du wirst etwas Passendes bekommen.«

»Wirklich?«

»Weißt du was? Komm besser um vier. Dann haben wir etwas mehr Zeit. Du wirst wundervoll aussehen. Wie eine … Was ist das?«

Friedrich hörte es auch. Eine Männerstimme, die im Stall ein Lied anstimmte. Es handelte sich um eine getragene Melodie, die gerade lauter wurde.

»Den muss ich mir ansehen«, rief die ältliche Mademoiselle, drehte im nächsten Moment eine grazile Pirouette und lief leichtfüßig in den Stall.

Als sich Friedrichs Augen an die Dunkelheit gewöhnt hatten, sah er hinten den Räuber Eberhard, der mit der Mistgabel die Stallungen säuberte. Er sang dabei ein trauriges Lied, das Friedrich noch nie zuvor gehört hatte. Als Simonette de Chantre mit Trippelschrittchen auf ihn zugelaufen kam, beendete Eberhard seinen Vortrag abrupt.

»Nicht aufhören! Sing weiter, du apollonisches Mannsbild!«

Eberhard schaute die Frau fassungslos an.

Friedrich wandte sich um. Wo war Charlotte geblieben? Da! Sie hatte an einem Stallbereich Halt gemacht, in dem sechs Pferde eingestellt worden waren. Ein Stallbursche sattelte sie gerade ab.

»Wem gehören die Tiere?«, fragte sie, während hinten Eberhard wieder zu singen begann.

»Soldaten einer Sondergarde des Herzogs«, sagte der Junge. »Sie wollten in die Sattlerei.«

»Komm!«, forderte Charlotte Friedrich auf und zog ihn aus dem Stall.

Eilig liefen zur Sattlerei. Nebenan, bei der Arzneikammer, standen immer noch die wartenden Kranken. Kronenbitter winkte Friedrich ungeduldig zu.

»Später, Kronenbitter, später«, rief er seinem Adjutanten zu und schlüpfte hinter Charlotte durch die Tür in die Sattlerei.

»Also doch!«, sagte sie.

Friedrich erkannte ihn auch. Der Hannikel saß in württembergischer Offiziersuniform auf Charlottes Lager, flankiert von zwei Räubern in der Uniform einfacher Soldaten. Ein Mann stand am Sattel, der für den Herzog gedacht war. Die beiden noch fehlenden Räuber hatten an der Tür Stellung bezogen. Einer drückte Friedrich in den Raum und schloss hinter ihm die Tür.

»So schnell sieht man sich wieder!«, sagte der Hannikel.

»Was wollt ihr hier?«

»Das Schicksal hat uns eine kleine Gruppe von Soldaten in die Falle gehen lassen. Und da hatte ich die Idee, hier mal selbst nach dem Rechten zu sehen.«

Charlotte stürmte auf den Kerl zu, der dabei war, die goldenen Schnallen vom Halfter zu entfernen.

»Finger weg!«, fauchte sie.

»Der Wingerbacher tut nur, was ich ihm befohlen habe«, sagte der Hannikel gelassen.

»Dann befehle ihm, damit aufzuhören. Er versaut mir die ganze Arbeit!«

»Hier sind aber Goldschnallen!«, murrte Wingerbacher.

Charlotte riss an dem Leder. Der Räuber war so überrascht, dass er das Halfter losließ, an dem er sich gerade zu schaffen machen wollte.

»Dann lass es eben sein, Andreas!«, befahl der Hannikel mürrisch.

»Wie geht es dem Patienten?«, versuchte Friedrich, die Aufmerksamkeiten von den Preziosen am Halfter wegzulenken.

»So weit, so gut. Er ist wach geworden heute früh. Das werte ich schon mal als Erfolg. Der Johannes ist ein harter Hund!«

Es klopfte an der Tür.

»Jetzt nicht«, rief Charlotte, aber die Tür wurde trotzdem geöffnet.

Friedrich drehte sich zu dem Neuankömmling und erkannte Franz Hartmann.

»Was ist denn hier los?«, fragte der in die Runde.

Hannikel stand auf. »Wer seid Ihr, junger Mann?«

Franz blickte sich verwundert um. »Franz Hartmann, ein Neffe des Gestütsmeisters«, sagte er. »Und wer seid Ihr? Und was macht Ihr in der Sattlerei?«

»Karl Moor«, sagte der Hannikel, ohne mit der Wimper zu zucken. »Wir gehören der herzoglichen Sondergardeeinheit an.«

Er hat tatsächlich den Namen meines Räubers als Decknamen gewählt, dachte Friedrich fasziniert.

»Ach, dann sind das Eure Pferde im Stall?«

»Ich will doch hoffen, dass Eure Leute sie gut versorgen«, sagte der Hauptmann, ohne eine direkte Antwort zu geben.

»Nochmals, was tut Ihr hier in der Sattlerei?«

»Wir haben ein paar Schäden an unseren Sätteln und Gurten und benötigen eine Reparatur«, log der Hannikel.

Friedrich sah, dass ein Räuber, der hinter Franz stand, ein Messer gezogen hatte.

»Reparaturen? Aber das ist jetzt gar nicht gut«, sagte Franz. »Die Sattlerin muss zuerst das Geschenk für unseren Herzog fertigstellen.« Er hob die Truhe mit den Edelsteinen in die Höhe. »Können wir, Amalia?«

Es klopfte erneut.

»Nein! Jetzt nicht!«, rief Charlotte wieder. Aber auch dieser Eindringling ließ sich nicht abhalten.

»Herr Schiller? Die Leute warten.«

»Jetzt nicht, Kronenbitter. Ich sagte doch, dass ich heute später anfange.«

»Wieso fangt Ihr denn heute später an?«, wollte Franz Hartmann wissen.

»Ja, Doktor Schiller? Warum fangt Ihr nicht jetzt gleich an?«, fragte auch der Hannikel.

»Weil er zuerst mir helfen soll«, erklärte Charlotte.

»Herr Hauptmann, mit Verlaub«, sagte Kronenbitter zum Hannikel. Er gluckste auf einmal vor Vergnügen. »Ihr seht fast so aus, wie man uns den Räuber beschrieben hat.«

»Kronenbitter!«, schimpfte Friedrich. »Wie kannst du …«

»Lasst ihn nur. Er ist nicht der Erste, der mir das sagt«, winkte der Hannikel ab. »Er soll aber größer sein als ich und schielen.«

»Ja? Das habe ich noch gar nicht gehört.«

»Kronenbitter!«

Doch Friedrichs zweite Mahnung wurde von einem dritten Pochen an der Tür gestört. Und übertönt von Charlottes wütendem Ruf: »Jetzt nicht, habe ich gesagt!«

Friedrich drehte sich um und sah einem verwirrt blickenden Carlo di Revanier ins Gesicht. Der Venezianer drückte sich hinein, weshalb Kronenbitter weiter aufrücken musste.

»Signorina Amalia, ich wollte Euch fragen, wann Ihr mir einen Spaziergang schenken wollt«, sagte er.

»Gar nicht. Sie hat sich schon mit mir verabredet«, ließ sich Franz vernehmen.

»Das habe ich nicht«, sagte Charlotte mit einer Betonung auf jedem einzelnen Wort. »Und jetzt verschwinden bitte alle aus der Sattlerei.« Energisch wedelte sie mit ihren Armen.

»Signorina?«

»Ihr gebt keine Ruhe, Signore di Revanier?«

»Bei einem reizenden Geschöpf wie Euch nie«, grinste er.

»Dann geht jetzt, und kommt meinetwegen morgen zur selben Zeit.«

»Das geht nicht. Der Sattel …«, protestierte Franz, aber Charlotte brachte ihn mit einem Wink zum Schweigen.

»Dann sehne ich den morgigen Tag herbei, Signorina!«

Er hatte diesen Satz direkt in Franz' Gesicht gehaucht, grinste frech in die Runde, zwinkerte Charlotte zu und entschwand, bevor Franz' Faust die Chance hatte, sich ein passendes Ziel zu suchen.

»Kronenbitter!«, mahnte Friedrich seine Adjutanten mit einem strengen Blick und zeigte zur Tür. Der schaute noch einmal den Hannikel an und zog widerwillig vor sich hin murmelnd ab.

Franz Hartmann war schon ein schwierigerer Fall. Charlotte forderte auch ihn auf, die Sattlerei zu verlassen, doch er weigerte sich. »Mein Großonkel hat mir aufgetragen, dass wir den Sattelschmuck unbedingt pünktlich fertig bekommen müssen.«

»Das werden wir«, entgegnete sie. »Morgen!«

»Was habt Ihr denn da in dieser Truhe?«, wollte der Hannikel wissen. »Sieht schwer aus.«

»Das geht Euch nichts an«, gab Franz barsch zurück.

»Als Sondergarde des Herzogs geht uns alles etwas an, was in Württemberg geschieht«, erwiderte der Räuberhauptmann barsch.

»Es sind wertvolle Ziersteine für des Herzogs Sattel.«

»Ach, es handelt sich gar um den Besitz unseres geliebten Herzogs?«

»So ist es. Was sagtet Ihr noch, zu welcher Einheit Ihr gehört?«

Friedrich war bewusst, dass diese Situation rasch beendet werden musste. Wenn das so weiterginge, würde Franz noch Verdacht schöpfen, oder der Hannikel würde ihn überzeugen, ihm die Edelsteine zu übergeben. Beides sollte besser nicht passieren.

»Verzeiht, Herr Hartmann, aber Ihr solltet jetzt gehen! Sonst wird das arme Fräulein gar nicht mehr fertig«, sagte Friedrich bestimmend. »Und die Herren sollten die Sattlerei am besten auch verlassen.«

»Wir können uns ja draußen weiter unterhalten über Eure Truhe«, sagte der Hannikel.

»Morgen, Amalia. Aber dann gibt es keinen Aufschub mehr …«, brummte Franz zum Abschied. Endlich verließ er die Sattlerei, gefolgt von den beiden hinten stehenden Räubern. Auch die anderen Gauner in Uniform standen auf und verschwanden durch die Tür. Nur der Hannikel blieb zurück.

»Genau wegen solcher Truhen bin ich selbst gekommen. Wieso hast du sie mir nicht längst besorgt, Charlotte? Der Junge brennt ja förmlich darauf, sie dir zu geben.«

»Weil für euch mehr zu holen ist. Jetzt hört auf, Silberlöffel zu stehlen, sondern geduldet euch.«

»Du hast etwas im Auge?«

Friedrich war sich sicher, dass Charlotte keine Idee hatte, woher sie das Geld nehmen sollte, aber sie nickte.

»Gut. Ich will dir glauben, weil ich sicher bin, dass du vermeiden willst, dass wir uns eine von deinen Schwestern holen.«

Damit drehte er sich um und ging nach draußen.

Friedrich und Charlotte blickten sich einen Moment fassungslos an.

»Was war hier los?«, fragte er.

»Das wird mir alles zu viel«, stöhnte sie. »Wenn ich das gewusst hätte, hätte ich auch den Lenscheider heiraten können.«

Friedrich sah, dass ihr die Tränen kamen. Er ging zu ihr und nahm sie in den Arm. Sie begann zu schluchzen und drückte sich an seine Brust.

»Es wird alles gut«, sagte er immer wieder. Doch zuerst bewirkten seine Worte gar nichts. Charlottes Tränenfluss war nicht aufzuhalten. Erst, als er immer wieder sachte über ihren Kopf strich, beruhigte sie sich langsam.

»Der Hannikel ist wie deine Spinne«, schniefte sie. »Er sitzt mitten im Brustkorb des Reiters und wartet auf Beute.«

»Und dann weiß man plötzlich nicht mehr, wo er steckt«, sagte Friedrich.

KAPITEL 28

Gestüt Marbach, Donnerstag, 9. August 1781

»Du hast der Götter Gunst erfahren!«
Aus *Der Ring des Polykrates*

Kronenbitter machte keinen Hehl daraus, dass er beleidigt war. Nur mürrisch erfüllte er Friedrichs Aufträge. Zum Mittag brachte er ihm Frikassee, Kartoffeln und Möhren. Die Bestandteile der Mahlzeit waren miteinander vermengt, das Essen kalt. Gewöhnlich hätte Kronenbitter Friedrich auch einen Becher Bier mitgebracht, doch heute gab es nicht mal Wasser.

»Was ist denn los, Kronenbitter?«, fragte er, nachdem er Wilbert neue Creme auf seine Dornwarze am Fuß gestrichen hatte und der Soldat hinausgehinkt war.

»Nichts.« Kronenbitter sprach zur Wand mit den Utensilien für die Pferdezahnpflege.

»Wie geht es deinen Bettwanzenstichen?«

»Abgeklungen.«

»Du schläfst also jetzt im Zelt?«

»Wenn man das Schlafen nennen kann.«

»Es tut mir leid, dass ich dich vorhin weggeschickt habe«, sagte Friedrich schließlich. Endlich drehte sich Kronenbitter um. Sein bleiches Gesicht war in Bewegung und spiegelte den Streit in seinem Inneren wider. Auf der einen Seite war er wohl froh, dass sein Herr sich entschuldigt hatte, auf der anderen Seite schien ihm das noch nicht zu genügen.

»Du hattest übrigens recht mit dem Offizier«, räumte Friedrich ein. »Er sah wirklich ein bisschen aus, wie der Hannikel beschrieben worden ist.«

Jetzt huschte ein Lächeln über Kronenbitters Gesicht. Friedrich musste ebenfalls grinsen, und Kronenbitter gab schließlich sein keuchendes Lachen von sich.

»Aber so etwas darfst du doch nicht einem Offizier des Herzogs an den Kopf werfen«, sagte Friedrich.

Kronenbitter wurde wieder ernst. »Ja, das stimmt natürlich. Aber er schien es mir nicht nachzutragen.«

Friedrich nickte. »Aber stell dir vor, er wäre aus einem anderen Holz geschnitzt. Das hätte dir Prügel einbringen können, wenn nicht ein Jahr auf dem Hohenasperg. Nur darum habe ich so darauf bestanden, dass du die Sattlerei verlässt.«

»Ihr wolltet also nur das Beste für mich?«

»So ist es, Kronenbitter. Ich wollte nur das Beste für dich, weil ich mich glücklich schätzen kann über einen so tüchtigen Adjutanten.«

Friedrich sah an der Röte im Gesicht, dass er die richtigen Worte gefunden hatte.

»Danke«, brachte Kronenbitter verlegen heraus.

»Dann hol den nächsten Kameraden herein.«

Kronenbitter nickte eifrig und ging. Der Kranke trat allerdings allein ein. Es dauerte noch ein bisschen, bis Kronenbitter durch die Tür kam, in der Hand einen Becher Bier, den er Friedrich ohne ein Wort auf den Tisch stellte.

Als Friedrich mit den Behandlungen fertig war, setzte er sich nach draußen, um an seinem Stück zu arbeiten. Seine eigenen Erfahrungen waren noch so frisch, dass er sie so bald wie möglich einarbeiten wollte. Nebenan hörte er, dass Charlotte ebenfalls bei der Arbeit war. Er lehnte sich zurück und sah sich um.

Auf dem Gestüt war die Hölle los. Die vorzeitige Ankunft des

Herzogs hatte einiges durcheinandergebracht. Als ob nicht an gewöhnlichen Tagen schon genug zu tun gewesen wäre, musste man jetzt stets damit rechnen, dass wichtige Persönlichkeiten vom Schloss her vorbeispaziert kamen. Die wollten unterhalten und in jedem Winkel des Gestüts herumgeführt werden.

Während sich der Herzog ins Schloss bringen ließ, war Bouwinghausen im Gestüt geblieben. Der Leiter aller herzoglichen Gestüte hatte offenbar eine Menge mit Georg Hartmann und seinem Sohn zu besprechen. Friedrich beobachtete, wie sie über das Gelände gingen und die Gebäude inspizierten. Zwei Männer des Freiherrn waren derweil mit Franz Hartmann bei den Weiden unterwegs.

Verschwunden blieb der Hannikel mit seinen Männern. Waren sie zurück ins Lager geritten? Hielten sie sich versteckt? Oder nutzten sie ihre Maskerade sogar aus und durchsuchten gerade das Schloss nach lohnendem Diebesgut?

Friedrich versuchte, sich wieder auf seine eigenen *Räuber* zu konzentrieren. Unter den neu gewonnenen Eindrücken des gestrigen Abends schaute er noch einmal die zweite Szene im ersten Akt durch, als die Studenten die Entscheidung trafen, ein Leben jenseits des Gesetzes zu führten.

Die Gruppe saß zusammen. Alle sprachen über ihr Leben. Karl Moors Konkurrent Spiegelberg versuchte, sie auf seinen gleich folgenden Vorschlag vorzubereiten, eine Räuberbande zu bilden, und lenkte das Gespräch auf das Thema Mut.

Mut? Wenn's nur das ist – Mut hab ich genug, um barfuß mitten durch die Hölle zu gehn. Das waren Schweizers Worte.

Schufterle sagte daraufhin: *Mut genug, mich unterm lichten Galgen mit dem leibhaftigen Teufel um einen armen Sünder zu balgen.*

Ja, das passte wirklich gut. Schufterle griff das Bild der Hölle auf, das Schweizer verwendet hatte, und verstärkte es noch.

Friedrich schrieb Spiegelbergs Erwiderung auf. *So gefällt's mir!*

Wenn ihr Mut habt, tret' einer auf und sag': Er habe noch etwas zu verlieren und nicht alles zu gewinnen!

Friedrich staunte. Was hatte sein Leben nur für verrückte Wendungen genommen, seit er Charlotte kennengelernt hatte. Was für ein Mädchen! Und was für ein schön gefährliches Glück, tatsächlich selbst in eine echte Räubergeschichte verstrickt zu sein. Aber wie bei einem Tänzer auf dem Seil musste er sich darauf konzentrieren, ohne einen Sturz voranzukommen. Sein Gesicht verdüsterte sich.

Wie war er nur so weit gekommen? Er wollte doch nur schreiben, große Geschichten erzählen, die die Menschen berührten, ihnen lehrreich sein konnten. Natürlich wollte er dafür auch die Anerkennung, die er verdiente. Dies gern in Form von vielen klingenden Münzen, aber auch Ruhm und Ehre waren verlockende Währungen. Stattdessen musste er geheim halten, dass er der Verfasser seines Stückes war. Dabei musste Carl Eugen es früher oder später erfahren. Spätestens, wenn das Schauspiel in Mannheim aufgeführt würde und nicht vollkommen beim Publikum durchfiel.

Wie würde Carl Eugen reagieren? Der Gedanke an den Kerker im Hohenasperg ließ Friedrich kalte Schauer über den Rücken laufen.

Dabei war seine Anonymität noch das kleinste Problem, das ihn gerade beschäftigte. Seine Anwesenheit auf dem Gestüt hatte er durch Madame Kaullas Anweisung erklären können. Dass er gestern im Räuberlager gewesen war, um einem der Gauner das Leben zu retten, würde er dem Herzog höchstens noch damit begreiflich machen können, dass er dem Menschen geholfen hatte, nicht dem Räuber. Aber dass er den Hauptmann am folgenden Tag in seiner Maskerade gedeckt hatte, war absolut unentschuldbar.

Auch Charlotte war überfordert, wie ihr Weinen bewiesen hatte. Sie zeigte sich gern als starke Frau, war aber letztlich ein junges Mädchen, auf dem zu viele Sorgen auf einmal lasteten. Friedrich fand es erstaunlich, dass sie so lange noch so gefasst gewirkt hatte.

Doch alles Grübeln half nichts. Er hatte viel zu verlieren, aber noch mehr zu gewinnen – wie die Räuber in seinem Stück. Wobei er auch bedenken musste, dass es als Drama nicht gut ausging für die Räuber. Würde er es schaffen, alles zum Guten zu wenden? Es blieb nur der mutige Schritt nach vorn. Und heute stand an, sich in die Höhle des zweiten Löwen zu begeben: Nach dem Besuch beim Hannikel ging es nun zum Herzog ins Schloss.

Friedrich klopfte bei Charlotte und fand sie über den Sattel gebeugt. Neben ihr hing ein prächtig anzuschauendes Brustgeschirr, dessen Ledergrundlage mit geflochtenen Stricken in Goldtönen und dicken Troddeln versehen war.

»Können wir gehen?«, fragte er.

Sie blickte auf, als wäre sie in Trance gewesen.

»Wohin?«

»Zur Oper. Wir sollen um vier Uhr am Hintereingang sein. Hast du das vergessen?«

»Müssen wir schon los?«

»Wenn wir pünktlich sein wollen ... Hast du heute überhaupt schon etwas gegessen?«

Charlotte schüttelte den Kopf.

»Dann solltest du schauen, vor der Vorstellung noch irgendetwas zu bekommen. Je nachdem, was sie heute zeigen, kann es spät werden.«

»Lass uns aufbrechen«, seufzte sie.

Charlotte kam auf dem Weg zum Schloss Grafeneck zwar wieder zu sich, blieb aber Friedrich gegenüber recht einsilbig. Er versuchte mehrmals, ein Gespräch in Gang zu bringen, doch mehr als ein Ja, ein Nein oder gar nur ein Schulterzucken war nur schwer aus ihr herauszubekommen. Erst als das Schloss immer größer vor ihnen emporwuchs, taute Charlotte allmählich wieder etwas auf.

Sie zeigte sich überrascht, wie viele Menschen hier waren. Hinter dem Schloss und auf dem Innenhof waren Zelte der Soldaten aufgebaut, die den Tross des Herzogs begleiteten. Die wichtigen Persönlichkeiten waren in einem Flügel des Schlosses untergebracht, während viele Diener mit einfacheren Häusern vorliebnehmen mussten, die etwas abseits standen.

»Für mich war das Gestüt schon eine andere Welt«, sagte Charlotte. »Aber das hier ist unglaublich!«

»Und doch nichts gegen ein richtiges Schloss«, entgegnete Friedrich und fragte einen vorbeigehenden Soldaten nach dem Hintereingang der Bühne. Der Mann wies ihnen stumm eine Richtung.

Je weiter sie kamen, umso mehr Künstlervolk sahen sie, das im Schatten der Bäume auf die Vorstellung wartete, etwas aß oder einfach entspannte. Durch eine große Tür mit zwei Flügeln strömten Menschen hinein und hinaus. Es war klar, wohin sie gingen.

»Verzeiht, mein Herr. Simonette de Chantre hat uns für vier Uhr bestellt.«

»Die Ballettmeisterin? Agatha, weißt du, wo Simonette ist? Hier sind …«, er machte eine Pause und blickte Charlotte und Friedrich prüfend an, »… zwei Personen, die sagen, sie habe sie einbestellt.«

Eine junge Frau lief daraufhin ins Gebäude.

»Tanzt Ihr? Oder singt Ihr etwa auch?«, fragte der Mann.

»Nichts von beidem«, erklärte Friedrich verwundert.

Es dauerte nicht lange, bis die Botin zurückkehrte und Friedrich und Charlotte bat, ihr zu folgen.

Der Bereich hinter der Bühne war schmucklos und schlicht. Es gab lange Gänge, von denen eine Vielzahl von Türen abging, es roch nach Schweiß und Staub, aber auch nach Puder und Parfum. Agatha brachte sie zu einer Holztreppe, die direkt hinter die Bühne führte. Friedrich merkte gleich, dass Charlottes Atem aussetzte, als sie durch den geöffneten Vorhang und an den Kulissenwänden vorbei in den Theatersaal blickte. Der Saal selbst war klein, aber drei Stockwerke hoch und besaß in der Mitte ein großes, prächtig geschmücktes Separee mit vergoldeten Schnitzereien und mit dunkelroten Samtstoffen bezogenen Sesseln. Ganz in der Mitte standen zwei prächtige Throne für den Herzog und seine Frau, wobei Friedrich Franziska von Hohenheim noch gar nicht gesehen hatte. Das war eigenartig, weil der Herzog nur selten ohne sie unterwegs war.

Auf der Bühne tanzten drei Männer und Frauen kunstvoll zu den perlenden Tönen eines Cembalos, das mit offenem Flügel an der Seite der Bühne stand. Ein schlicht gekleideter Mann saß an dem Instrument und hörte in dem Moment auf, als eine Frau aus dem Schatten hinter ihm trat und sagte: »Da ist sie ja.«

Es war Simonette de Chantre. Sie wies ihre Tänzer an, weiter zu proben, und faltete die Hände wie zum Gebet, als sie Charlotte in Augenschein nahm.

»Das Kleid kann nicht bleiben. Die Stiefel müssen weg, und die Haare brauchen Form. Und, mit Verlaub, du riechst streng nach Pferd und Leder.«

Charlotte senkte den Kopf. »Gut, dass du pünktlich bist. Monsieur Schiller, Ihr könnt draußen warten. Die junge Dame wird absolut à l'heure fertig sein, um Euch in die Vorstellung zu begleiten.«

»Wartest du auf mich?«, fragte Charlotte. Sie klang ein wenig besorgt.

»Ja, ich warte und hoffe, ich erkenne dich wieder«, grinste er.

Beim Hinausgehen drehte er sich noch einmal zu Charlotte um, die mit Simonette de Chantre und zwei anderen Frauen durch eine andere Tür verschwand. Als er wieder nach vorn blickte, schrak er zusammen, denn er wäre beinahe mit jemandem zusammengestoßen.

»Ihr?«

»Ihr?«, sagte auch der Räuber Eberhard.

»Seid Ihr mit dem Hannikel hier?«, flüsterte Friedrich.

Eberhard schüttelte verlegen den Kopf.

»Auf eigene Faust?«

Er schüttelte erneut den Kopf.

»Was macht Ihr denn dann hier?« Friedrich konnte sich keine andere Erklärung ausmalen.

»Ich, ich …«

»Sagt schon.«

»Ich soll singen. Diese Frau hat mich gehört und mich überredet, mit ihr zu kommen. Ich weiß, das ist eine Schnapsidee.«

Friedrich fragte fassungslos: »Ihr sollt in einer Jomelli-Oper singen?«

Eberhard blickte verlegen zu Boden.

»Ich meine, ich habe Euch vorhin auch singen gehört. Ihr habt wahres Talent, aber Ihr seid doch kein Opernsänger.«

Eberhard nickte. »Es soll ein Hirtenlied sein.«

»Ah. Darum das Hirtenkostüm …«

»Ich sehe aus wie eine Witzfigur!«, jammerte Eberhard. »Und so soll ich am Anfang allein auf die Bühne. Ihr seid doch Arzt!«

»Ja. Aber was hat das mit Eurem Auftritt zu tun?«

»Ich muss dauernd pinkeln, aber wenn ich draußen stehe, dann kommen nur ein paar Tropfen. Ist das eine Krankheit?«

»Habt Ihr ein enges Gefühl in der Brust?«, hakte Friedrich nach.

Eberhard nickte. »Jetzt, wo Ihr es sagt.«

Friedrich hatte einen Verdacht. »Und habt Ihr das Gefühl, Euch fehlt der Atem, um das Lied zu singen?«

Eberhard nickte eifrig.

»Die Schauspieler, Tänzer und Sänger nennen Eure Krankheit

Lampenfieber«, erklärte Friedrich. »Es ist noch nie jemand daran gestorben. Es ist nur eine Form der Aufregung. Mir würde es gewiss nicht anders gehen, wenn ich gleich vor hundert Gästen und dem Herzog höchstpersönlich auftreten und singen müsste.«

Die Augen des Räubers wurden immer größer. »Wisst Ihr ein Mittel dagegen? Hilft Schnaps?«

Friedrich winkte heftig ab. »Alkohol hilft vielleicht, die Angst kurz zu vergessen, aber dafür werdet Ihr schlechter singen. Versucht es lieber mit Eurem Atem.«

Eberhard packte Friedrich am Kragen und rief: »Macht Ihr Euch über mich lustig?«

»Nein, nein! Wirklich nicht. Lasst mich los!«

Eberhard lockerte den Griff.

»Atmet tief ein. So.«

Friedrich machte es ihm vor. Eberhard atmete ihm nach.

»Tiefer, tiefer, tiefer … und ausatmen …«

Eberhards und Friedrichs Atem verließ ihre Lungen.

»Macht das, drei-, viermal, bevor Ihr auftreten müsst. Und versucht, die Schultern nicht so anzuspannen.«

»Und das hilft?«

»Ihr dürft es nur nicht zu oft machen. Drei- oder viermal hintereinander. Und dann stellt Euch vor, Ihr würdet nur für Euch allein singen.«

Eberhard atmete noch einmal tief ein und aus und ließ im Anschluss die Schultern sacken.

»So?«, fragte er.

»Genau so«, sagte Friedrich.

Der Räuber reichte ihm die Hand. »Danke, Doktor.« Dann schlug er ihm auf die Schulter, dass Friedrich die Luft wegblieb.

Friedrich ging nach draußen und setzte sich auf eine Bank im Schatten, von der aus er den Bühneneingang und das Treiben auf dem Hof im Blick hatte. Nach und nach fuhren Gäste des Herzogs in ihren Kutschen vor, die von livrierten Dienern ins

Schloss geleitet wurden. Die Zahl der Künstler auf dem Gelände ließ nach, je später es wurde. Nach und nach gingen alle hinein. Der Schatten des Gebäudes wanderte minütlich weiter und hatte Friedrichs Platz schon überdeckt. Es war angenehm, hier zu sitzen. Friedrich war überrascht, wie lange er warten musste. Wo blieb Charlotte nur? Er fragte sich, ob er nachschauen sollte, denn sie mussten noch ihre Plätze finden. Der Herzog mochte es nicht, wenn jemand außer ihm unpünktlich war. Vor allem konnte er es nicht leiden, in seinem Operngenuss gestört zu werden. Neben seinen Pferden und der Jagd war das Musiktheater wohl seine größte Leidenschaft.

Friedrich ging gerade auf den Bühneneingang zu, als eine elegante Frau aus der Tür trat. Es dauerte einen Moment, bis er Charlotte erkannte. Sie winkte ihm unsicher zu. Er blieb wie angewurzelt stehen, um sie zu betrachten.

»Wie findest du es?«, fragte sie und drehte sich mit ihrem Kleid, dass der Saum flog. Sie sah aus wie ein anderer Mensch. Bisher kannte er sie als eher knabenhafte Gestalt. Ihr eigenes Kleid war für die Arbeit gemacht und nicht dafür, ihre weiblichen Vorzüge hervorzuheben. Ihre Stiefel waren derbe und ihr Haar zwar lang, aber es neigte dazu, flach an ihrem Kopf herunterzuhängen. Jetzt stand eine frisch gewaschene, frisierte, geschminkte, parfümierte Frau in einem atemberaubenden Kleid im modernen englischen Stil vor ihm. Mit den ausgepolsterten Hüften und dem dunkelblauen Stoff, der mit Goldfäden durchwirkt war, wirkte sie noch größer als zuvor.

»Eurem offen stehenden Mund entnehme ich, dass sie Euch gefällt?« Simonette de Chantre folgte Charlotte nach und legte noch ein letztes Mal Hand an die gelockten Haare, die unter einem breitkrempigen Zylinderhut hervorquollen.

»Wunderschön«, brachte Friedrich hervor.

Als Charlottes unsicherer Blick einem breiten Lächeln wich, verdoppelte das ihre Schönheit noch einmal.

»Dann solltet ihr euch beeilen, eure Plätze einzunehmen. Die Vorstellung wird bald beginnen«, sagte Simonette de Chantre.

Charlotte umarmte die Frau und bedankte sich überschwänglich bei ihr. Dann legte sie ihre in weißen Handschuhen steckende Hand auf Friedrichs dargebotenen Arm, und beide schritten auf den Haupteingang des Schlosses zu.

KAPITEL 29

Schloss Grafeneck, Donnerstag, 9. August 1781, am Abend

»*Sehn wir doch das Große aller Zeiten*
Auf den Brettern, die die Welt bedeuten,
Sinnvoll still an uns vorübergehn.«

Aus der Ode *An die Freude*

Charlotte musste sich erst einmal daran gewöhnen, ein solches Kleid zu tragen. Ganz zu schweigen davon, in den feinen Schühchen zu laufen, die ihr leider etwas zu eng waren. Madame de Chantre war froh gewesen, überhaupt ein Paar im Fundus gefunden zu haben, das Charlotte einigermaßen passte.

So herausgeputzt kam sie sich jedenfalls vor wie eine richtige Dame und schritt an Friedrichs Arm auf den Haupteingang des Schlosses zu. Diener in Livree hielten ihnen die Tür auf, und ein Höfling hieß sie im Inneren willkommen. Weitere Diener führten sie durch prachtvoll gestaltete Gänge in den Trakt, in dem sich das kleine Theater befand, wie Friedrich es nannte. Dabei war es groß genug, um wahrscheinlich allen Bewohnern Märgens Platz zu bieten.

Ein weiterer Angestellter des Hofstaats stand am Eingang des Saals und hakte die Namen der Gäste in einem großen Buch ab. Während sie warteten, musterte Charlotte die anderen Opernbesucher. Sie hatte gedacht, das prächtigste aller Kleider zu tragen, doch einige Besucherinnen hatten sich weitaus kostspieliger herausgeputzt. Die ältere Frau vor ihnen trug gar ein Diamantdiadem im Haar. Die meisten Damen waren deutlich jünger als die Herren, die ebenfalls ihren Reichtum offen zur Schau stellten.

»Ich komme mir vor wie ein hergelaufener Lump mit meiner Uniform«, flüsterte Friedrich ihr zu.

»Mach dir darüber keine Gedanken. Wenn dein Stück erst einmal ein Erfolg ist, wird sich das ändern.«

»Meinst du denn, dass es jemals ein Erfolg wird?«

»Ich bin davon überzeugt, Friedrich. Man wird deinen Namen noch voller Begeisterung ausrufen. Noch in hundert Jahren.«

»Schiller?«, rief eine heisere Männerstimme hinter ihnen. »Man kann es nicht glauben. Was macht Ihr denn hier?«

Friedrich drehte sich um und stand sofort stramm.

»General von Augé, ich wurde von unserem so großzügigen Herzog eingeladen, diesem außergewöhnlichen Erlebnis beiwohnen zu dürf–«

»Ja, ja, das hätte ich mir denken können. Carl Eugen hat nun einmal ein Herz für die einfachen Leute. Aber wollt Ihr mir nicht Eure reizende Begleitung vorstellen?«

Der General war ein faltiges Kerlchen, dem man ansah, dass er von fünfzig Jahren einmal ein sehr stattlicher Mann gewesen sein musste. Seine Gardeuniform saß perfekt am dünnen Leib, an dem immer noch breite Schultern zu erkennen waren. Seine Haut war mit Altersflecken übersät, und über seinen Augen lag ein Schleier, als leide er an einem Star.

Dafür sah er aber offenbar noch gut genug, um Charlottes Gestalt von oben bis unten einer ausgiebigen Sichtung zu unterziehen.

»Das ist Mademoiselle Amalia«, stellte Friedrich sie vor. Charlotte hob ihre Hand, die von Augé nur zu gern in seine nahm. Seine Lippen drückten sich wie altes Leder auf ihre Haut.

»Wundervoll, Mademoiselle. Woher kommt Ihr?«

»Ich arbeite im Gestüt, Herr General.«

»Im Gestüt? Ja, da sind wir ja richtige Nachbarn! Aber ich bitte Euch, nennt mich doch Johann.«

»Zu gütig«, sagte Charlotte. Sie fühlte sich von der Situation vollkommen überfordert und behalf sich mit einem Knicks.

»Nun, ich wünsche Euch viel Vergnügen. Heute geben sie *Il Re pastore*. Ein altes Stück von Jomelli. Ich erinnere mich, es vor fünfzehn Jahren in Ludwigsburg bei seiner Uraufführung gesehen zu haben. Das waren noch Zeiten! Mademoiselle. Ich würde mich außerordentlich freuen, wenn wir uns wieder einmal begegnen würden.«

Der General senkte den Kopf und wandte sich zu einer herrschaftlichen Treppe.

»Mein Gott, so habe ich ihn ja noch nie erlebt«, flüsterte Friedrich ihr zu.

»Was so ein Kleid ausmachen kann …«, meinte Charlotte.

Sie näherten sich dem Kopf der Schlange schnell. Durch die Tür zum Saal drang ein Klangteppich aus Gesprächen, dahinter waren Instrumente zu hören, die gestimmt wurden. Es konnte nicht mehr allzu lange dauern, bis die Oper begann. Der Höfling fragte nach ihren Namen und schickte sie in den Saal, wo sie sich Plätze selbst aussuchen sollten.

Viele der mit rotem Samt gepolsterten Stühle waren bereits besetzt, aber sie fanden vorn noch zwei Plätze nebeneinander.

»Weißt du, was das für eine Oper ist?«, fragte Charlotte Friedrich flüsternd.

»Nein, ich kenne sie nicht. Aber es wird bestimmt unterhaltsam. Du wirst nicht glauben, wen ich vorhin getroffen habe, als du bei Mademoiselle de Chantre warst.«

»Wen?«

»Schiller!«, rief jemand übermäßig laut, sodass sich nicht nur Friedrich und Charlotte nach dem Rufer umdrehten. Charlotte suchte zuerst im Saal, doch dann nahm sie Winken auf dem herzoglichen Balkon wahr.

»Eberhard«, sagte Friedrich.

»Nein, das war nicht Eberhard«, gab Charlotte zurück.

»Der Herzog!«, rief ein Mann im Saal. Sofort wandten sich alle Blicke nach oben, und jubelartiger Applaus brandete auf.

Carl Eugen stand an der Brüstung und genoss die Aufmerksamkeit sichtlich. Er hob generös die Hand, eine Geste, die den ganzen Saal einschloss. Schließlich wies er in Charlottes und Friedrichs Richtung und winkte sie heran.

Friedrich zeigte fragend auf sich. Der Herzog nickte und deutete auch auf Charlotte, während der Applaus weiter anhielt.

»Ich denke, wir sollen zu ihm kommen«, sagte Charlotte unsicher.

»Sieht so aus.«

»Schiller, Schiller, Schiller! So sieht man sich wieder.«

»Es ist mir die größte Ehre, Eure Durchlaucht«, sagte Friedrich mit einer tiefen, geschwungenen Verbeugung.

Charlotte fand einen Knicks angebracht.

»Und diese junge Dame ist gar nicht wiederzuerkennen«, wandte er sich an Charlotte, nahm ihre Hand und hauchte einen etwas zu langen Kuss über die Haut.

»Es ist mir eine große Freude, Fräulein Amalia.«

»Habe ich es dir nicht gesagt, Carl?«, schaltete sich der alte von Augé von der Seite ein. »Wie die junge Maria Theresia, Gott hab sie selig.«

»Ein wenig Ähnlichkeit mag da sein, aber es scheint mir, dass ihre Züge doch etwas anders ausgefallen sind.«

In diesem Moment spielte das Orchester einen Tusch.

»Ah, die Opera wird gleich beginnen!«, rief der Herzog freudig und ließ sich in seinen prächtigen Sessel sinken.

Charlotte warf Friedrich einen fragenden Blick zu, ob sie sich zurückziehen dürften, aber er schüttelte nur langsam den Kopf. Offenbar wusste er es auch nicht.

»Stell dir vor, Johann, die junge Dame hat in ihrem Leben noch nie eine Oper gesehen.«

»Noch nie?«, fragte der General und sah Charlotte erstaunt an.

Auch mehrere der Leute auf dem Balkon warfen ihr ungläubige Blicke zu.

»Soll sie die Oper doch von hier aus betrachten!«, rief der Herzog auf und klatschte, erfreut über seine Idee, in die Hände. »Franziska ist ja im Dörfle geblieben, da ist der Platz neben mir ohnehin frei. Was meinst du, Johann?«

»Sicher, Carl. Wenn du meinst.«

»Dann soll es so sein. Schiller!«

»Ja, Eure Hoheit?«

»Er kann gehen. Die junge Dame soll ihre erste Oper standesgemäß erleben können. Wenn es auch nur im kleinen Rahmen ist, wie ich fürchte.« Der letzte Satz war an Charlotte gerichtet.

Charlotte wäre am liebsten davongelaufen, so dermaßen deplatziert fühlte sie sich. Dass sie nun sogar noch neben dem Herzog sitzen sollte, war eine grauenhafte Vorstellung. Sie wusste doch gar nicht, wie man sich da verhielt. Zumal sie immer noch nichts Richtiges gegessen hatte und ihr Magen knurrte.

Das Orchester spielte zum zweiten Tusch auf.

»Setze Sie sich!«, bestimmte der Herzog. Charlotte sah, wie Friedrich zur Tür hinausgeleitet wurde. Es blieb ihr keine Wahl. Sie nahm auf dem Sessel neben dem Herzog von Württemberg Platz und hatte damit eine perfekte Sicht auf die Bühne, während sie durch die Brüstung vor Blicken aus dem Saal geschützt waren.

Ein Lakai erschien mit einem spiegelblank geputzten Silbertablett, auf dem kleine appetitliche Häppchen drapiert waren. Charlotte lief sofort das Wasser im Mund zusammen. Ein zweiter Diener balancierte auf einer Hand Teller, mit der anderen bediente er eine reich verzierte Greifzange aus Silber. Carl Eugen zeigte während seines weiteren Gesprächs mit dem General auf ein paar der Leckereien, die ihm auf den Teller gelegt wurden.

»Gebt ihr auch etwas«, befahl er. Kurz später hielt Charlotte ein Tellerchen mit drei winzigen Häppchen in der Hand, die eher an Miniaturen von Kunstwerken denken ließen als an schlichte Nahrung. Charlotte probierte eines davon. Als sie darauf biss, erfüllte eine ungeahnte Vielfalt an Aromen ihren Mund.

»Kennt Sie die Handlung der Opera *Il Re pastore*?«

»Ich fürchte nicht, Euer Durchlaucht.« Sie fühlte sich mit jedem Wort mehr fehl am Platze.

Der Herzog winkte beruhigend ab. »Alexander der Große hat das Königreich Sidon erobert, das lange unter der Herrschaft eines Tyrannen stand«, fasste er zusammen. »Er will den rechtmäßigen Herrscher Abdolonimo einsetzen, der als Hirte aufgezogen wurde und nichts von seiner edlen Herkunft weiß. Darum die Kulissen.«

Auf den Seitenwänden waren weite Landschaften aufgemalt mit einer schlichten Brücke, die über einen Fluss führte. Vorn befanden sich einfache Schäferhütten, auf dem hintersten Vorhang war in der Ferne die Stadt Sidon aufgemalt.

»So, es geht los!«, sagte der Herzog und setzte sich in seinem Sessel zurecht.

Tatsächlich kam nun ein Hirte zögerlich zwischen den Hütten hervor und ließ sich auf einen Hocker sinken.

»Früher standen mit ihm Hunderte Schafe auf der Bühne. Ein Spektakel, aber unter uns – es fing mit der Zeit an zu stinken.«

Charlotte konnte den Worten des Herzogs kaum folgen, denn ihre Aufmerksamkeit galt allein dem Mann, der nun da unten auf dem Stein saß und seine angstvollen Blicke durch den Saal schweifen ließ. Jetzt begriff sie, was Friedrich ihr vorhin erzählen wollte. Es war Eberhard! Dieses Gesicht war einfach unverwechselbar. Niemand sonst bewegte sich auf diese Art und Weise. Aber wie kam er hierher? Was tat er da vorn mitten auf der Bühne? War das ein perfider Plan des Hannikel, der gleich mit seinen Räubern eindringen und alle Diamantdiademe, Goldringe und Edelsteinschmuckstücke rauben würde?

Nein!

Eberhard schloss die Augen. Er atmete tief ein und tief aus und ließ die angespannten Schultern sinken. Mit einem Mal war es so still im Saal, dass man sein wiederholtes Ein- und Ausatmen deutlich hören konnte. Dann öffnete er den Mund und stimmte ein paar langsame Töne an, die sich bald zu einer traurigen Melodie formten.

»Oh, was ist das? Das gehört noch nicht zum Stück!«, stellte Carl Eugen flüsternd fest, doch auch er war nach wenigen Takten von der melancholischen Kraft des Liedes gefangen, das aus dem Mund des Räubers strömte.

Charlotte hatte Eberhards Stimme zuvor schon gehört, aber hier in diesem Theater wirkte sie viel kräftiger und samtener. Leichte Kratzer sorgten dafür, dass man noch gebannter zuhörte. Der ganze Saal lauschte totenstill dem traurigen Gesang. Charlotte bekam eine Gänsehaut, als Eberhard von seinem Stein aufstand und parallel dazu im Refrain die Stimme erhob.

Der letzte Ton verhallte im Saal. Kein Laut war zu hören, als der Hirte seinen Stab aufnahm und über die Brücke aus dem Bild schritt.

»Bravo!«, rief Carl Eugen und klatschte wie wild. Und zugleich brandete ein donnernder Applaus auf.

Charlotte sah, wie jemand Eberhard zurück auf die Bühne schob. Vollkommen überwältigt stand der Räuber da und starrte ungläubig in die Masse an Gesichtern. Dann verbeugte er sich – und der Jubel steigerte sich noch mehr.

»Das gehört nicht zum Stück«, wiederholte Carl Eugen. »Aber es war …«, er suchte nach Worten, »… ein exquisiter Genuss. Ich liebe solche Überraschungen!«

Als Eberhard abging, kamen von der anderen Seite in Weiß gekleidete Tänzer auf die Bühne gesprungen, die spielerisch und leicht um die Brücke herumtollten. Ihnen folgte ein Reiter mit einer juwelenbesetzten Krone auf dem Haupt auf einem prächtigen Rappen. Ein Brustpanzer aus Gold schützte seinen Leib.

Damit setzte das Orchester ein. Und es begann ein fast dreistündiges Spektakel aus Musik, Gesang, Tanz und Schauspiel, das Charlotte voll und ganz in seinen Bann zog. Zwischen den drei Akten bekam sie den süßesten Rotwein aus kunstvoll geblasenen Gläsern und verzehrte weitere kleine Leckereien.

Schon kurz nach Beginn des Stücks hatte der Herzog zum ersten Mal seine Hand auf ihren Arm gelegt, der auf der Lehne des Sessels ruhte. Charlotte wollte den Arm zurückziehen, doch konnte sie das? Er war immerhin der Herzog. Zum Glück ließ er sie kurz darauf wieder los, um zu klatschen. Charlotte nahm schnell ihren Arm von der Lehne. In der zweiten Pause allerdings geschah es erneut. Um der ungewollten Berührung zu entgehen, stand sie kurz auf und beugte sich über die Brüstung, um nach Friedrich zu sehen. Der Regimentsmedicus saß auf seinem Stuhl. Ein anderer, sehr dicker Mann in Uniform hatte sich auf den freien Platz neben ihm niedergelassen.

Charlotte konnte der Geschichte um den königlichen Schäfer nicht in allen Einzelheiten folgen. Carl Eugen bot ihr immer wieder Unterstützung an, indem er das Geschehen für sie kommentierte. Am Ende lagen sich der Schäfer und seine Elisa in den Armen und wurden von Alexander dem Großen dazu bestimmt, das Königreich gerecht zu regieren.

Der letzte Ton verklang, und fast zeitgleich begann ein lang anhaltender Applaus und begeisterter Jubel. Erst als alle Beteiligten noch einmal auf die Bühne traten, bemerkte Charlotte, wie viele Menschen mitgewirkt hatten. Neben den wichtigsten Sängern war ein großer Chor aufgetreten, dazu das Ballett und viele weitere Statisten. Und natürlich Eberhard. Mit seinem Erscheinen auf der Bühne brandete der Applaus noch einmal frenetisch auf.

Carl Eugen flüsterte einem Diener etwas ins Ohr, blickte dann zu Charlotte und lächelte sie gütig an. Dann stand er auf. Wollte er bereits gehen? Auch sie erhob sich und sank zum Abschied in einen Knicks.

»Wir sehen uns noch, junge Dame«, sagte Carl Eugen und rauschte davon. Etwa zehn Diener bildeten sofort eine Traube um ihn.

Charlotte stieß erleichtert die Luft aus. Es war gar nicht so schlimm gewesen, neben dem Herzog zu sitzen. Nur seine Hand auf ihrem Arm war ihr unangenehm gewesen. Dennoch war sie froh, diesen Balkon jetzt verlassen und schnell zu Friedrich zurückkehren zu können. Der alte General winkte ihr freundlich zu. Sie lächelte zurück und huschte durch die Tür nach draußen.

»Verzeihung, meine Dame«, sagte einer von zwei Dienern, die vor der Tür warteten.

»Ich muss zurück zu meinem Begleiter«, sagte sie.

»Zu eben dem sollen wir Euch geleiten. Folgt mir.«

Charlotte merkte schnell, dass etwas nicht stimmte.

»Moment. Das ist die falsche Richtung.«

»Wir kennen den Weg sehr gut, junge Dame.«

»Wohin bringt ihr mich?«

»In die Gemächer des Herzogs«, sagte der Sprecher mit einem Ton, als handele es sich um eine Selbstverständlichkeit. »Seine Durchlaucht möchte sich mit Euch noch über die Oper unterhalten.«

Unsicher folgte Charlotte dem Mann weiter. Der zweite Diener blieb hinter ihr. Es kam ihr vor, als wolle er verhindern, dass sie einfach weglief. In den engen Schühchen wäre sie ohnehin nicht weit gekommen. Es blieb ihr gar nichts anderes übrig, als den beiden Schritt für Schritt weiter zu folgen.

An eine große Treppe schloss sich ein Flur mit einer Tür an, hinter der sich die privaten Räume des Herzogs befanden. Charlotte war wie geblendet von dem Reichtum, den Gemälden an den Wänden, den Seidentapeten, den kunstvoll gewebten Teppichen und prunkvollen Möbeln, die an ihr vorbeizogen. Schon gelangten sie durch eine weitere Tür in ein in bläulichen Tönen gehaltenes Zimmer, das aber ebenfalls nur eine Durchgangsstation war. Erst an der darauffolgenden Tür blieben die beiden Diener stehen und baten sie einzutreten.

Es gab eine Tafel, auf der glanzvoller Tischschmuck mit exotischem Obst und frischen Blumen stand. Dazu vielarmige Kerzenhalter, die zusammen mit denen von den Wänden ein strahlend warmes Licht über die Einrichtung warfen. Der Herzog saß an einem Tischende. Am anderen war ebenfalls eingedeckt.

»Nimm doch Platz!«, lud der Herzog sie ein. Er blieb sitzen, als sie zu dem Stuhl ging. Plötzlich stand ein weiterer Diener an ihrer Seite, schob ihr den Stuhl zurecht und kehrte, nachdem sie Platz genommen hatte, zurück zum Tisch.

»Euer Durchlaucht, es ist eine große Ehre, dass Ihr mich zu Euch gerufen habt. Aber ich fürchte –«

»Keine Widerworte, Kind!« Er klatschte in die Luft, woraufhin zwei Diener eine Vorspeise servierten.

»Und, wie hat dir die Oper gefallen?«

»Es war ein außergewöhnlich berührendes Erlebnis, Eure Hoheit.«

»Ach, hör doch auf mit Hoheit und Durchlaucht. In unserer Zweisamkeit brauchen wir die Grenzen zwischen unseren Ständen doch nicht zu betonen. Solange wir in meinen Gemächern sind, wirst du mich Carl nennen. Oder ›mein Herzog‹.«

Charlotte schluckte. Das ging zu weit! »Das geht nicht.«

»Papperlapapp! Keine Widerrede! Und ich werde dich Amalia nennen. Ganz einfach. Und jetzt guten Appetit. Ah, ich liebe Wachteleiersalat!«

Während der Herzog eine Gabel voll von der Vorspeise in den Mund führte, fühlte sich Charlotte schon von dem Besteck überfordert, das rechts und links neben ihrem Platz lag. Es waren nicht einfach ein Messer und eine Gabel. Mehrere Garnituren in unterschiedlichen Formen lagen bereit, dazu fünf Löffel von winzig bis groß. Ihr überforderter Gesichtsausdruck war wohl einem älteren Diener mit Glatze aufgefallen. Unauffällig wies er auf Messer und Gabel ganz außen und verschwand auch schon wieder im Hintergrund. Auch wenn es vorhin ein paar Häppchen gegeben hatte, war Charlottes Hunger doch groß. Sie nahm einen ersten Bissen und war vom Geschmack überwältigt.

»Also hat sie dir gefallen, die Oper«, stellte Carl Eugen fest.

»Sehr gut hat sie mir …«

Ihr fiel Mutters Weisung ein, nicht mit vollem Mund zu sprechen. Charlotte kaute ein letztes Mal und schluckte die Speise hinunter, bevor sie den Satz beendete. »… gefallen.«

»Ich muss sagen, die Vorstellung hatte ihre Glanzlichter. Nun, es ist ein altes Werk von Jomelli, eine der späteren Opern in meinem Dienst. Ich habe sie schon ein paar Mal gesehen. Ist dir die Stimme der Elisa aufgefallen? Sie war wirklich gut heute. Und dieser Hirte am Anfang! So roh, so ungeschliffen!«

Charlotte nickte.

»Kennst du Jomelli, den Komponisten? Nein, natürlich nicht. Niccolò war sechzehn Jahre lang an meinem Hof. Ich habe ihn aus Italien geholt, damit er mir jedes Jahr zwei Opern komponiert. Und in manchen Jahren wurden es auch mehr. Ein großartiger Musiker. Ach, was haben wir nicht alles zusammen erlebt!«

Charlotte führte die zweite Gabel zum Mund. Nach dem ersten Bissen konnte sie es kaum erwarten, diese wohlschmeckende Mischung noch einmal zu kosten. Nur die Umgebung schüchterte sie ein – ebenso wie ihr Gesprächspartner, der munter drauflosplauderte.

Der Herzog erzählte ihr Anekdoten von seinem Lieblingskomponisten und wie er, Carl Eugen, das kleine Württemberg mit dessen Opern an die Spitze des Kulturolymps gebracht habe. »Aus der ganzen Welt kamen die Gäste, um sich die Opern in Ludwigsburg ansehen zu können.«

Beim ersten Gang, dem Filet vom Rehrücken in einer köstlichen Pflaumensoße, erzählte er von den vielen Aufführungen. Charlotte konnte mit den Namen und Details nichts anfangen, nickte aber artig, wenn der Herzog sie begeistert anblickte, und gab ab und zu ein »Ja« oder »Wirklich?« von sich, wenn sie dachte, es sei angebracht, auch einmal etwas zu sagen.

Mit jedem Bissen dieses vorzüglichen Mahls und jedem Schluck süßen Weins entspannte Charlotte ein wenig mehr. Der Herzog war ein älterer Herr und hatte bislang bis auf die Hand auf ihrem Arm keine weiteren Anstalten gemacht, sich ihr zu nähern. Auch die große Zahl an Dienern im Raum verlieh ihr Sicherheit.

»Ihr habt viele Diener, Herr«, sagte sie unsicher, als das Gespräch zu stocken begann. Sie waren bei einer Creme aus acht verschiedenen Fischen angekommen, die einer Wurst gleich einen Aal ausfüllten. Dazu gab es die feinsten Gemüse. Charlotte konnte einige davon nicht zuordnen. Obwohl sie daheim keinen Hunger litten, waren die meisten der Zutaten dieser Speisenfolge noch nie auf ihrem Teller gelandet. Die Soßen, die dazu gereicht wurden, schmeckten äußerst delikat, wie sie bei jedem neuen Bissen feststellen musste.

»Du meinst diese hier?« Der Herzog zeigte auf das Dutzend Diener, das an den Wänden und den kleinen Auftischbänken Position bezogen hatte.

Charlotte nickte.

»Glaube mir, liebe Amalia, mein Hofstaat ist nur noch ein Bruchteil dessen, was er einmal war. Oder schwinge ich etwa große Reden, David?«

»Ihr übertreibt nicht, Euer Durchlaucht«, sagte der Diener mit der Glatze, der Charlotte vorhin mit dem Besteck geholfen hatte.

»Erinnerst du dich an meinen fünfunddreißigsten Geburtstag?«

Der ältere Mann nickte. »Als wäre es gestern gewesen, Eure Durchlaucht. Ein solches Fest hatte die Welt bis dahin nicht gesehen.«

»Und seither nicht wieder! Vierzehn ganze Tage haben wir gefeiert. Und ein Tag wurde größer begangen als der andere«, prahlte der Herzog. »Aber das Größte war sicherlich der Palast der Pracht, in dem ich den Berg Olymp nachbauen ließ. Während ich meine vierhundert Gäste durch den Palast führte, sangen die Götter Sinfonien von Jomelli. Es gab darin einen Bauern, der mit zwei Ochsen ein Feld pflügte, vier Flüsse mit Wasser in unterschiedlichen Farben und überall Tafeln, an denen meine Gäste zum Essen Platz nehmen konnten. Und jede Dame erhielt ein Geschenk, nicht wahr, David?«

»So ist es, Herr. Die Blumensträuße, die Ihr aus Porzellan fertigen ließet, sind noch heute hoch geehrt.«

Der Herzog schaute immer wieder zu Charlotte, die höflich lächelte und aufmerksam nickte. Doch offenbar bemerkte er, dass sie mit seinen größten Festen weniger anfangen konnte als gedacht. »Ich langweile dich!«

»Nein, Eure …, Carl. Es ist sehr aufregend, was Ihr er…, du erzählst.«

»So sprichst du recht, Amalia. Nun, vielleicht ist es trotzdem an der Zeit, sich zurückzuziehen, was meinst du?«

Charlotte nickte schnell. Carl Eugen sah sie erfreut an.

»So soll es sein. Lasst uns ein paar Leckereien zur Stärkung da, und vergesst die Süßspeisen nicht! Und Wein!«

Uns? Charlotte wollte sich eigentlich für die Gastfreundschaft des Herzogs bedanken und den Weg nach Hause antreten, wo sie Friedrich einiges zu erklären haben würde. Aber jetzt sah es so aus, als solle sie bleiben.

Der Herzog stand auf und kam um den Tisch auf sie zu. Zitternd ergriff sie seine dargebotene Hand. Der Mann war noch ein gutes Stück älter als Lenscheider! Sie konnte doch jetzt nicht … Charlotte wagte gar nicht, den Gedanken fortzuführen.

»Folge mir! Wir können uns nebenan gemütlicher miteinander unterhalten.«

»Ich weiß nicht, Carl«, hauchte Charlotte.

»Mach dir keine Sorgen, Amalia!«

»Aber …«

»Komm!«

Der Griff seiner Hand war bestimmt, und er zog sie mit sich.

Charlotte warf dem Diener David einen flehenden Blick zu, doch der schien dies nicht wahrzunehmen. Ein anderer Diener folgte ihnen noch und brachte zwei neue Gläser und eine Karaffe in Form einer Taube, die er auf ein Tischlein stellte, hinter dem eine Chaiselongue, ein Sofa für zwei und ein Sessel standen. Alle Teile bildeten mit ihrem dunklen Holz und dem hellen Stoffbezug eine Einheit. Genau dorthin führte der Herzog sie.

Charlotte suchte verzweifelt nach einer Möglichkeit, sich der Situation zu entziehen. Sie ahnte, was ein Mann seines Alters und Standes mit einem jungen Mädchen wie ihr vorhaben könnte. Und das würde über den Kuss hinausgehen, den Lenscheider ihr aufgezwungen hatte. Sie musste einen Weg finden, es nicht so weit kommen zu lassen!

»Nimm Platz, meine Liebe!«, sagte Carl Eugen.

Charlotte blieb nichts anderes übrig, als sich zögernd auf das Sofa zu setzen.

»Mach es dir nur bequem!«, fuhr er fort und kam seinem eigenen Vorschlag auf der Chaiselongue nach. Er saß, lehnte sich aber auf das erhobene Kopfende.

Charlotte bemerkte schnell, dass es sich bei diesem Raum um

ein Vorzimmer handelte. Durch die offene Tür konnte sie ein Bett mit geschnitzten Holzsäulen und einem samtenen Baldachin erkennen. Sie versteifte immer mehr. In beiden Räumen brannten mindestens hundert Kerzen und erleuchteten die Szenerie. Als dann ein Diener die Tür zum Speiseraum zuzog, war sie plötzlich allein mit dem lüstern dreinblickenden Herzog.

KAPITEL 30

Schloss Grafeneck, Donnerstag, 9. August 1781, in der Nacht

»*Was ist das Leben ohne Liebesglanz?*«
Thekla in *Wallensteins Tod,* 4. Akt, 12. Szene

»Endlich sind wir ganz unter uns«, sagte der Herzog und warf seine Jacke über den Sessel, dann zog er mit Schwung das seidene Halstuch ab, das er getragen hatte. Der oberste Knopf seines Hemdes stand offen.

»Ich fürchte, ich werde noch erwartet«, sagte Charlotte.

»Ach was, Schiller wird seinen Weg zurück ins Gestüt schon allein angetreten haben. Du bist doch nicht etwa sein Liebchen?«

»Nein!«, gab Charlotte empört zurück. Dabei hätte sie es wahrscheinlich besser bejaht. Hätte der Herzog sie dann in Ruhe gelassen?

»Aber ihr scheint miteinander vertraut zu sein.«

»Er kommt mir eher vor wie ein Bruder.«

»Mit Schwestern scheint er es zu haben, der gute Schiller.«

»Wie meinst du das?«

»Er ist der einzige Junge von sechs Kindern. Wusstest du das nicht?«

Charlotte schüttelte den Kopf. Tatsächlich wusste sie wirklich wenig von Friedrich, außer dass sein Talent zum Dichten wohl größer war als das, Pferde zu behandeln.

»Sein Vater Johann Caspar ist für die herzoglichen Gärten zuständig. Ein guter Mann. Ich wünschte nur, sein Sohn würde mir nicht so viel Ärger machen.«

»Ihr … du bist vielleicht zu streng mit ihm.«

»Strenge ist Liebe«, sagte der Herzog. »Was meinst du, was aus all den jungen Kerlen in meiner Akademie würde ohne ein gehöriges Maß an Strenge? Ohne Drill und Stock wären nur Wein und Weib in ihren Köpfen. Apropos …«

Carl Eugen beugte sich vor und nahm die Weingläser auf. Eines reichte er Charlotte.

»Lass uns anstoßen«, sagte er.

»Auf Alexander den Großen«, schlug Charlotte vor.

»Was? Wieso auf Alexander?«

»Weil er in Jomellis Oper erkannt hat, dass nur die wahre Liebe zählt.«

Carl Eugen dachte kurz nach. »Ein guter Grund zu trinken. Die wahre Liebe. Auf Alexander!«

Der glockenhelle Klang der Gläser hallte im Raum nach, bis sie beide ansetzten. Carl Eugen trank die Hälfte des Weins aus, Charlotte nippte nur daran. Sie spürte die Wirkung der süßen Weine ohnehin schon mehr, als ihr lieb war. Dabei war es in ihrer Lage absolut wichtig, einen klaren Kopf zu behalten.

»Normalerweise hätte ich auf diesen schönen Abend angestoßen. Und darauf, dass die Nacht so lau bleibt.«

»Erzähl mir von dir!«, sagte sie. Männer hörten sich gerne reden. So, wie er beim Essen geprahlt hatte, würde er vielleicht auch jetzt über seinen Worten die Lüsternheit vergessen.

»Von mir? Ach, da gibt es so vieles, dass ich nicht einmal wüsste, wo ich anfangen könnte.«

»Friedrich hat mir von Franziska von Hohenheim berichtet«, bemerkte Charlotte. »Es heißt, dass ihr eigentlich stets zusammen seid. Warum ist nicht sie in diesem Raum an meiner Stelle?«

Carl Eugen blickte sie länger prüfend an, als ihr lieb war. Dann glitt sein Blick durch die offen stehende Balkontür hinaus in die Nacht. Von draußen drang ein entferntes Pferdewiehern an Charlottes Ohr.

»Über einen Herzog werden viele Lügen verbreitete. Aber in diesem Fall wurde dir die Wahrheit gesagt. Vor zehn Jahren haben sich Franzis und mein Weg getroffen. Seither sind wir ihn trotz mancher Erschwernisse zusammen gegangen.«

Er sah auf einmal ganz ernst aus, dann zeichnete sich ein Lächeln auf seinem Gesicht ab. »Ab und zu tut es trotzdem gut, auch einmal eigene Pfade zu beschreiten. Die führen jedoch immer auf den gemeinsamen Weg zurück.«

»Und ich bin ein solcher Pfad?«

»Du?« Er lachte. »Du bist wie eine Sehenswürdigkeit, die man bei einer Reise besucht.«

»Das klingt nicht nach einem freundlichen Kompliment.«

»Weißt du, als Franzi und ich in Neapel waren, wollte sie sich unbedingt den Vesuvio ansehen.«

Er nahm Charlottes fragenden Blick wahr und erklärte: »Ein Vulkan, der die Stadt Pompeji vor Jahrhunderten unter Asche begraben hat. Bei unserer Italienreise machten wir auch Station im Königreich Neapel. Franzi wollte auf den Rand des Vulkans. Sie hat sich hochtragen lassen, während ich mir die Ausgrabungen angeschaut habe. Die Toten liegen da in der Erde, als hätten sie eben noch gelebt.«

»Und als welche fragwürdige Sehenswürdigkeit seht Ihr mich? Bin ich für Euch der Vulkan oder die zerstörte Stadt voller Leichen?«

Der Herzog musterte sie amüsiert. »Du«, korrigierte er. »Wir sagen du heute.«

»Und warum bist du heute von ihr getrennt?«, bohrte sie nach und betonte das *du* besonders, obwohl ihr Herz bis zum Hals schlug wegen ihrer eigenen Courage. Hoffentlich überspannte sie den Bogen nicht, indem sie ihn mit der Gräfin von Hohenheim von ihr selbst ablenken wollte.

»Ich habe ihr gesagt, dass ich allein fahren möchte. Ich will nämlich eine große Überraschung für Franzi vorbereiten.«

Er klatschte vor Vergnügen in die beringten Hände und schaute Charlotte verschwörerisch an. Gespannt beugte sie sich ein wenig vor.

»Sie findet Gefallen an Elefanten. Am liebsten hätte sie welche im Dörfle, aber dafür muss ich zuerst einige bekommen. Und Elefanten sind teuer.«

»Und du hast dir überlegt, sie hier in deinem Gestüt unterzubringen.«

»Es scheint nur nicht so einfach zu sein, wie ich anfangs dachte. Ich müsste zuerst die Ställe erneuern.«

»Hängt denn all ihr Glück an diesen Elefanten?«

»Nein, aber all mein Glück hängt an ihr. Und ich möchte ihr alle Wünsche erfüllen.«

»Vielleicht ist es ihr ja wichtiger, mit dir zusammen zu sein, als Elefanten zu besitzen«, wagte Charlotte sich vor. »Frauen äußern manchmal Wünsche, ohne dass sie diese gleich erfüllt haben wollen. Das sagt auch meine Mutter«, schob sie nach, um nicht altklug zu erscheinen.

Der Herzog dachte kurz nach und sagte eine Weile nichts mehr.

»Ich habe gehört, dass Ihr nicht – äh, du nicht mit ihr verheiratet bist.«

Carl Eugen schüttelte den Kopf. »Unserem Wunsch zu heiraten stand lange meine erste Ehefrau im Weg. Prinzessin Elisabeth von Brandenburg-Bayreuth. Sie war eine Nichte des Preußenkönigs Friedrich, bei dem ich einige Zeit in meiner Jugend verbrachte. Elisabeth habe ich damals als Junge kennengelernt. Fünfzehn war ich, als ich mit ihr verlobt wurde. Und sie gerade einmal elf. Geheiratet haben wir fünf Jahre später. Die Feier war unbeschreiblich. Erst in Bayreuth und dann in Württemberg.«

»So jung! Wie gestaltete sich so eine Ehe?«

Charlotte war nun wirklich interessiert.

Carl Eugen seufzte. »Ich hatte mir fest vorgenommen, ihr ein guter Mann zu sein, aber – es wollte keine rechte Wärme zwischen uns entstehen. Dass unsere Tochter mit einem Jahr starb, nahm sie zudem schwer mit und wurde zu einem weiteren Keil zwischen uns.«

»Was waren die anderen Keile?«, fragte Charlotte.

»Meine zahlreichen Liebschaften missfielen ihr.« Der Herzog lachte.

»Wen wundert's?«, gab Charlotte zurück. Sie schlug die Hände vor den Mund, doch Carl Eugen zuckte nur mit den Schultern, als ihr das herausgerutscht war.

»Eigentlich hatten wir nur eine gemeinsame Leidenschaft: die Oper.«

»Das ist vielleicht ein bisschen wenig für eine Ehe?«, fragte sie nun vorsichtiger, um das Gespräch in Gang zu halten.

»So ist es! Sie konnte mir einfach keine Liebe schenken. Aber es ist falsch, ihr die alleinige Schuld zu geben. Ich wurde in einem Alter zum alleinigen Regenten, als eine unnachgiebige, väterliche Hand vonnöten gewesen wäre. Darum ist mir die Strenge bei meinen Schülern auch so wichtig. Ich war jung und mächtig, fühlte mich als Nabel der Welt und dachte, ich könnte mir alles erlauben. Und meinst du, irgendjemand hätte gewagt, mich in die Schranken zu weisen? Den Herzog von Gottes Gnaden?«

»Höchstens deine Frau, oder?«

»Elisabeth. Ja. Sie hat es versucht, aber ich wollte nicht hören und habe mich nur aus Trotz ihr gegenüber noch gemeiner verhalten als zuvor. Einmal empfing ich mein Eheweib, während sich zwei nackte Sängerinnen neben mir im Bett rekelten.«

Charlotte blickte verlegen zu Boden.

»Verzeih mir. Ich vergesse mich manchmal, wenn ich von alten Zeiten spreche. Du hast gefragt, wie sich unsere Ehe gestaltete. Ich will es dir in aller gebotenen Kürze sagen: Nach zehn Jahren verließ sie mich und zog zurück nach Bayreuth.«

Charlotte nickte. Dass sie es zehn Jahre ausgehalten hatte, kam ihr schon lange vor. »Sie blieb aber trotzdem die Herzogin von Württemberg?«

»Ja, das blieb sie. Bis zu ihrem Tod im vergangenen Jahr.«

»Das … das tut mir leid.«

»Danke.« Der Herzog nickte. »Auch mich hat es geschmerzt. Wer weiß, vielleicht wäre ihr Leben glücklicher verlaufen, wenn unsere Wege sich nicht gekreuzt hätten.«

Charlotte nahm einen Schluck Wein. Sie war überrascht, welche Wendung das Gespräch genommen hatte. Eben hatte sie noch gedacht, der Herzog wolle gleich über sie herfallen, doch jetzt schien es ihm wichtiger zu sein, sich mit ihr zu unterhalten.

»Entschuldige, aber was ist mit Franziska? Wirst du sie heiraten?«

»Das werde ich! Ich habe es ihr schon versprochen. Nach Elisabeths Tod wäre der Weg eigentlich frei, aber jetzt steht die Kirche dagegen!«

Das hatte ihr Friedrich beim Spaziergang auch schon erzählt. Dennoch fragte sie den Herzog: »Aus welchem Grund?«

»Ach!« Carl Eugen schnaubte erbost und stand plötzlich auf. Seine Stimme wurde lauter. »Papst Pius ist der Meinung, mir die Hochzeit mit Franziska untersagen zu müssen. Als Katholik könne ich keine Ehe mit einer geschiedenen Protestantin eingehen, deren ehemaliger Gatte noch lebt. Ja, soll ich ihn denn etwa ermorden lassen?«

»Besser nicht«, entgegnete Charlotte rasch.

»Das denke ich auch.«

»Gibt es keinen anderen Weg?«

Der Herzog schenkte sich nach und setzte sich neben sie auf das Sofa. »Ich werde versuchen, Fürsprecher zu gewinnen. Äbte wichtiger Klöster. Aber das alles wird seine Zeit brauchen.«

Er nahm einen großen Schluck Wein. »Aber ich langweile dich die ganze Zeit mit meinen Geschichten. Was ist mit dir? Woher kommst du?«

Charlotte schluckte. Sie wusste nicht recht, was sie antworten sollte. Auf der einen Seite musste sie ihre Tarnung beibehalten, auf der anderen Seite kam es ihr falsch vor, den Herzog zu belügen, nachdem er ihr so offen Rede und Antwort gestanden hatte. Vielleicht fand sie einen Mittelweg.

»Ich stamme ursprünglich aus Märgen«, begann sie.

»Dann stehst du unter der Herrschaft der Habsburger!«, sagte er überrascht.

»Ehrlich gesagt weiß ich es im Moment nicht. Jetzt arbeite ich in Eurem Gestüt als Sattlerin und fühle mich dort sehr wohl.«

»Eine Sattlerin ... Du musst gut sein, wenn man dich mein Geschenk herstellen lässt.« Er lächelte sie an.

»Ich kann Euch einen Sattel herstellen ...« Auf seinen mahnenden Finger korrigierte sie sich: »Es fällt mir nicht leicht, dich zu duzen, Carl. Bitte verzeih mir. Also, was ich sagen will: Meine Sättel sind eher für den Gebrauch als für den Prunk.«

Jetzt war es raus.

»Wie meist du das?«

»Es widerstrebt mir, den Sattel so zu gestalten, wie man es mir befohlen hat.«

»Was hat man dir befohlen?«

Charlotte schüttelte den Kopf.

»Doch, komm! Sprich!«

»Man hat gesagt, ich soll den Sattel vollpacken mit Schmucksteinen. Und wenn ich denken würde, es sei zu viel, solle ich noch die doppelte Menge anbringen. Aber das macht den Sattel nicht schöner, sondern hässlicher und ... ungemütlich!«

Einen Moment lang herrschte Stille. Dann begann Carl Eugen, herzlich zu lachen. Sein Lachen kam aus so tiefer Seele, dass es Charlotte ansteckte.

»Das ist genau, was meine Franziska meinte!«, sagte er, als er wieder sprechen konnte. »Die Leute denken, mir ginge es nur um Geld und Tand, um Juwelen und Gold.«

»Nun, wenn ich mich hier umsehe …«

»Ach, die Räume in Grafeneck sind recht einfach ausgestattet im Vergleich zu Ludwigsburg, Stuttgart oder der Solitude.« Er lachte noch einmal auf, wurde dann aber wieder ernst. »Franziska hat mich verändert. Sie hat mir so manchen neuen Gedanken eingepflanzt wie ein Bauer einen Samen auf sein Feld.«

»Dann wäre es nicht schlimm, wenn der Sattel bequem ist, aber nicht vor Gold und Juwelen überquillt?«

»Überhaupt nicht. Im Gegenteil! Ich habe mich auf so manchem Sattel gequält. Und am Ende fallen die Juwelen doch während der Jagd ab.«

»Glaubt mir, Herzog, die fallen nicht ab, sondern werden herausgelöst«, sagte Charlotte grinsend.

»Das habe ich mir auch schon gedacht«, gab Carl Eugen zurück. »Meinst du wirklich, dass das kleine Pferd mich gut tragen kann?«

»Saldiri ist gar nicht so klein, wie er dir vorkam. Er ist schmal und zierlich gebaut, aber er hat das Herz eines Siegers. Ich habe den Sattel perfekt auf seinen Rücken angepasst. Du wirst sehr gut auf ihm sitzen. Und so wie der Sattel jetzt ist, etwas dezenter und dafür zweckmäßig, wird er sicherlich auch deiner Franziska gefallen.«

»Dann lass ihn so, wie er ist. Ich muss gestehen, ich freue mich darauf, ihn zu sehen. So ganz kahl …«

»Ganz kahl ist er beileibe nicht«, ergänzte Charlotte. »Aber trotzdem sparst du einiges an Juwelen und Gold. Du könntest damit einen Teil deiner Schulden …«

Carl Eugen blickte sie streng an und sagte: »Willst du damit auf dieses Schreiben anspielen, das Schiller heute früh verlesen hat?«

Charlotte blickte betreten zur Seite, woraufhin der Herzog aufsprang, sodass sein Rotwein überschwappte und der Schwall das mit hellem Samt überzogene Sofa traf. Wütend warf er das Glas in den Raum, wo es klirrend auf dem Holzboden zerschellte.

Charlotte zuckte zusammen.

»Eine solche Frechheit! Alle wollen nur mein Geld! Als könnte ich es auf Bäumen wachsen lassen. Und jetzt ist auch noch das Sofa verdreckt. Diener!«

Das letzte Wort hatte er gebrüllt. Es dauerte nicht lange, bis David in den Raum kam. Charlotte sah, dass er die Scherben und den verschütteten Wein sofort wahrnahm, aber vollkommen zu ignorieren schien.

»Sorg dafür, dass das sauber gemacht wird. Und lass uns einen Kaffee bringen.«

Charlotte war ebenfalls aufgestanden und hatte mit einem Blick an sich herab erleichtert festgestellt, dass das Kleid von Simonette de Chantre von Flecken verschont geblieben war.

David zog sich derweil wieder aus dem Raum zurück.

»Lass uns nebenan warten, bis hier aufgeräumt wurde«, schlug Carl Eugen vor und zog Charlotte am Arm auf die nächste Tür zu.

»Ich kann nicht mit Euch in Eure Schlafgemächer gehen!«, sagte Charlotte und blieb stehen. Diesmal hatte sie ihn bewusst nicht geduzt.

Der Herzog ließ ihren Arm los und sah sie an. »Du denkst, dass ich dich verführen will?«, bemerkte er.

Charlotte nickte.

»Und du denkst, das Ganze hier, die Scherben und der Weinfleck auf dem französischen Meuble, das wäre inszeniert?«

Das wusste sie selbst nicht. So empört, wie er es sagte, klang es nicht gerade einleuchtend.

»Ja, meinst du denn, ich hätte mit dir so offen über meine Frau und meine Geliebte gesprochen, wenn es mir nur darum ginge, dich in mein Bett zu bekommen?«

»Wahrscheinlich nicht«, brachte sie leise hervor.

»So ist es! Ich habe nie Gefallen daran gefunden, eine Frau in meinen Laken zu haben, die nicht aus freien Stücken dort sein wollte. Die meisten haben sich Geschenke und Vorteile davon versprochen. Und die haben sie auch erhalten. Aber was will ich mit einer, die nicht will? Jetzt komm!«

Diesmal fasste er sie nicht an, sondern wies nur den Weg. Zögernd trat Charlotte in das Schlafzimmer.

KAPITEL 31

Schloss Grafeneck, Donnerstag, 9. August 1781, in der Nacht

»Große Gedanken dämmern auf in meiner Seele!
Riesenplane gären in meinem schöpfrischen Schädel.«
Spiegelberg in *Die Räuber,* 1. Akt, 2. Szene

Neben dem großen Bett gab es in dem herzoglichen Schlafgemach auf jeder Seite einen Waschtisch und eine lange Kommode. An der Wand neben der nächsten Tür hing ein riesiger Spiegel. Charlotte war von ihrer eigenen Erscheinung überrascht, als sie sich darin sah. Sie hatte sich mittlerweile an das blaue Kleid gewöhnt. Eine Überraschung war, die gelockten Haare und das kecke Hütchen an sich zu sehen.

Vor dem Fenster stand eine weitere kleine Sitzgruppe, die nur aus zwei zierlichen Sesseln und einem Tischlein mit feinsten Intarsienarbeiten bestand.

»Nimm Platz«, forderte der Herzog sie auf.

»Warum hast du mich zu dir bringen lassen?«, fragte Charlotte, ohne der Aufforderung nachzukommen.

»Genau deswegen, weil du eine solche Frage stellst und nicht tust, was dein Herzog dir befiehlt!«, antwortete er mit einem Lächeln auf den Lippen. »Mir hat gefallen, wie du heute früh das Wort ergriffen hast. Zudem hat sich der alte von Augé nahezu verliebt in dich, als ihr euch vor der Oper begegnet seid. Das machte mich neugierig. Zu Recht, wie ich feststelle. Setz dich doch bitte.«

Jetzt kam Charlotte seinem Wunsch nach. Die Sessel waren weicher als das Sofa. Charlotte sank tief hinein. Trotz der Worte des Herzogs war sie froh, dass die beiden Sitzgelegenheiten sich gegenüberstanden und sie so etwas Abstand zu dem Herrscher hatte.

Im Nebenzimmer herrschte auf einmal große Betriebsamkeit. Charlotte konnte von ihrem Platz aus sehen, dass die Scherben weggeräumt wurden. Gleichzeitig erschien ein Diener, der ein Tablett mit kleinen Tassen trug. Er servierte sie auf dem kleinen Tisch. Charlotte hatte noch nie Kaffee getrunken. Der Diener füllte das schwarze Getränk erst dem Herzog, dann ihr in die Tasse, gab in jede einen Löffel echten Zucker und rührte sogar für sie um. Sie mochte den Kaffeegeruch auf Anhieb. Ein bisschen erinnerte er sie an Leder, das frisch aus der Gerberei kam.

Ein zweiter Diener brachte neue Gläser mit Wein. Als er das Schlafzimmer verließ, schloss er die Tür hinter sich.

»Du sagtest, ich spare Juwelen und Gold mit deinem Sattel …«

»Vielleicht ist es ja genug, um den Venezianer auszuzahlen?«, mutmaßte Charlotte.

Carl Eugen brach in ein herzhaftes Lachen aus.

»Nein, Kind. Das reicht nicht. Der alte di Revanier bekommt nicht nur das Geld für den Hengst des Sultans, sondern weit mehr. Du hast es doch gehört. Sein Neffe will nicht ohne die Hälfte meiner Schulden abreisen. Das wären mehr als hunderttausend Gulden. Das ist selbst für einen Herzog ein erklecklicher Betrag.«

»Wie kommt es, dass du diesem Mann so viel schuldest?«

»Ich habe ihn bei meiner ersten Venedig-Reise kennengelernt und über ihn einen Palazzo gekauft. Und mir so viel Geld von ihm geliehen, dass die Schuld durch die Zinsen Tag für Tag gewachsen ist.«

Charlotte starrte den Herzog fassungslos an.

»Mein ganzes Leben schon muss ich Quellen auftun, um diesen kostspieligen Lebensstil zu ermöglichen, den man von mir erwartet. Das ist kein leichtes Leben. Immer in Sorge, ob das nächste Fest finanziert oder der nächste Schlossbau schnell vorangetrieben werden kann. Ich hoffe nur, Schloss Hohenheim wird noch zu meinen Lebzeiten fertig. Solche Geldsorgen quälen nur einen Herrscher.«

»Verzeih, Carl, aber da muss ich dir widersprechen.«

»Widersprechen? Wem sonst will ein Venezianer so viel Geld abknöpfen?«

»Ich meine, dass sehr viele Leute Geldprobleme haben.«

Der Herzog winkte ab. »Aber doch nur wegen unbedeutend kleiner Summen.«

»Für arme Leute macht es viel aus, ob sie den Kreuzer haben, für ihre Kinder am nächsten Tag etwas zu essen kaufen zu können.«

»In meinem Land verhungert keiner! Das ist vielleicht bei deinen Habsburgern so.«

»Es geht nicht ums Verhungern«, beharrte Charlotte. »Sieh doch nur all die Leute, denen ihr Sold nicht ausgezahlt wird, obwohl sie dafür bereits gearbeitet haben.«

»Ah, daher weht der Wind. Hat Schiller dir befohlen, mir das zu sagen?« Carl Eugen funkelte sie angriffslustig an.

»Gar nichts hat er mir befohlen. Und ich lasse mir auch nichts befehlen.« Charlotte bemerkte selbst, dass sie schärfer gesprochen hatte, als eine Sattlerin das einem Herzog gegenüber tun durfte. Carl Eugens Augen verengten sich zu Schlitzen.

»Verzeiht, Eure Durchlaucht.«

»Nur weil wir uns kurz gestritten haben, musst du mich nicht wieder zur Durchlaucht machen«, bestimmte er. »Lass uns über Erquicklicheres reden als über Geldprobleme! Oh, ich habe eine hervorragende Idee. Trink Deinen Kaffee, bevor er kalt wird«, forderte er Charlotte auf.

Sie nippte an dem heißen Getränk. Es roch besser, als es schmeckte. Bittere Süße breitete sich in ihrem Mund aus. Charlotte konnte sich nach diesem Schluck nicht erklären, warum so viel Wind darum gemacht wurde.

»Schmeckt es dir?«

»Danke, es ist köstlich«, sagte sie. »Was hattest du für eine Idee?«

»Ja, genau.« Er beugte sich in seinem Sessel vor. »Ich habe dir so viele Geheimnisse verraten, dass du mir jetzt dein größtes Geheimnis schuldig bist.«

Er strahlte sie an, als sei er davon überzeugt, dass das Gespräch ein riesiger Spaß werden würde. Charlotte hingegen war entsetzt. Ihr größtes Geheimnis konnte sie gerade diesem Mann nicht erzählen.

»Mein Geheimnis ist …«, begann sie und blickte in erwartungsvolle Augen, »… dass ich dich angelogen habe.«

»Angelogen? Was meinst du damit?«

»Der Kaffee schmeckt mir nicht«, sagte sie.

Carl Eugen lachte laut auf. Auch Charlotte musste lächeln.

»Dann lass ihn stehen und vertreibe den Geschmack, indem du etwas Wein nachschüttest!«, forderte er sie auf und hob sein Glas.

Charlotte war ohnehin schon ein bisschen beschwipst, aber sie nahm einen weiteren Schluck. Wein schmeckte wirklich besser als Kaffee.

»Aber du weißt schon, dass das nicht ausreicht«, sagte der Herzog.

»Du wolltest ein Geheimnis erfahren, und das habe ich dir verraten.«

»Das war kein großes Geheimnis! Ich will etwas Wichtiges von dir erfahren, etwas Wahrhaftiges. Etwas, das dich berührt. Etwas, das du mir niemals sonst anvertrauen würdest.« Nach einer kurzen Pause fuhr er fort: »Alles, was wir hier in meinen Gemächern besprechen, bleibt vollkommen unter uns. Ich schwöre darauf meinen heiligsten Eid und verlange, diesen auch von dir zu hören!«

»Ich werde mit niemandem über unser Treffen sprechen«, sagte Charlotte sofort.

»Und ich schwöre, dass jedwedes Geheimnis, das du mir anvertraust, diese Räume nicht verlassen wird.« Er legte seine Hand auf die Brust.

»Und es darf keine Konsequenzen haben?«

»Keine Konsequenzen«, bestätigte er.

»Du würdest mir mein Geheimnis sowieso nicht glauben.«

»Sag es, dann werden wir sehen.«

»Nein, lass uns etwas anderes spielen.«

»Zuerst müssen wir dieses Spiel beenden«, beharrte Carl Eugen.

»Mein Geheimnis ist, dass ich in höchster Gefahr schwebe, ebenso wie dein Geld. So, fertig.«

Charlotte wurde erst jetzt bewusst, dass sie die Worte tatsächlich laut ausgesprochen hatte. Sie hielt die Hände vor den Mund, als wolle sie weitere Worte daran hindern, herauszudringen.

Carl Eugen sah sie überrascht an. »Du befindest dich in höchster Gefahr? Wieso?«

»Ich kann nicht darüber sprechen.«

»Du musst! Das ist die Regel!«

»Ich spiele nicht mehr mit«, brachte sie unwillig hervor.

Doch Carl Eugen ließ nicht locker: »Sag mir, welche Gefahr dir droht! Du kannst mir vertrauen.«

»Du wirst mich bestrafen«, sagte sie.

»Das werde ich tun, wenn du mir jetzt nicht die Wahrheit sagst! Also sprich endlich. Keine Konsequenzen!«

»Ich heiße nicht Amalia«, sagte sie schließlich.

»Sondern?«

»Charlotte.«

»Und du bist auch keine Sattlerin?«, wollte Carl Eugen wissen.

»Doch, das entspricht der Wahrheit. Aber – es ist eine lange Geschichte.«

»Ich liebe lange Geschichten«, sagte Carl Eugen und lehnte sich mit dem Rotweinglas zurück.

Ob es der Wein war, der ihre Zunge löste, oder dieser intime Moment mit dem Herzog, der ihr gerade eher wie ein Freund vorkam? Vielleicht trug sie auch die ganzen Sorgen schon zu lange mit sich herum. Die Angst um ihre Schwestern, die um ihr eigenes Leben und um Wälderwind. Aber auch die Sorge, Friedrich gestern Abend in das Malheur hineingezogen zu haben. Die Worte sprudelten auf einmal aus ihr heraus. Sie erzählte von Lenscheiders Antrag, dem Kuss, ihrer Flucht. Und wie sie von den Räubern gefangen genommen wurde.

»Der Hannikel?«, fragte Carl Eugen ungläubig.

»Eben der. Er hat mir ein Ultimatum gestellt. Entweder würde ich dein Gestüt auskundschaften, oder er würde mir und meinen Schwestern ein Leid antun.«

Carl Eugen starrte düster vor sich hin. »Und, hast du schon eine Geldquelle für ihn aufgetan?«

Charlotte schüttelte den Kopf.

»Du hast also nichts gehört von dem Geldtransport, der morgen ankommen soll?«

Charlotte schluckte. »Erst jetzt durch dich, mein Herzog.«

»Oh. Dann hätte ich wohl besser nichts davon gesagt«, murmelte er.

»Was in diesen Gemächern besprochen wird, bleibt in diesen Gemächern. Das haben wir uns gegenseitig versprochen.« Diesmal legte sie die Hand aufs Herz zum Schwur.

»Ja, das haben wir uns in der Tat versprochen, aber ich dachte dabei auch, dein größtes Geheimnis sei, dass du in den Nachbarsjungen verliebt bist oder den Herrn Pfarrer angelogen hast.

Nicht, dass du zu einer Räuberbande gehörst, die mich ausrauben will!«

»Ich gehöre zu keiner Räuberbande. Ich werde gezwungen, der Bande zu helfen, aber nichts sehne ich mehr herbei, als dieses Kapitel endlich abschließen zu können.«

»Weiß Schiller Bescheid?«

Jetzt wird es gefährlich, dachte Charlotte.

»Nein, wo denkst du hin!« Sie versuchte, so empört wie möglich zu klingen. »Er gehört doch zu den Truppen, die den Hannikel jagen!«

Das schien Carl Eugen einzuleuchten. Er nickte. »Wie viele Männer hat der Räuber bei sich?«

»Ich weiß es nicht. Sicher dreißig. Vielleicht vierzig?«

»So viele? Wieso findet Johanns Regiment die Gauner denn nicht?« Er blickte auf einmal, als habe er eine Idee. »Weißt du, wo sie lagern? Wir heben das ganze Lager aus und knüpfen sie alle auf!«

»Selbst wenn ich es wüsste, ich könnte es dir nicht sagen.«

»Was? Wieso nicht?«

»Falls der Hannikel entkommen sollte, würde seine Rache grausam sein. Das Risiko könnte ich nicht eingehen. Aber ich weiß ja auch gar nicht, wo er lagert. Ab und zu kommt jemand vorbei, um mir neue Befehle zu erteilen.«

»Du musst es mir trotzdem sagen. So werde ich diese Räuber mit einem Schlag los! Du sollst auch eine Belohnung erhalten!«

»Keine Konsequenzen, erinnerst du dich?«, warf sie ein.

Carl Eugen trank seinen Wein aus und stand auf. Mit ernster Miene ging er für eine ganze Weile schweigend auf und ab. Dann setzte er sich schließlich auf die Kante seines Bettes.

»Amalia heißt Charlotte. Der Hannikel hat sie in der Hand. Er fordert von ihr, dass sie ihm zu einem großen Raubzug verhilft …«, dachte er laut nach. Charlotte nickte betreten. »Sie und ihre Schwestern sind nur dann in Sicherheit, wenn sie ihm bei einem Raubzug geholfen hat. Von der großen Geldlieferung morgen weiß er nichts … Das ist gut.«

Carl Eugen schien immer tiefer in seinen Gedanken zu versinken, während er sich ihr Geständnis vor Augen führte. Die nächsten Worte, die er vor sich hin murmelte, konnte Charlotte nicht mehr verstehen. Dann erhob er sich wieder.

»Kind, du hast gut daran getan, dich deinem Herzog anzuvertrauen!«, rief er. »Ich habe eine Idee, die uns allen zum Vorteil gereichen wird.«

»Was meinst du?«

»Es ist besser, du weißt von nichts.«

»Aber ich kann nichts tun, was dazu führt, dass die Bande zerschlagen wird.«

»Das wird es nicht. Es gibt nur eine Bedingung.« Er trat zu ihr.

Charlotte war von der Entwicklung des Gesprächs vollkommen überrumpelt. »Und das wäre?«, fragte sie schwach.

»Morgen im Laufe des Tages wird dich mein treuer Diener David aufsuchen. Tue genau, was er dir sagt.«

Charlotte atmete tief durch. »Ja. Dann soll es so sein. Aber versprich mir, dass es für niemanden hier schlimme Folgen haben wird.«

»Das ist ja das Geniale an meinem Plan. Alle werden am Ende Gewinner sein. Du hast wirklich eine Gabe, alles zum Guten zu wenden, Charlotte! Aber jetzt muss ich noch ein wenig in Ruhe nachdenken. Ich lasse eine Kutsche kommen, die dich zurück ins Gestüt bringt. Aber denk an deinen Schwur: zu niemandem ein Wort darüber, was heute Abend geschehen ist. Und zu niemandem ein Wort über meine Idee!«

Er nahm ihre Hand und küsste sie sanft. »Vielen Dank für diesen bemerkenswerten Abend«, sagte er.

»Ich danke dir«, gab sie zurück. »Es war ein wirklich außergewöhnliches Erlebnis.«

Instinktiv beugte sie sich vor und küsste Carl Eugen auf die Lippen.

Sie fand es außerordentlich amüsant, dass ausgerechnet der Herzog rot anlief.

KAPITEL 32

Gestüt Marbach, Freitag, 9. August 1781

»Seid umschlungen, Millionen!
Diesen Kuss der ganzen Welt.«

Aus *Ode An die Freude*

Charlotte rieb sich die Augen. Sie brauchte dringend wieder mehr Schlaf. Auch wenn sie jung war: Sie konnte nicht tagsüber hundert Aufregungen erleben und nachts noch nervenaufreibendere Abenteuer durchstehen. Wenn sie wenigstens einmal ausschlafen könnte, aber jeden Morgen tauchte jemand anderes vor ihrer Tür auf und veranstaltete einen Riesenlärm.

»Lasst mich in Ruhe«, knurrte sie und drehte sich im Bett um. Die Decke zog sie über den Kopf.

»Charlotte!«, rief Friedrich und klopfte erneut gegen die verriegelte Holztür. Langsam kehrten ihre Erinnerungen an den gestrigen Abend zurück, die so unwirklich wie ein Traum waren. Doch das blaue Kleid, dessen geschmückten Saum sie durch einen Spalt der Decke sehen konnte, war eindeutig kein Hirngespinst. In diesem wunderschönen Gewand hatte sie den Abend in der Oper an der Seite des mächtigsten Mannes Württembergs verbracht und anschließend mit ihm in seinen Privatgemächern gespeist. Danach hatten sie sich Geheimnisse erzählt. Mein Gott: Sie hatte ihn sogar auf den Mund geküsst!

Charlotte saß mit einem Mal aufrecht im Bett. Julius Magnus Lenscheider, der Herzog von Württemberg … Wenn sie so weitermachte, würde sie ihren dritten Kuss von einem Greis erhalten.

»Ich weiß, dass du da bist! Mach endlich auf!«, rief Friedrich.

Sie dankte Gott, dass sie ihn, als sie dem Herzog vom Räuberlager erzählt hatte, aus dem Spiel gelassen hatte. Sie glaubte bei aller Freundschaft nicht, dass Carl Eugen über seine Hilfe für Hannikels verletzten Kumpan erfreut gewesen wäre.

»Einen Moment«, sagte sie mit einem Kloß im Hals. Die salzigen Speisen und der süße Wein hatten ihr über Nacht die Kehle austrocknen lassen. Sie räusperte sich. »Ich komme gleich.«

»Das wird auch Zeit!«, ließ sich Friedrich von draußen vernehmen. »Es ist schon spät!«

Spät? Das konnte gar nicht sein. Es fühlte sich einfach nur unfassbar früh an. Friedrich würde sich ohnehin noch ein wenig gedulden müssen. In dem Spitzenleibchen, das sie am Körper trug, konnte sie ihm nicht öffnen. Sie war schon errötet, als Simonette de Chantre es ihr gestern nach dem Bad gereicht hatte. Irgendwo im Schloss befanden sich noch Charlottes eigene Kleider. Bis auf die blaue Robe hatte sie nichts anzuziehen. Die ließ sich jedoch nicht einfach überwerfen, sondern es brauchte etwas Zeit.

Die Fahrt zurück vom Schloss hatte gestern Nacht nicht lange gedauert. Ein sehr zuvorkommender Kutscher fuhr sie zum Gestüt. Das Verdeck war offen gewesen. Die kühle Nachtluft hatte die kunstvolle Frisur durcheinandergebracht. Aber das hatte Charlotte nichts ausgemacht. Euphorisch hatte sie den klaren Nachthimmel mit seinen Sternen und dem bemerkenswert hellen Mond betrachtet, der zusammen mit zwei Laternen an der Kutsche den Weg zum Gestüt wies.

Charlotte hatte darauf bestanden, nicht bis zum Tor gefahren zu werden, sondern den Kutscher gebeten, sie außer Hörweite der Gestütsgebäude aussteigen zu lassen. Sie wollte nicht mitten in der Nacht für Aufsehen sorgen. Zudem war sie sicher, dass ihr ein kleiner Spaziergang an den Weiden entlang guttun würde. Nur an die Schuhe hatte sie nicht gedacht. Diese waren zwar wunderschön, aber zu eng und hatten sie schon auf den Fluren des Schlosses gequält. Auf den dunklen Wegen waren sie völlig ungeeignet. Charlotte hatte sie ausgezogen und war barfuß weitergegangen.

»Was ist denn jetzt? Mach endlich auf. Es ist wichtig!«

»Ich komme gleich!«

Charlotte ging zur Tür, legte den Riegel um und öffnete dem jungen Arzt. Friedrich stand da wie immer: Seine Uniform saß mehr schlecht als recht, seine Haare waren wirr, der Flaum um sein Kinn konnte ein Rasiermesser gebrauchen.

»Endlich«, sagte er und drängte sich in die Sattlerei. Charlotte blieb noch einen Moment in der Tür stehen und wunderte sich über die Betriebsamkeit, die draußen herrschte. Die Sonne stand höher, als Charlotte gedacht hatte, und die Luft flirrte in der Hitze des Tages.

»Wo warst du gestern nach der Oper?«, brach es aus Friedrich heraus.

Charlotte schloss die Tür.

»Du warst doch nicht etwa mit Carl Eugen …?« Er beendete den Satz nicht.

Charlotte gingen die Worte des Herzogs durch den Kopf: *Zu niemandem ein Wort.* Sein Plan sollte nicht gefährdet werden. Aber galt das auch für Friedrich?

»Also doch? Er ist doch viel zu alt für …«

»Es war anders, als du denkst!«, fiel sie ihm ins Wort.

»Aha. Du warst also wirklich bei ihm.«

Charlotte konnte nur stumm nicken.

Friedrich schlug mit der Faust auf ein Stück freie Ablage auf dem Schrank, neben dem er stand.

»Dieser despotische Idiot, dieser elendige Verführer!«, schimpfte er.

»Es war wirklich anders, als du denkst«, wiederholte sie lauter.

»Ja? Wie war es denn dann?«

»Ich kann nicht darüber reden.«

Friedrich schaute sie entgeistert an.

»Ich habe es dem Herzog versprochen.«

»Was soll das heißen?«

»Ich denke, ich bin dir keine Rechenschaft schuldig«, sagte Charlotte.

»Keine Rechenschaft schuldig«, wiederholte Friedrich kopfschüttelnd. »Ja, das mag sein. Aber solange du mich brauchen konntest, war ich gut genug, um dir zu helfen.«

»Ich habe dir auch mehr als genug geholfen!«, erwiderte Charlotte empört.

Sie sah Friedrich an, dass sie ihn verletzt hatte. Ihr gefiel die Richtung überhaupt nicht, die das Gespräch gerade einschlug. »Also, was wolltest du mir sagen, was so wichtig ist?« Sie hörte selbst, dass ihre Frage ein wenig vorwurfsvoll klang.

»Weißt du was? Ich kann nicht darüber reden!«, äffte er ihre vorige Rede nach.

»Weißt du was?«, rief sie wütend. »Dann lass mich endlich in Ruhe! Es geht dich sowieso nichts an, mit wem ich meine Zeit verbringe!«

Friedrich ließ sich das nicht zweimal sagen. Er schlug noch einmal mit der Faust auf die Ablage und stürzte zur Tür, die er laut zuwarf. Sie hörte ihn draußen fluchen, dann flog auch die Tür zur Arzneikammer krachend ins Schloss.

Charlotte hätte am liebsten ebenfalls eine Tür geknallt, aber sie war ja drinnen. Also riss sie die Tür auf, stapfte hindurch und schlug sie mit aller Kraft hinter sich zu, bevor sie in dem blauen Kleid mit den unbequemen Schühchen am Beschälerstall vorbei zu den Hengstweiden lief.

Auf dem Weg schimpfte sie wütend vor sich hin. Friedrich war ein solcher Idiot. Wie konnte er denken, dass sie mit dem Herzog … Vertraute er ihr gerade mal so weit? Natürlich wusste er als Mann alles besser. Klar. Dabei wusste er gar nichts! Es gab zwei männliche Wesen, die sie bisher nicht zutiefst enttäuscht hatten: ihren Vater und Wälderwind. Zu Letzterem war sie unterwegs. Sie hoffte, dass der Hengst sie auf andere Gedanken bringen würde.

Wälderwind wurde tagsüber immer in einen abgetrennten Bereich gebracht, zu dem der Weg zwischen zwei hohen Hecken hindurchführte. Mehrere knorrige Hainbuchen spendeten in der vorderen Hälfte der Weide Schatten, erschwerten aber die Sicht. Sie erkannte ihren Hengst hinter den Bäumen, wo er sich wohl die schmackhaftesten Gräser ausrupfte.

Charlotte rief seinen Namen. Wälderwind schaute auf und schien in ihre Richtung zu blicken. Dann aber senkte sich sein Kopf wieder. Hatte er sie nicht gesehen? Oder sie in dem ungewohnten Aufzug nicht erkannt?

»Wälderwind, komm!«, rief sie erneut, aber das Pferd reckte dieses Mal nicht einmal mehr den Kopf. Zu Hause war er immer angelaufen gekommen, wenn er sie nur sah. Hatten sich jetzt etwa alle gegen sie verschworen? Zuerst der Streit mit Friedrich, und jetzt wollte Wälderwind nichts mehr von ihr wissen? Mit einem Mal fühlte sie sich ganz allein. Ihr fehlte ihre Familie, ihr Zuhause, das sichere, geordnete Leben! Stattdessen wurde hier alles immer nur komplizierter und schlechter. Sie hatte die Nase voll davon!

»Will das Pferd nicht, wie Ihr es wollt, schöne Signorina?«, erklang Carlo di Revaniers Stimme von der Hecke her.

»Was macht Ihr hier?«, fragte sie weniger freundlich, als er das wohl erwartet hatte. »Seid Ihr mir gefolgt?«

»Ich bewundere die Frau in diesem aufsehenerregenden Kleid. Mit Verlaub, Ihr seht wirklich zauberhaft aus.«

»Ach, hört auf.« Charlotte war nicht nach Komplimenten.

»Aber es stimmt. Seit der ersten Begegnung will mir nicht mehr aus dem Kopf gehen, wie hübsch Ihr seid.«

Charlotte merkte, dass sie rot anlief. *Es ist fast, als wäre der Venezianer geschickt worden, um meine Sorgen zu zerstreuen*, dachte sie. Seine Worte ließen ihren Ärger und die Enttäuschung verblassen und schenkten ihr ein wohliges Kribbeln im Bauch.

»Ich muss ständig an Euch denken«, sprach er eindringlich weiter. »An Eure Augen, die funkeln wie kostbare Edelsteine, an Euer seidiges Haar, das Euer Gesicht umsäumt wie ein goldener Rahmen das kostbare Bild eines großen Meisters. An Eure Gestalt, so anziehend und liebreizend. Wunderschön! Wunderschön! *Bella donna*!«

»Ich … ich danke Euch«, brachte sie stotternd hervor.

Sein Lächeln war ansteckend. Er ergriff ihre Hand, hob sie zu seinem Mund und senkte den Kopf zum Kuss. Ein wohliger Schauer überlief Charlotte. Di Revanier verharrte einen Moment. Charlotte kam es vor, als stünde die Erde still. Seine Lippen berührten ihre Haut, und auf einmal kam es ihr vor, als drehe sie sich doppelt so schnell, und ihr schwindelte. Dem ersten Kuss folgte ein zweiter, festerer. Charlottes Härchen im Nacken stellten sich auf. Fror sie? Der dritte Kuss bewies das Gegenteil: Ihr wurde heiß, als seine Lippen ihren Handrücken liebkosten. Es folgten ein vierter und ein fünfter Kuss. Der nächste näherte sich bereits ihrem Handgelenk. Seine warmen Lippen wanderten zu ihrem Unterarm, was sie so erzittern ließ, dass sie ihm vor Schreck die Hand wegzog.

»Amalia«, hauchte er inbrünstig.

»Carlo«, war alles, was sie hervorbrachte.

»Du musst mir meine Leidenschaft verzeihen. In deiner Nähe verliere ich vollkommen den Verstand!«

»Das, das geht jetzt nicht!«

»Was spricht dagegen? Ich sehe doch, dass auch du dich nach mir verzehrst.«

Tat sie das? Sie wusste es nicht. Ihr Körper jedenfalls war glühend heiß, ein rohes Verlangen strömte ihr durch die Brust. Aber – Carlo?

»Komm in meine Arme!«, sagte er und umfasste sie entschlossen.

»Nein, lass mich!«

Doch er ließ sie nicht los. Er zog sie an sich heran, eine Hand am Rücken, eine am Hinterkopf, und drückte seinen Mund auf ihre Lippen zu einem feurig heißen Kuss. Die Berührung löste ein Feuerwerk in ihrem Körper aus. Seine warmen, weichen und gleichzeitig fordernden Lippen liebkosten die ihren, seine Zunge streifte darüber, ihr Mund öffnete sich ihm, und ihrer beider Zungen spielten miteinander – ein Gefühl, das sie sich so nie hätte vorstellen können. Seine Hand an ihrem Rücken glitt tiefer. Er packte sie am Hintern und presste sie gegen seinen vor Verlangen zuckenden Leib. Plötzlich spürte sie seine rechte Hand an ihrer linken Brust. Er umfasste sie und knetete sie wie einen Hefeteig. Seine Linke widmete sich in gleicher Weise ihrem Gesäß.

Charlotte war es, als erwache sie aus einem Bann, unter dem sie gestanden habe. Das Feuer in ihrem Inneren erlosch schlagartig, als habe jemand kaltes Wasser darüber gekippt. Je fester er ihren Unterleib an seinen drückte, desto weiter bog sie ihren Kopf zurück. Doch er wollte mit seiner Zunge nicht aus ihrem Mund weichen. Sie stieß ihn von sich und sprang einen Schritt zurück.

»*Porco dio!*«, stieß er missmutig hervor. »Stell dich nicht so an.« Dann senkte er seine Stimme wieder und hauchte: »Ich liebe dich doch so sehr, *mia bella amore*! Es ist die wahre Liebe!«

»Lass mich«, sagte sie schwer atmend. Doch Carlo packte sie wieder und zog sie an sich. »Komm, hier sieht uns doch keiner!«

»Amalia?« Eine neue Stimme. Charlotte atmete auf. Das war Franz.

Carlo ließ sie sofort los.

»Franz!«, rief sie.

»Da seid Ihr ja.« Der Großneffe des Gestütsmeisters tauchte zwischen den Hecken auf. Er zögerte einen Moment. »Ihr seid nicht allein«, stellte er fest.

Charlotte war sich sicher, dass Franz ihr ansehen musste, was gerade passiert war.

Carlo verbeugte sich vor seinem Rivalen. »Ich habe doch noch einen Spaziergang geschenkt bekommen von der reizenden Sattlerin«, sagte er, als sei sonst nichts geschehen.

»Wir haben uns eben hier getroffen«, widersprach Charlotte.

»Ich habe genau gesehen, dass Ihr Amalia nachgelaufen seid«, meinte Franz.

»Und seid uns darum gefolgt?«

Franz nickte mit blitzenden Augen. »Ja, um Amalia Schutz zu bieten, falls es nötig werden würde.«

»Meinetwegen?«

»Vielleicht.«

»Kümmert Euch lieber um Eure eigenen Probleme!«, sagte Carlo laut und baute sich vor Franz auf. Der wich keinen Deut zurück.

»Hört sofort auf! Alle beide!«, rief Charlotte.

Die Spannung blieb noch einen Augenblick erhalten, dann wandte sich Carlo von Franz ab und Charlotte zu. »Ich denke, ich gehe jetzt besser.«

Charlotte fiel kein Grund ein, ihn aufzuhalten, und er stapfte beleidigt davon.

»Geht es Euch gut?«, fragte Franz.

Charlotte nickte.

»Ihr seid gestern nicht mit Friedrich vom Schloss zurückgekommen«, bemerkte er.

»Darf ich Euch um etwas bitten?«

»Ja?«

»Fallt Ihr mir damit nicht auch noch zur Last. Ich kann es Euch gelegentlich erklären, aber jetzt will ich nur meine Ruhe.«

»Ihr seid mir keine Rechenschaft schuldig«, entgegnete er. »Wo ist Wälderwind?«

»Da.« Sie zeigte ihm die grobe Richtung.

»Wälderwind«, rief er.

Der Hengst hob den Kopf und blickte zu ihnen herüber. Dann senkte er ihn wieder.

»Er will nicht«, sagte Charlotte leise.

»Ich glaube doch.«

Tatsächlich. Der Hengst hatte es sich anders überlegt und kam in einem weiten Bogen um die Bäume herumgetrabt, dann fiel er gar in einen wilden Galopp.

»Wieso kommt er bei Euch?«, fragte Charlotte erstaunt.

»Ich habe mich die Tage immer ein bisschen mit ihm beschäftigt«, antwortete Franz.

»Muss ich eifersüchtig sein?«

Franz grinste. »Muss *ich* denn eifersüchtig sein?«

Charlotte zögerte einen Moment. »Franz, ich weiß nicht …«

»Sagt nichts«, ging er dazwischen. »Nochmals, Ihr seid mir keine Rechenschaft schuldig. Ich will nur nicht verpassen, Euch zu versichern, wie wichtig Ihr mir in den wenigen Tagen geworden seid, die ich Euch kenne.«

»Franz, bitte!«

Er schaute sie traurig und verständnisvoll zugleich an. Dieser Blick gab ihr einen Stich ins Herz.

»Ich denke, ich sollte jetzt gehen. Die Treibjagd fängt bald an, da muss ich helfen. Und zu allem Überfluss hat der Herzog heute früh angeordnet, dass der Fohlenabstoß schon auf morgen verlegt wird. Meine Onkel sind in Alarmstimmung, weil noch so viel vorzubereiten ist. Und Ihr müsst Euch mit dem Sattel ranhalten. Onkel Christian wollte gleich mit der Juwelentruhe in die Sattlerei kommen.«

Er drehte sich um und ging davon, als Wälderwind gerade bei ihnen ankam und schnaubend stehen blieb.

»Franz? Warte!«, rief Charlotte, ohne nachzudenken. Er drehte sich um. Sie lief ihm die paar Schritte entgegen und gab ihm einen schnellen Kuss auf den Mund.

Franz legte die Hand auf seinen Lippen und schaute sie verwirrt an. Auf einmal sah er aus wie ein kleiner Junge.

»Amalia?«

»Jetzt kannst du gehen«, sagte Charlotte, von sich selbst überrascht, und lächelte verlegen.

»Jetzt kann ich gehen.« Franz nickte. »Danke.«

Damit wandte er sich um und verschwand zwischen den Hecken.

Charlotte schwirrte der Kopf. Das Schwindelgefühl wurde so stark, dass sie sich an einem Baumstamm festhalten musste.

Was geschah hier? Sie küsste die Männer, wie Schorsch Mäuse fing! Was ging nur in ihr vor? Der Herzog! Carlo! Franz! Und dazu der Streit mit Friedrich!

Immerhin war Wälderwind jetzt da. Sie drehte sich zu dem Hengst um und streichelte ihm über die Nüstern, aber ihre Gedanken waren bei den Erlebnissen dieses Tages. Die Erinnerung an Carlos Küsse ließen ihren Leib erneut erschauern. Sie hatte fast die Kontrolle über sich verloren. Doch dann war er zu weit gegangen. Vielleicht im Rausch der Gefühle?

Dann war Franz erschienen wie ein Retter – und er war zurückhaltend gewesen, ein Ehrenmann. War es ihr aufgewühltes Herz, das sie dazu getrieben hatte, ihn zu küssen? Oder sein Geständnis, dass sie ihm wichtig war? Ihr Kuss war nur ein Hauch gewesen. War es ein Versprechen auf mehr? Und warum war Wälderwind auf seinen Ruf hin herbeigetrabt gekommen?

Der Hengst ließ sich die Streicheleinheiten gefallen. Charlotte hätte ihn am liebsten von der Weide geführt, gesattelt und wäre stundenlang durch die Wälder und über die Felder geritten. Doch das ging nun nicht.

Was hatte Franz gesagt? Carl Eugen ging heute auf die Jagd

und hatte den Tag des Fohlenabstoßes noch einmal um einen Tag vorgezogen? Sie war überzeugt, dass das irgendwie mit seinem ominösen Plan zu tun hatte. Sie ärgerte sich, dass sie nicht mehr darüber wusste. So oder so, sie musste zurück zur Sattlerei. Vielleicht würde sich ja auch eine Gelegenheit ergeben, sich mit Friedrich auszusprechen.

»Du bist der Beste, Wälderwind«, sagte sie und streifte ihm ein paar Haare der Mähne aus dem Gesicht. Der Hengst drehte sich zur Seite und ging ein paar Schritte weg. Dann blickte er sich noch einmal nach ihr um.

»Geh nur. Ich komme morgen wieder!«

KAPITEL 33

Gestüt Marbach, Freitag, 9. August 1781

»Ich habe das Meinige getan. Tun Sie das Ihrige.«
König Philipp II. von Spanien in *Don Karlos,*
5. Akt, 11. Szene

Als Charlotte sich der Sattlerei näherte, warteten wieder einige Soldaten vor der Arzneikammer darauf, von Friedrich behandelt zu werden. Offensichtlich war ihm noch ein tierischer Patient dazwischengekommen. Gerade übergab er einem Stallburschen eine junge Stute, die dieser wegführte. Hatte Friedrich die Behandlung allein bewältigt?

Charlotte sah ihm von Weitem an, dass er noch böse auf sie war. Er würdigte sie keines Blickes, als sie vor der Sattlerei ankam, sondern rief einen der Soldaten in seine Behandlungsräume.

Sie hatte sich mit ihm versöhnen wollen, aber als er sie nun so demonstrativ missachtete, ärgerte sie sich gewaltig über seine Hochnäsigkeit. Na gut. Sie konnte auch stur sein. Statt bei ihm zu klopfen, ging Charlotte weiter in Richtung des Hofs, wo Christian Hartmann und sein Vater die Errichtung einer kleinen Tribüne überwachten.

»Ah, die junge Sattlerin«, rief der alte Hartmann aufgeregt. »Habt Ihr schon von der herzoglichen Überraschung gehört?«

»Davon, dass der Fohlenabstoß vorgezogen wird? Ja. Wie Ihr vielleicht wisst, war ich gestern bei ihm zu Gast.« Es war wahrscheinlich am besten, direkt vorzugehen.

»Die Oper, ja«, sagte der Ältere.

»Man hat davon gehört«, fügte sein Sohn doppeldeutiger hinzu.

»Seine Durchlaucht berichtete mir bereits, dass er darüber nachdenkt«, log sie. »In Zuge dessen habe ich mit ihm auch über den Sattel gesprochen.«

»Genau deswegen wird Christian gleich mit der Truhe zu Euch kommen. Franz kann heute nicht …«

»Er ist bei der herzoglichen Jagd«, stellte Charlotte fest. »Ich weiß.«

»Ihr seid gut informiert«, merkte Christian Hartmann an.

»Und Euch wollte ich sagen, dass Ihr nicht zu kommen braucht«, sagte Charlotte.

»Was soll das heißen?«, fragten beide wie aus einem Mund.

»Der Herzog hat gestern angedeutet, dass er sich einen ganz einfachen Reitsattel für den täglichen Gebrauch wünscht. Repräsentative Sättel hätte er genug. Er hat mich aufgefordert, dieses Exemplar nicht mit zu viel Schmuck zu versehen, sodass es auch ins Dörfle passt.«

Die beiden Männer sahen sich an.

»Die Gräfin von Hohenheim hat wirklich einen ungeahnten Einfluss auf Seine Durchlaucht«, merkte Christian Hartmann an.

»Und ich vermute, sie wird diesen auch auf die Idee mit den Elefanten gelten machen«, sagte Charlotte.

Georg Hartmann warf die altersfleckigen Hände über den Kopf. »Was für eine fixe Idee! Elefanten! Bei uns in Marbach! Aber auch Freiherr Bouwinghausen hat bereits angekündigt, noch auf den Herzog einwirken zu wollen.«

»Wie gesagt, ich denke, Ihr braucht Euch diesbezüglich keine Gedanken zu machen«, sagte Charlotte.

»Das wäre wirklich wundervoll!«, seufzte der Gestütsmeister. »Oh, schau, Christian, da kommt sie! Die Madame!«

Charlotte drehte sich um. Aus den Augenwinkeln sah sie noch, dass Georg Hartmann ein Kreuz schlug.

»Sie sind unversehrt an den Räubern vorbeigekommen!«, stöhnte er erleichtert und lief auf das Tor zu.

Fünf Zweierreihen schwerer Kavallerie ritten dem eigenartigsten Gefährt voran, das Charlotte je gesehen hatte. Der von acht Pferden gezogene Wagen war ein mit Eisenplatten gepanzerter Kasten auf mannshohen, ebenfalls beschlagenen Rädern. Das Fahrzeug hing tief in der Federung und hatte auf der Seite vier schmale Schießscharten. Auf dem Kutschbock saßen drei Männer nebeneinander, einer lenkte die Pferde, zwei trugen Gewehre in den Händen. Weitere vier Mann waren mit Musketen auf dem mit einer Brüstung ummantelten Dach des Wagens postiert. *Das muss die große Geldlieferung sein, von der Carl Eugen gestern gesprochen hat,* dachte Charlotte. Dem Gefährt folgten weitere schwere Reiter auf mächtigen Warmblütern. Dicke Muskelpakete zeichneten sich unter dem vom Ritt feuchten Fell ab. Zehn Reiter in leichterer Montur bildeten die Nachhut.

Ein Wachmann öffnete das komplette Tor. Die vorderen Reiter strömten ins Gestüt und bezogen flankierend Stellung zur gepanzerten Kutsche. Die nachfolgenden Reiter warteten außerhalb des Geländes.

Charlotte folgte Georg und Christian Hartmann zu der eigenartigen Kutsche. Durch die hoch angebrachte Tür schob ein Mann eine Stiege heraus, die als Stufe vor der Tür diente.

Charlotte war überrascht, als eine Dame im Alter ihrer Mutter den Wagen verließ. Diese streckte sich und atmete laut auf, als sie festen Boden unter den Füßen hatte. Das gerötete Gesicht der Frau war schweißnass. Sie tupfte ihre Stirn mit einem Tuch ab. In dem von der Sonne beschienenen Eisenkasten musste es höllisch heiß sein. Und das Gefährt sah auch nicht so aus, als hätten seine Erbauer dem Komfort seiner Insassen große Bedeutung beigemessen.

»Madame Kaulla!«, rief eine Stimme vom Haupthaus her. »Ich dachte, Ihr fahrt gleich zum Schloss.«

»Bouwinghausen. Was für eine Freude, Euch wiederzusehen«, antwortete die Dame, die sich jetzt eine Haube über die dunklen Haare legte. »Habt Ihr Wasser für die Männer und die Tiere?«

Der alte Hartmann murmelte seinem Neffen ein paar Befehle zu. Der Stutenmeister gab die mit ein paar knappen Rufen und Zeichen an seine Männer weiter. Sofort kamen diejenigen Stallburschen angerannt, die nicht bei der Jagd gebraucht wurden. Ein anderer erschien mit einem Krug und einem Glas und goss der Madame Weißwein ein. *Sie muss eine wichtige Persönlichkeit sein*, dachte Charlotte.

Der Freiherr begrüßte Madame Kaulla ehrfurchtsvoll, nachdem sie zwei große Schlucke getrunken hatte.

»Das tut gut! Ich danke Euch«, sagte sie. »Eigentlich wollten wir gleich weiter zum Schloss, aber wir sind seit Sonnenaufgang ohne Pause unterwegs und mussten eben noch ein Rad neu befestigen. Die Männer brauchen so dringend Wasser wie die Pferde. Und einen Moment im Schatten.« Sie nahm noch einen kräftigen Schluck.

Im Eingang des Haupthauses konnte Charlotte noch eine weitere Person ausmachen. Es war David, der ältere Leibdiener des Herzogs, der ihr gestern bei den Bestecken geholfen hatte. Carl Eugen hatte ihn angekündigt. Er sah Charlotte und winkte ihr zu. Sie lächelte unsicher.

Während die Dame, die den Geldtransport offenbar verantwortlich begleitete, Bouwinghausen und den beiden Hartmanns ins Haupthaus folgte, wurden die Pferde getränkt und die ersten Reiter mit Wasser versorgt. Charlotte sah, dass David auf sie zukam.

»Ich freue mich, Euch die besten Grüße des Herzogs auszurichten«, sprach David sie an.

»Ich danke Euch sehr.«

»Ich sehe, Ihr tragt noch das Kleid von gestern. Ihr dürft dieses gern behalten. Trotzdem habe ich Euch Eure Sachen mitgebracht, die im Schloss zurückgeblieben sind.«

»Das ist sehr freundlich von Euch.«

»Vielleicht können wir uns an einen etwas ruhigeren Ort zurückziehen, da ich noch ein paar delikatere Botschaften zu übermitteln habe.«

»Sollen wir in die Sattlerei gehen?«

»Gern.«

David erhob eine Hand und blickte zum Hauptgebäude hinüber. Zwei andere Diener nahmen eine kleine Truhe auf und folgten ihnen mit etwas Abstand zur Sattlerei.

Als Charlotte mit den drei Männern an Friedrichs Arzneikammer vorbeikam, zeigte sich der junge Arzt in eine offene Wunde vertieft. So vertieft, dass er nicht einmal aufschaute. Charlotte fand, dass er sich kindisch verhielt, und nahm sich vor, ihm das auch noch zu sagen.

Doch jetzt ging es erst einmal darum, mehr über den ominösen Plan des Herzogs zu erfahren. Sie schloss die Tür hinter den drei Männern.

»Ist das der Sattel für Seine Durchlaucht?«, fragte David.

»Ja. Meint Ihr, er wird ihm gefallen?«

»Ein wirklicher Prunksattel sollte eigentlich aufsehenerregender aussehen.«

»Ihr habt meine Frage nicht beantwortet«, bemerkte Charlotte.

»Nun«, er atmete schwer ein und aus, »sagen wir, der junge Herzog hätte ihn als Bauernsattel bezeichnet.«

Das fand Charlotte nun aber wirklich unverschämt. Empört sagte sie: »Bauernsattel? Was denkt Ihr, wie viele seiner Bauern froh wären, nur einen der eingearbeiteten Edelsteine zu besitzen?«

»Ihr schimpft mit dem Falschen, junge Dame«, sagte David. »Ihr wart es, die meine Einschätzung abgefragt hat.«

»Verzeiht. Das stimmt. Aber ich habe Euch doch gesagt, dass es ein Sattel sein soll, den er wirklich benutzen kann.«

»Ich war auch noch nicht fertig. Der junge Herzog hätte ihn als Bauernsattel bezeichnet, sagte ich und habe damit Euren Unmut erregt. Aber dem heutigen Carl Eugen kann gerade diese vermeintliche Schlichtheit gefallen. Allerdings bin ich nicht gekommen, um Eure Arbeit zu loben.«

Charlotte bot ihm einen Platz an und setzte sich selbst auf die Kante ihres Bettes.

»Ihr könnt jetzt draußen warten«, sagte er zu den beiden jüngeren Dienern, die sich verbeugten und die Sattlerei ohne ein Wort verließen.

»Junge Dame, Ihr habt Seine Durchlaucht ziemlich durcheinandergebracht, wenn ich das sagen darf. Er ist die halbe Nacht durch seine Gemächer gelaufen, hat Wein und Kaffee getrunken und immer wieder geflucht oder gejubelt. Er hat uns ziemlich auf Trab gehalten.«

»Das tut mir leid.«

»Das braucht es nicht. Er war in einer wahren Hochstimmung, als er sich schlafen legte, und wachte so gut gelaunt auf, wie ich es lange nicht mehr erlebt habe.«

»Das freut mich«, sagte Charlotte. »Aber ich weiß gar nicht so recht, was ich dazu beigetragen habe.«

»Ihr habt ihn auf eine Idee gebracht. Er hat mir aufgetragen, Euch ein paar Handlungsanweisungen zu geben. Passt gut auf!«

David stand auf und ging zu der Truhe. Er holte Charlottes altes, schmutziges Kleid heraus, ihr Leibchen und ihre Stiefel. Alles legte er auf die Seite und brachte zum Schluss ein paar blaue Schuhe zum Vorschein, die genau zu ihrem neuen Kleid passten.

»Seine Durchlaucht hat den Termin für den Fohlenabstoß auf morgen vorverlegt«, sagte er. »Er bittet Euch, dabei zu sein und dazu das Kleid und diese Schuhe zu tragen.«

»Gern«, sagte Charlotte und nahm die Schuhe entgegen.

»Lasst Euch nicht davon abbringen, diese Schuhe zu tragen«, betonte er. »Es ist ihm sehr wichtig.«

Charlotte nickte, auch wenn sie nicht verstand, was ihm daran so wichtig sein konnte.

»Ebenfalls wünscht sich der Herzog von Württemberg, dass Ihr dieses Geschenk tragen möget.«

Aus seiner Jacke zauberte er ein flaches Kästchen aus Edelholz hervor und klappte es auf. Atemlos starrte Charlotte auf eine Goldkette, die einen Anhänger aus sicherlich dreißig verschieden großen, in Gold gefassten Saphiren und Diamanten hielt.

»Das kann nicht sein«, brachte sie nur mit Mühe hervor.

»Doch. Es handelt sich um ein Geschenk an Euch.«

»Wie kann ich ihm dafür jemals danken?«

»Tragt sie morgen zu seinem Gefallen! Und nun noch die letzte Anweisung, die ihm aber die wichtigste zu sein scheint.«

Er hob einen Zeigefinger und sagte betont deutlich: »Morgen am Nachmittag können Eure Probleme zwischen dem Ort Hayingen und der Abtei Zwiefalten ein gutes Ende finden. Das waren seine Worte, die er mir auftrug, Euch auszurichten. Was immer das bedeuten soll. Er meinte, Ihr würdet es schon verstehen.«

Charlotte verstand aber erst einmal gar nichts.

»Morgen Mittag? Wo?«

»Morgen am Nachmittag können Eure Probleme zwischen Hayingen und der Abtei Zwiefalten ein gutes Ende finden.«

»Wo liegen diese Orte?«, fragte sie.

»Südlich von hier außerhalb der Landesgrenzen von Württemberg. Ihr wisst nichts mit seinen Worten anzufangen?«

»Doch, ich glaube schon«, sagte sie schließlich. »Vielen lieben Dank, Herr David.«

»Sehr gern, junge Dame. Ihr habt einen tiefen Eindruck hinterlassen bei meinem Herrn. Das gelingt nicht vielen. Dann sehen wir uns morgen beim Fohlenabstoß, nehme ich an?«

»Ich würde mich sehr freuen.«

Charlotte legte das Geschmeide aufs Bett und begleitete den Diener zur Tür, vor der seine beiden Begleiter Position bezogen hatten. Sie übernahmen die nun leere Truhe und gingen hinunter zum Hof. Die Pferde der Wachsoldaten soffen am Brunnen, und die Reiter hatten sich auf den bereits errichteten Tribünenteilen niedergelassen.

Friedrich war offenbar mit seinen Patienten fertig und hatte sich in die Arzneikammer zurückgezogen. Wahrscheinlich schrieb er an seinem Stück. Ob er die Erlebnisse mit dem Hannikel einflocht? Es ärgerte Charlotte, dass es zwischen ihnen zum Streit gekommen war. Kurz dachte sie daran, bei ihm anzuklopfen, ging hinüber zur Arzneikammer, dann aber zögerte sie. *Eigentlich kann auch er zu mir kommen*, dachte sie. Immerhin hatte er den Streit angefangen. Sie wandte sich von seiner Tür ab.

»Das ist aber eine Überraschung«, kam eine Stimme von der anderen Seite. Charlotte verdrehte die Augen. Hatte man in diesem Gestüt nicht einmal ein bisschen Zeit, ohne dass wieder jemand etwas von ihr wollte?

»Was willst du?«

Der Hannikel trug immer noch die württembergische Uniform. Seine Augen funkelten gefährlich.

»Los, rein da!«, befahl er und stieß sie so unsanft in die Sattlerei, dass sie beinahe gefallen wäre.

Charlotte nahm das Glitzern auf ihrem Bett wahr und eilte sofort dorthin, um sich auf das Geschmeide zu setzen. Wenn Hannikel die Kette entdeckte, wäre sie schneller weg, als der Herzog klatschen konnte. Davon war Charlotte fest überzeugt.

»Du trägst ein schönes Kleid«, sagte der Hannikel anerkennend, doch ohne Freundlichkeit und baute sich vor ihr auf.

»Was willst du?«, fragte sie erneut.

»Wir haben ein Geschäft, Mädchen. Aber ich habe das Gefühl, du führst mich an der Nase herum, wenn ich diesen Wagen da unten sehe.«

»An den schwer bewaffneten Reitern und den Schützen auf dem Wagen hättet Ihr Euch nur die Zähne ausgebissen«, sagte Charlotte.

»Das hättest du unsere Sorgen sein lassen können.«

»Ich wusste doch gar nichts über diese Lieferung«, wehrte sie sich. »Es war alles streng geheim!«

»Doch genau dafür …«, begann er laut, dann senkte er seine Stimme, die deshalb jedoch nicht weniger bedrohlich klang: »Genau dafür bist du doch hier.«

»Du musst mir wirklich glauben, dass ich dich nicht an der Nase herumführe. Ich habe meinen Teil unseres Geschäfts erfüllt.«

Hannikel stutzte.

»Wie meinst du das? Rede weiter!«

»Ich war gestern zu Gast beim Herzog. Ich konnte da etwas in Erfahrung bringen, was euch gute Beute verspricht.«

»Und das wäre?« Ungeduldig zog er Charlotte von ihrem Sitzplatz hoch. »Los! Weiter!«

»Wenn ihr morgen Nachmittag zwischen Hayingen und der Abtei Zwiefalten Stellung bezieht, solltet ihr eine gute Beute machen können.«

»Wer sagt das?«

»Ich konnte es den Worten des Herzogs entnehmen.«

»Ach. Heißt das, du weißt doch nichts Genaues? Äh, was ist das?«

Charlotte hatte versucht, so stehen zu bleiben, dass der Hannikel die Kette nicht sehen konnte. Doch seinen Augen entging nichts, wenn es sich um Gold und Edelsteine handelte.

Er schob Charlotte zur Seite und nahm die Kette auf. »Nicht gerade gemütlich, auf so vielen Saphiren und Diamanten zu sitzen, was?« Er grinste hämisch.

»Der Herzog hat sie mir gegeben. Ich soll sie morgen zum Fohlenabstoß tragen.«

»Nichts da.« Der Hannikel ließ die Kette mit dem kostbaren Anhänger in seiner Jackentasche verschwinden.

»Das sehe ich als Anzahlung. Und lass dir eines gesagt sein: Wenn es sich um eine Falle handelt, hole ich mir auch den Hals zur Kette.«

Charlotte schluckte trocken. Der Räuberhauptmann stolzierte hinaus und warf die Tür hinter sich zu.

KAPITEL 34

Gestüt Marbach, Samstag, 10. August 1781

> *»Drum prüfe, wer sich ewig bindet,*
> *Ob sich das Herz zum Herzen findet.«*
> Aus *Das Lied von der Glocke*

Der Gestütshof war gut gefüllt. Den Sattel, den Brustschmuck für Saldiri und das Zaumzeug hatten zwei Stallburschen schon am Morgen bei Charlotte abgeholt. Der Hengst war von Carlos Leuten herausgeputzt worden und stand in einem kleinen Gehege neben dem Stutenstall. Er fand die Gerüche offenbar sehr anregend, denn er stolzierte die ganze Zeit im Kreis herum und wieherte aufgeregt. Es war darum gar nicht so einfach, ihm alle Teile ein letztes Mal anzulegen und sie so anzupassen, dass sie perfekt passten.

Charlotte hatte es gerade geschafft und wollte den Anblick genießen, als sie Carlo aus dem Haupthaus treten sah. Ihm wollte sie jetzt aber auf keinen Fall begegnen, deshalb bat sie einen der Betreuer Saldiris, den Hengst wieder abzusatteln bis zum großen Moment der Übergabe. Sie huschte davon – und entkam Carlo nur knapp. Bei ihrem Versteckspiel wäre sie beinahe auf Franz aufgelaufen. Der dirigierte ein paar Männer, die eine große Feuerstätte für den Ochsenbraten aufbauten. Er stand mit dem Rücken zu ihr und hatte sie noch nicht gesehen. Also drehte sie schnell wieder ab und lief in einem weiten Bogen zur Sattlerei. Sie atmete erst auf, als die Tür hinter ihr ins Schloss fiel.

Dort blieb sie dann auch den Rest des Vormittags. Manchmal hörte sie ein Poltern nebenan. Der Streit mit Friedrich lag wie ein Schatten über ihr. Und die beiden Küsse mit Carlo und Franz gestern an Wälderwinds Weide brachten ihre Gefühlswelt noch weiter durcheinander.

Trompeter kündigten den baldigen Beginn des Fohlenabstoßes an. Charlotte zog das blaue Kleid und die dazu passenden blauen Schuhe an, die der Herzog ihr geschenkt hatte. Um die Kette tat es ihr furchtbar leid. Sie war so schön gewesen! Jetzt hatte der Hannikel sie, und es war klar, dass Charlotte sie niemals wiedersehen würde.

Als sie die Tür öffnete, stieß sie beinahe mit Friedrich zusammen, der wohl auch gerade zum Hof hinuntergehen wollte.

»Also doch!«, war seine eisig hingespuckte Begrüßung, als er Charlotte einmal von oben bis unten gemustert hatte. Während sie verunsichert stehen blieb und keine Ahnung hatte, was er meinte, stapfte er schon los. *Wenn er ein Idiot sein will, dann soll er eben einer sein*, dachte sie und folgte ihm langsamer, aber nicht weniger wütend.

Die Schuhe passten ihr wie angegossen. Obwohl sie hohe Absätze hatten, konnte Charlotte mit ihnen auf dem Pflaster besser gehen als in den Schuhen, die sie für die Oper bekommen hatte.

Auf der Seite des Hauptgebäudes ragte die Tribüne auf, die mittlerweile mit bunten Tüchern herausgeputzt worden war. Zentral befand sich eine größere Plattform, auf der Charlotte schon die Gestalt des Herzogs ausmachen konnte. Diener hielten einen Baldachin über seinen Kopf, unter dem leicht eine vielköpfige Familie Platz gefunden hätte. Zwischen der Tribüne und dem langen Brunnen hatten die Stallburschen Gatter aufgestellt, die die Laufrichtung für die Pferde vorgaben. Der Boden darin war mit Stroh und Sägespänen abgestreut. Direkt vor der herzoglichen Tribüne war der Laufweg mit weiteren Gattern versperrt. Die Pferde mussten hier halten, bis ihnen geöffnet wurde. Die Fohlen würden dann von ihren Müttern getrennt, denen sie die vergangenen Monate nicht von der Seite gewichen waren.

Wo Franz vorhin noch beim Einrichten der Feuerstelle geholfen hatte, drehte sich jetzt ein Ochse auf dem Spieß über dem Feuer. Am Stutenstall reihte sich Tisch an Tisch mit Broten, großen Suppentöpfen und Bierfässern. Ein solch buntes Treiben mit all den köstlich duftenden Speisen hatte Charlotte noch nie gesehen. Ein richtiges Spektakel, für das auch viele Leute aus den umliegenden Dörfern gekommen waren.

Charlotte erregte in ihrem Kleid Aufsehen. Sie fühlte sich wohl darin, auch wenn es für den Anlass vielleicht zu edel war. Aber sie wunderte sich darüber, dass manche Leute auf sie zeigten und zu tuscheln begannen, als sie sich den Weg durch die Menge bahnte.

»Ihr seid spät. Der Herzog hatte schon Sorge, Ihr würdet nicht kommen«, begrüßte sein Diener David sie mit einer Verbeugung.

Es kam ihr so falsch vor, dass jemand den Kopf vor ihr neigte, dass sie es ihm sagte: »Bitte, verbeugt Euch nicht vor mir. Das steht mir nicht zu.«

»Ihr seid eine wirklich bemerkenswerte junge Frau«, erwiderte David, »der ich gern meine Hochachtung erweise.« Er führte sie zur Tribüne.

»Wohin bringt Ihr mich?«

»Zu Seiner Durchlaucht.«

Hinter der Tribüne befand sich eine recht einfach gestaltete Holztreppe, über die man ungesehen auf die höher gelegene zentrale Plattform gelangen konnte.

»Da ist sie ja«, rief Carl Eugen erfreut aus und klatschte in die Hände. »Cha–«

»Amalia, Hoheit!«, fiel sie ihm schnell ins Wort.

Er wedelte mit der Hand und blickte zum Himmel. »Wo sind

meine Gedanken? Natürlich, Amalia! Könnt Ihr einem vergesslichen Mann diesen Fauxpas verzeihen?«

Außerhalb seiner Räumlichkeiten duzte er sie nicht mehr. Stattdessen zwinkerte er ihr mit einem Auge zu und lächelte.

»Selbstverständlich, Euer Durchlaucht.«

»Jetzt schaut Euch diese Schuhe an!«, rief er laut genug, dass alle auf der Empore Charlotte auf die Füße starrten. Ein älterer Herr, der neben dem grinsenden General von Augé saß, begann sogar zu applaudieren.

»Kommt, setzt Euch. Der Fohlenabstoß soll gleich beginnen!«

Charlotte nahm auf den Wunsch des Herzogs etwas verwundert auf einem der beiden Sitze neben ihm Platz.

»Was hat das mit den Schuhen zu bedeuten?«, flüsterte sie ihm ins Ohr. »Die Leute verhalten sich eigenartig, seit ich sie trage.«

Der Herzog winkte ab. Aber Charlotte war nicht in der Stimmung, sich damit zufriedenzugeben.

»Ich bitte Euch, klärt mich auf!«, sagte sie etwas lauter.

»Psst«, gab der Herzog zurück. Er beugte sich zu ihr und flüsterte: »Aber jetzt nicht die Stimme erheben! Ich muss auch ein bisschen an meinen Ruf denken.«

»Was meint Ihr?«

»Es hat sich herumgesprochen, dass ich die Nacht nach der Oper mit Euch in meinen Gemächern verbracht habe.«

»Wir haben nur gegessen und gesprochen«, sagte Charlotte und hatte einen schlimmen Verdacht.

»Das meine ich mit meinem Ruf. Ein Herzog muss ein ganzer Mann sein, sonst nimmt man ihn nicht ernst.«

»Was … bedeuten … diese … blauen … Schuhe?«, fragte Charlotte noch einmal.

»Ihr seid ein reizendes, aber auch sehr hartnäckiges Ding«, antwortete er. »Früher bekam jede Frau ein blaues Paar geschenkt, die mit ihrem Herzog …«

Charlotte sprang empört auf und zog damit die Aufmerksamkeit aller Herrschaften auf der Plattform auf sich und Carl Eugen. Der Herzog lächelte gütig und gab ihr ein beiläufiges Zeichen, sich wieder zu setzen.

Charlotte dachte einen Moment nach, ob sie diesem Wink nachkommen oder einfach die Schuhe ausziehen und davonrennen sollte, so sehr schämte sie sich.

»Setzt Euch wieder!«, sagte er mit etwas mehr Nachdruck.

Als sie dem Befehl widerwillig nachgekommen war, flüsterte er ihr zu: »Die Schuhe wurden von allen Damen stets mit Stolz getragen.«

»Aber ich war gar nicht in Eurem Bett!«, fauchte sie.

»Warum tragt Ihr eigentlich nicht die Kette?«

Charlotte zögerte. Statt einer Antwort fragte sie: »Und was hat die zu bedeuten?«

»Sie war einfach ein Geschenk«, flüsterte er zurück. Das letzte Wort ging bereits im nächsten Fanfarenstoß unter.

»Es ist so weit, Eure Hoheit«, verkündete Georg Hartmann, der zusammen mit dem Leiter der herzoglichen Gestüte, dem Freiherrn Bouwinghausen, zum Platz des Herzogs kam.

Carl Eugen blickte kurz zu Charlotte, stand dann auf und trat nach vorn an die einfache Brüstung. Lauter Jubel brandete auf.

»Es ist mir eine lieb gewonnene Tradition, dem Fohlenabstoß beizuwohnen«, wandte er sich an seine Untertanen. »In diesem Jahr kam es zu ein paar Verschiebungen, aber es wird den Fohlen sicher nicht geschadet haben, zwei Wochen länger bei ihren Müttern zu stehen. Doch heute ist es nun so weit. Die Jugend muss ihre eigenen Wege gehen.«

Er warf die Hände in die Höhe und genoss den Beifall.

»Komm vor, Alexander!«, befahl er. Bouwinghausen trat an seine Seite und erntete einen warmen Applaus.

»Die Arbeit, die du als Leiter meiner Gestüte leistest, ist für ganz Württemberg von höchster Bedeutung«, sagte Carl Eugen zu ihm. »Was wäre unser Land ohne die stolzen Rösser, die dem

Bauern die Arbeit erleichtern, dem Holzfäller die Stämme aus den Wäldern ziehen oder den Boten sein Ziel schneller erreichen lassen? Was wäre unser geliebtes Land ohne die Pferde, die Handelsgüter auf schweren Wagen ziehen, unsere Soldaten unbezwingbar machen oder als außergewöhnlich schöne Tiere helfen, den Ruf Württembergs im ganzen Kaiserreich hochzuhalten?«

Carl Eugen setzte eine lange Pause. »Nur ein Schatten seiner selbst wäre unser Land«, fügte er dann hinzu. »Und jetzt soll der Fohlenabstoß beginnen!«

Ein Beifallssturm bewies die große Zustimmung der Gäste und steigerte sich noch einmal, als auch Georg Hartmann auf Bouwinghausens Wink vorn erschien und sich kurz verbeugte.

Dann lief auch schon das erste Paar Pferde über den Lauf vor der Tribüne, eine in drei Farben gefleckte Schimmelstute mit einem braunen Fohlen mit mehreren faustgroßen weißen Flecken.

»Oh, sehr apart«, sagte der Herzog und nahm wieder Platz. Die Tiere stoppten an den Gattern, sodass der Herzog sie gut betrachten konnte, dann wurde ihnen der Durchgang geöffnet, und sie liefen weiter zu den Burschen, die Muttertier und Fohlen mit Führstricken in unterschiedliche Richtungen führten.

»Bouwinghausen, merkt das Tier für den Stuttgarter Marstall vor«, sagte Carl Eugen. Christian Hartmann machte sich auf den Wink des Leiters der herzoglichen Gestüte eine entsprechende Notiz.

»Was geschieht mit den Fohlen?«, fragte Charlotte den Gestütsmeister, der neben ihr stand.

»Sie kommen auf die Aufzuchtweide, wo sie miteinander und mit ausgewählten älteren Tieren stehen werden«, erklärte Georg Hartmann.

Ein Fohlen nach dem anderen wurde so von seiner Mutter getrennt. Hartmann gab zu den meisten Tieren Kommentare ab, nannte Namen und Linien der Hengste, die man auf die Stute hatte aufspringen lassen, oder erläuterte dem Herzog, wie vielversprechend sich ein Fohlen jetzt schon entwickelte. Bei nicht wenigen äußerte auch Carl Eugen seine Vorstellungen davon, was aus dem jeweiligen Jungtier einmal werden könne. Charlotte fühlte sich an Friedrichs Klage erinnert, der Herzog behandele die Schüler seiner Akademie genauso.

»Habt Ihr die Nachricht verstanden und umgesetzt, die ich Euch gestern übermitteln ließ?«, fragte Carl Eugen sie zwischendurch flüsternd.

»Ich habe den Ort weitergegeben«, sagte sie.

Carl Eugen lehnte sich zufrieden zurück.

Nach dem nächsten Mutter-Kind-Paar rief Georg Hartmann eine Pause aus. »Wir kommen nun zu Eurem Geschenk, Eure Durchlaucht«, sagte er.

Carl Eugen übergab sein Weinglas an einen Lakaien und klatschte dann erfreut in die Hände. Auf ein Zeichen des Gestütsmeisters kam Carlos Leibdiener Samuele Conti mit dem gesattelten und geschmückten Saldiri am Zügel eingelaufen. Der Hengst trabte aufgeregt neben dem Mann her und hatte den Hals hoch erhoben.

»Los, kommt! Wir wollen uns Pferd und Sattel aus der Nähe ansehen!«, rief Carl Eugen und lief bereits zur Treppe.

»Folgt ihm!«, sagte der Freiherr, als Charlotte zögerte.

Unten glitten Carl Eugens Hände bereits über das Leder des Sitzes, so wie es auch Charlotte immer wieder dazu verleitet hatte. Der Herzog ertastete sein einpunziertes Wappen und betrachtete die Edelsteine, die die Ränder schmückten.

Natürlich fielen ihm die unterschiedlichen Leder auf. »Was für Häute habt Ihr verwendet?«, fragte er.

»Das glatte Leder ist vom Hirsch, die Blätter sind Elefantenleder, Herr«, entgegnete Charlotte.

»Elefant. Soso. Ein wunderbarer Sattel, um das zu tun, was

seine vorrangige Aufgabe ist: zu reiten!« Er applaudierte, und die Zuschauer fielen ein.

Charlotte atmete auf. Ihre Arbeit fand Anklang. Trotzdem war sie ein bisschen enttäuscht, dass Carl Eugen den Sattel samt dem Schmuckgeschirr und dem edlen Zaumzeug wirklich als reines Nutzobjekt ansah.

»Ich will kurz aufsitzen«, erklärte er, was ihm einen erstaunten Blick des Pferdeführers einbrachte.

»Verzeiht, Eure Durchlaucht. Das Tier ist nicht ganz einfach«, sagte Conti.

»Papperlapapp«, rief Carl Eugen. »Ich bin schon auf ganz anderen Pferden große Jagden geritten! Ich will sehen, wie sich das schmale Tier und der Sattel anfühlen.«

Er trat auf die linke Seite des Pferdes und saß mit einer flüssigen Bewegung auf. Langsam ließ er sein Gewicht auf Saldiris Rücken sinken. Dabei zeigte er sich davon unbeeindruckt, als der Hengst einen Schritt vor machte, bevor er ganz im Sattel saß. Charlotte war überrascht, wie gut der Herzog auf Anhieb mit dem Tier umgehen konnte.

Er nahm die Zügel auf und ritt im Schritt auf dem abgesteckten Lauf bis zum Stutenstall. Dort drehte er Saldiri um, verlagerte sein Gewicht in die Steigbügel und schlug dem Hengst die Hacken hinten an die Seite. Saldiri stieg. Charlotte hielt den Atem an, die Zuschauer erschraken, doch der Herzog blieb fest im Sattel und lenkte den angaloppierenden Hengst direkt auf die Absperrgatter zu. Mit einem großen Satz flog Saldiri darüber und lief noch bis zum Ende des Laufs, wo der Herzog ihn zum Stehen brachte und umdrehen ließ.

Zuerst waren alle noch still, aber als er rief: »Ein lebhaftes Tier und ein wunderbarer Sattel!«, startete erneuter Jubel.

Der Herzog stieg ab und kam zurück zu Charlotte.

»Ihr seid ein hervorragender Reiter«, sagte sie staunend.

»Auch ein Herzog muss für irgendetwas gut sein, was?«, erwiderte er und lächelte. Er tätschelte dem Hengst den Hals und wandte sich dann nach vorn. Zwei Personen bewegten sich vom Haupthaus her auf ihn zu. Charlottes Atem stockte.

»Madame Kaulla! Da seid Ihr ja! Und der junge Signore di Revanier! Wunderbar. Das passt genau ins Programm. Los! Bringt die Truhen!«

Carlo ging neben der Dame, die gestern mit dem gepanzerten Fahrzeug angekommen war. Der Blick der Frau glitt über Charlottes Gestalt bis hinunter zu ihren Schuhen. Am liebsten hätte sie ihr zugerufen, dass diese nicht bedeuteten, was sie dachte, doch damit hätte sie sich selbst wahrscheinlich noch mehr diskreditiert.

Carlo warf Charlotte einen Blick zu und zwinkerte ihr zu. Sie ärgerte sich darüber, was dies bei ihr auslöste. Ihr Herz begann sofort wieder zu rasen, ihr Atem ging flach und schnell. Und tief in sich fühlte die leidenschaftliche Liebkosung ihrer Zungen und Körper nach.

Der Venezianer verbeugte sich tief vor dem Herzog. »Meine Hochachtung, Eure Durchlaucht, für diesen waghalsigen Sprung. Nicht viele sind Saldiri gewachsen. Eurer angeborenen Macht scheint er sich jedoch gleich unterworfen zu haben. Ich muss sagen, ich bin froh, dass er einen neuen Besitzer gefunden hat, den eine solche Liebe zu Pferden auszeichnet.«

»Ich gestehe, dass ich anfangs eine gewisse Skepsis diesem Hengst gegenüber empfunden habe«, sagte Carl Eugen. »Er kam mir klein und schwach vor. Aber sein Blut ist heiß! Er gefällt mir außerordentlich. Richtet Eurem Onkel meinen Dank aus.«

Mehrere von Madame Kaullas Soldaten schleppten derweil die schweren Truhen heran, die sie vor Carlo und dem Herzog abstellten.

»Ich darf hineinschauen?«

»Bitte sehr. Sie wurden extra dafür noch nicht abgeschlossen.« Carl Eugen nickte generös und ging zu einer der Truhen.

Jede der beschlagenen Holzkisten verfügte über drei starke Eisenbänder mit eigenen Schlössern. Charlotte hielt die Luft an, als der Herzog den Deckel anhob. Die Truhe war bis zum Rand gefüllt mit Goldmünzen. Auf dem Gestütshof erhob sich ein lautes Gemurmel. Carl Eugen griff tief in die Kiste hinein und holte eine Hand Münzen hervor, die er aus dem Stand prasselnd zurückfallen ließ.

Carlo nickte zufrieden.

»Und diese?«, fragte er und zeigte auf die am weitesten abseitsstehende Kiste.

»Schaut nur selbst«, schlug der Herzog vor. »Ihr könnt alle Truhen überprüfen.«

Während Carlo den Deckel anhob und mit der Hand durch die Münzen fuhr, sagte der Herzog laut zu Madame Kaulla: »Nehmt es ihm nicht übel, dass er Eurer Zählung nicht traut. Bei einer solchen Summe sollte man sich wirklich nicht nur auf ein Wort verlassen, sondern nachschauen.«

»Madame Kaulla genießt den besten Ruf bis nach Venedig«, erklärte Carlo. »Wenn sie für die Summe bürgt, bin ich sicher, dass mein Onkel nicht einmal einen fehlenden Kreuzer ausmachen wird.«

»So ist sie, unsere Madame Kaulla!« Carl Eugen gab ein kurzes Zeichen, und einige Diener verschlossen die eisernen Bänder um die Truhen. Alle Schlüssel kamen in einen Beutel, den der Herzog an den Venezianer übergab.

»Bis zur Landesgrenze wird Euch die Wacheskorte von Madame Kaulla begleiten«, sagte Carl Eugen, während die Männer die Truhen zur venezianischen Reisekutsche brachten, die schon vor dem Haupttor vorgefahren war.

»Ich danke Euch sehr, Euer Durchlaucht. Und nehmt auch den Dank entgegen, den ich im Namen meines Onkels ausspreche.«

»Dann haben wir ja jetzt diesen eher unerfreulichen Punkt

des Tages hinter uns gebracht und können endlich fortfahren mit dem Fohlenabstoß«, sagte Carl Eugen und klatschte in die Hände, was die Zuschauer dazu brachte, ebenfalls zu applaudieren.

»Gewährt Ihr mir noch einen Moment, Euer Durchlaucht? Ich muss noch eine Herzenssache klären«, sagte Carlo und wandte sich an Charlotte.

Sie stand da wie erstarrt. Was in Gottes Namen hatte Carlo vor?

»Nun, Herzenssachen erlauben selten Aufschub«, lachte der Herzog. »Bitte!«

»Teuerste Amalia.« Carlo ergriff ihre Hand. Ein Raunen ging über den Hof. »Wir kennen uns noch nicht lange, aber Ihr habt ein Feuer in meinem Herzen gelegt, das mein ganzes Leben in Brand zu setzen scheint.«

»Was wollt Ihr von mir?«, fragte Charlotte schroff. Sie fühlte sich äußerst unwohl mit dieser Situation. Nicht nur ihr Gefühlschaos ärgerte sie, sondern dass Carlo sie hier auf dem Präsentierteller vor Hunderten von Leuten bedrängte. Ihn schien das aber eher zu beflügeln. Wie Saldiri warf sich der junge Venezianer in die Brust und fuhr mit großer Geste fort: »Ich bitte Euch, Amalia, kommt mit mir nach Hause! Ich will Euch die Herrlichkeit der Serenissima zeigen. Ihr werdet Venedig lieben.«

»Nein!«, drang eine andere Stimme über den Hof.

Franz kam herbeigelaufen. Er starrte sie entsetzt an. »Das kannst du nicht tun, Amalia. Nicht nach unserem Kuss gestern! Ich kann nur noch an dich denken. Bleib hier bei mir!«

Er ergriff ihre andere Hand.

Mit einem Mal herrschte ein unglaublicher Trubel auf dem Hof. »Nimm Franz«, rief eine Stimme. »Nach Venedig«, drang eine andere an ihr Ohr.

»Ein Kuss?«, rief Carlo erbost.

Charlotte entzog beiden Männern ihre Hände.

»Das nenne ich eine überraschende Wendung«, sagte der Herzog erfreut. »Besser als in der Oper! Ruhe!«

Seinem Befehl wurde beinahe augenblicklich Folge geleistet.

»Nun, liebe Amalia, Ihr scheint den Männern ja wirklich reihenweise den Kopf zu verdrehen. Zwei edle Herren schenken Euch ihr Herz. Für wen werdet Ihr Euch entscheiden? Ach, das ist der aufregendste Fohlenabstoß, den es jemals gab auf Marbach!«

Aller Augen richteten sich auf Charlotte. Sie schaute zum Herzog, erblickte in der Menge hinter ihm Friedrich, der sich von ihr abwandte, als ihre Blicke sich trafen. Dann schaute sie Carlo an und schließlich Franz.

»Ich, ich …« Sie wusste nicht, was sie sagen sollte. Ihr wurde ein bisschen schwindelig beim Gedanken, jetzt eine Wahl treffen zu müssen. Carlos Anwesenheit löste in ihr Gefühle und Sehnsüchte aus, die sie so zuvor nie gekannt hatte. Sein Kuss war genau das gewesen, was sie bei Amtmann Lenscheider vermisst hatte. Aber was würde er für einen Gatten abgeben? Franz hingegen war sicherlich ein wunderbarer Ehemann und Vater. Er gefiel ihr sehr gut, aber reichte das? War es Liebe?

»Amalia!«, sagte Carlo fordernd.

»Amalia!«, flehte Franz.

Die beiden kannten nicht einmal ihren wahren Namen! Sie schüttelte ihren Kopf erst langsam, dann bestimmt.

»Es tut mir leid. Ich schätze Euch beide und empfinde Hochachtung für Euch, aber«, sie sah Carlo an, »ich werde weder mit dir nach Venedig gehen«, nun blickte sie zu Franz, »noch bei dir auf dem Gestüt bleiben«, sagte sie.

»Charlotte!«, kam in dem Moment ein Ruf vom Tor, der ihr den Boden unter den Füßen wegzureißen schien.

»Wer ist jetzt das?«, fragte der Herzog theatralisch und erntete Gelächter. »Eine Überraschung jagt die nächste!«

»Charlotte?«, fragten Carlo und Franz gleichzeitig, die ihren richtigen Namen ja nicht kannten. Doch Charlotte lief schon los. Die Leute auf dem Hof waren fassungslos.

»Eugie!«, schrie sie mit Tränen in den Augen. Die beiden Schwestern liefen aufeinander zu und fielen sich weinend in die Arme.

»Geht es dir gut?«

»Wie kommst du hierher?«

Keine beantwortete die Frage der anderen. Sie hielten sich nur im Arm und lachten und weinten zugleich.

»Charlotte?«

Sie versteinerte.

KAPITEL 35

Gestüt Marbach, Samstag, 10. August 1781

»Was man nicht aufgibt, hat man nie verloren.«
Elisabeth in *Maria Stuart*, 2. Akt, 5. Szene

Eugenie ließ ihre Schwester los und trat zur Seite. Neben ihr stand Julius Magnus Lenscheider in einer Ausgehuniform. Er hielt etwas schüchtern seinen Hut in der Hand. Charlotte sah hinter ihm eine Kutsche und mehrere Reiter. Offenbar waren sie gerade angekommen.

Charlotte war wie gelähmt. »Ich … es … es tut mir leid«, stammelte sie. Tränen flossen über ihre Wangen.

»Ich weiß, Charlotte!«, sagte Eugenie. »Ich weiß!«

Sie kam wieder zu ihr und nahm liebevoll ihre Hand.

»Ein Habsburger in meinem Württemberg!« Carl Eugen erschien neben Charlotte.

»Eure Durchlaucht, verzeiht meinen unangemeldeten Besuch, der nur als Privatmann stattfindet und nicht als Repräsentant Kaiser Josephs«, beeilte sich Lenscheider, mit seiner hohen Stimme zu sagen.

»Wer ist Er denn überhaupt?«

Der Angesprochene verbeugte sich tief: »Julius Magnus Lenscheider, Euer Durchlaucht, Amtmann in St. Peter in den österreichischen Vorlanden. Ich bin gekommen, um diese junge Frau nach Hause zu bringen.«

»Nun, die junge Dame scheint heute eine Menge Begehrlichkeiten zu erwecken. Ich muss gestehen, gerade selbst ein wenig ratlos und überfordert zu sein. Vor Eurem Eintreffen gab es bereits zwei Anträge. Ich muss sagen, das habe selbst ich noch nicht erlebt.«

»Ich kann Euch nicht heiraten, Herr Lenscheider«, platzte es aus Charlotte heraus. »Ich hätte es Euch gleich sagen müssen!«

»Du sollst ihn auch gar nicht mehr heiraten«, rief jetzt Eugenie.

»Ich habe viel nachgedacht, nachdem Ihr verschwunden seid«, sagte Lenscheider. »Uns fehlten die Gemeinsamkeiten als Grundlage für eine glückliche Ehe.«

Carl Eugen blickte fassungslos in die Runde. »Drei Bräutigame an einem Tag, und keiner soll es werden? Ich hoffte schon, den Fohlenabstoß mit einem großen Hochzeitsfest gekrönt zu sehen!«

Er drehte sich zum Hof und rief lachend: »Gibt es hier etwa noch einen Mann, der dieses Weib heiraten will?«

Der Herzog erntete lautes Gelächter. Eine Hand ging sogar scherzhaft in die Höhe.

»Komm du mir nach Hause«, drohte eine Frauenstimme, und die Hand verschwand sofort. Das Lachen wurde noch lauter.

Charlotte hingegen nahm das alles gar nicht richtig wahr. Sie hielt Eugenie im Arm und fragte Lenscheider: »Dann seid Ihr mir nicht böse?«

»Ihr hättet mir früher sagen sollen, dass Ihr nichts für mich empfindet«, sagte er.

»Ja, das hätte ich tun sollen«, stimmte sie zu. »Dabei ist es nie so gewesen, dass ich Euch verabscheut habe. Ich konnte mir nur nicht vorstellen, dass wir glücklich geworden wären.«

»Kein weiterer Bräutigam in Sicht?«, rief Carl Eugen noch einmal laut, dann wandte er sich leiser zu Charlotte: »Dabei hätte ich fast den Schiller noch erwartet.«

»Nein, Euer Durchlaucht. Es gibt sonst keinen mehr.«

Charlotte sah Carlo gerade in die Kutsche steigen. Sie wollte ihm winken, doch er blickte nicht zurück. Zwei württembergische Soldaten stiegen mit Samuele Conti hinter ihm zu. Dann fuhr die Kutsche auch schon los. Gefolgt von zehn Mann der schweren Kavallerie, die Madame Kaulla begleitet hatte, Husaren des Regiments des Freiherrn Bouwinghausen und Carlos eigenen Männern zu Pferd. Er hatte sich nicht einmal mehr verabschiedet.

Franz erblickte sie gerade noch, wie er verschwand. Er zog sich vom Gestütshof ins ruhigere Haupthaus zurück. Er tat Charlotte am meisten leid. Denn ihn musste es die größte Überwindung gekostet haben, sich ihr vor all den Leuten zu offenbaren. Wenn doch nur etwas mehr Zauber zwischen ihnen entstanden wäre. Wenigstens ein Funke, der zum Feuer hätte anwachsen können.

Wo war nur Friedrich? Jetzt verstand sie, was er gemeint hatte, als er die Schuhe sah und sagte: »Also doch!«. Er hatte gedacht, dass sie mit dem Herzog das Bett geteilt hatte, und sich durch die Schuhe bestätigt gesehen. Ihr vehementes Abstreiten eines Tête-à-Tête mit dem Herzog musste ihm wie eine Lüge vorgekommen sein. Dabei war doch wirklich nichts geschehen, dessen sie sich schämen musste! Sie wollte ihm alles erklären, aber sosehr sie nach ihm Ausschau hielt, sie konnte ihn nicht entdecken.

»Du musst mit uns zurückkommen«, sagte Eugenie. »Die Eltern machen sich so große Sorgen!«

»Packt Eure Sachen, damit wir gleich wieder aufbrechen können«, sagte Lenscheider.

»Wollt Ihr nicht noch bleiben? Bevor die Amouren der jungen Dame dazwischenkamen, haben wir eigentlich einem ganz passablen Fohlenabstoß beiwohnen dürfen. Vielleicht wollt Ihr die zweite Hälfte als unsere Gäste mit uns erleben?«

»Das ist zu freundlich, Eure Durchlaucht. Ich hoffe, Ihr seht mir nach, dass die Eltern schon zu lange um ihre Tochter fürchten müssen. Wir würden darum gerne gleich umkehren.«

Der Herzog nickte. »Dann wünsche ich Euch eine gute Fahrt.

Liebe Charlotte, es war mir ein besonderes Vergnügen, Euch kennenzulernen. Franziska hätte ihre Freude an Euch gehabt. Und vielen Dank für den wundervollen Sattel.«

Charlotte sank in einen tiefen Knicks. »Ich danke Euch für alles, Eure Durchlaucht. Grüßt Eure Franziska herzlich von mir.«

»Das werde ich tun. Gute Reise«, sagte er und ging zurück in Richtung seiner Tribüne.

»So, weiter im Programm!«, rief er.

»Ich muss Wälderwind holen. Und ich muss mich verabschieden«, erklärte Charlotte.

»Gib uns noch einen Moment, Julius«, sagte Eugenie zu Lenscheider. »Ich werde sie schnell begleiten.«

»Selbstverständlich.« Er lächelte selig.

Charlotte ging mit ihrer Schwester über den Hof in Richtung der Sattlerei.

»Julius?«, fragte Charlotte.

Eugenie wirkte verlegen.

»Julius?«, wiederholte Charlotte ihre Frage. Sie hatte einen Verdacht.

Eugenie nickte.

»Du meinst, er und du …?«

»Wärst du mir böse?«

»Aber … er ist doch …«

»Zu alt? Finde ich nicht. Ich finde ihn sogar genau richtig.«

»Wieso bist du überhaupt mit ihm hier?«

»Mutter hat darauf bestanden, dass ich mitfahre, um dich zur Vernunft zu bringen.«

»Niemand anderes hätte das vermocht«, grinste Charlotte. Da hatte ihre Mutter wieder einmal recht gehabt.

»Und auf der Fahrt haben Julius und ich uns viel unterhalten. Er ist wirklich ein faszinierender und liebenswerter Mann.«

Charlotte spürte, wie ihr Tränen in die Augen stiegen.

»Warum weinst du?«

»Weil ich mich freue, liebste Eugie!« Sie nahm ihre Schwester noch einmal in den Arm.

»Und was war das bei dir mit zwei Anträgen?«, wollte ihre Schwester wissen.

»Ach, das erzähle ich dir später. Oh, Eberhard!«

Der Räuber stand am Rande des Spektakels auf eine Forke gelehnt.

»Du sorgst aber ganz schön für Aufsehen«, bemerkte er und nickte Eugenie zu. »Eine außergewöhnliche Schwester hast du da.«

»Das ist Eugenie. Und das ist Eberhard. Er ist –«

»Sänger in der herzoglichen Opern-Compagnie«, unterbrach Eberhard sie.

Charlotte betrachtete ihn überrascht. »Heißt das …«

»… dass ich gefragt wurde, ob ich mich dem Ensemble anschließen möchte. Ich kann zwar keine Opern singen, aber meine Stimme hat wohl trotzdem gefallen.«

»Du warst wirklich gut!«, sagte sie. »Das freut mich. Meinst du, du wirst den Hannikel noch einmal sehen?«

»Wer weiß. Aber sicher nicht allzu bald.«

»Mach's gut. Meine Schwester hat den weiten Weg auf sich genommen, um mich nach Hause zu holen«, strahlte Charlotte.

Eberhard nickte zuerst nur, dann stellte er seine Forke zur Seite und nahm Charlotte so fest in den Arm, dass sie fast fürchtete, er wolle sie zerquetschen.

»Du wirst einiges zu erklären haben«, sagte Eugenie, als sie weitergingen. »Woher kanntest du denn jetzt den schon wieder? Ein ganz schön finsterer Kerl auf den ersten Blick.«

»Ich werde dir alles erzählen«, sagte Charlotte. »Aber das braucht seine Zeit. Und da kommt schon der Nächste!«

»Fräulein Amalia?«

Charlotte wandte sich Georg Hartmann zu, der sie heranwinkte.

»Heißt Ihr nun Charlotte oder Amalia?«

»Charlotte, lieber Herr Hartmann. Es tut mir sehr leid, dass ich Euch belogen habe wegen meines Namens. Und es wäre zu kompliziert, Euch alles zu erklären.«

»Wenn Ihr wollt, könnt Ihr gerne bleiben und es mir in Ruhe erklären. Ich bin sicher, mein Großneffe würde sich auch freuen. Er ist ein guter Junge. Und eine gute Sattlerin können wir hier gebrauchen.«

»Das ist sehr nett von Euch und ein wirklich freundliches Angebot. Aber ich muss zuerst nach Hause, wo man sich Sorgen um mich macht. Aber, wenn ich Euch eine Empfehlung geben darf?«

»Ja?«

»Schorsch gefällt es außerordentlich gut bei Euch.«

»Vermutlich ist er nicht Euer Halbbruder?«

Charlotte schüttelte bedauernd den Kopf. »Er ist ein guter Junge, der es schwer hatte in seinem Leben.«

»Er leistet wirklich gute Arbeit«, sagte der Gestütsmeister.

»Dann überlegt doch, ihm eine feste Anstellung anzubieten. Ihr werdet es sicher nicht bereuen. Und sagt Eurem Großneffen Franz noch einmal, dass es mir sehr leidtut.«

Georg Hartmann nickte.

»Habt Ihr den Herrn Schiller irgendwo gesehen? Ich suche ihn schon überall.«

»Vorhin ging er in Richtung der Arzneikammer. Wahrscheinlich trefft Ihr ihn dort.«

»Ich danke Euch für alles, Herr Hartmann. Lebt wohl! Komm, Eugie! Mit einem muss ich noch sprechen.«

Sie lief den Rest des Weges, denn sie hatte eine Entscheidung getroffen. Sie wollte nicht abreisen, solange sie mit Friedrich im Streit lag.

Charlotte klopfte an die Tür. Friedrich bat sie nicht hinein. Sie öffnete sie.

»Oh Gott, was ist das?«, rief Eugenie entsetzt auf, als sie das Pferdeskelett samt Reiter sah. »Wer wohnt denn hier?«

»Friedrich Schiller«, sagte Charlotte. »Friedrich? Bist du oben?«

Doch auch auf diesen Ruf gab es keine Antwort.

»Ich schaue schnell nach«, sagte sie und lief die Treppe hoch. Hier oben war sie noch nicht gewesen. Es war sehr heiß, etwas unordentlich, und das Bett war nicht gemacht. Aber von Friedrich gab es keine Spur.

»Charlotte, wir sollten uns ein bisschen beeilen«, mahnte Eugenie von unten.

Charlotte stieg die Treppe hinab.

»Wer ist dieser Schiller? Der Herzog hat ihn auch schon erwähnt.«

»Ein Freund«, antwortete Charlotte. »Ich muss ihn finden.«

»Aber viel Zeit haben wir nicht mehr. Wir müssen bald wieder aufbrechen.«

Charlotte verließ die Arzneikammer und lief in die Sattlerei. Sie zog sich das Kleid über den Kopf und streifte die Schuhe ab.

»Das Kleid stand dir gut!«, sagte Eugenie.

»Es war ein Wunder, dass sie eines in meiner Größe hatten.«

»Wer? Wann?«

»Am Abend, als ich die Opernvorstellung besuchte.«

»Du warst in einer Oper?«

»Und ich habe sogar neben dem Herzog gesessen. Aber ich erzähle dir alles nachher. Jetzt muss ich erst noch Friedrich finden. Wir haben uns gestritten, weißt du.«

»Das klingt, als sei er der Mann, den dein Herz auserkoren hat …«

Charlotte lachte. »Nein. Er ist ein Freund. Ein guter Freund. So, wie ich mir einen Bruder vorgestellt hätte. Irgendwann wird er einmal eine Charlotte treffen, die mehr für ihn empfindet.«

Während sie das sagte, zog sie ihre eigenen Sachen an und

schlüpfte in die Stiefel. Endlich fühlte sie sich wieder ganz wie sie selbst.

»Ist Mutter sehr böse auf mich?«, fragte Charlotte.

»Da kannst du sicher sein«, lachte Eugenie auf. »Ganz Vorderösterreich hat von deiner Flucht gesprochen. Sie wäre am liebsten vor Scham im Boden versunken, wenn sie nicht so in Sorge um dich gewesen wäre.«

»Oh Gott, ich sollte vielleicht doch besser nicht mehr zurückkommen. Sie wird mir den Kopf abreißen.«

»Das wird sie. Ob du mitkommst oder nicht. Denn sie wird dich überall finden. Und dann wird sie nicht *mich* schicken …« Eugenie lachte, und Charlotte konnte nicht anders, als vor Erleichterung in ihr Lachen einzufallen.

Wie sehr hatte sie dies vermisst. Es war so wunderbar, dass sich ihre Sorgen in Wohlgefallen auflösten. Nur zwei Fragen waren noch offen. Die Erste betraf den Hannikel. Charlotte hoffte, dass der Plan des Herzogs aufgehen und der Hannikel zufrieden abziehen würde. Carl Eugen hatte ja ein großes Geheimnis darum gemacht. Charlotte hoffte jedenfalls, dass sie den Hannikel nie mehr wiedersehen brauchte. Ihre zweite Sorge wog im Moment noch schwerer: Wo um alles in der Welt war bloß Friedrich abgeblieben?

»Komm, wir holen Wälderwind.«

Charlotte blieb in der Tür stehen und schaute noch einmal zurück in die Sattlerei, wo sie die vergangenen Tage so viel Zeit verbracht hatte. Trotz aller Sorgen, Ängste und Lügengeschichten hatte es ihr auch gefallen, sich hier beweisen zu können. Aber jetzt war es so weit, dieses Kapitel vorerst zu schließen. Sie zog die Tür ins Schloss und lief mit Eugenie zu Wälderwinds Weide. Immerhin kam der Hengst heute auf ihren Ruf. Sie brachten ihn zum Beschälerstall und sattelten ihn.

»Da kommt ja Julius!«, rief Eugenie freudig.

»Gut, ihr seid fertig. Wir müssen jetzt wirklich aufbrechen.«

»Ich habe es ihr schon gebeichtet!« Eugenie konnte nicht an sich halten.

»Habt Ihr … etwas, ach … hast du etwas dagegen?«, fragte er Charlotte.

»Ganz und gar nicht. Und dass du ausgerechnet mich um *meinen* Segen fragst, ehrt dich sehr.«

»Es ist wahrhaftig eine Wendung, wie man sie eher in einem Theaterstück erwarten würde als im wahren Leben. Aber ich bin froh, dass es so gekommen ist. Nun kommt! Wir müssen los«, sagte Lenscheider und nahm Eugenies Hand.

»Ich muss zuerst noch jemanden finden«, sagte Charlotte.

»Ich fürchte, das geht jetzt nicht mehr.«

»Gib ihr noch etwas Zeit. Es ist ihr wichtig«, bat Eugenie.

Lenscheider zögerte kurz. »Wir warten vor dem Gestüt an der Kutsche«, sagte er schließlich. Charlotte sah ihm an, dass es ihm nicht leichtfiel.

»Julius ist ohne Erlaubnis gefahren. Er muss zurück, bevor er ganz großen Ärger mit seinem Oberamtmann bekommt«, sagte Eugenie. Mit ihrem Blick teilte sie Charlotte mit, dass sie sich wirklich beeilen musste.

»Ich mache nur eine Runde«, sagte sie und lief los.

Der Fohlenabstoß war vorüber, der Herzog ging gerade ins Hauptgebäude, um sich dort zu Tisch zu begeben, während die Besucher und Gestütler sich die vorbereiten Mahlzeiten mit Bier schmecken ließen.

Ohne das blaue Kleid schien sie für die meisten Leute auf dem Hof unsichtbar geworden zu sein. Nur wenige erkannten sie. Nur wenige gaben belustigte Bemerkungen ab. Sie fragte die Stallburschen nach Friedrich, aber niemand wusste, wo er war. Charlotte hatte noch eine letzte Idee. Sie lief zum Haupthaus und klopfte. Ein Diener öffnete, hörte sich ihr Anliegen an, aber versicherte, dass kein Schiller an der herzoglichen Tafel sitze. Als sie ihn nachzuhören bat, schloss er ihr die Tür vor der Nase.

Ratlos stand sie da. Sie schaute ein weiteres Mal über den Platz und suchte nach dem roten Haar, der langen Nase und der schlecht sitzenden Uniform. Aber sie fand ihn nicht. Vor dem Tor warteten Eugenie und Julius. Mit einer Hand hielt ihre Schwester Wälderwind, mit der anderen winkte sie ihr energisch zu, endlich zu kommen.

So fluchtartig, wie sie vor genau zwei Wochen von zu Hause aufgebrochen war, so plötzlich stand jetzt ihre Abreise bevor.

»Ich wünsche dir alles Gute für deine Zukunft, Friedrich«, flüsterte sie bei einem letzten Blick über das Gestüt. »Ich hoffe, ich werde noch viel von dir hören.«

Dann lief sie zum Tor, umarmte noch einmal ihre Schwester, die daraufhin in die Kutsche zu Julius Magnus Lenscheider stieg. Sie selbst schwang sich auf den Rücken ihres Schwarzwälders und sagte: »Los, Wälderwind. Es geht nach Hause!«

KAPITEL 36

Stuttgart, Dienstag, 28. August 1781

»Durch diese hohle Gasse muss er kommen.
Es führt kein andrer Weg nach Küssnacht.«
Tell in *Wilhelm Tell,* 4. Akt, 3. Szene

Der heiße Sommer hatte am Vortag ein jähes Ende gefunden. Ein Gewitter entlud sich über Stuttgart, dass man dachte, die eine zweite Sintflut sei hereingebrochen. Seither regnete es Bindfäden. Das Wasser lief knöcheltief durch die Straßen, und wo ein Dach nicht ganz dicht war, schütteten die Bewohner Eimer um Eimer aus den Fenstern. Friedrichs Kammer hielt zum Glück dem ganzen Regen stand. Er saß im Trockenen und hatte überhaupt keine Lust, seinen Platz am Tisch zu verlassen.

Nach der Rückkehr vom Gestüt vor zweieinhalb Wochen war er mit seinem Stück gut vorangekommen. Die ersten Tage hatte er noch oft an die außergewöhnlichen Abenteuer auf der Alb gedacht. An den Hannikel, den verwundeten Seggeler und die anderen Räuber im Lager. An das Gestüt, die Stuten und Fohlen, ja, sogar die Spinne im Brustkorb des toten Reiters schien ihm mit etwas Abstand gar nicht mehr so unheimlich.

Natürlich dachte er auch oft an Charlotte. Wenn er ehrlich war, sogar jeden Tag, sobald er im Text mit Amalia zu tun hatte. Oder Franz. Oder Karl.

Er bereute so sehr, im letzten Moment nicht über seinen

Schatten gesprungen zu sein. Statt das Gespräch mit ihr zu suchen, war er einfach störrisch wie ein kleiner Junge gewesen. Jetzt war es zu spät. Dabei hatte sie ihm in mehrerer Hinsicht die Augen geöffnet. Nur ihr war es zu verdanken, dass er nun jeden Tag an der Überarbeitung seines Schauspiels arbeitete und die Räuber so lebhaft vor seinem geistigen Auge erschienen wie nie zuvor. Und dass er beschlossen hatte, für sich und seine Zukunft mutig einzustehen. Das gelang nicht immer, aber er lernte jeden Tag dazu. So wie er auch jeden Tag dem Ende der Überarbeitung näher kam. Gut, er wusste, dass es einen weiteren Durchgang brauchen würde, bevor er das gekürzte Werk an das Mannheimer Theater schicken konnte, doch mittlerweile war er zuversichtlich, dass er es schaffen konnte.

Das Pochen gegen die grobe Holztür riss ihn aus seinen Gedanken.

»Friedrich!«, drang ihm die Stimme der Frau Vischer von draußen ans Ohr.

»Was wollt Ihr, Frau Vischer?«, rief er.

Statt einer Antwort öffnete sich die Tür. Seine Wirtin rauschte herein. Sie trug dieselbe Küchenschürze wie vor einem Monat. Und auch ihre Worte waren wohlbekannt: »Die Luft in Eurer Stube lockt vielleicht Fliegen an, aber als Frau mag man gar nicht eintreten.«

»Ihr hättet ja auch draußen warten können«, gab Friedrich zurück.

»Dann hätte ich Euch aber keine Beine machen können«, sagte sie. »Eben ist nämlich eine Kutsche vorgefahren. Ein Diener steht an der Tür, der Euch zum Herzog bringen soll!«

Friedrich erschauerte. War der Hannikel doch gefasst worden und hatte ihn verraten? Sollte die Kutsche ihn auf den Hohenasperg bringen, wo er eine unbestimmt lange Strafe im Kerker bei Wasser und Brot abzusitzen hätte?

Ein Blick aus dem schmutzigen Fenster beruhigte ihn ein wenig. So weit er sehen konnte, handelte es sich um eine normale Kutsche mit dem Wappen des Herzogtums. Das Verdeck war wegen des Regens geschlossen. Der Kutscher saß mit einem breitkrempigen Hut stoisch auf dem Bock, als mache ihm das Wetter nichts aus.

»Los, beeilt Euch!«, rief die Vischerin.

Friedrich zog die Schuhe an und die Gamaschen über, packte seine Uniformjacke und rannte hinaus. Direkt vor der Tür trat er in einen Pferdeapfel. Er wäre beinahe darauf ausgeglitten, fing sich aber noch. Friedrich fluchte.

Wie Frau Vischer gesagt hatte, stand ein Diener an der Tür der Kutsche und hielt sie offen. Er gab ein mahnendes »*Tzz, tzz, tzz*« von sich. Kein Wunder, sein weiß gepudertes Haar wusch sich durch den an Intensität gewinnenden Regen aus.

Friedrich streifte hektisch die Sohle ab und sprang in die Kutsche. Der Lakai stieg hinter ihm ein, klopfte nach vorn, und schon setzte sich das Gefährt in Bewegung.

»Wisst Ihr, warum der Herzog mich zu sich bestellt?«, fragte Friedrich den Mann, der sich bemühte, das Polster nicht vollzutropfen.

»Ich habe nur den Auftrag, Euch zum Neuen Schloss zu bringen«, gab dieser gereizt zurück. Auf der weiteren Fahrt sprach er kein Wort, sodass Friedrich nur übrig blieb, auf den auf das Verdeck prasselnden Regen und die über das Pflaster rollenden Räder zu hören.

Als die Kutsche kurz darauf vor dem Haupteingang des Schlosses anhielt und sich die Tür öffnete, wurde Friedrich von einem Diener mit Regenschirm erwartet. Kaum im Gebäude bat ihn ein weiterer Lakai freundlich, ihm zu folgen.

»Verzeiht, aber wisst Ihr, wieso der Herzog nach mir rufen ließ?« Friedrich war misstrauisch und verwundert zugleich.

»Das wird er Euch sicher gleich selbst mitteilen«, meinte der Mann und öffnete eine Tür, hinter der Carl Eugen auf einem

Polsterstuhl an einem Tisch saß. Auf der Tischplatte waren Karten und Papiere ausgebreitet.

Friedrich stand sofort stramm. Die Tür schloss sich hinter ihm.

»Er rühre sich!«, befahl der Herzog.

»Eure Hoheit!«

»Nehme Er Platz!« Carl Eugen wies auf einen der Stühle vor dem Tisch ihm gegenüber.

Friedrich setzte sich.

»Hat Er eine Vorstellung, wieso ich Ihn holen ließ?«

»Nein, Eure Hoheit.«

»Er war vor einem Monat schon einmal zu einer Audienz bei Seinem Herzog«, stellte Carl Eugen lächelnd fest. »Weiß Er noch, was sein damaliges Begehr war?«

»Jawohl, mein Herzog«, sagte Friedrich verwirrt.

»Nun? Er soll es wiederholen!«

»Ich fragte Euch um Erlaubnis, auch Patienten außerhalb des Regiments behandeln zu dürfen.«

»Ach?« Der Herzog wirkte, als könne er sich daran nicht erinnern. »Ich schätze, ich habe es Ihm nicht erlaubt, da Er mir anschließend sagte, sein Sold werde nicht bezahlt.«

Friedrich nickte stumm.

»Nun, ich habe Nachricht erhalten von einer gemeinsamen Bekannten«, sagte er.

»Von Charlotte?«, rief Friedrich.

»Ja, von unserer Charlotte«, antwortete Carl Eugen. »Sie schrieb mir, dass sie Seine Anschrift nicht kenne und hoffe, Er sei dazu bereit, den Streit zu begraben.«

Friedrichs Augen wurden immer größer. Was für ein schlauer Zug, ihn über den Herzog ausfindig zu machen!

»Nun? Ist Er bereit dazu?«

»Ja, mein Herzog! Sehr gerne sogar. Es war nur …«, hob er zur Erklärung an.

»Gut. Kabbeleien unter jungen Leuten. Erspare Er mir die

Details. Denn unter diesen Umständen bin ich gerne bereit, ihrem Wunsch nachzukommen und Ihm Seinen ausstehenden Sold auszuzahlen.«

Friedrich konnte nicht glauben, was er hier hörte. Carl Eugen öffnete eine Schublade und zog ein kleines Beutelchen hervor.

»Der Sold für einen Monat«, sagte er.

Für einen Monat? Friedrich war der Vischerin schon heute einen höheren Mietzins schuldig.

Carl Eugen lachte laut auf. »Ich wollte nur Sein Gesicht sehen!«, rief er und kramte einen zweiten Beutel hervor, der deutlich größer war.

»Ich habe Madame Kaulla angewiesen, mir Seinen ausstehenden Sold zu errechnen. Er gebe nicht alles für Wein und Weiber aus!«, mahnte er. »Verspricht Er das?«

»Ich verspreche es, Eure Durchlaucht. Ich danke Euch untertänigst.«

Carl Eugen winkte ab. »Für dieses Geld hat Er längst gearbeitet. Danken kann Er mir für das hier!« Mit diesen Worten zog er ein weiteres Beutelchen hervor, das er Schiller zuschob. »Das ist eine Beigabe für Ihn für die offenbar durchaus fachkundige Behandlung meiner Pferde auf Gestüt Marbach.«

»Ich danke Euch untertänigst, Euer Durchlaucht!«, war alles, was Friedrich hervorbrachte. *Gott, wie einfältig für einen Dichter! Aber besser sprachlos als ohne Wohnung*, schoss es ihm durch den Kopf. Jetzt konnte er seine Schulden abbezahlen. Zumindest die bei der Vischerin, in den Wirtschaften und beim Drucker für die Herstellung seines Buchs.

»Bekommen jetzt alle ihren Sold?«, fragte Friedrich und merkte sofort an der Miene des Herzogs, dass dem nicht so sein würde.

»Nun sei Er mal nicht undankbar. Er soll das Geld genießen. Niemand braucht davon etwas zu erfahren, versteht Er Seinen Herzog?«

Friedrich nickte.

»Er schwöre es mir, niemandem jemals zu sagen, woher Er das Geld hat.«

Was hatte der Herzog nur mit diesem Geld? Letztlich war es für ihn doch nur eine lächerlich kleine Summe. Ein Frühstück seiner Durchlaucht kostete wahrscheinlich mehr. Aber er blickte Friedrich so eindringlich an, dass ihm nichts anderes übrig blieb.

»Ich schwöre es, Euer Durchlaucht.«

»Dann schwöre er auch bei seinem Leben, über das, was er jetzt in diesem Raum erfahren wird, nie und nimmer ein Wort zu verlieren.«

Friedrich atmete tief durch. »Ich schwöre es, Euer Durchlaucht«, wiederholte er. »Bei meinem Leben.«

»Gut. Er mag doch so gern dramatische Geschichten. Da kann Er sich jetzt auf eine der besten freuen, die Er je gehört hat.«

Friedrich begriff gar nichts mehr.

Carl Eugen lehnte sich in seinem Sessel zurück und streckte die Beine unter dem Tisch aus.

»Ich will mit Ihm über die Räuber sprechen«, begann er mit ernster Miene.

Oh Gott! Hatte Charlotte ihm von seinem Stück geschrieben? Oder war es mittlerweile anderweitig durchgesickert, dass Friedrich der Autor des anonym veröffentlichten Buches war?

»Er erinnert sich ja wohl, dass sein Regiment kein Glück hatte beim Aufspüren der Räuberbande.«

»Gewiss. Ich war ja mit vor Ort.« In Friedrichs Ohren begann es zu rauschen. Immerhin meinte er wohl nicht Friedrichs Stück.

»Er erinnert sich auch, dass ein paar Tage nach dem Fohlenabstoß ein verlassenes Räuberlager gefunden wurde?«

»Daraufhin wurde mein Regiment abbefohlen, und wir zogen zurück in die Garnison nach Stuttgart«, bestätigte Friedrich.

Der Herzog grinste und nickte. »Was würde Er sagen, wenn

Er wüsste, dass Seinem Herzog schon vorher bekannt war, dass die Räuber sich schon aus dem Staub gemacht haben?«

»Ich würde mich fragen, wie das der Fall sein könnte«, entgegnete Friedrich gespannt.

»Was ein ganzes Regiment mit Waffengewalt nicht fertiggebracht hat, hat Sein Herzog allein geschafft.« Carl Eugen strahlte ihn an.

Friedrich kannte ihn nach Jahren auf seiner Carlsschule gut genug, um zu wissen, dass er anerkennende Bestätigung suchte wie ein Kind und aus Stolz auf seine Taten oft und gern davon berichtete.

»Erzählt Ihr mir, was Ihr unternommen habt, Euer Durchlaucht?«

Carl Eugen nickte begeistert. »Zuerst muss Er wissen, dass Charlotte mich in alles eingeweiht hat«, begann er.

Das klang nicht gut. Was wusste der Herzog über seine, Friedrichs, Rolle in dem ganzen Spiel?

»Was Schiller nicht wusste: Das Mädchen wurde von der Räuberbande erpresst.«

Innerlich atmete Friedrich erleichtert auf, und legte dennoch Überraschung in seine Stimme. »Das kann doch nicht sein!« Er sprang sogar von seinem Platz auf, um noch verblüffter zu wirken. Wenn die Mannheimer Akteure nur halb so gut spielten, konnte sein Schauspiel nichts als ein Erfolg werden.

»Ich dachte auch zuerst, dass das nicht sein könne, Schiller! Aber es stimmte! Der teuflische Hannikel hatte sie in der Hand. Aber setze Er sich wieder. Es kommen noch viel größere Überraschungen auf Ihn zu!«

Friedrich nahm kopfschüttelnd Platz. Sie hatte ihn also nicht verraten. Und der Herzog ahnte nicht einmal, dass Friedrich die Räuber ebenfalls kennengelernt hatte. Aber welche Überraschungen konnten denn noch anstehen?

»Charlotte hat sich mir nach der Oper auf Schloss Grafeneck

anvertraut«, fuhr Carl Eugen fort. »Und sie tat recht daran. Der Soldat kann die Schlacht nicht überblicken, das ist die Aufgabe des Feldherrn von seinem erhöhten Standort aus.«

Dieser erhöhte Standort liegt in der Regel außer Schussweite, dachte Friedrich. Während seine Männer auf dem eigentlichen Schlachtfeld ihr Leben riskierten und es dort oft genug auch ließen, konnte sich der Feldherr einfach in Sicherheit bringen, wenn das Schlachtenglück ihn verlassen hatte. Friedrich fing seine Gedanken wieder ein und wandte sich seine Aufmerksamkeit dem Herzog zu.

»Die junge Sattlerin war dermaßen in ihren kleinen, persönlichen Sorgen gefangen, dass es gut war, Rat bei dem einzuholen, der den größtmöglichen Überblick beweisen kann.«

»Bei unserem geliebten und verehrten Herzog Carl Eugen von Württemberg«, ergänzte Friedrich und erhielt dafür ein freudiges Klatschen des Herzogs. Der setzte sich jetzt vor und stützte sich mit beiden Ellenbogen auf der Tischplatte ab.

»Nun verrate ich Ihm etwas. Ich bin nicht dumm, Schiller.«

»Das weiß ich, mein Herzog«, sagte Friedrich schnell. Und tatsächlich war Carl Eugen ein gebildeter und gewiss schlauer Mann.

»Ich weiß sehr genau, wie meine Untertanen mich sehen. Das Volk liebt und bewundert mich. Ich bin Vater, Freund und Herzog zugleich. Ein gerechter Mann, zu dem man gern kommt mit seinen Sorgen.«

Friedrich bemühte sich, zustimmend zu nicken.

»Mir ist aber auch bewusst, dass es einzelne Personen gibt, die denken, den Lebenswandel ihres Herzogs kritisieren zu müssen.«

Geht es jetzt doch um mein Stück, fragte sich Friedrich.

»Es ist eine himmelschreiende Schande, dass der Herzog von Württemberg nicht alleinige Herrschaft über die Staatskassen hat, sondern bei der Landsmannschaft vorstellig werden muss, wenn besondere Posten zu finanzieren sind«, erklärte Carl Eugen weiter. »Ich habe noch Madame Kaulla, die mir Gelder freistellt, aber allzu oft werde ich von meinen Kritikern alleingelassen bei meiner Aufgabe, dem kleine Württemberg zu einem großen Namen zu verhelfen.«

»Der Name des Herzogtums wird in aller Welt mit Hochachtung ausgesprochen«, sagte Friedrich.

Carl Eugen lehnte sich wieder zurück und sagte nicht ohne Stolz: »Weil ich mit dem unermüdlichen Einsatz aller Mittel dafür gesorgt habe, dass Württemberg sich von den anderen Staaten im positivsten Sinne abzeichnet. Jomellis Opern! Der Bau der Schlösser, rauschende Feiern für die Gäste unseres Landes und meine Reisen nach Italien oder Frankreich. Und natürlich die Pferdezucht! Damit kommen wir schon wieder zum Marbacher Gestüt.«

Friedrich hatte sich schon gefragt, ob und wie Carl Eugen den Faden wieder aufnehmen würde.

»Sicher erinnert Er sich an Carlo Matteo di Revanier.«

Friedrich bejahte.

»Natürlich tut Er das. Der Schiller hat doch höchstpersönlich dieses freche Schreiben vorgetragen, laut genug, dass alle es hören mussten.«

»Das war ein Versehen, mein …«

»Davon will ich jetzt gar nicht reden«, fiel ihm der Herzog ins Wort.

»Die junge Sattlerin war in Zugzwang, dem Räuber Hannikel einen Hinweis zu geben, wie er Geld des Gestüts rauben könne. Madame Kaulla brachte mir am Freitag ein Vermögen, das dafür gedacht war, einen Teil meiner Schulden in Venezien abzutragen – und auch das Pferd zu bezahlen, das di Revanier mir gebracht hatte. Das Geld ist aber nie in Venedig angekommen.«

In Friedrich erwuchs eine Ahnung. »Habt Ihr etwa die Räuber informiert …« Er konnte das Unerhörte gar nicht zu Ende sprechen.

»Das habe ich«, sagte Carl Eugen mit stolzgeschwellter Brust. »Ich habe di Revanier und seinen Männern Geleitschutz bis an die Grenze Württembergs gegeben. Von dort aus gab es allerdings nur eine Route, die sie mit der schwer beladenen Kutsche nehmen konnten. Und über Charlotte ließ ich die Räuber wissen, wo das Geld zu holen war.«

»Dann habt Ihr Charlotte damit geholfen, aus ihrer Verpflichtung den Räuber gegenüber entlassen zu werden.«

»Und ich habe die Räuber damit aus Württemberg gelotst.« Carl Eugen lächelte selig.

»Aber die haben doch jetzt Euer ganzes Geld.«

Das Lächeln wurde zu einem Grinsen. »Es war nicht mehr mein Geld. Es handelte sich um zurückgezahltes Geld, das in di Revaniers Besitz übergegangen war.«

Friedrich dachte kurz nach. »Ihr seid also Eure Schulden los, die Räuber sind weg, und somit habt weder Ihr noch Charlotte weiteren Ärger mit ihnen. Das war Euer Plan?«

»Nicht ganz!« Der Herzog sprang übermütig auf. »Stelle Er sich vor, dass ich die Kisten über Nacht austauschen ließ und sie gar nicht komplett mit Gold befüllt waren.«

Friedrich erstarrte. »Aber Ihr habt sie ihm doch offen präsentiert. Ich habe die Münzen selbst gesehen, als Carlo di Revanier darin herumgewühlt hat.«

»Das hat er. Aber unten in den Kisten lagen nur Steine für das Gewicht.« Der Herzog lachte erneut. »Darüber befand sich ein Brett, auf das mein Kulissenmaler mir Goldmünzen gemalt hat. Und obenauf lag die Schicht echter Münzen.«

Friedrich schüttelte ungläubig den Kopf, als ihm klar wurde, was das bedeutete. »Das heißt, Ihr habt den guten Ruf der Madame Kaulla ausgenutzt und die di Revaniers übers Ohr gehauen!«

»Es war klar, dass der junge Venezianer nicht sofort alles nachzählen würde, wenn die Madame für die Summe bürgte. Damit er nicht schon auf der Fahrt einen genaueren Blick in die Kisten warf, habe ich die komplizierten Schlösser anbringen lassen. Am Abend hätte er wahrscheinlich genauer nachgeschaut, aber da befanden sich die Truhen schon nicht mehr in seinem Besitz.«

Carl Eugen grinste glücklich wie ein Kind, das ein Geschenk bekommen hat. »Beim Überfall ist übrigens niemandem etwas Ernsthaftes passiert«, fügte er hinzu. »Der alte di Revanier ist sowieso ein Schlitzohr, er verlangt viel zu hohe Zinsen. Er wird den Verlust verkraften. Den Hannikel hingegen dürfte es zerrissen haben, als er feststellen musste, dass seine Beute viel geringer war als gedacht. Trotzdem dürften es weit mehr Gulden gewesen sein, als seine Bande jemals erbeutet hat.«

»Ihr habt also den größten Teil des Goldes für Euch behalten!«, stellte Friedrich nicht ohne Bewunderung fest.

»So könnte man es sagen.« Dann zeigte Herzog Carl Eugen von Württemberg auf die Geldsäckchen, die vor Friedrich lagen. »Und ein bisschen was davon hat der Schiller jetzt auch bekommen.«

Carl Eugen lachte laut auf.

EPILOG

Märgen, 23. Dezember 1781

> *»Ein Federzug von dieser Hand, und neu erschaffen wird die Erde.«*
>
> Marquis von Posa in *Don Karlos,* 3. Akt, 10. Szene

Am Vormittag des Heiligen Abends kämpfte sich ein fluchender Bote mit einem Brief auf den eingeschneiten Sattlerhof. Absender des Schreibens war Friedrich Schiller, adressiert war es an *das Frollein Charlotte Amalia Sattler.* Ihre Nachricht hatte ihn also erreicht. Sie lächelte.

»Wer schreibt dir?«, wollte ihre Mutter wissen. Charlotte aber öffnete und las den eng beschriebenen Papierbogen erst später im Kerzenschein auf ihrem Zimmer, als Elise schon schlief. Es ging ihm gut! Friedrich bereute ihren Streit auf dem Gestüt und bat sie um Verzeihung. Auch dafür, dass er sich erst so spät meldete. Er bedankte sich vielmals, dass sie sich beim Herzog für die Auszahlung seines Soldes starkgemacht hatte. Er war bei bester Gesundheit, hatte aber sehr viel zu tun gehabt, seit sie sich zuletzt gesehen hatten. Zuvörderst natürlich die Überarbeitung seines Stücks, die er noch pünktlich hatte abgeben können. Er hatte sogar einen Vorschuss erhalten. Zudem war es ihm gelungen, weitere Exemplare seines gedruckten Schauspiels an den Mann zu bringen. Charlotte freute sich von Herzen für ihn.

Sorgen machte sie sich hingegen, als sie las, dass Carl Eugen ihm nicht erlaubt hatte, nach Mannheim zu reisen. Es war ihr klar, was das bedeutete: Friedrich würde sich die Premiere des eigenen Stücks niemals nehmen lassen und sich über den Befehl seines Landesvaters hinwegsetzen. Und tatsächlich: Im nächsten Satz lud er Charlotte ein, ihn am 13. Januar des neuen Jahres in Mannheim im Theater zu treffen.

Am Weihnachtstag war die ganze Familie Sattler bei Herrn und Frau Amtmann Lenscheider in St. Peter eingeladen. Es kam Charlotte so unwirklich vor, ihre Schwester so vertraut mit dem so viel älteren Mann zu sehen. Und doch war Eugenie regelrecht aufgeblüht. Aus jedem Blick, den die beiden sich zuwarfen, sprach die Zuneigung, die das ungleiche Paar verband. Jede kleine Berührung, jedes Wort, das sie sich schenkten, ließ Charlotte dem Herrgott danken, dass sie vor einem halben Jahr die richtige Entscheidung getroffen und vor der Verbindung mit diesem Mann die Flucht ergriffen hatte. Charlotte war nicht für Julius Magnus Lenscheider gemacht, aber Eugenie und er passten zusammen wie Apfel und Speck.

Eigentlich wollte Charlotte den Eltern nach dem Essen von ihrer Entscheidung berichten, nach Mannheim zu reisen. Doch Eugenie kam ihr mit einer wundervollen Neuigkeit zuvor, die auch Charlotte alles andere vergessen ließ. Eugenie erwartete ein Kind! Vater sprang freudig auf, Mutter vergoss Tränen des Glücks, und Elise fiel ihrer Schwester um den Hals. Die Freude war unbeschreiblich.

»Wie konntest du das vor mir geheim halten?«, fragte Charlotte vorwurfsvoll, als auch sie Eugenie umarmte.

Diese antwortete nicht, sondern strahlte nur und legte die Hand ihrer Schwester auf ihren noch flachen Bauch.

Ihr Mann Julius war ebenfalls voller Freude. Charlotte bemerkte, dass sie diesen Mann als ihren Schwager immer mehr Zuneigung entgegenbrachte. Selbst seine hohe Stimme störte sie nicht länger. Im Gegenteil. Sie kam ihr mit der Zeit doch recht angenehm vor.

Mutter sprach seither von nichts anderem als Eugenies Schwangerschaft. Langsam ließen sogar die vorwurfsvollen Anspielungen auf Charlottes Flucht und Abenteuer nach. Ihr Vater plante derweil die Abläufe für den großen Auftrag, Sättel für die Offiziere des Kavallerieregiments zu fertigen. Charlotte half ihm dabei und suchte nach dem passenden Moment, ihren Eltern über ihren Ausflug nach Mannheim reinen Wein einzuschenken. Es war erstaunlich: Sie hatte einen Raubüberfall überstanden und die Gefangenschaft in einem Räuberlager. Sie hatte in einem Gestüt gearbeitet, wo sie für einen verwöhnten Herzog einen Sattel als Geschenk fertigen musste. Sie hatte Franz und Carlo kennengelernt, die sich um sie gestritten hatten. Und vor allem hatte sie sich mit Friedrich angefreundet. Charlotte war sicher, dass die Welt noch hören würde von diesem jungen Arzt – nur eben besser nicht als Arzt, sondern als Dichter. Und jetzt fürchtete sie sich, ihren Eltern zu gestehen, dass sie für ein paar Tage verreisen wollte.

Es war Elise, die Charlotte schließlich die Entscheidung abnahm. Irgendwie war Friedrichs Brief dem neugierigen Mädchen in die Hände gefallen. Sie hatte wohl nicht lange gezögert, ihn zu öffnen und durchzulesen. Wer wusste schon, welche Geheimnisse und Liebesschwüre sie zu lesen gehofft hatte. Stattdessen hatte sie nur die Einladung des Mannes gefunden, nach Mannheim zu kommen. Elise fand das aber unerhört genug, um den Brief der Mutter vorzulegen. Charlotte hatte in der Werkstatt ihren ersten Schrei gehört, bevor wenig später die Tür aufflog und sie empört in die Sattlerei gestürzt kam.

»Du wirst nicht nach Mannheim fahren!«, rief sie. Der Vater warf Charlotte einen überraschten Blick zu und lächelte. Er wusste gleich, dass sie nicht auf ihre Mutter hören würde. Charlotte musste die Reise antreten, das spürte sie in diesem Moment in jeder Faser ihres Körpers.

Zwei Wochen später saß Charlotte mit einem stillen Ministerialbeamten und einem älteren Ehepaar aus Wien in einer Kutsche in Richtung Freiburg. Julius hatte ihr den Platz besorgt und Papiere für die Reise ausstellen lassen.

Die erste Nacht verbrachte sie in einem Freiburger Gasthaus und reiste am nächsten Tag mit einer anderen Kutsche weiter nach Mannheim. Die Mitreisenden wechselten auf dem langen Weg mehrfach, aber die Verwunderung in ihren Gesichtern blieb bei allen gleich, wenn sie bemerkten, dass die junge Frau allein unterwegs war. Ob sie nicht Angst hätte vor einem Überfall durch Räuber, fragte ein alter Händler. Charlotte musste sich beherrschen, nicht loszuprusten und den alten Herrn damit über Gebühr zu verunsichern. Stattdessen antwortete sie mit ernster Miene, sie habe keine Angst vor Räubern. Schließlich seien die auch nur Menschen.

Mannheim war eine außergewöhnliche Stadt. Charlotte erinnerte sich an Wolfach, das ihr auf ihrer Flucht so groß vorgekommen war. Sie erinnerte sich an Tübingen und Reutlingen, Orte, durch die sie mit Eberhard, Schorsch, Schnorres und dem Ulmer auf dem Weg zum Gestüt gekommen war. Und an Freiburg, das sie sich noch genauer anschauen wollte, als es auf dieser Reise möglich war.

Mannheim jedoch unterschied sich äußerlich von all diesen Städten. Die Straßen waren so regelmäßig angeordnet, dass sie Quadrate umrissen, auf denen sich die Bebauung befand. Die Menschen hingegen, die sie durch das Fenster der Kutsche sehen konnte, wirkten genauso wie überall. Wenn Charlotte eines aus ihrem Abenteuer gelernt hatte, dann dass sich die Menschen mehr glichen, als alle immer glauben machen wollten. Jeder Einzelne von ihnen, ob Pferdejunge, Handwerker, Räuber, reicher Händler oder gar Adliger: Alle strebten nach den kleinen Momenten des Glücks. Alle sehnten sich nach Liebe und Anerkennung. Alle wurden von Ängsten und Sorgen gequält. Und am

Ende gingen die Armen wie die Reichen denselben Weg: Jeder von ihnen musste sich und seine Taten auf Erden vom Herrn im Himmel bewerten lassen. Charlotte glaubte sogar, dass das für alle Menschen auf der ganzen weiten Welt zutraf.

Mannheim, 13. Januar 1782

Charlottes Wirtin in Mannheim war eine an sich hübsche Frau, deren Gesicht nur leider von vielen Warzen und Narben entstellt war. Sie reichte ihr einen Brief. Charlotte erkannte Friedrichs Handschrift sofort. Sobald sie in ihrem Zimmer war, öffnete sie das Siegel und entfaltete den Bogen. Friedrich teilte ihr mit, wo sie sich vor der Vorstellung treffen sollten, um gemeinsam die Plätze einnehmen zu können. Er bat sie, niemandem seinen Namen zu nennen, weil er die Darbietung inkognito betrachten wollte, auch wenn der Name des Verfassers des Schauspiels sich mittlerweile herumgesprochen hatte.

Charlotte war klar, was das bedeutete: Friedrich fürchtete die Kritik. Dabei war sie fest davon überzeugt, dass sein Stück den Leuten gefallen würde.

Am Sonntagmorgen besuchte sie die heilige Messe und nahm Friedrichs Premiere in ihre Gebete auf. An das Mittagessen schloss sie einen Spaziergang an, der sie schon zum Theatergebäude brachte. Auf dem großen Platz vor dem Haupteingang war trotz der Kälte einiges los. Sie konnte den Gesprächen entnehmen, dass man in Mannheim über die anstehende Premiere mit großen Erwartungen sprach. Und nicht nur in Mannheim. Ähnlich wie sie waren wohl eine ganze Menge Gäste von außerhalb angereist, um das Stück zu sehen. Sie beobachtete, dass jetzt schon Menschen in das Gebäude strömten.

»Verzeiht, mein Herr, ich dachte, die Vorstellung beginnt erst um fünf?«, fragte sie einen Wachmann am Einlass. Sie war besorgt, etwas falsch verstanden zu haben und am Ende die Aufführung noch zu verpassen.

Doch der Mann gab ihr zu verstehen, dass das Stück wirklich noch nicht beginne, sondern nur bereits Leute Einlass verlangten, die sich die besten der billigen Plätze sichern wollten.

Charlotte kehrte zurück zu ihrem Zimmer und wärmte sich ein wenig auf. Sie verspürte eine wachsende Ungeduld. Mit jeder Minute wuchs die Aufregung, die sich bei ihr fast so gestaltete, wie Eberhard sein Lampenfieber vor seinem großen Auftritt im Schloss Grafeneck beschrieben hatte. Wie es dem Räuber wohl gerade ging? Fühlte er sich noch wohl inmitten der Sänger und Schauspieler des herzoglichen Opernensembles? Oder hatte er längst alle greifbaren Wertsachen in einen Sack gepackt und sich davongestohlen?

Um vier Uhr fand Charlotte sich am von Friedrich gewiesenen Hintereingang ein. Er hatte geschrieben, dass er sie hereinholen werde. Jedes Mal, wenn die Tür sich öffnete, erwartete sie also nun, Friedrichs krumme Nase zu sehen, sein rotes Haar und seine wachen Augen. Doch ihr Warten wurde nicht belohnt.

»Charlotte?«, hörte sie endlich eine Stimme hinter sich. Sie drehte sich um und sah ihn vor sich stehen.

»Friedrich!« Beide fielen sich in die Arme, ließen sich dann aber doch schnell wieder los.

»Du siehst so anders aus«, sagte Friedrich mit einer Geste auf ihr Kleid. »Wie eine richtige Frau.«

»Und du, als hättest du immer noch einen Rock aufzutragen«, lachte Charlotte. Friedrich wirkte ohne die lächerliche Uniform viel besser gekleidet. Aber die Jacke war eindeutig zu groß.

»Mein alter Freund Johann Wilhelm Petersen hat mir mit der Garderobe ausgeholfen«, sagte er und zupfte die breite Leinenkrawatte glatt. »Darf ich euch vorstellen: Johann. Charlotte.«

Johann vollführte eine etwas steife Verbeugung und sagte: »Sehr erfreut.« Er lächelte und präsentierte Zähne, die so weiß waren wie das Hemd, das unter Rock und Mantel hervorlugte.

»Ihr seid spät«, sagte sie etwas verlegen.

»Friedrich hat in Schwetzingen mit einem Kellnermädchen getändelt und dabei fast die Zeit vergessen«, erklärte Petersen lächelnd.

»Stimmt das?«, fragte Charlotte ungläubig.

Friedrich winkte ab, widersprach allerdings nicht.

Charlotte konnte den Blick kaum von Johann wenden. Er war groß, größer als sie selbst. Dazu war er breiter gebaut als Friedrich. Sie hatte ihn zuerst für einen Offizier gehalten. Dass er sich als sehr belesener Bibliothekar erwies, überraschte sie sehr.

Friedrich führte seine beiden Freunde hinter die Bühne, wo die kostümierten Schauspieler auf ihren Auftritt warteten.

»Deutschland wird in diesem jungen Mann noch einen Meister finden«, sagte er, als er Charlotte und Johann den Schauspieler vorstellte, der den Franz Moor spielen würde. August Wilhelm Iffland winkte bescheiden ab. Er bat um Verständnis, dass er sich nun aber weiter auf seine Rolle vorbereiten wolle.

»Wartet hier einen Moment. Ich muss zu Dalberg«, sagte Friedrich und ließ sie allein dort stehen.

»Dalberg?«, fragte Charlotte Johann.

»Wolfgang Heribert Freiherr von Dalberg, der Intendant des Hauses«, erklärte er. »Ich hoffe nur, Friedrich holt uns ab, bevor sich der Vorhang öffnet.«

Sie standen nämlich unmittelbar dahinter. Während diesseitig letzte Vorbereitungen für das Stück getätigt wurden, war es auf der anderen Seite ziemlich laut. Charlotte hatte beobachtet, dass einige der Schauspieler an einem Guckloch im Vorhang in den Publikumsraum schauten. Sie ging zu dieser Stelle und war überwältigt. Der gesamte Theatersaal war ein brodelndes Meer aus Menschen.

Als sie sich wieder umwandte, wunderte sie sich über einen Kulissenvorhang, der ein Waldstück zeigte und gar nicht zu den anderen passte, die die Einrichtung eines Schlosses darstellten.

»Mein Herr, der Vorhang ist falsch«, sagte sie einem vorbeigehenden Arbeiter. Der schaute sich die Sache an und rief: »Theodor! Was macht der Waldvorhang hier?« Augenblicke später zogen zwei Männer an einem mit einem schweren Gegengewicht gehaltenen Seil und der einen Wald darstellende Vorhang glitt mit leisem Rattern nach oben. Er gab die Sicht frei auf den dahinter befindlichen, auf den hohe Fenster zu einem Schlosspark gemalt waren. So sah es richtig aus. Johann lächelte ihr anerkennend zu.

»Rasch, es geht gleich los!«, hörte sie Friedrich hinter sich.

»Du bist derjenige, der uns hier hat stehen lassen«, erwiderte Johann.

»Was wolltest du bei diesem Dalberg?«, fragte Charlotte.

»Absagen für das Premierenfest. Kommt.«

»Wieso hast du abgesagt? Es ist doch dein Stück!«

»Aber wenn es den Leuten nicht gefällt, werde ich nicht in der Stimmung sein zu feiern.«

»Es wird den Leuten gefallen. Ich bin davon überzeugt.«

Doch Friedrichs Gesicht spiegelte eine innere Qual wider.

Sie hatten einen guten Platz, fast mittig blickten sie oben von der Tribüne aus auf das Geschehen. Friedrich wurde immer nervöser. Er wandte sich gebannt um und schaute sich die Menschen an, die diesen Moment mit ihm teilen würden. Es schien, als wolle er sich jedes einzelne Gesicht einprägen.

»Ich muss noch einmal zu Dalberg«, stieß er plötzlich hervor. Ohne weitere Erklärung sprang er von seinem Sitz auf und schob sich durch die Reihe.

Friedrichs Platz zu Charlottes Rechten war nun frei, sodass sie sich nach links zu Johann wandte. Sie spürte, wie ihr das Blut in die Wangen schoss. Als Ursache machte sie den herbsüßen Geruch aus, der von ihm ausging. Dieser Duft vermittelte ihr das Gefühl von Wohlbefinden und Behaglichkeit. Gleichzeitig lag ein

Versprechen von Wildheit darin. Sie hatte so einen Duft noch nie zuvor gerochen.

»... und haben uns davongestohlen«, endete er seine Rede.

Jetzt erst fiel ihr auf, dass sie seiner warmen, tiefen Stimme zwar gelauscht, aber nicht auf die Worte geachtet hatte.

»Davongestohlen?«, fragte sie, weil sie sonst nichts zu sagen wusste, und hoffte, so seine Stimme wieder zu hören. Sie ertappte sich, wie sie ihn anblickte und durch die Nase einatmete.

»Ja. Der Herzog wollte es ihm nicht genehmigen.«

»Wird er nicht große Probleme bekommen?«, fragte sie. »Und du auch, da du ihn begleitest?«

»Machst du dir Sorgen um mich?«, fragte er.

»Um euch beide«, sagte sie. Ihr Herz klopfte wie wild.

Er fragte sie, ob Friedrichs Erzählungen über sie übertrieben gewesen seien. Charlotte wollte wissen, was er denn alles über sie erzählt habe. Sie war froh, dass Friedrich seinem Freund nicht alle ihre Geheimnisse offenbart hatte. Davon, dass sie selbst zu der Räuberbande gehört und vom Herzog blaue Schuhe erhalten hatte, war offenbar nicht die Rede gewesen. Sie atmete erleichtert aus. Das weitere Gespräch nahm sie gar nicht richtig wahr, sondern genoss nur, in seiner Nähe zu sein. Er lächelte, und sie lächelte zurück. Dann berührte Johann aus Versehen ihr Bein mit seinem. Ein Ruck fuhr durch ihren ganzen Körper, und die Härchen in ihrem Nacken stellten sich auf.

»Oh, ich bitte um Verzeihung«, sagte der Stuttgarter. Charlotte konnte nur leicht den Kopf schütteln.

»Wo bleibt nur Friedrich?«, fragte sie, als sich endlich der Vorhang teilte. Das Publikum, das bis eben noch lautstark geschwatzt hatte, verstummte.

»Da«, sagte Johann und wies an Charlotte vorbei. Tatsächlich. Gerade noch rechtzeitig kam Friedrich durch die Reihe zurück zu seinem Platz geeilt. Er atmete, als sei er eine lange Strecke gelaufen. Er setzte sich. Und dann begann das Schauspiel.

Friedrich saß die ganze Zeit mit versteinerter Miene da und sprach für sich die Dialoge mit. An manchen Stellen schüttelte er den Kopf, aber manchmal wurde er sich der Wirkung bewusst, die sein Stück auf die Menschen hatte, und dann lag gar ein Lächeln auf seinen Lippen. Das Stück dauerte fast fünf Stunden – und war ein grandioser Erfolg.

Als der Vorhang sich nach kaum enden wollendem Jubel endgültig schloss und die Menschen nach draußen drängten, blieb Friedrich noch einen Moment sitzen. Er hatte Tränen des Glücks in den Augen.

»Ich denke, wir sollten doch zur Feier gehen«, sagte er schließlich, als Charlotte und Johann ihm gratulierten.

Charlotte und Johann wichen auf dem Weg dorthin einander nicht von der Seite. Als sie sich durch eine größere Traube von Menschen drängten, die über das Stück diskutierten, reichte er ihr seine Hand, damit sie sich nicht verlieren konnten. Er ließ sie aber auch danach nicht mehr los.

Charlotte strahlte.

Aus den Augenwinkeln nahm sie ein Winken von der Treppe aus wahr. Das konnte doch nicht sein! Sie erstarrte.

»Was ist?«, fragte Johann, blieb aber mit ihr stehen. Friedrich hatte das nicht bemerkt und war schon vorausgeeilt.

Charlotte schaute genauer hin: Die Frau in einem dunkelblauen Kleid, das sich über dem gewölbten Bauch spannte, war ihr wohlbekannt. Es war Käther! Und neben ihr stand ein Herr in schwarzem Frack, der sich auf ihr Zeichen umdrehte. Von wegen Herr! Der Mann, der Charlotte mit seinen gefährlichen, dunklen Augen anblickte, war kein anderer als der Hannikel. Auch er winkte Charlotte nun fröhlich zu. Dann gab er ihr ein Zeichen. Er zeigte auf ihre Tasche.

Charlotte hob die Tasche an, der Hannikel nickte. Sie öffnete sie, und beim Blick hinein wäre fast ihr Herz stehen geblieben. Darin lag die Kette mit dem Saphir-Diamanten-Anhänger, den der Herzog ihr geschenkt und der Hannikel gestohlen hatte. Wie hatte er sie ihr nur zugesteckt?

»Was ist? Kennst du die Herrschaften?«, fragte Johann.

Sie schaute ihn an und antwortete nickend: »Aus einem anderen Leben.«

Als sie sich wieder zu Hannikel und Käther wandte, waren sie verschwunden.

»Wo sind sie denn hin?«, fragte Johann erstaunt.

»Und Friedrich ist auch nicht mehr zu sehen«, sagte Charlotte.

Beide standen da, Hand in Hand, und blickten sich suchend um.

»Ich glaube, mir ist ohnehin nicht nach einer großen Feier mit Honoratioren und hochgestochenen Reden«, sagte Johann schließlich. »Nach all der Aufregung wäre es mir etwas stiller lieber. Was denkst du?«

»Wir könnten spazieren gehen«, schlug Charlotte vor.

Sie verließen das Theater und traten gemeinsam hinaus in die Nacht.

ENDE

Nachwort und Dank

Das Theater glich einem Irrenhaus, rollende Augen, geballte Fäuste, heisere Aufschreie im Zuschauerraum. Fremde Menschen fielen einander schluchzend in die Arme, Frauen wankten, einer Ohnmacht nahe, zur Tür. Es war eine allgemeine Auflösung wie ein Chaos, aus dessen Nebeln eine neue Schöpfung hervorbricht.

So berichtete ein Augenzeuge von der Premiere der *Räuber* in Mannheim, welcher der Autor Friedrich Schiller beiwohnte.

Ganz so gebannt und emotional mitgenommen sind heutige Schüler wohl meist nicht, wenn sie Schiller in der Schule durchnehmen. Wie las ich bei den Recherchen auf einer Internetseite: »Wir werden von der Schule gezwungen, *Die Räuber* zu lesen. Dank der Zusammenfassung auf dieser Seite, konnte ich mir die Zeit sparen.« Darunter hatte jemand anderes geantwortet: »Mir war sogar die Zusammenfassung zu lang!«

Man muss sich heutzutage etwas einfühlen in die Sprache der Zeit. Schiller war sehr belesen und hielt damit nicht hinterm Berg, sondern formulierte – wie damals üblich – äußerst bildhaft und schöpfte dabei aus einem immensen Wortschatz, der auch oft Bezug auf die Antike nimmt. Auf die stilistischen Merkmale der Zeit muss man sich erst einmal einlassen. Wagt man das, ist es erstaunlich, wie schnell man sich daran gewöhnt. – Fürs Schreiben eines Romans kann das allerdings hinderlich sein. Der Text soll ja nicht plötzlich zu antiquiert klingen.

Als erste Leserin hat zum Glück meine Frau Daniela Bianca Gierok ein wachsames Auge darauf gehabt, dass es zu keinen sprachlichen Auswüchsen kam. Aber sie hat wieder so viel mehr getan: Hatte ich mich in einer inhaltlichen Sackgasse verfahren, zeigte sie mir Auswege auf. Sie hat mich in Momenten des Zweifelns moralisch aufgebaut und motiviert, mir den Rücken freigehalten und mir ganz ehrlich gesagt, was ihr gefällt und woran ich noch arbeiten muss. Ohne all ihre bemerkenswerte Unterstützung gäbe es das Buch nicht.

Sehr viele weitere Menschen haben ihren Anteil an der *Gabe der Sattlerin*. Danken möchte ich aus meinem Verlag insbesondere Stefan Bauer, mit dem sich so vortrefflich über Historisches wie Zukünftiges schwärmen ließ. Besten Dank auch an Stefanie Heinen für die tolle Zusammenarbeit. Sie hat bei unserer Premiere wunderbar den Überblick behalten und mir die Zeit freigeschaufelt, die ich noch brauchte. Nicht vergessen darf ich meine Lektorin Ulrike Brandt-Schwarze, deren stilsichere Anregungen und klugen Anmerkungen dem Manuskript sehr gutgetan haben.

Ebenfalls ein großes Dankeschön geht an meine Agentin Franka Zastrow. Es ist großartig, mit ihr über aktuelle Projekte zu diskutieren und neuen Ideen den richtigen Schliff zu verpassen. Ich schätze das sehr.

Die Geschichte von Charlotte, die vor ihrer eigenen Hochzeit flieht und es dabei mit dem berüchtigten Räuber Hannikel, dem glamourösen Herzog Carl Eugen von Württemberg und dem zu der Zeit noch unbekannten Dichter Friedrich Schiller zu tun bekommt, entstand aus einer recht spontanen Idee, benötigte dann aber viel Zeit für die Recherche. Drei bedeutende historische Persönlichkeiten, ein 500 Jahre altes Gestüt und Einblicke in die Sattlerei mussten vor meinem inneren Auge Gestalt gewinnen und sich zusammenfügen.

Ein Teil der Recherche fiel mir allerdings leicht: Da wir uns den Wunsch nach einem eigenen Pferd erfüllt haben, hatte ich mit unserer »Grane« ausgiebig Gelegenheit, mich in den Umgang mit Pferden einzugewöhnen. Zwar bin ich noch kein guter Reiter, aber im Aufsammeln von Mist von der Weide macht mir kaum jemand etwas vor. Ich glaube, so kam ich eines Tages auch auf die Aufgabe, die der Räuber Eberhard im Gestüt Marbach bekommen sollte. Dieses ist auch heute noch eines der bedeutendsten Zentren für Zucht und Pferdewissen. Vor Ort hat mir die Leiterin des Gestüts, Landesoberstallmeisterin Astrid von Velsen-Zerweck, das Buch von Hans-Jürgen Philipp über das historische Marbach für meine Recherchen nahegelegt. Bei der ausgiebigen Lektüre wurde mir schnell bewusst, dass ich den ganzen Kosmos Marbach nicht abbilden konnte. Aber die akribisch zusammengestellten Informationen haben diesen für mich lebendig werden lassen.

Vom Gestüt bis zu einem anderen Handlungsort meines Romans ist es nur ein kleiner Spaziergang. Schloss Grafeneck war mir bereits vor den Recherchen ein Begriff. Carl Eugen nutzte es als Jagdschloss und für seine Aufenthalte, wenn er die Gestüte besuchte. Er war regelmäßig vor Ort. Ich kannte Schloss Grafeneck allerdings nicht als Jagdschloss, sondern aufgrund seiner düsteren Geschichte im Dritten Reich. Rund 10.000 Menschen mit Behinderungen wurden 1940 dort vergast. Diese Historie des Orts passt natürlich wenig zum Ton meines Romans, der ja auch lange vor dieser Zeit spielt, ich kann es aber an dieser Stelle nicht unerwähnt lassen. Was dort unter der Schreckensherrschaft der Nationalsozialisten geschehen ist, darf sich nie mehr wiederholen.

Für das Lager der Räuber auf der Schwäbischen Alb hatte ich keinen realen Ort vor Augen. Dafür ist der Hannikel eine historisch belegte Figur, die sehr ambivalent beschrieben wird und heute noch in der schwäbisch-alemannischen Fastnacht oder Fasnet präsent ist.

Als Friedrich einem seiner Kumpane im Lager eine Pistolenkugel aus der Brust operiert, musste ich mir als Nichtmediziner natürlich fachkundige Hilfe suchen. Ich fand diese bei dem Chirurgen Dr. Maik Hauschild, der mir anschaulich erklärte, wie eine solche Operation abgelaufen sein könnte. Vielen Dank für die Unterstützung!

In einem meiner Krimis aus Südbaden, in dem ein Basset eine wichtige Rolle spielte, war einmal die Rede von einem »bärtigen Tierarzt aus Steinen«. Das konnte nur einer sein: Dr. Gerald Attrodt war über viele Jahre der Tierarzt meines Vertrauens. Er kümmerte sich um unsere Kaninchen, Hunde, Katzen und zum Schluss vor seiner Pensionierung auch um das Pferd. Wir haben oft gelacht, aber auch manch traurige Situation zusammen erlebt. Und als ich ihm einmal bei der Behandlung meines Pferdes assistierte, fühlte ich mich so, wie Friedrich sich im Gestüt gefühlt haben muss. Vielen Dank für die Unterstützung bei den Tierarztstellen!

Ansonsten danke ich Ralf Drinsinger, der mir Fragen zu Sattlerei beantwortete und in dessen Werkstatt ich mich selbst einmal ausprobieren durfte. Das Werkzeug in eigenen Händen zu führen (und bei den extrem scharfen Messern hatte ich davor ganz schöne Hochachtung) und selbst mit dem Leder arbeiten zu können war sehr wichtig, um ein Gefühl für dieses wundervolle Handwerk zu bekommen.

Carl Eugen war eine Herausforderung. Je mehr ich über diesen Herzog erfuhr, desto mehr faszinierte er mich. Wenn man sich die Schlösser anschaut, in denen er sich aufhielt, und seine Gemächer besichtigt, bekommt man ein Gefühl dafür, wie abgehoben vom Alltag der einfachen Bevölkerung der absolutistische Adel lebte. Ich genoss besonders den Besuch im Schloss Ludwigsburg. Dort gibt es auch ein kleines, nur wenig begangenes Museum über Theater und Bühnentechnik. Carl Eugen war so verrückt nach

Opernaufführungen, dass er außer dem heute noch existierenden Schlosstheater noch einen weiteren Theaterbau errichten ließ mit einer Bühne, die groß genug war, um Reiter in Truppenstärke darüber zu schicken. Was müssen das für Spektakel gewesen sein! Vieles, was im Roman über den Herzog erzählt wird, ist belegt. Dass er Elefanten auf der Schwäbischen Alb züchten wollte, habe ich mir allerdings ausgedacht.

Auch bei Friedrich Schiller habe ich meine Fantasie spielen lassen. Als Rossarzt war er im Gestüt Marbach nie tätig. Es stimmt allerdings, dass er Carl Eugen gebeten hat, auch außerhalb des Regiments Patienten behandeln zu dürfen, was der Herzog ihm untersagte. Ich habe »meinen Schiller« mit echten biografischen Angaben angelegt und ihn in eine erfundene Szenerie gesetzt. Vielleicht in der Hoffnung, dass Schiller nicht nur ein Name bleibt, sondern bei manchen auch die Lust wächst, sich wieder einmal mit ihm zu befassen – abseits der Schulpflichten.

Zum Schluss möchte ich noch den wichtigsten Dank allen meinen Leserinnen und Lesern aussprechen. Viele sind seit mehreren meiner Romane dabei, andere kommen immer wieder neu dazu. Vielen Dank, dass Sie sich von meinen Protagonisten und mir auf abenteuerliche Reisen mitnehmen lassen. Und mancher Leser hatte auch an diesem Buch wichtigen Anteil: Es kam ein paar Mal vor, dass der Schreibfluss stockte. Meist flatterte mir genau dann ein netter Brief per Post oder E-Mail ins Haus, in dem mir jemand erzählte, wie er die Lesezeit mit einem meiner vorangegangenen Bücher genossen hatte, und fragte, wann der nächste Roman erscheine. Mit neuer Motivation konnte ich mich so wieder frisch ans Werk machen. Danke!

Ralf H. Dorweiler,
im April 2020

Sie will ein Leben retten – und muss dafür töten

Sabine Martin
DAS SCHICKSAL
DER HENKERIN
Historischer Roman
DEU
464 Seiten
ISBN 978-3-404-18066-0

Rottweil, 1340. Die ehemalige Henkerin Melisande lebt mit ihrer Familie ein ruhiges, glückliches Leben. Bis sie der Hilferuf eines Mannes erreicht, der behauptet, ihr Bruder Rudger zu sein. Der aber ist seit Jahren tot, sie selbst hat ihn sterben sehen und seinen Mörder gerichtet. Hat sie sich damals geirrt? Ihr angeblicher Bruder sitzt unschuldig im Kerker von Esslingen, nur sie kann ihn retten. Kurzentschlossen reist Melisande zu ihm – und tappt in eine Falle, die nicht nur ihr eigenes Leben in höchste Gefahr bringt ...

Liebe, Hoffnung, Verrat, Intrigen – Sabine Martin macht das Mittelalter lebendig

Lübbe

Ein sterbender Kaiser, seine mutige Geliebte, eine gefahrvolle Mission

Peter Dempf
DIE GELIEBTE
DES KAISERS
Historischer Roman
DEU
448 Seiten
ISBN 978-3-404-17945-9

Rom, im Jahr 1001. Otto III., römisch-deutscher König und Kaiser des Heiligen Römischen Reiches, liegt im Sterben. Es ist Winter, und er und seine Getreuen sind auf der Flucht aus Rom, wo Unruhen ausgebrochen sind. Ottos letzte Bitte an seine Geliebte Mena: Sie soll dafür sorgen, dass sein Herz nach Augsburg gelangt. Mit dem Mut der Verzweiflung schließt sich Mena einem Trupp wagemutiger Kaufleute an, die mit Schlitten dem Winter trotzen und als Erste im Jahr die Alpen zu überqueren versuchen. Sie trägt Ottos ungeborenes Kind unter dem Herzen, den letzten Spross und Erben seiner Linie, und der Kampf um Ottos Nachfolge hat längst begonnen ...

Lübbe